精选集

《散文》编辑部 编选

天津出版传媒集团
百花文艺出版社

图书在版编目（CIP）数据

散文 2024 精选集 /《散文》编辑部编选. -- 天津：百花文艺出版社, 2025. 1. -- ISBN 978-7-5306-9018-5

Ⅰ. I267

中国国家版本馆 CIP 数据核字第 2024PF6995 号

散文 2024 精选集
SANWEN 2024 JINGXUANJI

《散文》编辑部编选

出 版 人：薛印胜
统筹策划：汪惠仁　张　森　　封面设计：蔡露滋
责任编辑：沙　爽　田　静
出版发行：百花文艺出版社（天津）有限公司
地址：天津市和平区西康路 35 号　邮编：300051
电话传真：+86-22-23332651（发行部）
　　　　　+86-22-23332656（总编室）
　　　　　+86-22-23332478（邮购部）
网址：http://www.baihuawenyi.com
印刷：河北鹏润印刷有限公司
开本：787 毫米×1092 毫米　　1/16
字数：330 千字　　插页：6
印张：20.25
版次：2025 年 1 月第 1 版
印次：2025 年 1 月第 1 次印刷
定价：58.00 元

如有印装质量问题,请与河北鹏润印刷有限公司联系调换
地址：河北省沧州市肃宁县经济开发区
电话:(0317)7587722
邮编:062365

版权所有　侵权必究

写在前面

一

中国有尊古、尊圣、尊贤的"三尊"传统——中国文章对世界与人间生活有着那样强的提喻性质，大概也与这"三尊"有关。围绕中国文章展开的学问庞大而渊深，其中注疏之丰赡，尤令人叹为观止。虽说注疏者间意见未必一致，阐释过程中也时时产生争议，但每一条注疏无疑都指向和强化着"古人云""圣贤曰"的决定性价值。

文化源头上的"高开"和早熟，给予中国文章的影响是强烈的。世界与人间生活的秘密都早就被那些古老的简帛道破了——于是，我们再次进入世界进入人间生活的决心便减少了，再次勘察世界与人间生活的手段与方法也减少了。但这责任并不在先圣先贤，他们闪烁着智慧光芒的言语，本是拿勇气、决心甚至生命换来的。"士不可以不弘毅，任重而道远"，你我在什么时候丢弃了这句话？我们得问问自己。

我们要改掉的，是对古人智慧与路径不求进取、不假思索的借用，是别有用心、唯利是图的选择性借用。简单依据古人之判定而判定，会让我们丧失行动的品格与能力。没有这种品格与能力，文字就难以揭示世界与生活的面目，而我们也还将继续荒陋地徘徊在那些高古的只言片语之中。

二

写作的人其实很留恋狭义民间性为文学提供宝物的年代。当年，胡适、郑振铎等人在我们的文学史、文化史及田野采风中寻找革命的因子，寻找为中国文学、中华文化续命的活泼基因。他们认为白话就是可用的法宝。在他们对民间性的发掘中，我们看见了被道貌岸然所遮蔽的一切，我们看见了阶层的觉醒。

但这样的故事只发生在那个"民间性1.0"的年代——民间性被一个高于自身的力量来挑选和评估。这和我们眼下的民间性有着很大的不同。白话这个法宝，在当年是药，而今则已成为文学的"主食"。天下早已是白话的天下，所以，当年的那个狭义的民间性也就消失了。眼下的每个人都活在民间,平等地相互打量、相互评估、相互挑选。处于"民间性2.0"的年代的我们需要一个更广泛的民间性——这个民间性,并不刻意与谁对立、对峙、对垒,它是一切现存、一切所见、一切所闻的"因",换言之,我们的一切现存、一切所见、一切所闻,正是这民间性的"果"。

原先的狭义民间性,自有其生成的土壤与缘由,而我们对其价值在文艺上的借鉴借用也有合理性。然而到了今天,如果仍继续坚持夸张地将"民间"定义为那个与庙堂学府对立的江湖乡野,对拓宽文学的现代之路无疑是不利的。

民间性2.0,对文学而言,意味着叙述主体在现代性觉悟上的跃升。既然所有人的生活实践均参与到了对民间性的整体塑造之中,"我"与"我们"相互塑造的关系,就更值得写作者留意。

三

人有脾气,词有褒贬,这是我们再熟悉不过的事。着意拣选一些极端的词汇来舒缓我们的焦虑,并以此感染同样焦虑的读者,然后期望实现病毒式传播——这常常是关于"传播"的一个如意算盘,也是一个不良的倾向。那些客观性、中性意味的词汇及表达方式因为"不适合"高效传播,因为它们不能一针见血不能立竿见影,所以被聪明的眼神与耳朵忽略。

很多写作者也在迁就甚至迎合这一潮流。其中一些人可能是因为没有认真勘察其所以然,而另一些人则干脆是看中这种"过瘾"式修辞的吸睛效果。

客观性、中性意味的词汇及表达方式,并不意味着言说者的精神系统不够强大,需要基于实用原则向各派俗世力量讨好。客观性、中性意味的词汇及表达方式更强调的,是自我立场,只不过这种自我立场基于对现代文明的理解而表现为谦逊姿态——我不敢说我所言皆是真理,但我愿意说出我探究真理的方式,所以我尽量采用那些未被极端情绪沾染的词汇及表达方式。

客观性、中性的表达,不是泯灭了是非善恶的表达。它丢弃的,只是简单的站队与草率的判定。客观性、中性表达背后的精神逻辑是:单个文本迟早都要参与到远比其本身要庞大渊深得多的解释系统中去,所以此刻,不必求其"大成"。

目录

【卷壹】

朱以撒丨**本来** 003
李汉荣丨**仰望星空** 010
钱红莉丨**癸卯廿章** 017
人邻丨**南方短札** 026
文河丨**城西草** 033
彭程丨**天堂，一定很美** 039
苍耳丨**皖南夜谈** 047
李万华丨**无尽夏** 055
素素丨**祖地** 062
徐鲁丨**林中空地的光** 068
向以鲜丨**我的汉语，我的祖国** 077
张崇琛丨**闻学散步** 084

【卷贰】

091　永不停歇的飞光 | 刘丽朵
097　大地：语词和种子 | 周荣池
102　木楼梯和瓦松【外一篇】| 李郁葱
107　月夜拾梦录 | 汉家
114　小满布谷 | 半文
120　龙马蛇 | 和谷
124　诞梦录 | 宋长征
130　鳞爪集 | 冯杰
134　慕汪斋碎笔 | 苏北
141　你们都显年轻 | 介子平
146　从前的寒暑 | 邹汉明
152　城边旧事 | 张慧谋
158　出窍的眺望 | 王威廉
164　白玉令 | 汪泉

【卷叁】

何向阳 | 襄阳的女儿　169
傅菲 | 岛屿孤悬　174
王晓莉 | 我的衣着小史　180
耿立 | 母亲的床　186
王选 | 二十八号楼　193
林渊液 | 桃花药　199
赵瑜 | 空想博物馆　207
杨红 | 桥圪阶奶奶　213
周拥军 | 老库民　219
魏红莲 | 裤子地　225
渊子 | 色彩·1975　229
胡慕安 | 山狮曾在　234
草长鹰飞 | 雾中记　239
华之 | 失眠记　243

【卷肆】

249　在葡萄成熟的一年里 | 陈蔚文
255　茅崎馆之夜 | 唐棣
261　乌乡的清晨 | 周蓬桦
266　香山二日【外一篇】| 也果
272　闰月海棠 | 野莽
277　山门·春分 | 琬琦
282　西流 | 李冬凤
287　陆城粮仓记 | 学群
289　黄河岸边鸟 | 刘丽丽
294　灵虫 | 虽然
300　科学史随笔四章 | 郑军
306　读史三札 | 陆源
311　文长之蟹 | 夏梓言
316　空濛之渊【太宰治的三鹰行迹】| 洁尘

表达 你的 发现

○ 卷壹

朱以撒 | 本来

这家乡间的小酒楼偏于一隅,门面不彰,菜肴却很让人称赞,材质鲜活,做法也质朴,就是农家柴灶上的烹炒,作料也是家常的——他们给客人上的菜,如同自己所要品尝的。这也使它的经营没有什么特别,按家常手法即可——一家人的饮食也大抵如此,或者还要简单一些。

可惜,最后一道甜点还没有上来我就得走了,时间有时就是算得那么紧,便觉得无可奈何。上一次来觉得如果没有品尝到这一道甜点就不算圆满——那是他们家中用薯粉做出来的,加上他们自己种的蔗糖,便有了田野上青青的香气。可我还是起身离开了,有一些事情就是没有办法都以完整来收束,真的求完整就刻意了,只能说下次如果还路过,再坐下来。

很多事,好像都如此才好。

如果自己坐在书房里信手写写,上午的阳光从外边大量地铺展进来,那真是让善感的文士视为舒适的日子。我看了一些五代时的日常,文士都不富裕,大抵维持每日基本的生存,便没有太多的琐屑,日子缓慢,生存简单,挣钱的门路无多,便也消停下来。整个环境如午后的氛围,慵懒徐缓。文士都不是快速奔跑的兔子,不是他们跑不动,而是没有催促他们奔跑的鞭子,这也使一个人在书斋或者茅舍里的日子简淡了不少,不是心绪乱乱糟糟的那一种,不是让人手足无措的纷纭之状。这也是我一直觉得时人与古人相远的地方——如果大家奔竞无休,这个世道还会安宁吗?一个人的学识终究是渐渐地提高了,懂了不少道理,说起话来不时会引用古人云来印证,更懂得读书养心、明理、陶情。在不断上升之际,自然的程度却不断下降。这不是别人感觉出来的,是自己觉察出来的,便有些不安。想想,"孤芳自赏"这几个字还是很清雅的——如果一个人写下来的字和文章只是给自己看,那就会简单得多,爱怎么写就怎么写，写完张于自家粉墙上，近看远看，挺开心的。事实上也有这样的人，像我的一位学生，写无辍，却秘不示人。真要看他写了什么，得登门才得窥一二——其实他写得挺不错的，我也劝他参加一些书法展览，却始终无效，真应了我老家的一句俚语："自个儿欢喜就好。"封闭有封闭的好处，在开口闭口国际化的时日，封闭的个人化照样存在，不被国际潮流推搡。就像那些庭院深深深几许的人家，在深处也全然可以自乐，可以创造精神财富，绝没有想穿过深院到外边去张扬，让更广大空间的人群识赏。这样，有许多文字就不可能为人所识，锦绣烂在室内。我们看到的旧日名家名作，未必真是当时的真实，只是因为没有流失，走到了今日，被我们奉为至宝，而孤芳自赏者总是走不远的。这便不禁要问：一位文士的书写是为什么？我想更多的还是自适，有所触及便奔涌而出，于是把笔纵横，让字面兜住。南朝的刘勰认为世上的知音是很少的，像伯牙与钟子期那般的关系是上苍特地安排的，但最后也不能持续到底。既然知音少有，更多的书写还是不求知音，是为自己写的，就像饮食困眠。文士书写的癖好是天生的，不必他人提醒，亦不必说与他人知，每个人每日去做便可，日子水波不兴。甚至客人来了，喝茶，说的也是其他话题，并不打算让他看到刚才兴起时挥就的一幅草书。露与藏，在文士中常是大藏大露，露习惯了藏不住，藏习惯了也不愿露，各极其乐。藏露只能说是个人对世界的一种态度，谈不上高下对错，就像有人常在酒桌上觥筹交错，有的人却躲在家里喝稀粥快意。

我是偏向躲在家里喝稀粥的人。喝稀粥的氛围肯定是冷清一点的、纯乎一点的日常。如果一个人想脱离日常，以另一种状态出现，那就是非日常了。从外表来看，只是一个人的言说举止生出变化，细究则是内部发生变化，有意识地用另一种形式来表现——每个人都有应世应景的方式，适时而用，有的自己没有察觉，但外人还是看出来了。陈涉起事成功后，旧日一起的山村伙伴去见他，感叹宫殿盘郁，楼观飞惊，真是堂皇。陈涉的处境变了，再也不是过去的质朴粗糙了，而他的小伙伴却没有变，他们所能说的就是少年时代的趣事，那是多么无拘的时光啊，其中就包含了陈涉的种种薄劣，上不了台面的过往。这些小伙伴当然没有注意到陈涉已不是当年的感觉了，于是为叙旧付出了代价。这也使陈涉身边的人小心翼翼，心提起来，不敢随意，时日久了，这些人在行止上就全然是另一种做派，合于庙堂上的要求——毕竟安全地生存才是最要紧的，装就装吧。我想到有一段时期人们对柳亚子的评说，甚至从诗中看出他的贪欲，看出他对于声名的不舍不弃，大凡有不满足，便要发作一番,而如果得到安抚,又会开怀之至。一名文士有志于学又有志于仕,便生出种种的矛盾来,心事越发复杂难解。柳亚子并不满足于与同道唱和,现在我们最容易看到的几首诗,都不是和寻常人交流的,便觉此人非一般清高文士。一经对比,还是寂寞的陈寅恪来得自守。很简单,就是自己干自己的。一名文士自己坚持读书、写字、写文章已经足够,哪里会有闲情闲工夫向外驰骛。这当然是决然不同的两种类型——每个人的生活态度差别很大,所求相异。但不舍弃声名的人也有以真性情处世的,不满足就直接发牢骚使性子索取,都是摆在台面上的,而不是表面一套,里面一套,总比一些文士背地里使诡计直白,让大家都看得到他的阴晴。记得曾国藩也有如此脾性,他向咸丰要官,咸丰不理他的请求,愿望不能实现,曾氏就在家中发脾气泄不满。曾国藩是想当圣贤的人了,是想为曾氏家风树楷模的,却还是一点也不遮掩,赤裸裸的,甚至也不忌讳让后人知道。我是从这些例子来看一个人的真实程度的,觉得不虚。

每个人都有一些真实的元素,如草木那般天生地长地存在着,如果不有意遮掩,并不难在交往中见出。只是人的社会属性强大之后,自然的程度就降低了,便使人面对人事时,会发出真耶伪耶的疑虑,不知自己所见所闻是否为真相。就像一个庙堂文士总有两套笔墨,一套是场面上用的,另一套是私用的。明代谢榛曾说:"官话使力,家常话省力;官话勉然,家常话自然。"谁不愿意省力和自然呢?但人生不是家常,得适应家常之外的许多场面,也就要有一套使力和勉然的套话,才可应对。曾国藩曾对儿子曾纪泽的行止忧心忡忡,他想儿子走官场之路,认为儿子行走的步履太轻快、口齿太伶俐了,显得不"压重"、不"重厚"。那时的曾纪泽最多二十岁出头,正是鲜活青葱之时,言行敏捷欢快实属常态。曾国藩却早早按官场那一套来规范,不任其横出旁逸。他一再要求:"以后宜时时留心。无论行坐,均须重厚。"青春年少,却不能任天性自在抒发,而被带往另一个走向,目的性是很明确的。少年本快意,这下不得不把快意的天性敛藏起来,做出老成持重的模样。当然,这不是曾国藩一个人对儿子的要求,也不是曾纪泽一人的不快意,整个时代都如此,而且延续下来了。罗庸在西南联大讲课时认为,在入世的生活中,保有一段出世的心情,便时时在超悟中体会到一些人生真趣。这样的生活态度使人轻快地跑动、快捷地言说,能不开怀?

简单是我喜欢的一种方式,可用于世事。小时候写字,只是想写得好看一点,尽一个小学生的义务。想法简单了，做起事来轻松之至，没有什么瓜葛相绊，理想更谈不上，也就是不断地写，以此为乐趣。我的父亲和艾略特的父亲一样，从来不夸儿子在这方面会多么有前途，就是亲戚朋友赞扬了，父亲也不随之应和，仍是一脸平静地笑笑。因为父亲觉得没有什么值得夸耀，似乎本应如此。这也使我觉得泯然于众人，不值一说，与人交流也无多——我小时候就认为与人交流作用不大，可能也是因为我本就不善交流——写字不是团队干活，不需要磨合、协调，也就不必交流。真的交流，各自想法也相去太远，终了还是沿自己思路走下去，少与他人费口舌，也少让他人想法来干扰自己。自己想法是对是错，到时候就知道了。况且艺文之思也难有对错之说，只是差异。自己乘兴一以贯之做下去，是很开心的，总会有点收获，或者教训。我想，书写就是一个人的过程，一个人心甘情愿没完没了地写，然后投给某个报刊，接下来苦苦等待，这是何等的心动——在有退稿风气的时代，这体现了编辑对无名者的关切和评判，退稿终结了作者发表的梦想，一切从头再来。退稿是显而易见的，一个鼓鼓的信封，把脱离自己一段日子的文稿又寄了回来。退稿越来越多，周围的人都知道了，没有谁说什么，只是觉得痴迷写作真是荒唐。我只是笑笑，也谈不上难过，毕竟是做自己真喜欢的事，就像同宿舍的舍友喜欢喝酒一样，都是真的。有人说他们喝酒不利身体，他们也是笑笑。笑笑，是最适宜的，也简单之至，好像表示了态度，又好像懒得搭理，接着再写，或者再浮一大白。真实不虚的力量是后来才显示出来的——写出来的文字终于可以发表了，和退稿相比，无疑是上了一个台阶，表明现在的写更有一些审美价值，如果多多地发表，有人就称我为作家了。一个作家的前后表现应该是一致的，那就是真实地写，觉得没有比这种个人的消遣更有意思——个人的日常生活没那么有意义，最多是有意思。想想自己带了不少研究生，当时在课堂上已经把他们训练得笔下时出锦绣了，却在毕业之后大都不写了。不写就不写吧，也是一种真实的生存状态，不必有意像我这样。

节气很多，节日很多——我小时候对老家的印象就是如此。我在山区当农民和工人时，正月通常是不回老家的，只有清明来了，我才会请上一个月的假，回到那个有些古典气味的小城。我是不适宜在场面上说道的人，而这个小城在正月里的一项俗常活动就是四处拜访，进进出出表达情意，人声鼎沸，端的是热闹之至。关心过头的亲友总会问我前程几何，还在山区插队吗，怎么还没分配工作。并说张三李四家的孩子因为表现好都分配到地区最大的钢铁厂了，转为城镇户口。我真是无言可答。记得杜月笙说人生就是三碗面——体面、场面、情面，我连场面都应对不了，更不消说其他两碗了。后来我改在清明时节返回老家。清明和春节是两种不同的场面，清明凄清枯寂，加上细雨霏霏，让人清静了许多，想到流逝、过往，还有那些长眠地下的先人。这时串门的人要少得多，我渐渐轻松起来，觉得人逢其时是多么适意。相信每一个人都有这种对应感，就像到报恩寺，一个出家人说，每个人都可以在众多罗汉中找到一个和自己很相似的。天下与自己有对应的理应不少，一个人不是孤立的存在，他和许多方面有着千丝万缕的联系——我想，在天道上，清明是使我暂时解脱的一种时空关系。清明回来除了感受清静，少去许多场面上的应对，还可以给逝去的长辈扫墓，回味过往的那些好时光。墓碑上的红漆经过一年的风雨，不是脱落就是淡化了，于是用准备好的钢丝刷子反复刷动，弄干净了，再蘸上新鲜的红漆，有若描红。这是一个比较细心的过程，加上几方墓碑的字比较多，也使我们每一次扫墓的时间都比别人长了不少。一个人蹲着描，时间久了膝盖就酸得不行，便换另一个人来描——我们这个家族是产生书法家的，除了心细，还有手稳。想着土壤里边的前辈，有的是抚养自己长大的，有的从未谋面，却都是同一根绵延长藤的某一个段落，现在以这样的形式相遇。待我们一切做好，墓园已经见不到其他人了。山风大了起来，是暮色就要来了，有一些荒飒之气涌动。想想是清明这样的节气，乍暖还寒，又兼细雨，使人更沉稳地安放一些动作。

有人来家里送了一沓用旧报纸包裹的笺谱，南方的潮湿让它们浑身布满黄色的斑点，像老去的芡白。他顺口说了笺谱的年龄，让人吃了一惊。想想这几年送纸品给我的人，都会让我惊诧，以示这些纸品的价值，让我记住。既然年龄都大得惊人，我就放入密封袋中收藏，似乎这辈子也用不着这些宝贝——自己书房里的宣纸多得要命，写都写不完。有的纸是用来挥洒的，有的则应该用以收藏传之后人——我以前的想法还是有个界限的。几年过去，我会想到另外一些问题，觉得自己甚是酸腐。现在子承父志的心思都是空的，各干各的，想法没有承传，都是旁逸而出，谈不到一块儿。笺谱再美好，也需要有人懂，不如自己享用。于是把这些笺谱连同自己以前藏了一些时日的老旧宣纸，都用之腕下。想着这些纸的年龄与价值，心中生出敬畏和踌躇，便都没有写好——总是有一些放不开和不自在，有点小心翼翼了。记得清代的袁枚说："不徇人，不矜己，不受古欺，不为习囿。"看来自己是为古所欺了，尽管不是远古。这让自己不太像平素那般适意，这种感觉有时还真不少，看一些古籍、古玩,要恭恭敬敬地戴上雪白的手套,很有让人揪心的仪式感,很小心、很卑微,好像自己不名一文,是得到抬举才有这样的机会。我对仪式是很发怵的,面对至尊、伟大、久远,自信丧失了一大半,平常心也不知跑到哪里去了。现在会说故事的人太多了,故事,就含纳一个个的暗示,看起来不动声色,其实已是某一种指向的引导——故事不是白讲给你听的,就像有人送我古墨、古纸,可以顺便舒展出一段故事来。明代小说写作有"非奇不传"之说——"奇"是很合于人追新逐异之情性的,大小巨细无不如此。就像对待一泡茶,茶的主人放大了茶的外在,着重说茶的坑涧、品种、树龄、烘焙,却迟迟不说价格,但听者已经明白。其实故事就是故事,故事只会在添加中越来越长,也越发奇异,让人忘乎所以,以为世界就是由故事构成的。如果一个人不为故事所动,听了也是漫听漫应,并不动心,那真算是能把握自己的人了。

水井是许多作家写过的,由于它向下延伸,便有了不少寓意,不仅仅是供人汲水炊爨那么简单。我住的这个小区原来是一个依山的村子,许多眼水井波光闪动地错落在地下。后来开发商来了,原住民都搬走了,水井也一眼眼地不见了。也许我的房子下面就是一眼水汪汪的井,可是我再也看不到它的清澈了。水井是我小时候比较忌讳的一种物象,它不是向上长的,让人看得到,而是向下,毫无声息,实际上对一些人来说就是陷阱。家中有一位少年,算起来是我表舅,有一天忽然没了,后来才发现在幽深之处。长辈哀恸之后用石板把井口遮盖了,好在家中还有两眼井可以继续食用和浇灌菜园子。只是后来我见了井口比较大的水井就会颤抖和畏缩,想到它冬暖夏凉的美好背后还有如此恐怖的力量,这也使我汲水时小心翼翼,生怕被水桶的绳索带了下去。那时的少年,生活简陋所知甚少,是没有什么头脑的,看着大人说着水井溺死人的神情,觉得比自己所经历过的任何一件事都要严重。如果一个小孩子一夜成熟了许多,一定是有一种非常规的力量在粗暴地推进,违背了循时渐进的生长规则,这并不是什么好事。我没有想到的是,长大之后就没有怎么见到水井了,自来水代替了井水,水井就成了多余。水井溺人的往事离我越来越远了,我的心恢复了平静。

一位艺文爱好者经过几十年的砥砺,技能达到了可称娴熟的程度,不逊庄子笔下的承蜩丈人和卖油翁,便开心之至。技能显示出个人的能力,在面对一张纸时,可以写出一篇文章、一幅书法,便自称文士。今日文士的技能甚至比古人娴熟,比不上古人的,永远是内在的距离,如何都达不到闲云出岫、清风自在。这也是我千方百计要看一些古人笔墨的原因。自然不自然，不是一个文士的事，而是一个世道、环境的习惯——美感总是相互比较而言的，文人们喜欢粉饰了，便会生出许多花样来，而粉饰是没有尽头的，也就没完没了，镂金错彩，雕绘满眼，再也不愿素面行于道途。书写，无疑是很简明的一个动作，站着，或者坐着，便写去，使字和词组一个个出来。古人常见不择纸墨、不计工拙之说，并非真如此，而是认为情性比纸墨、功夫更要紧。适兴下笔，写到哪儿算哪儿，失误的地方还涂抹一下。文士与宫里那些善书者是不同的，不是写官告，而是为了私享。现在写一幅字，会有一堆告白——墨汁是何种品牌的，毛颖又是何种动物毫毛，而纸张更是讲究。物质材料看重了，自然情性轻看了。其实，很多方面都如此，做得挺好看的，让人的视觉不至于失望。

　　有一个炎热的夏天，我在老家翻来覆去地看几幅残破的北凉写经，父亲也过来扫了一眼，说，啊，写得太不好看了。的确是太不好看。可父亲不知道，把玩的是里边的滋味。

　　举止本色，一个人不装，真能给人以吸引。

仰望星空 | 李汉荣

一

由于与生俱来的对宇宙的惊叹与好奇，由于上苍赋予每个人的自由意志和终极关怀，我们每一个人都喜欢仰望星空。

星空，是我们每一个人都可以随时免费阅读的伟大天书。

凡是与天有关的事物，几乎都是伟大的事物；凡是伟大的事物，从来都是免费的：天书、天空、天穹、天宇、天河、天风、天气、天象、天雨、天露、天日、天雷、天光、天年、天福、天趣、天籁、天堂、天国、天道、天时、天理、天机、天意、天赋、天命……

以上这些无价之宝，上苍若要收费，天下一切人，没有一个人能支付得起。

上苍博大仁慈，上苍厚道慷慨，上苍造出了种种无价之宝，然后挥挥手抱抱拳：尔等请自取用兮，吾全免费。

天才，也是免费供我们使用和欣赏的：老子、庄子、孔子、孟子、屈原、陶渊明、李白、杜甫、李商隐、苏东坡、王阳明、曹雪芹、释迦牟尼、柏拉图、但丁、黑格尔、康德、牛顿、爱因斯坦、霍金……他们都是天才，我们一直都在免费欣赏和使用着这些天才的精神成就、心灵产品和生命光华。

这些天才，德隆，情深，才高，功伟，他们的嘉言懿行，过了多少年仍令我们由衷感慨、感佩和崇敬。

读他们的著述、诗文和传记，我有一个惊异的发现：这些天才固然有各自平凡或非凡的人生奋斗和心路历程，但他们一生都沉浸于两件事——

一生一世，他们都在真诚地拥抱大地，触摸生命的意义；一生一世，他们都在虔诚地仰望星空，叩问宇宙的奥秘。

天才们仰望星空，其实是星空在向他们面对面讲授，一对一交谈。

我们何尝见过哪一个天才,从不或鲜少仰望星空,却沉沦于蝇营狗苟之粪坑,自囚于升官发财之牢笼,迷醉于功名利禄之宴席,拒绝与天地精神相往来,而将生命抵押给私欲的赌盘,将心灵葬埋于贪婪的阴沟?

凡是真正伟大的天才,都是上苍亲自培养和提炼出的生命精华、情感钻石和智慧结晶。

伟大的事物都是免费的,所以,上苍培养的伟大天才,也是免费让我们欣赏和使用的公共产品。

我们一直受益于天才的孔子、孟子、老子、庄子、佛陀、王阳明、柏拉图、康德们的教诲和滋养,一生一世都在领受他们的涌泉之泽,我们何尝向他们支付过一分钱?

我们欣赏和领略了屈原、陶渊明、李白、杜甫、李商隐们那么多、那么好的天才诗篇,我们何尝付过一分钱?

牛顿、爱因斯坦、霍金们的天才发现,改变、拓展和深化了我们对宇宙和生命的理解,无限地打开了我们精神的天窗,拉升了我们智慧的境界,我们何尝付过一分钱?

我们仰望星空,就是免费聆听天才们聆听过的由上苍亲自传授的心灵功课。

二

是的,星空,是上苍向我们免费开放的宇宙大学。

该大学不只培养天才,它奉行有教无类的教育理想,它乐意培养所有的人,它想把每一个人都培养成好人、圣人、哲人和贤人。

上苍,就是宇宙大学的荣誉校长。

宇宙大学有无穷多的专业、无穷多的原创、无穷多的试验、无穷多的难题、无穷多的课程,有无穷多的学问、无穷多的奥秘。

虽然该大学有无穷无尽的奥秘、学问与课程,但该大学也有一门"通识课",每一个人都可以免费自修。

该大学的这门课,既是天文的通识课,也是人文的通识课。

这门通识课,就是由该大学的荣誉校长——上苍,亲自主讲的一门心灵功课。

这门心灵功课的内容,概而言之,就是——永恒与无限。

上苍以浩瀚的星空为黑板,向我们讲解什么是无限。

上苍以遥遥的时间为教鞭,向我们讲解什么是永恒。

曾经,上苍指着我们头顶高悬的永恒和无限的星空,示意我们静默入定,闭目凝思,然后,扪心自问——静静地冥想,深深地沉浸。

然后,万念尽消,一灵独存。

接着,上苍提示我们:除了空茫无边的心,你还有什么?

答:本来无一物,唯存一颗心。

上苍说:是的,唯有心。正是你的心,连接着永恒和无限。

因此,你即永恒,你即无限。

你来自无限和永恒,你也属于无限和永恒。

就这样,仰望星空,我们有了一双视通万里的"天地眼",有了一颗思接千载的"宇宙心"。

我们仰望星空,其实是在聆听上苍亲自给我们主讲的万古心学——宇宙便是我心,我心即是宇宙。

仰望星空,我心永恒,我心无限。

哲人说:星空之下概无狂妄与浅薄之徒。

那是因为:星空之下,是一颗颗连接永恒和无限的赤子之心。

三

听我妈说,不满一岁,我就被天上的星星抓走了魂,有时候连奶都忘记了吃。

其实,天下的孩子都是这样的,他们一睁开眼睛,首先看见的是他们的妈妈,接着就看见了妈妈头上的无限星空。

那是人"看向世界的第一瞥",那是人生的开卷一瞬,从此打开了生命的序言,也翻开了心灵的长卷。

从第一次仰望星空起,一发不可收拾地,我开始了一生的对星空的仰望。

趴在桌上看书眼花了,夜里加班干活干累了,伏案写作写倦了,或者深陷于语言的沼泽地写不下去了,遇到失意之事消沉了,碰上麻烦之事纠结了,遭遇命运困境抑郁了,长夜跋涉于孤旅险途迷路了——这时候,我的一个习惯动作,就是抬起头仰望星空。

望一会儿星空,疲劳有所缓解、愁苦有所减轻,更重要的是,心境忽然变得开阔,继而变得宽阔,进而变得辽阔,以至于无边无际无限无穷,就有了飘飘欲仙的感觉。

如果这时候身上忽然长出几片羽毛和一双翅膀,我肯定会立即迎风起飞,与庄子列子比翼同游,共赴超越生命、体验永恒的精神远征。

四

劳作时仰望星空,可放松身心缓解疲累;闲暇时仰望星空,可引发冥思感悟永恒;虚静时仰望星空,可明心见性澄怀合道;烦躁时仰望星空,可洁尘涤欲澡雪襟袍;抑郁时仰望星空,可解郁舒怀疗愈灵魂。

先哲说:"有两种东西,我对它们的思考越是深沉和持久,它们在我心灵中唤起的惊奇和敬畏就会越历久弥新,一个是我们头上浩瀚的星空,另一个就是我们心中的道德。"

仰望星空,我就会变得内心澄澈、宽广、谦卑、仁慈而宁静,连脚下的步态似乎也变得沉稳了——我恍然已到了银河的深处,浴着永恒的星尘与天露,即将抵达时光的彼岸。

仰望星空,我的眼眸变得透明,身体变得透明,灵魂变得透明,表里俱清澈,肝胆皆冰雪。假若此时遇到爱因斯坦或霍金,他们一定会热情地拥抱我,对我说:孩子,我们都是宇宙的婴孩,我们都在眺望永恒,我们都是与永恒交换眼神的,永恒的孩子……

五

在仰望星空的漫长岁月里,我的身边还发生过一件有趣的故事。

上小学二年级时,有天黄昏,我在李家营田野里采猪草回到家,不小心将放在厨房门口的泡菜坛子的盖子碰破,暴怒的父亲拿起扫帚要打我,我急忙跑到院子里。这时,星星已经出齐了,院子上空的星星,密密匝匝灿灿亮亮好像欲往下掉,也真的就有一颗流星,划过天空仿佛正好在我家大门口那棵大槐树的树顶上扔下几粒火星。我对举着扫帚追过来的父亲说:爹爹您快抬头看,天上有一个泡菜坛子,也被天上捉迷藏的孩子给摔碎了,老天爷该去打谁呢?您看人家老天爷心胸多宽广,从不打骂天上那些不小心犯错的小孩子。父亲被我逗笑了,放下了扫帚。其实,他是被老天爷逗乐了,他是看见了星空,心里忽然敞亮,心肠变得柔软了。

六

在我的故乡,我认识一位名叫桂芳的嫂子。二十世纪九十年代初的一天,我回老家看望父母,在村前的漾河岸上遇见她时已至黄昏,星星已陆续出现。浴着星光,吹着河风,她给我讲她的故事,别有一番意趣。她说她也喜欢仰望星空,她说她虽然是一个乡村女子,却有着诗人的情怀和天文学家的眼睛,她说她是做过多年文学梦的人,至今还未全然醒来,人虽在尘土烟火里劳碌,心却在璀璨星空里神游。她说几乎在每一个夜晚,她总要望一会儿星空,这是她必做的功课,不然就觉得心里不敞亮,神魂不自在。

因为是在河边说话,望着水光与天光互映、漾河与银河汇流的场景,她特别细致地给我讲她在河边凝望星空、打捞月亮的故事。不愧有一颗受过文学和诗歌熏陶的心灵,她的讲述,完全呈现出诗一般的意境,虽然她从来没发表过一首诗,但她本人,或许就是一首诗——

她说她从小酷爱文学,读过许多古今中外的小说、散文和诗歌,课余悄悄练习写作,经常用诗歌和散文记录自己的情感和人生体验。遗憾的是,中学毕业她没考上大学,因为二十世纪八十年代大学录取率还很低。她只好回乡种地务农,后来就与一个同乡小伙子成家。在结婚前的一天,她对她最好的闺密说了许多知心话,她说她虽然就要结束姑娘的单纯生活,算是从青春的云端下凡从俗,但青春的结束并不必然就是庸俗的开始。她说她不愿在世俗生活的池塘里搁浅、浸泡和随波逐流。她说她要永远保持她青春的浪漫,至少要保持一点激情、美感和诗意,保持一点对生活的审美态度和趣味。她说她读过名著,读过诗词,读过李清照,读过《简·爱》,读过《红楼梦》,读过莎士比亚,读过雪莱、济慈,读过狄金森,读过《白朗宁夫人十四行诗集》,读过舒婷的《致橡树》。她说她是真诚地暗恋过文学并且做过写作梦的。她说文学和诗歌就是她的初恋情人,她不能轻易背叛了自己的初恋情人而向世俗生活完全俯就与彻底投诚。她说她的心里有着文学和诗歌给她的彩虹般的底色,她说一个褪尽底色的人就成了自己心灵的外人。她说她决不做自己心灵的外人,若是自己成了自己心灵的外人,她就不是她自己了。新婚不久,她执意要为新郎洗衣,她说一定要在月夜里的小河边洗衣,她说她就爱在月夜里走路,就爱在月夜里仰望天空,就爱在月夜的小河边洗衣,她说在月夜的河边她就会想起张若虚和李白的诗,她说月夜的河水里流淌着世世代代洗衣姑娘们的笑声和棒槌声。

那夜，当她停止对河水的搅动和对衣服的揉搓，当她举起柳木棒槌，一下一下捶着洗衣石上新郎的衣服，也捶着还有些羞涩的心情时，河湾里响起一串清越的回声，忽然，她看见，密集的星星在河里点燃了天上的篝火，多半条银河在河道里开始漫溢，她的眼前，瞬间集中了全宇宙最亮的星星。月亮也应着棒槌的声音悄悄走出水面了，一会儿就游到她的面前。她凝神一看，那嫦娥，也在水里羡慕地看着她，好像很想上岸。只差一步她就上岸了，可差了这一步，那仙女就是上不了岸。她就恍恍惚惚把棒槌递过去，要拉那姑娘上岸，却不小心一下子碰碎了月亮，碰碎了银河，满河都是夜空的碎片，都是破碎的月宫的琉璃瓦片。这时，她才一下子清醒过来，觉得对不起月亮，对不起嫦娥，只怪自己不小心，就把水里的月宫碰成了碎片，把嫦娥姑娘的尘世之梦碰成了碎片。

那夜，在我的故乡，在漾河岸边，在星光下，新婚的桂芳嫂子，我那浪漫的乡间嫂子，我那被文学和诗歌熏陶过的好嫂子，用一根温存的柳木棒槌，试图连接起天上人间，她要把溺水的月亮扶上岸，要把出走多年的嫦娥带回家……

七

一位喜欢哲学、心理学和天文学的朋友，常给我讲他研读宇宙哲学、追寻精神信仰的心迹，以及他仰望浩瀚星空、沉思生命奥秘的心路历程。他认为，上苍其实就是一位为人类提供心灵治疗和精神保健的公共医生，无边星空就是一个免费开放的心灵大教堂、精神疗养院、灵魂避难所、生命瑜伽室。他给我讲过一个他与星空的故事——

前些年的一个晚上，因为一件不愉快的琐事，我与家人吵架，越吵气越大，似乎人间烟火里，骤然飘来了军火气息。我的持家之道素来是妥协与共情，无事即好事，无债即发财，无怨即有缘，无仇即有恩，无病即有福——这就是我尊崇的家庭经济学、家庭伦理学、家庭幸福学和家庭成功学。可是此刻，这些家庭之学都失效了，军火气息若再升级，会伤心伤身伤和气，也会影响邻居们休息。我转过身推开门，走到院子里，抬起我正在生气有些颓丧有些懊恼的头，默默地仰望星空。我看见了天狼星，看见了北斗星，看见了我们亲爱的银河系，看见了壮丽的仙女座星系——据天文学家说，她比银河系还要大若干倍，她率领着千万亿的恒星、行星和星团，正在缓缓靠近我们的银河,再过三十亿年将与银河系完全汇合,汇成一个新的更加浩瀚壮阔的星系。那时,银河在哪里?太阳在哪里?地球在哪里?那时,且不说到了那时,就说百年之后,或千年万年之后,我在哪里?你在哪里?他在哪里?我们都在哪里?卷帙浩繁的宇宙叙事,可曾有值得铭记的有关我们的蛛丝马迹吗?望着渺远的浩茫星光,我竟然心灵战栗,眼睛潮湿,情不自禁地对着遥远的仙女座,深深鞠了一躬。就在这时,家人走过来了,问我在看什么,我回答:我在仰望星空,我在仰望仙女座星系,我望见了仙女座星系里有几个奔走相告的外星人。家人忍住笑,问:真的吗?你望见了外星人,外星人在干什么?我说:我看见外星人在天上看我们吵架哩!家人说:你哄鬼哩。外星人看地球就像看一粒灰,甚至连一粒灰都不是,外星人看我们这里,啥都看不见。回家吧,夜深了,别看天上的仙女,也别看外星人了,明天还要上班,咱回家,休息吧。

八

　　前年冬天寓居北京,那天晚饭后,我习惯性地骑上单车来到奥林匹克森林公园,漫步草地,仰望星空。忽见一颗极亮的星,遥遥地悬在我的头顶,我立正站好,向它久久注目。此刻,我头顶的星、星光下的我、我脚下的地球,恰好连成一条直线,连成一条连接永恒的直线——需要整个宇宙多少亿年的神秘运作,需要多少朝代的更替,需要多少时光的流逝,才会在此夜的此刻,把我与这颗星,把我与永恒,垂直连接成一条笔挺的直线?天文学家说那颗星远在三十多亿光年的太空之外,也就是说,我此时看见的星光,是它在三十多亿年前发出的光,这光线以每秒三十万公里的速度穿越了漫漫三十多亿年时空长旅,才在此刻到达我的视线。也许那颗星早已陨灭了,我看见的,只是它在毁灭前最后的燃烧,最后的遗像,是它最后的目光,而它却把最后的目光一直固执地坚持到我与它相见,又或许,上苍赐予我此生,正是为了让我与它相见吗?万古奔来眼底,匆匆遇见,一别永恒!细思量,这壮丽的宇宙,难道不正是一个遍布苍凉目光、苍凉追寻、苍凉背影、苍凉记忆的深情而悲壮的辽阔剧场吗?

　　星光下,我默默伫立,久久无语。我似乎听见星空深处正传来帕斯卡尔的低语——

　　"无限空间的永恒沉默使我战栗……"

钱红莉 | 癸卯廿章

一

"履道坦坦,幽人贞吉。"语出《易经》。书上译成:走在光明正道上,心怀善意之人可得吉祥。

我的理解则是:一个内心安宁的人,独自走在路上,格外坚定洁净。

"幽人",内心虚静之人。

二

一直可以自古诗、优秀的现代诗中,触摸到汉语之美,并生出珍惜写散文的执念。

三

"三月去山东,春正发生。"贾平凹的散文语言,一级。

早晨喝水,拿错水瓶,喝下几口自来水。倒掉,再饮过滤水——味蕾有明显识别,自来水口感直硬,纯净水口感绵甜。

好文章同理。过滤掉副词、形容词等杂质,纯粹呈现原始词义,瞬间有了张力,以及丰富的内在意蕴。

四

对于自然万物,书写者一般运用凝视的平铺直叙。契诃夫则将万物注入自己的灵魂。读到一段他将青草人格化的精湛写法,颇为震撼。

短篇小说《草原》,通篇散文笔法,以诗性语言缓缓推进,让人流连。读一段,又倒过去重读,慢慢咂摸,有回甘。

汝龙译本略有瑕疵。"溪水潺潺地流过",无张力,"溪水潺潺"即可。而有些句子则非常传神:在她去世以前,她是活着的,常从市场上买回松软面包……这是一个孩子对于祖母的追忆,语义重复里深藏言不尽意的温馨。

五

每临隆冬,喜欢坐地板上,背靠暖气片,听波格莱里奇弹奏肖邦……

他的身世经历,他因姐弟恋婚姻而遭致巨大的祸患——为父母所不容而断绝血缘关系。长他二十一岁的妻子先走一步,一蹶不振的他去瑞士小镇避世独居,然后重新回来继续弹奏,被音乐成全,被音乐救赎。

一个人的经历,奠基着他的技艺,两者相辅相成。犹如《拉赫玛尼诺夫:第二钢琴协奏曲》,没有人弹得比格里莫更好——当然,每个人以为的"好",都是有着局限的,均来源于个体。因为每个人自成宇宙,不可辩驳,好比说没有哪位指挥家比阿巴多更能给予我力量。

贝多芬有一首大提琴曲第二乐章,第一次听,被深深震慑……钢琴伴奏是日本一位不太知名的音乐家,后来再也找不到这个版本。日后听了无数版本,均不如意,再也不是那种滋味。失去了就是失去了,再也找不回来。

无数人弹奏肖邦钢琴小品,似乎我一听就能从中辨识出傅聪来。音符里感情的起伏,整个意境的把控,每一弹奏者均不同,总能遇见一位符合你精神气质的钢琴家。

阿姐版本的柴可夫斯基《第一钢琴协奏曲》,节奏太快,整个乐队追她追得辛苦,急行军一样,简直遭罪。我就喜欢听巴伦博伊姆版本,还是露天的,收音效果并不好,但摧枯拉朽啊,众神驾临……

冬日萧飒难挨,抑郁加深,需要古典乐来救赎。有时,整个下午都可以活在肖邦的世界里。

六

大雪。有民谚:小雪腌菜,大雪腌肉。确乎腌了一刀肉,带肋排那种。为将来可以吃上一顿腌笃鲜。冬笋正在山中凛寒生长……作为一名崇尚自然的遗老,我姑且就算是向二十四节气致敬了。

七

夜里散步。一个小孩在哭……原来小孩哭声是有韵律的：先是低低如大提琴的沉思慢板，也像雪花纷纷扬扬，越哭越伤心，往高阶走突如一声定音鼓，换一口气息，缓缓下来，一波一波，海浪一样……大人打开楼道门，哭在空旷的走廊有回声，如若马勒《大地之歌》。

八

孩子每年外出爬山，给我带回的礼物都是石头。有一次，他发现我随便放在餐边柜上，有一点点失望，大约是一颗心被辜负了。

后来我带去一块放在单位办公桌一角。他去看见了，有一种自己的礼物被认真对待的小小惊喜。

更小时，他在小区玩，会拣一片最大最好看的树叶回来送我。那都是他的心意，我颇为珍重地表示非常喜欢，并致谢。

石头与树叶，是无价的。

我外出一般给他带美食，高铁站、机场买来的当地特产。最近一次，找遍高铁站，只有一家小食店，空手而归。他兴冲冲去车站接到我，极力克制失望的情绪。为了补偿，我们立刻去大餐一顿，可随便点。

孩子的心非常大，比天空大，但妈妈一句话便能满足了。

九

成人之间一句"新年快乐"，何等无力虚飘。

小时候是真的快乐。新衣上身，植物纤维的气味，至今犹记。怀着敬畏给虚空中的列祖列宗磕头、上供。顶着寒风走四五里路给外婆外公拜年，路过山林，松涛阵阵，箫一样呜呜咽咽。跨过除夕，确乎可以感知到一切都有了崭新生命，活泛泛的，连同山川河流，眼前屋瓦，一切如新。

十

　　小孩拿回家薄薄一本《经典常谈》，我读得放不下。朱自清先生手笔，一本有趣的小书，大约为西南联大时期教学讲义，行文简淡古直，枯厄苍老里不时探出三两新叶，看得人津津有味。

十一

　　听科尔托演奏肖邦《叙事曲四首》，眼前浮现的总是常玉的画，确切地说，是他那些冥思的马、孤独困厄的马，囿于俗世的广大无边中。常玉运用大量姜黄、浅粉、殷红做底色，只呈现一两匹马，弱小、孤单、恒定又梦幻。我不能从另外任何一位画家笔下感受到如此强烈的孤独。

　　一匹马走在寂寂路途，与肖邦的琴声一样单薄，但这种单薄淤积得久了，又变成杳渺汪洋。对于寂静的深刻认知，来自常玉的一张幼鹿就水图，雾一样升起，渐渐弥散，人间所有的安宁，均在小鹿眼底。

　　常玉的存在，反衬得许多画家根本是一个个匠人。真正的艺术家注定潦倒而终。

　　常玉赋予植物奇特的颜色奇诡的形态。他的竹，星空一样幽蓝。他的荷，姜色，又接近于松花黄，三两白花，玉质，仿佛下过一阵雨，是春雨，霏霏微微的……溪水，云一样白着。这一切的生物，一眼望上去，还是那么孤独，有出土文物的肃穆，就像一个老人守着门前一块菜园子，大抵是些平凡的茼蒿、四月蔓，惹人入定般看上半天，直见性命的喜爱。

十二

　　不论精神上多么困厄，但愿我们的眼里永远有光，温暖自己，照亮暗夜……

十三

　　疾病是否可以将人的杂质祛除？

　　以往，拿起黑塞小说《悉达多》，未读几页便放下了，不过是浮躁。病后气弱，反而一下读进去。小说文笔思辨而荡气回肠，犹如伫立辽阔高远处，眼前一切变得通透，日升月落，星移斗转，尽在掌控……

文学真是恒一的东西,它也是我们心中的佛陀。

十四

流水不争先,一样可以抵达大海。

十五

心性决定一名作者能走多远。支撑一个人的是:骨骼与人格。

十六

有人身段柔软,有人内心柔软。前者仅仅于微尘俗世收获些许微利,后者则可照亮世界。

十七

冬日凛寒中的树,宛如人类中年,消失了花叶相。

枯相,正是中年相。

若不能超脱于白发、皱纹、衰败诸相,则是最大的失智。

中年,是逐渐走向枯相的过程。

十八

路上两株红花茶梅,与我一般高。一朵朵,重瓣,繁密如星。每天经过,老远望见一树猩红,深感不安。

垂丝海棠的花也密,但朵小。茶花这种猩红色系,蓬头粗服,泼辣世俗,无端生出李逵一样的暴力感,予人压迫。一日日艳阳高照,晒褪了色,渐渐地,挠头赤脸地卷起,蔫下去……

白花茶梅最美,娴静,萧然。

十九

午休,十之八九睡而不眠。风透过门缝嗡嗡而过……细听,如闻松涛,呜呜咽咽,浩浩汤汤,仿佛自遥远的森林赶来,累累的,奔袭十万八千里长途,听得久了,分明有哀意……偶尔鸟鸣一两声,短暂划过,如石子投河,倏忽不见。

明明是烈阳暄暄的白日,倒映于心,却那么万籁俱寂。

一贯睡而不眠。这风声也不让人恼,愈听愈静谧。

窗外,阳光如锡箔,刺得人睁不开眼。

为强光所笼罩的树尤绿,墨团一般深幽幽,干净又明亮,每一株均各有生机。柿树巨大叶片,蝶一般舞蹈翻飞,有大河排浪的壮阔。合欢树敛起花束,羽状叶片悉数收拢,整个树冠枯了似的,但一直有筋骨在。门前小竹林曲折跌宕又崎岖,个别蹿得高,瘦如病梅——大风中,这一小园修竹幽篁自带一份律动,是排箫吹出的苍翠的歌。

今年雨水多,紫薇花盛,一拗一拗花束,沉沉低垂,如佛祖低眉。蜀葵结了累累籽实,开个别的花,一部交响乐渐入尾声,单薄的小号渐渐地渐渐地弱下去,让观众开始整理衣装准备起立致敬。

夏日盛大,无处不蓬勃着生命力。居所南窗下杂树林间,凭空长出丛丛晚饭花,迎着朝露晚霞,开得安分随时,微微的香似蚕丝,单薄纤细,永远扯不断。

每日黄昏,我都要去居所附近的荒坡散步,对面坡地一年蓬无数,花开了一茬又一茬,远望似下了一层细雪,风来,摇曳不定,又像青草一夜白头。

不仅仅为着看草观花,还为等待绮丽晚霞、浩瀚夜空……

是何时开始的,对自然界中一切美的物事生了看一次少一次的珍惜之心?

大抵是身体的疼痛提醒了我。知天命之年,又意味着什么?

左肩隐隐作痛一年余,甚或夜深痛醒。右膝四五年来始终不愈。前阵啃一只小龙虾大螯,将牙齿崩豁一口。昨日锻炼腹肌、膝盖,平躺床上做几组踩单车动作,颈椎竟被拉扯坏了,连头也转动不了……

倘是早年,想必会沮丧不已,负面情绪一波一波无法平息。到得当下,到底学会久与病痛友好相处,不过是做了心理准备,平心静气迎接衰老来临。

人生实苦,唯余忍耐。

这大约是古人所言的"知天命"的意思。

什么是天命?不过是生命的规律。生老病死,规律难违,唯有接受。

躯体上日渐枯残衰败,反而激励着精神上的又一次新生,故看周遭皆不同,对一切正向的物事,均有珍惜的意思。

王维写：兴来每独往，胜事空自知。

我的理解是，人到了一定的年龄，终于不再孤独彷徨，自成宇宙，建立起自己的星系，哪一颗星始终亮着，哪一颗逐渐暗淡……肉体的衰败终是定数，于精神领域，逐渐有了无数的"新我"，终于不再内耗，热爱什么便去做，这即是"兴来每独往"。

那何谓"胜事"呢？即一切美的物事，包括一枚满月、一片彩云、一阵微风、一池新荷、一湖碧水……这些美的事物，唯有"我"所知并热爱着，即"胜事空自知"。

空，为佛教语，有"白白地"的意思。

王维逐渐地活成了人类知天命之年的代言人。

他不争了吗？不，他日益精进。

苏轼一贬再贬，不争了吗？陶潜辞官回到故乡，不争了吗？

他们是打破俗世规则的茧，羽化而出了，故不屑于去争高低长短，但在思想层面，自我修为上，无一日停止过淬炼。

一日午后骑行于林荫道，前方忽现白亮亮的光，抬头，一朵白云挂在树梢，真是"孤云独去闲"……刹车，拿出手机，将这朵云的美定格住。下一秒，它将不知飘往何方。

过后几日，每临那段林荫道，都下意识抬头，看看可还有那样美的云彩。它到底是不在了，唯余泥土的腥气草木的香气，间或还有一两声蝉鸣……

但那一刻的美，始终印刻心上。

二十

《读画记》增订本交稿之际，最终拿掉了自序。

这个序，十年后再读，非常不好，比如，什么叫"与置身的时代保持距离"？这种话，根本不该公开写出来，太显，反而挂了相。

书写，宛如一滴水回到江河，羚羊挂角，无迹可求。要曲与隐，才能弥漫冰雪气质。不能将情绪上的东西泼墨一样任意宣泄。要学习八大山人，懂得藏，浅墨一勾，一条鱼浑然跃出。再不济，抬头看看夜空，孤星伴月，何其壮美，广大无垠的空旷，正是给这美的底蕴奠了基。

还有一种隐，在早春河畔。一树树红梅如烟如霞，适宜站远了欣赏……到了仲春，已是鹅黄初上，一样是柳如烟，氤氲着的似绿非绿……如此不能确切的梦幻感，最是动人心魄。

一篇好文章,要有水汽,一如早春,清晨的薄雾未散,你赶着一群鸭子下河⋯⋯好在哪里? 就好在日常自然。

简淡,自然,是我一直以来的追求。除了磨炼,别无他途。《读画记》出版后的十年间,确乎看见自己点滴成长。

文字写到何种程度才叫自然? 一条小溪里不能有巨鲸横陈,要白亮亮地一路迤逦而去⋯⋯

写东西时,人要活在冬天。寒风呼啸,白雪皑皑,下笔宛如落叶乔木,卸下怡红骇绿,徒剩枝干,露出骨相,凛凛洌洌。

人和文字,要隔几层,不能走得近。近则生热情,宛如饱饭,容易昏聩。太过饱涨的情绪,满了溢出来,这种文章肉乎乎的,不足取。任何花团锦簇的东西,都禁不起时间淘洗。

与文字隔得远一点,像雪中的树那么瘦。陈洪绶的花草系列,一派高直苍古,梅是老树病梅,石是漏空粗石。浅山远水,一行孤雁⋯⋯到了恽寿平则又不同,设色鲜妍,眼前若有光⋯⋯二者皆剪裁极简,采用的都是多舍少得主义,近小品精神。

黄公望到了山居图卷阶段,又是另一层境。厚重如天边响雷,开阔自如,气势恢宏,如重兵纵横于巍峨群山间,山势险峻如宇宙星体,世间独有松涛清风自然万物。小小的人,藏于林下小径尽头,不仔细搜寻,看不见。

这是另一种"藏"。

倪云林的东西,更了不得,几竿雪竹,一爿茅棚,高山如窄轴,只略略露一星半点,满幅淡墨浅灰,却惹人痴痴顿顿,低回不已。

倪云林的《容膝斋图》,孤标独高,一样的冰雪气质。

画分高品、逸品。后者为匠,善于取巧;前者是天才,集了大成。文章亦如是。

近年读鲁迅日记,如读魏碑,似也能悟出点什么来。行文克制,最珍贵。

为文的显,是克制的大敌。《读画记》初版中的区区七万字,到了增订本,未增反减,书更薄了。人一克制,情绪上便收起来。行文间,不见繁花弥天,甚至有了额外的困厄枯直,故可能不为一般读者所喜。

大年初一,陪孩子登城中一山,不高,海拔两百余米。山中遍布落叶乔木,被一树树枯瘦倾倒,频频拿出手机拍照——苍灰的天,映衬着这些寒瘦似黑铁的树,如若一幅幅写意小品。

孩子则表现出不屑:有什么好的,全是光秃秃树枝……我试着自审美角度启发他:这种树叶落尽的遒曲之美,多有力量,尤其那些东倒西歪的树,寒风中姿态万千,极富跌宕之美。然后又引申至冬日池塘的断梗枯荷:比起盛夏满塘绿叶大花大朵的密不透风,冬天里大片留白的池塘,是否更见萧瑟之美?后者的美,比之前者更有层次,更见力量……

这是自然万物的"隐"与"藏"。

书写上的克制隐藏,也算一门技术,可通过后天的刻苦努力去完成,那么,写作者还需要拥有什么呢?

深觉,真挚。这才是最珍贵的。

南方短札 | 人邻

小古玩店

老城区，老旧的小街，或路口稍稍往里一点，不远的位置，总会有一间小古玩店。里面稍稍暗淡，只有迎门的玻璃柜子那里灯光是亮的。

里面墙上，高高悬着一个小阁子，供着什么，多的是财神，也就是赵公明，也有的是观音。供观音的人，也许跟供财神的，不大一样吧。

玻璃柜子里面摆放着各样的古玉、扳指、珠子、子冈牌，还有知名不知名的无尽小玩意。里面有时候没人，人要走近玻璃柜子俯身看时，才隐约感觉里面有人。人看得认真了，他才出现，等人问些什么。他不说话，坐下或是站着。站着，是因为来人看得认真了。若是坐着，不过是余光偶尔一扫，甚至连余光也没有，只是有意无意地盘玩着什么手把件或是一对核桃。也或者，端着一杯茶，无聊的样子。人不问，是不说话的。也或者，人进去，许久都没人。人在那里看着，看一会儿，走了。小店里的东西，似乎也是不怕给人窃走的。也有时候，人来的时候，小店老板就在隔壁或对面谁的店里坐着，跟人聊天喝茶，只是偶尔往这边看一眼，听听动静。来人看一会儿，抬头找人，他才懒懒过来。

这些人，稍稍有点年纪，都在这一行混了一二十年，甚至更久，有着不寻常的背景。他们知道这城里会有些什么样的东西，有些什么样的主顾，需要出手或寻觅什么。他们手里的东西，大多是在背后悄然流转。"三年不开张，开张吃三年"，这小店，更多时候就是虚应的摆设，是样子。可这样子，总是要有的。

没事的时候，天气好，这样的人，就静静坐着，抿一口茶，或吸着烟，观察着门外的世界，观察着人，也观察着时光的流逝。看一会儿，眼神也似乎是茫然的。他们熟知这个老城不为人所知的幽暗。

这是另外的一类人,跟这个世界格格有入,同时也有点格格不入。

小店

南方这边,跟西北做生意的人不一样,店主不是在里面安然坐着,就是半躺在门口的竹椅上赤脚消夏,但里外都悠闲泡着一壶好茶。偶尔起来忙一下什么,也不大理会那个刚刚在门口站了一下,看看什么,又走了的人。好像余光也没往那个人身上扫一下。他只是听见那脚步声的停顿,那会儿,他的手里正握着一把颇为小巧的紫砂壶,壶里的茶,刚好还能倒满他的小茶盅,他正沥下最后的几滴。

这儿的人,不管什么身份,喝茶都讲究,壶里的茶,只是滚水一冲,不过十秒就赶紧滗出来,不然就说是茶熟了,味道"老"了。这"老",似乎也有点"陈""不新鲜"的意思,他要的是刚刚好,滚水一冲,茶意忽地飘起来,云一样飒飒的,刚好。

生意嘛,还有一盅茶,不急。

时间

两个本地女人在挑红薯,装红薯的纸箱不大,她们堵在那儿,一直弯着腰拣选。我没办法靠近那箱子,就只能等着,等她们挑完。

五分钟过去,七八分钟过去,那两个女人还在挑,拿起一个,放下,又拿起一个,还是放下,且把箱子底下的红薯翻上来,拿起一个,又一个,仔细端详,端详半天,还是放下了。

我站在后面,看不明白。

几乎没有耐心,我就要走了的时候,一个女人挑好了。她抬起头来,脸上是木然的样子。另一个女人,依旧在挑。

也许是累了,她挪了半步,空出一点地方,我也可以在一边挑选红薯了。我拿起一个,看看挺好。又一个,也是好的。不过二三十秒,我挑好了四个红薯。我觉得每一个都是好的,甚至紫红的皮都很少有磕碰。

她们究竟在挑什么?她们拿起一个红薯,放下,然后再挑一个。她们不急,没任何事,她们只是在挑选。

也许,每个人都有自己使用时间的方式。什么是浪费,何谓光阴流逝,她们不知道,也不想知道。

时间,对某些人来说,不到最后,似乎总是无限的。

红木

南方天热,为了通风,平房的门,大多习惯敞着。简陋一些的,直接敞着,不怕人看。讲究的,门框两边,相对着是两排两三寸的孔,横穿着几根圆木,算是遮拦,为着不让人,也不让鸡鸭狗随意进去。更讲究的,涂饰着黑漆,屋里的暗淡,因着漆色,更显暗淡了。

敞着的门里,大多有那种老式的红木桌椅。大多并不名贵。对寻常人家来说,不过是实用的物件。几十年过去,很久的时间里,因为潮湿,松木柳木之类,很容易腐坏。但红木坚硬、密实,不管那些潮气如何浸淫,细腻紧实的木纹紧缩密闭着,潮气不过是虚虚蒙在外面,布一擦,就退去了。

红木的雕刻,有繁复的讲究细作,那是主人家的富贵气息,要显出家底的丰厚。寻常人家,结实就好,甚至粗笨也是不怕的。大气朴讷的那种,罕见,也像是那样通透的人一样,罕见。

一年里,多半时间的潮湿,会让细密的吸收了些微水分的木纹略略张开,而那木纹很快亦会倦怠了,随着水分的挥发,再次收缩紧实。细微的张开和收缩,使得这些木头更加紧密,甚至顽固。

飘浮的灰尘,也会随着潮气覆盖在红木的表面,慢慢凝结,腻着,石化了一样。这不断的潮湿、蒙尘、擦拭,使坚硬沉实的红木,慢慢将自己退到了尘世深处。

如此的物,有;如此的不愠不火、难以磨灭的人,很少。

路

这边的有些路,不能一直走。

曾顺着一条路,想着逆时针,逢左就转,转三次自然会回到熟悉的位置,至少也会回到这条熟悉的路上。走着,看着,逆行中,许是太随意了,看着走着就忘了,路已经悄然改变了延伸角度。几次左转弯后,街道、店铺,依然是陌生的。

另有一次,顺一条路走,小路细长,方向是对的,我知道穿过去,那边就是我熟知的可以回家的大路。我以为走过去毫无疑问,小路里头,两边住着的人,不可能只留这边,而将另一头狠心堵死吧。

而这两次，我却都不得不无奈原路返回。前一次我没弄明白究竟，后一次，我服气，真的会有人——不止一个而是一群人，好大一群人——只给自己留了一条路，万一有紧急什么的，他们不管，懒得管。万一，也是大家一起，不是自己一家。方便吗？不方便。可是管他呢！大家都不方便。都从这边走，去那边，得绕一个大圈。

偶尔无奈，可我还是喜欢这样随意、近乎盲目地走。一次出来，走了很远，到一处，看着沿台阶上去是立交桥，复杂的立交桥。顺着引桥看过去，有转到路另一边，再转一个大弯，依旧回到路的这边，又转向了哪里的。有一条，则是转向了陌生地方。正看着，有火车从一侧过来。应该是短途列车，老式的绿皮车厢，邮局一样的，时间也就似乎是旧了的绿色，几十年前的记忆一样。火车不急，缓缓地，甚至是不想开过去那样，"哞"地叫一声，老牛一样。心想，某一天，也许我会随意买一张陌生地名的票，到一个陌生地方住上几天，就为了感受那些陌生新鲜的孤独。

我该往哪边走？走过去，走那条陌生的不知道去了哪里的？还是走那条，走过去可以转回来的？

我还是转身往回走了。脚下的路，走就是了。走过来，走够了，或者是不明白了，不想走了，回去就是。不走，也是可以的。那些未知的路，不知道那边是什么的，去可以，不去，亦可。

去了那边又如何？终究还是要回来的。就像游子，一生总要回到故乡。

狭道

狭路相逢勇者胜。不一定。那个看起来像是黑面勇者，见对面有人过来，早早鼓着肌肉、龇着牙齿较劲的，不一定胜。他会被对面走来的那个不露声色的人瞬间击倒。被击倒者，甚至都没有察觉到什么，就倒下了。

那个无声息的人，埋头走着，他已经在这条路上走了十年、二十年、几十年，还要沿着这条路，一直走下去。

他走得沉沉的，似乎也透着些轻松。他就那么走着，只看脚下的路，不看对面。这样一个人，不管是从多远地方过来的，谁看见他都会悄悄避开，让他走过去。

这个人走的不是勇气，不是决心，就是默默地走。好像他自出生以来，就在这条路上走着，他要一直走下去，走到底。

话语

小路边站着三个人。他们在那里说话,不停地说。大清早本来是他们出门锻炼的时间,如果不遇见,他们必然是各自锻炼,跑步或是做别的什么运动。

这会儿,他们遇到一起,因什么话题或是什么事说话,一直在说,说了很久。不知道他们的话会说到什么时候,也许五分钟以后,也许十分钟以后,也许更久。也许忽然因什么事,停下来,散了,各自走开。

我在想,人的话语,究竟是必需的,还是多余的。如果是他们各自走着,锻炼着,就没有那些话。是因为遇见可以说话的人,才有了那些话。

想想,也只有人类发明了所谓的话,发明了那些大约确定的意思。话,本来是没有的,可能也并不需要。那么多的动物没有话,植物果实花朵也没有话,一样生活得很好。它们有感应,有生物之间的感应就够了,不必有话。不然,它们为什么不跟人类所谓的进化一起进化呢?

人,原本简单,有了话,才有了那么多多余的。

遛鸟

透过树木的缝隙,见那边有一个鸟笼。天冷了,鸟笼外面蒙着厚厚的白布。京城那边,一律的蓝,也许是以为白色不吉利。南方这边却不管。犹豫一下,我拨开树丛,却见那边一块空地,十几个鸟笼一溜摆开。对着鸟笼,有几把旧椅子,几个人安坐着,听着鸟在笼子里清灵鸣叫。将近腊月,南方也是冷的,几个人穿着厚厚的外套,戴着口罩手套。旧印象里,似乎只有北京大爷才会一大早出门遛鸟,顺带着遛弯,没想到,这边也有。

鸟叫好听,不知是什么鸟。可能也就是那几种——黄雀、金翅、蜡嘴。也许,南方另有其鸟。养鸟既要有闲,更要有心。这会儿,他们坐在那儿惬意地听着,而日常是要辛劳伺候这些鸟的。有的鸟更是只吃活食,得奔波着去买。春夏秋冬,随着季节变化,吃喝什么,还有万一生病如何疗治,费心着呢。

养鸟,是要把鸟囚禁在笼子里的,这些人,究竟是怎么想的呢?占有?护佑?惜爱?说不清楚。

郑板桥家书里说:

欲养鸟莫如多种树，使绕屋数百株，扶疏茂密，为鸟国鸟家。将旦时，睡梦初醒，尚展转在被，听一片啁啾，如《云门》《咸池》之奏；及披衣而起，颒面漱口啜茗，见其扬翚振彩，倏往倏来，目不暇给，固非一笼一羽之乐而已。

是呀！多种树不就行了吗？

想起一个故事，有犯人偶然逮到一只鸟，用线绳拴着鸟的爪子，鸟带着线绳，在监舍里面飞来飞去。鸟知道飞不远，飞一下，不等线绳扽紧，就飞回来。后来，那人去了线绳，用一节小塑料管，巧妙地套住鸟嘴。喂食喂水时，把小塑料管取下来，喂好了，依旧套上。

时间久了，小鸟也许是觉出没了线绳的牵绊，飞到窗子那儿，往外看看，愣一会儿，飞了出去。后来，小鸟习惯了，不时飞上小窗的窗台，从栏杆里飞出去，饿了渴了，飞回来，等着人给它喂水喂食。

一天，小鸟飞回来，那人惊讶地发现，套住鸟嘴的塑料管，不见了。

咸骨粥

到处是卖咸骨粥的。这里潮湿、燠热，肉类易腐，腌制与风干，就成了保存食物的首选。享用时，剔下骨头上的肉蒸煮就是。剩下的骨头怎么办？盐、花椒、八角……各样的调料，不唯肉，也已经深深浸透了骨头。嗅一下，它们的咸里是隐隐的香。

这里的人不浪费，熬粥。他们把这些骨头用笨重而锋利的刀剁成小块。米是头一天晚上就浸泡了的，继而打碎，半碎不碎那样，大锅里熬煮。一边熬煮，一边用勺子不断舀起来，又高高地倒下去。舀起来，倒下去，似是一个个小小的轮回。骨头呢？也早已经下了锅。几个小时过去，滚热的米粥，浸润着吮吸着骨头里含着的盐和香料。骨头里是去年的味道，很深的经了秋风的味道，经历了暗淡的空房子里的寂寥，那些盐和香料慢慢发酵，又悄然浓缩在一起，等着在最后的米粥里悠长抒发。那些粥，以它的炽热的爱抚从容地打开了骨头里密闭着的一切。

喝粥时候，不唯是喝粥，还一面咬啮、撕磨着骨头上那一点剩余的肉，那里面深含着一种似乎阻隔着又慢慢渗透出来的味道。那味道，似乎是从另外一个我们不能彻底懂得的世界来的。

河涌边上的铁管

　　河涌边上,有铁管,延伸到一处,向下,一直深入地下。这些金属的管子通向了哪里?它们跟这条河涌之间究竟有些什么关系?它们深深扎下去,是去呼应河涌里的那些水,还是另有他意,在泥土密闭的黑暗中去了别处?

　　也许,它们只是稍稍深入,向下,并不往河涌那里去,就像是路上遇见了人,打一个招呼,转身去了另一处。它们有另外的一些事,它们自己并不知道,只是知道有人把它们弯向了另一个陌生之地。

　　它们深深地往地下扎去,转弯,横直,一去不回头。引人遐想的是裸露在地面上的那些管子,那些粗粗细细的管子,像是几个人刚走过去,土遁了,但还能看到并未全部消隐的腿脚。

　　那些在地面上的管子,什么时候会彻底生锈,锈透了,腐烂,消失?也许是忽然的一天,一片狼藉,不知发生了什么,一夜之间,什么都没有了。不是消失,是突然就没了。地面上,就余下一些混乱的痕迹,泥土给翻起来,肆意地抛在一边。

　　那地底下深埋着的管子呢?它们会慢慢朽坏,似乎完整,却不能移动。它们朽坏如粉,一触即溃散了。

　　又也许,它们也会跟地面上的管子一样,不知哪一天,被挖掘机粗暴地掘出来,废弃了。那儿只是留下一个深坑,裸着的,似乎茫然无措,像一张愕然的、不知该说些什么的嘴巴。

民间的广告

　　路边的铁栅门上,有两个硬纸牌,一个写着:有狗崽猫崽卖。另一个牌子上是:有小猫卖。

　　幸亏现在是人类社会,文明,有规则。不然的话,强壮的人随便抓一个弱小的人,绑在路边,写上:有劳力卖。也或者大人抓一个孩子就可以放在路边,插上草标写上:有小孩卖。

　　甚至,可以有卖肉的案子,上面立一个牌子:有某某地方的人肉。女肉,肉嫩,可以爆炒;男肉,有嚼劲,凉切最好。

　　看着卖小狗小猫的牌子,想:这些小狗小猫,怎么就可以这样弄来,随便就卖?小狗的爸爸是谁?小猫的妈妈允许了吗?

文河 | 城西草

芒草

日本作家清少纳言和德富芦花都认为,芒草刚抽穗的时候最好看。清少纳言说,秋冬时芒草在风中摇曳的样子,像一个人沉湎在往事之中,但她不喜欢这种样子。

而我却觉得芒草就应该属于秋天。深秋的萧瑟荒凉中,沟沟畔畔上,那白茫茫成片的芒草,似雪而又非雪,在无尽的秋风中轻轻起伏,看得人心里软软的。属于秋天的草,还有芦荻、茅草、狗尾巴草等。

前段时间,夕阳西下之际,在颍水之畔,我曾看见一对少男少女,他们手拉着手,从长满芒草的田埂上缓缓走过,真美。

传统文人惜花,却很少惜草。"记得绿罗裙,处处怜芳草。"到底还是不惜草。

喜欢那些与草有关的书名:《草木子》《枕草子》《草叶集》《救荒本草》。有人认为,从内在的精神气质上讲,中国现代诗的源头不是胡适的《尝试集》,而是鲁迅的《野草》。鲁迅喜欢野草,用其为中国的文学精神注入了现代性的内涵。

野草的命运,意味着边缘;点缀,被忽视,被冷落,被践踏,被芟除。然而,它们的强大柔韧,又使它们生生不息。任何夹缝里、空隙处,只要有一点点泥土和雨露,它们都能生存下来。

有一次我沿河散步,看到堤上长着许多节节草,很喜欢,就挖回一丛种入花盆,没想过几天就枯死了。野草的生命力虽然极其坚强,但在秋天,还是没有栽活。它们的生长,需要一个属于它们自己的季节。

折一枝芒草花插在陶瓶里,有一种寂然简素之美,让人想到《红楼梦》的结局,"落了一片白茫茫大地真干净"。这是一个空空之境。因色入空,是一种大悲大智。超越功名利禄,超越儿女情缘,最后把生死都超越了。然而,超越并非逃离,更非舍弃,真正的超越,是离而未离,只是不被这一切所缠缚。很多人活着活着就心灰意冷了,可能内心越是敏感丰富,越容易如此。他们什么都看破了,却又无力修补。精神上的破裂之处,只有极少数的人靠宗教修补好了。但大多数人,破了就只能破着,整个生命就那么无法收拾地委顿下去。人会越活越智慧吗?我不大相信。随着生命活力的慢慢消失,很多人会越活越狭隘,到后来,不是难得糊涂,而是一塌糊涂。

在现在的公园里,能看到人工培植的芒草,我对这种芒草无感。它们太风格化了,叶子和花穗被过于强调,它们的存在只是一种装饰性的存在。它们总让我想到,一个人要是活到了这个分上,也实在可怜。我宁愿自处边缘,一无所有,也不想被"培育"得夸张虚浮,面目全非,从而获得一个醒目的位置。

芒草花比芦花更轻柔,风吹上去没有一点声音。那种全然的柔顺,其实是另一种强大。它们只懂得全部接纳,好像即便你把整个世界强加给它们,它们也会将其紧紧拥在怀里。

芒草花有一种淡至欲无的清香,要用心才能闻到。

大雁

在淮北平原的上空,好多年没有看到过雁影、听到过雁声了。

到了秋天,树叶落了,燕子、黄鹂等鸟儿飞回南方;画眉、斑鸠等也不怎么叫了,天空显得寂静起来。麻雀倒是很多,成大群,风一样飞来飞去。

天空亮蓝,又高。幼时人小,眼里的天空尤其显得高远。这样的天空里,一群大雁自北而南,缓缓飞来,边飞边鸣。那么多的大雁,都在鸣叫着,一大片错落有致的声音。大雁的叫声有点像鹅,很激昂。刚看到大雁的时候,是一群小黑点。隐隐的叫声,也像一个一个小黑点,声音的小黑点。渐渐黑点变大,变成黑影,声音也大了。等它们从头顶飞过时,能看到它们的翅膀有节奏地扇动。这个时候,它们的叫声仿佛相互碰撞,发出嗡嗡的混响,雨点般落下来。"雍雍鸣雁,旭日始旦",《诗经》用"雝雝"这么一个笔画繁多的难认叠词来形容雁声,大概也与群雁齐鸣的"混响"有关吧。它们向南越飞越远,又渐渐变成小黑点,消失。天空更静了,似乎也更蓝了。

过了一阵子,也许又有一群大雁飞过。有时一天能看到好几次。但也只是飞过,我从没见过有大雁在这里留宿,也从没有近距离地观察过它们。平原地带没有大片的沼泽地，只有小水塘和小溪流，雁群是不愿意栖落的。

"雁字回时，月满西楼。"在暮晚，我听到过雁声吗？好像没有。记忆里只有荒静和对声音的向往。如果有月光，那也是镀了银的荒静，华美而清冷。更多时候，村庄被荒凉和寂寞包围着，灯火稀落如豆。

过去老家有风俗，出嫁后的女儿，每年正月十六那天，要给自己的母亲"送老雁"，其中大约有报恩思家的含义。所谓"老雁"，是用发酵好的精细麦面蒸成，说白了，就是老雁形状的大白馍。"老雁"做蜷伏状，脖颈微微前伸，翅膀紧紧收拢，眼睛是两粒黑豆，工笔兼带写意，看上去却栩栩如生。老雁是专给母亲的，但另外也没忘记娘家的其他孩子，比如侄子、侄女等小辈，给他们每人一个麦面蒸成的青蛙，青蛙做蹲伏状，似乎随时能够蹦跳起来。物资匮乏的年代，这些算是很郑重的礼物。现在老家还保持着这种习惯，不过已经不普遍了。送的也不再是老雁，转而用蛋糕代替。

诗人元好问十六岁那年入并州赴试，路上遇到一个张网捕雁的人，该人捕了一只雁，杀之。它的同伴虽已脱网，却悲鸣不去，后来竟至投地而死。元好问买而葬之，名以"雁丘"，并赋《雁丘词》。这真是一个悲情故事。一只禽鸟居然如此刚烈而痴情。问世间情为何物，不好回答，也不需要答案。可能男女之情容易让人沉溺吧，所以，古代笔记里又有郑交甫汉皋解佩的故事。心有所动，却又只是如轻风拂花，带出幽香一缕，而不滞于物。

作为学者的王国维掩盖了作为词人的王国维，但他的词，在近代自有其一席之地。《人间词》中，他写了一只失行的孤雁，在阴云四合中无所归止，最后成为盘中之餐。一个时代快要结束了，风日昏沉，暗潮汹涌，涤荡着千千万万如同草芥一般的普通人。这样的历史时刻属于那些善于翻滚腾挪的弄潮儿，一介书生往往无法从中找到置身之地。王国维的思想早年受叔本华尼采等人的影响，后来深入国故，成就斐然，但在精神世界里并没有找到一个真正的平衡点与栖息地。他的内心有着深刻的冲突和矛盾，如孤雁逆风而飞。这只孤雁，似乎预示了王国维晚年的命运。他的投水而死，其实也可以说是被自己内心的旋涡和时代的巨浪所吞噬。

写这篇文字的时候，我一直在播放管平湖先生《平沙落雁》琴曲的录音。

琴声本是一个兴，心有所感，感而遂兴，一声一声，意味深长。开始时心随琴走，被引领着，如后雁被头雁所引，在晴空缓缓飞动。最后无心而听，悠然神会，晴空雁翔，不知雁是我，抑或我是雁。

循环播放这首琴曲,我家猫咪也在旁边静静听着,并且若有所思所感。我告诉它,如果有轮回,来生还是别做大雁吧,双雁太多情,孤雁又太悲凄。最好是做一个琴师,此生寄情于琴,人生也算是有所附丽了。

星空

小时候,秋凉了,天黑得快,把地里的红薯装满木板架车,天就黑透了。星星一颗一颗冒出来,很快就变稠了。夏天繁密的虫鸣消失,四野宁静。父亲拉着板车,我在后面推,走在被碾轧得起尘的小路上。贫瘠、匮乏、苦寂不见了,村子半隐于星空,远远望去,像一个缀满珍珠的梦境。

当我走近时,梦境就不见了,星空重新变得高远。

去年初冬,暮晚,在一个叫前王的小村子里。我多次到过这个村子,总觉得非常偏僻。但村里的人从没有这种感觉。本来,偏僻就是一个很主观的感觉。我到一位养羊的老人家里,帮他申报养殖补助。老人七十多了,身体还算硬朗。年轻的时候他的脾气很暴,经常打骂自己的妻子。现在老伴脑梗、高血压、腿脚不好、听力也下降得厉害。他们的儿女都在外地务工,很少回来,老伴生活上全靠老人来照顾。老人的脾气也变好了,对老伴照顾得无微不至。他家的院子里养了几只羊,羊在圈棚里静静地吃晒干的红薯秧,能听到轻轻的咀嚼声。西边的天空还没黑透,清穆里透着深青,挂着几颗亮闪闪的星星。不知为何,我对这几颗星星印象特别深刻。

年轻的时候,我们往往不懂得去爱,爱自己的亲人,爱身边的事物。我们甚至不懂得人活着,应该爱。等到我们懂得去爱的时候,我们已经不再年轻了。但人只要活着,就应该努力去爱。爱人生的不完美甚于完美。

有位画家朋友年年秋天都要去太行山一带写生。有一次,我随他去玩,夜晚,住在安阳的一个小山村里。深夜起来小解,看到一个奇异的景象,山谷四围的峭壁上,全部被镶嵌上闪烁的星星。星群真亮啊,亮得就像在静静蠕动。好像只要拍一巴掌,它们就会蜂群般嗡嗡飞散。谷底,是不掺任何杂质的纯净的黑暗,山谷上面,越往上,黑暗越淡,但也并没有消失,而是变得透明,真正是夜色如水。我从没见过这么空灵的黑暗。这星群和黑暗让人忘记了自己在哪儿,自己又是谁。你曾经拥有过什么,并不重要;你将会失去什么,也不重要。此时此刻,你只是安然地在着。你在着,就一切都在了,就是自足,就是圆满。一种福至心灵的感觉,让人想要流下泪来。

苏联作家巴别尔的小说集《红色骑兵军》，将死亡和诗意糅合得浑然一体。"银河横卧在繁星之间"，大自然兀自美丽着，但鲜血浸染大地，并没有什么力量能阻止人间残忍愚昧的杀戮。

《源氏物语》里，夜晚似乎特别多，到处星月朦胧，源氏公子辗转于一个又一个女人幽暗的房间。源氏公子神采虽如贾宝玉，本性却似多情的西门大官人。紫式部看待人世不合常规的行为，就像看待毛手毛脚的小孩子打翻一碗热气腾腾的汤水。她女性的笔触，对自己的主人公是袒护和纵容的，这让源氏的邪淫居然带有天真的童贞气，恍然超越了是与非的边际。《源氏物语》是一本夜晚之书，星辉落庭户，人影立花荫。

"春星带草堂"（杜甫），"真珠帘卷玉楼空，天淡银河垂地"（范仲淹），"天上星河转，人间帘幕垂"（李清照），这是中国古典的星空。无论世界发生怎样的动荡变化，人世间那种永恒的静谧从未失去。古人早就悟到了虚实相生之理，因佛教西来，又懂得了色空之义，所以，天上人间，人间天上，最凡俗的生活也一样可以带有仙意。

很多在深夜觉得难过的事情，到了白天也没有什么。事实上也确实没有什么。像一片晨雾，虽然很浓，但慢慢地，还是散净了。

在乡下，夜晚独自面对星空的时候，心思很静，好像一片被风吹得干干净净的地面，有阳光的温度深藏其中。如果有熟透的果实落下，会发出清晰的声响。

残红

读庄子，知道残缺也可以很好。也只有庄子，可以把残缺也写得如此之好，天性自足，形残而神完。

古人对残、对枯、对拙的审美领悟，源于老庄，后来又旁通于禅理。

诗人刘三石送我一部清四僧册页，其中一个画僧就叫髡残。明清易代之后，一介遗民，心事浩茫，在残山剩水间无法安顿自己，只好寄情于笔墨。其山水册页构图较满，但满而不实，因而显得幽深，风格没有八大突出，平实中却不乏蕴藉。洁身自好的人，大多与世多忤，难免显得狷介。他们的不近情理，其实正是由于太深于情、太执于理。他们的人生，有着更多的坎坷，但似残而其实非残，有着精神上的完满。髡残即是如此，性格耿直高迈，识交不多，有时终日不语，轻易不为人作画，晚境凄凉。

禅门中的懒残和尚，皇帝的使者来了，继续低头煨芋，鼻涕垂到了胸前，也懒得擦拭。这让人想到躺在木桶里晒太阳的第欧根尼,他告诉站在自己面前的马其顿国王亚历山大说:"别挡住了我的阳光。"懒残是中国式的放下一切的自在,而第欧根尼则是一种西方式的人生精神价值的选择。

既然来不及完成,那就结束吧。吃饭睡觉,即是大道,就把这一局残棋留给清风明月。世间事,并非都要有一个明确的结果。更有余味的结局,也许正是残缺。

而收拾残局,是儒家的行为。

春天的花树,花开完了,无论结果或不结果,都必然要留下一地残红。

雨打残红,停了,空气潮湿清新。花树依依的小路弯弯曲曲通向远处。好像有人刚刚走过,还没有走远,也永远不会走远。好像你只要再多向前走几步,转过一个弯,就能赶上……

少年时,心灵被婉约词喂养,敏感多思,容易忧伤惆怅。中年之后,抒情的烟云散去,青山无言,忧伤和惆怅都被生活制止了。中年的世界,往往是沉默的,但也不妨别有一种飞扬和开阔。我喜欢李白这句游仙诗:"闲与仙人扫落花。"对于那些旷达的人来说,就算人生处于落红狼藉的境地,他们也能洒脱自在,举重若轻,如扫帚轻轻一挥,随手就把所有的不快拂去了。

画家金农有两句诗写得很有情致:"浮萍刚得雨吹散,吐出月痕如破环。"残缺处因有新月的修补,从而微微发出光来。

这两天老是想起《西厢记》中的两句唱词:"四围山色中,一鞭残照里。"这里面有一种被紧紧包围着的孤独况味。残照过后,还会有残夜。但残夜过后,就会有朝日。这就是另一番境界了。新的境界,在于心念的一转。

七年前的一个初冬,天气还比较暖和,我和一个朋友在湖边一棵乌桕树下发了一下午呆。经霜的乌桕叶已经不多了,疏疏残留少许,阳光照着,红得透明。发呆一般都是一个人,能和一个朋友一起发发呆,实在难得。"百年歌自苦,未见有知音。"晚年的杜甫,如此感叹。杜甫算是喜欢交游的人,漂泊在外,处处需要朋友的接济照顾。我相信杜甫也有发呆的时候,而能陪杜甫发呆的朋友,应该也很少。现在,时过境迁,那个朋友和我已经很少来往了。

我们追求着人生的圆满,修补着人生的残缺。从残缺处,往往更能看清人生的真相。

霜寒秋老,但看残红如赏新花。

彭程 | 天堂，一定很美

一

有一首近来很流行的歌曲，听后令人悲伤难抑：

我想天堂一定很美
妈妈才会一去不回
一路的风景都是否有人陪
如果天堂真的很美
我也希望妈妈不要再回
怕你看到历经沧桑的我
会掉眼泪
…………

歌词质朴无华，曲调凄婉中又有一缕激越。失去母亲的哀痛、思念母亲的忧伤，自肺腑间流淌而出，真挚深沉，令人动容甚至落泪。

如果用一个"你"替代歌词中的"妈妈"，把它唱给去世的子女，当然也是适宜的。

生活充满苦难，命途坎坷颠踬，其中之大端就是失去亲人。丧亲之痛中，又有三种情形最为悲惨，通常被称为人生三大不幸，即幼年丧父、中年丧妻、晚年丧子。尤其是第三种情形，子女先于年迈的父母辞世，白发人送黑发人。

它最让人难以接受之处，在于有悖于天地常理。生命的诞生、成长和消亡有着先后次序，养育和反哺，也原本是大自然的安排，不但人类如此，动物界也遵循着同样的规律。垂老时有所安慰,病榻前有所寄托,这是人生悲剧性历程中的一点暖意,一抹亮色。并不指望生命在骨血的延续中获得永存,这一类念头未免虚妄可笑,但想到肉身腐朽泯灭之后,仍然有一缕最初来源于它的气息,在天地间飘荡,总是能够带来一丝慰藉。但如果连这样卑微的希望都被剥夺,心中升起的悲哀,该是何等冰冷。

因此,这种不幸遭遇带来的痛苦,大山一样厚重,夜色一样浓稠。

于是,我看到每天白天奔波忙碌、夜里抱着儿子的骨灰盒入睡的父亲,看到每个周末坐公交车换乘几次来到远郊墓园、在女儿的墓碑前坐上一两个小时的母亲。有人不断更新孩子的微信朋友圈,借以维持一个幻象;有人每天给孩子写上几句话,已经连续写了多年。

支撑起所有这些行为的动力,只有一个字:爱。

二

法国当代作家菲利普·福雷斯特,在三十岁那年,他三岁的女儿波丽娜突然患上骨癌,百般救治无效,于第二年夭折,带给他巨大的悲恸和长久的思念。

> 这样的事情让人难以面对:它令人无法理解。我不断地进行文学创作,是我忠诚面对失去生命的方式。

原本以学者、文学评论家的职业安身立命的他,开始转向创作,试图通过写作获得面对苦难的勇气和智慧,修补自己那千疮百孔的灵魂。

在此后数年中,他围绕着"孩子的逝去"这个主题,写下了多部作品。"从我的第一部小说开始,我的每一部小说都是在以不同的方式讲述同一个主题——对逝去孩子的哀悼。""包括怎么样去面对、怎样去消化这种哀悼,以及怎样去体验这种哀悼。"每一次这样的书写,都是一种对抗和自救,是在一张吞噬的巨口面前刹住脚步。

通过《永恒的孩子》《纸上的精灵》《然而》《一种幸福的宿命》《薛定谔之猫》等著作,他构筑了一个悲伤和哀悼的世界。这些作品,有的聚焦于女儿,回忆描写她从诞生到死亡的整个过程;有的则是另外的主题和题材,甚至看上去颇为遥远,并不搭界,但在书中某一个地方,因了某一种触动,目光突兀而又自然地转向了已经化入虚空的孩子。

五代时期词人牛希济有一句词:"记得绿罗裙,处处怜芳草。"词句很美,反映了一种被称作"移情效应"的心理学现象,恋爱着的人由此物而思及彼物,深情依依。苦难产生的联想,也有着同样的甚至是更大的力度,让人努力挣脱却不可得。在福雷斯特的这些作品里,反复重现的回忆、为数众多的互文,表明了他哀痛的深沉和持久——

我把我的女儿变成了纸上可爱的小精灵。每当夜晚降临,我的办公室便成了笔墨舞台,那里正上演着关于她的故事。我画上句号,把这本书和别的书放在一起。话语帮不了什么忙,我却沉浸在梦境之中:清晨,她用欢快的声音把我从睡梦中叫醒。我奔上她的房间。她柔弱不堪却面带微笑。我们聊了些家常话。她已经不能独自下楼了。我抱起她,托起她轻飘飘的小身体。她的左臂挂在我的肩头,右臂搂住我的身体。我的脖子能感受到一只小小的光脑袋温柔的触动。我扶着楼梯,抱着她。我们再一次走下笔直的红木楼梯,走向生活。

这是他的第一部小说《永恒的孩子》中结尾部分的一段话,也预告了下一部小说《纸上的精灵》的诞生。类似的场景描绘,在几部作品中都随处可见。写作的诸多意义之中,十分重要的一种便是记忆。经由文字,过往的一切被留住。文字是密封罐,封存了生命曾经的气息。你描写了一个场景,那个场景就成为永恒;你描写了笑容,笑容从此定格于眼前;你描写了声音,耳边于是总是缭绕起那个声音。你写了失去的孩子,那个孩子也就由此在你身旁,陪伴你终生。

所以,在关于早夭的天才诗人兰波的专著《一种幸福的宿命》中,福雷斯特这样说:

我们去爱,去写作,都是为了让我们生活中遗失的那一部分继续存在,明知不可为而为之……面对死亡,人们总劝我们节哀顺变,和现实和解。但我拒绝安慰,从某种意义上说,文学就是一种抵抗,拒绝被日常生活和现实腐蚀……把过去变成一个纸上的幽灵,有了它的陪伴,我们自以为从虚无手中夺回了一点生的证明。

在《永恒的孩子》中，他引用了童话《彼得·潘》中主人公的一句话，写在女儿的墓碑上："所有的孩子都会长大，除了这一个。"

他本来不想成为一名作家，是命运硬将一支笔塞到了他的手里，他的写作于是成为一种"哀悼诗学"。在这种哀悼写作中，每一个生命的意义和价值、无可替代的美好，被深刻地揭示和表达。

三

女儿的去世，成为生活中的一道巨大裂隙，令福雷斯特深陷其中，痛苦不堪。但同时，那份敏感的禀赋和出色的共情能力，也让他能够置身其外，俯视所有相通的痛苦。他将目光投向了有着同样遭遇的人们。

在他的代表作《然而》中，这样的目光交织传递。这是一部"通过对他者生活进行时空迁移来讲述自我经历的自传体小说"。他将自己藏在诗人小林一茶、作家夏目漱石以及摄影家山端庸介背后。他声称："选择这三位作家，主要是因为他们都经历过孩子的死亡。"

在《然而》中，曾是批评家的福雷斯特将这几位日本不同时期的文艺家作为研究对象，分析他们的身世、日本文化美学传统与其文学或艺术作品的关系。但是，因为女儿的遭遇，他的关注发生了某些位移，目光投注到原来他也许不会留意的方面。这几个人的故事，不论是屡经丧子之劫并用诗歌和小说描述痛苦，还是用镜头记录下长崎原子弹爆炸中垂死的儿童，都与他的个人经历有内在的关联，进而产生了一种同频共振的效应。因此，《然而》这部作品像是一幅拼贴画，指向的是普世的"哀悼"。

譬如小林一茶。这位十八世纪日本江户时期的著名诗人一生贫病潦倒，所生三男一女先后早夭。在最小的幼女死后，他哀叹：

> 为什么我的小女儿，还没有机会品尝到人世一半的快乐，她本该像长在长青的松树上的松针一样清新、生机勃勃，为什么她却躺在垂死的病榻，身体被天花恶魔的疮疡弄得浮肿不堪？我，她的父亲，我怎能站在她身边看着她枯

萎凋零,纯美之花突然间就被雨水和污泥摧残了呢?

一茶写道:"她母亲趴在孩子冰冷的身体上哀号。我了解她的痛苦,但我也知道眼泪是无用的,从一座桥下流过的水一去不返,枯萎的花朵凋零不复。然而,我力所能及的不能让我解开人与人的亲情之结。"

他写下了一首传世的俳句:

　　我知道这世界
　　如露水般短暂
　　然而
　　然而

"然而"后面,应该指向什么内容,或者说可以补充上哪些词句呢?

虽然人世短暂,但总是有一些东西让人留恋。像健康,像爱情,像大自然的美丽,乃至于一枝花朵的摇曳、一只小动物的可爱、一道美食的滋味,这些被称为"小确幸"的幸福感,都会令人喜悦,让晦暗的生存闪耀出一抹光彩。

思考还可以朝向另一个方向。时光如此匆促,生命如同朝露般易逝,我们都会归于虚无,可是有了你的陪伴,多少就会变得有些不一样。然而,孩子,你早早地离去了,将我们抛在这个世间。

四

所有的悼亡写作,都基于这样的信念:时间和死亡,并不能让爱的纽带松散。写作者用文字留住所爱者在人世的痕迹,在死亡的迷雾中寻找生存的光亮。

福雷斯特的同胞和前辈作家,伟大的维克多·雨果,他十九岁的女儿莱奥波蒂,在新婚蜜月时,不幸和丈夫在塞纳河中双双溺死。雨果写下很多诗篇追忆缅怀,一直到十五年后,他新出版的诗集《静观集》中仍然收录了悼亡诗作。诗人表示,他愿意奉献毕生,只为了做"一个用手牵着他的孩子行走的人"。

唐代诗人白居易的《重伤小女子》,悲悼告别人世时尚不足三岁的女儿:

> 学人言语凭床行,嫩似花房脆似琼。
> 才知恩爱迎三岁,未辨东西过一生。
> 汝异下殇应杀礼,吾非上圣讵忘情。
> 伤心自叹鸠巢拙,长堕春雏养不成。

蓓蕾一样的生命,尚未绽放即告凋零,除了悲恸哀叹,无计可施,无话可说。

和白居易共同提倡"新乐府"、被世人以"元白"与之并称的元稹,也有《哭小女降真》诗,辞浅而意哀:

> 雨点轻沤风复惊,偶来何事去何情。
> 浮生未到无生地,暂到人间又一生。

女儿寄寓世间的短暂生命,仿佛一阵雨点飘过,倏忽即逝,来去皆无消息,只在为父者心间留下无穷的遗恨。

北宋改革家王安石,脾性倔强执拗,但诀别不到两岁就夭折的女儿时,却也是深情依依,哀痛凄婉。孤坟泣别,孤舟远去,从此再无相逢,《别鄞女》里的悲叹,何其酸楚:

> 行年三十已衰翁,满眼忧伤只自攻。
> 今夜扁舟来诀汝,死生从此各西东。

"江山代有才人出,各领风骚数百年。"清代文艺批评家赵翼的这两句诗,甚为知名,但他追悼亡儿的绝句,却少有人知晓:

> 帘钩风动月西斜,仿佛幽魂尚在家。
> 呼到夜深仍不应,一灯如豆落寒花。

这首短诗却有一个颇长的标题:"暮夜醉归入寝门,似闻亡儿病中气息,知其魂尚为我候门也。"醉中仍然难以忘怀,此情何堪。

这些古诗句中弥漫的悲哀和思念,仿佛深秋时节的降雨,穿越千百年的时光距离,落到脸上,依旧感觉到一阵寒凉。

所有的死亡,对于深爱着逝者的亲人来说,都是头上一座山峦的滑坡,是脚下一片大地的坍陷,是一次厄运对生命的残酷吞噬。

在这类最为深切的痛苦中,我们会看到,有一种被心理学家称为"延迟哀伤障碍"的反应。它指的是亲近的人去世引起的病理性巨大哀伤,个体迟迟难以摆脱悲伤情绪。生命所拥有的自我救助机制,让悲伤可以在一定时期内得到宣泄,逐渐减弱直至消失,使当事人适时翻开生活新的一页,但巨大的苦难却将这一过程长时期地向后拉长。苦难像重重迷雾,像沉沉夜色,裹挟着他,吞噬了他。

这种时候,如果能够将积郁的苦楚宣泄出来,就像溺水者及时地吐出呛进气管里的水,才可能避免溺亡。但我们看到的恰当反应,却并不足够。在最初巨大的悲痛所导致的癫狂般的表现之后,很多人变得封闭、抑郁或者冷漠。

原因何在?或者是出于某种宗教或文化的禁忌,或者是不愿重复咀嚼痛苦,不论何种形式的表达,都是再次面对惨痛的经历。还有一点,是他们相信,有一些东西无法沟通,最深刻的苦难只有独自体验,别人的同情安慰,哪怕是来自最好的亲人朋友,也无法达到感同身受。

因此,只能靠自己来承受和忍耐,并找寻属于自己的救赎之途。

五

不同的人有各自的救赎方式。在社区里做义工,喂养流浪的小动物,栽种花草,学习绘画,让脚步不停地迈向山水原野,等等,本质上都是通过情感的寄托,让灵魂获得放置,让悲伤获得纾解。

但是,写下来,通过文字来表达内心,无疑更是一种有力且有效的方式。

不少人有这样的见闻:一个因为某种痛苦而哭泣的人,却得到别人的鼓励——哭吧,哭出来会好受些。写作也是用文字在哭泣,不论是大声哀号还是小声抽噎,那些郁积的不良情绪,随着一个个、一行行、一段段文字的写出,渐渐得到消解排遣,仿佛在太阳曝晒之下,道路车辙里淤积的雨水渐渐被蒸发掉。这是一种此消彼长的过程。这样的文字诉说,因为有理性成分的加入和导引,也不会像纯粹的情感宣泄那样时常失去分寸。

因此,写作作为一种疗伤的手段,其功效确凿无疑。写下来吧,为了抚慰哀伤,为了让生命和生命得到更紧密的焊接。那个已经离你而去的亲人,经由文字的绳索,便从此与你捆绑在一起。

能够写作的人应该感到宽慰。同样的历难者,尽管有人也有表达的意愿,却可能缺乏相应的能力。因此,尽管写作者深陷痛苦,但拥有这种能力让他们不至于遭遇灭顶之灾。他们是不幸中的幸运儿。

不管他们是否意识到,写作有时还有一种延展效应——他们以一己之力,担荷了为群体表达心声的使命。那么,这些写作者及其作品,便具有代言的性质。无数人的哀伤,借助他们的书写而得到表达。他们的本意只是纾解自己,未料却也抚慰了别人。因为共情的存在,个人的拯救推及他者的救赎。经由具体与特殊,通向了一般和普遍。

回到开头的那一首歌曲:《我想天堂一定很美》。

宗教产生于彻底的绝望。挚爱的亲人离去了,千呼万唤也无法返回,只有想象他去了美好的地方,他在那边生活如意,才能够带来些许安慰。写作,是在文字中缅怀追念,是持续不停歇的回顾。但在回顾的尽头,在早晚将会来到的尽头,思绪会扭转方向,变为一种展望。目光投向之处,便是天堂,也只能是天堂,因为只有那里,才能托付我们的爱、祈盼和梦想。

因此,天堂一定很美。

写作,从本质上来说,也是一种将亡者托升入天堂的方式。追怀对象生前的过失被谅解,缺陷被美化,彼此之间曾经的龃龉被化解,而那些关爱、亲密和融洽,构成幸福感的一切成分,则被不断地扩展和放大,呈现为一种宁静、恬适和欢愉的境界。在文字中,仙乐飘荡,祥光笼罩,亡者宴坐安处,等待着亲人到来,从此长相陪伴,永不分离。

或早或迟,这是必会到来的一天。

苍耳 | 皖南夜谈

坛子轶事

在皖南乡村,坛子惯性地被置于某个昏暗的角落,缄口不言。但它在遗忘深处偶或也会发出幽光。久而久之,坛子已适应不了高处,尤其在文字里它的釉色更会脱落不少。坛子与陶钵不同,陶钵总是满盛着豆酱被摆上院墙头,承受霜日,那色泽跟古徽派建筑板壁的调子相类。坛子似乎不满足于人们派定给它的角色,比如用于腌菜、泡姜。我更倾向于认为,坛子的内在并非俗见所能衡量。

如今人们对坛子已没多少兴趣,在社区垃圾桶边我捡回好几个坛子和罐子,钻个眼做了花盆,在里面种上紫罗兰和指甲花。紫罗兰有些洋气,总让你想起罗曼·罗兰和《约翰·克利斯朵夫》。指甲花则有江南的色和味,旧时江左女子用它来美甲,纤纤指尖几点红;于我而言,它的蕊浸润着皖南陵阳那微暗略紫的光线,不经意也将我笼于其中。

在蛋清般的薄明中,仿佛又看见母亲晨起拉开前院厚门,沉滞的拽闩和臼轴声,使一条圆硕的菜花蛇受到惊吓,竟从门楼的梁上掉下来砸在她的脖颈上——那一声惊叫,将冰凉、溜滑的触感也传导给了我。菜花蛇是老宅家虫,素斑无毒,幽存于徽派深宅的乌暗板壁内。那个初夏清早,它正在突袭横梁上的燕窝。这个以强凌弱的家伙,受惊后摔了下来,迅即逃入壁角农具和坛子之间的暗隙。

坛子是低卑的、原初的和自我圆足的。作为陶器之一种,它与文明之熹几乎同时出现,并保持一种深孕的体态。在青阳,坛子的曲线从浣衣女的臀部显现出来。她们提着红凉桶,一扭一扭地走在柔细的河风中。坛子以敦厚、内敛和深藏不露,给一团乱麻的往昔以某种秩序,这确乎让此刻的我有些意外——称它为我的皖南生活的目击者,不算一厢情愿吧。至于它到底贮存了多少晦暗、盐粒和光斑,谁知道呢?

在陵阳曹家湾,母亲因见到养水坛而兴奋不已。此坛和彼坛如此不同,脾性迥异,非亲手操持者无法体会。二十世纪六十年代省城一度闹饥荒,吃山芋干,在旷地种庄稼,坛子也愈显重要。这种陶坛肚大口小,盛行于江淮一带。祖母负责操持坛子的事,拿出几十年腌菜的功夫。但并非时时称心如意,比如炎夏降临后坛口竟爬出肥白的蛆虫来,再看坛内腌菜鼓起白沫。祖母陷入尴尬,又舍不得扔掉,冲掉白蛆后放在锅里炒,坚称臭腌菜下饭。母亲也觉奇怪,坛口封得严严实实,怎么可能生蛆呢?原因当然要归结到苍蝇那儿去。假若不带任何偏见,你应当承认苍蝇的生存智慧,荷马史诗称赞英雄"像苍蝇一样勇敢"并无不妥。作为"四害"之一的苍蝇未被消灭,竟神出鬼没地在腌菜坛里产卵,怎不叫人义愤呢?养水坛就不同了,坛颈处多了一圈水槽,坛口扣上陶碗再注入清水,纵"四害"齐上阵也休想染指。然而祖母永远看不到它了。她被逐出省城后,在江北老家低暗的草檐下双目失明,不久便孤凄而逝。

此刻,看起来是我在叙述这些坛子,其实是坛子逼我叙述,甚或它在自述。它的沉厚、虚无和静气,有别于狂热的烧壶和好斗的公鸡。世间的沉浮枯荣,在它面前几乎不值一提。母亲去陵阳街上,总要去日用陶器店,于是陆续买回好几个养水坛。她挑坛子很仔细,先是用指节敲,嗡嗡嗡地越响脆越好,低闷、破哑则弃之;再对着光照一下,看看有无砂眼。坛子买回来,要用清水泡两天,以去除气孔中的杂质和烟火味。

菜园里的豇豆吃不完,腌制是个好办法。像老生髯须一样长的豇豆,母亲将它洗净晾干(表皮微皱即可),在坛内注入井水,加适量的盐、酒和醋;一绺绺青豇豆被打成结层层盘入,每层都撒上剁椒和蒜瓣,密封个把月。这时的坛子显得敦实而自足,静守着皖南丘陵的荫翳和虫鸣。每隔三五天,母亲都要给坛槽换水,将坛面擦得锃亮。待开坛时,那豇豆条便黄澄澄的了,喝粥时吃忒有滋味。至于黄瓜、白菜、萝卜、雪里蕻,都可以放坛内腌制。至于腌芥菜,陵阳那儿都用陶缸,一个壮劳力洗净光脚丫,一层层在缸里踩,将盐分踩糅进去;踩密实了,最后铺一层篾编片,上面压个大石头。

我家住的是以前保长家的徽派楼宅,高墙深院,雕梁画栋,后来充了公归集体所有。前庭朝南,有个小院和门楼,但门不常开;后门朝东,门口有一株从不见开花的杏树——最低那个粗丫,常被我用作引体向上的抓手。后来父亲找村民箍了个土墙院子,在里面种了菜,建了猪圈。1975年秋的一天,沈默君来陵阳与父亲相聚,声称从泾县云岭过来,正酝酿电影剧本《皖南事变》。父亲与老友多年未见,自然旧话、醉话说了一大桌。沈默君啧啧赞许这座古宅,声称拍旧皖南的电影不用寻外景了。不过后来剧本流产,我家也搬离陵阳了。有一年父亲去竹阳乡侄子家消夏,在小街上竟见到女宅主——其实是宅主的美妾。因堂嫂在街上开店,南来北往的人都接触得到,一攀谈才知晓她的身世。数十年风霜漂泊,使她容颜凋萎如明日黄花。她告诉父亲,老保长十几年前死了,但宅子地契还在。父亲一惊,不知说什么好。她说地契藏在坛子里,埋在前院花坛下面。父亲不忍告诉她宅子已被村民拆掉了,花坛下面埋着的大量银圆也被哄抢。

那个坛子想必破碎了,且破得彻底。皖南妇人的执念像河底的锚,锚链锈断,那船漂走了,漂远了,它还紧紧地抓着河底的砾石。坛子藏着的"变天账",幸好没提前暴露。它毕竟坚持到了最后,重见天光时,也是被狂风吹得满地鸡毛之时。至于后门那棵杏树何以不见开花,这样的追问已属多余且更加无聊了。

坛子其实坚脆易碎。它内在的穹隆,它的虚无,与外在苍穹似有神秘对应。那年在乔木公社,毗邻花塘队的吕老汉家遭雷殛,一时传为奇闻:扇墙被打了个黑乎乎的洞,卧室的米坛也被打个圆洞。雷暴后我跑到后岗他家看,果然如此。如此精准,如此诡秘,激光武器也未必做得到吧。吕老汉之子是我的国文老师,雷公你瞎了眼啊。换个角度想,坛子何尝没有郁结的愤懑,它借助雷火自焚也未可知。吕老汉擦拭着带孔洞的坛子喃喃而语,还指扇墙上烧焦的墨爪痕给我看。

我对坛子的叙述告一段落。此刻我淹没在《伏尔塔瓦河》的旋律里不能自拔,它悲悯、浑厚、缓慢、浩大,仿佛与我同源合流。在叙述间隙听听这样的倾诉是必要的。年少的事有些记不真切了,姑且搁笔吧。事实上,近些年,烧制陶器的老窑大都被废弃,比如怀宁有个叫罐子窑的地方,人们只知它是"戏窝子",却不知唱戏与烧窑以及与皖河的深度关联。潜山有个痘姆陶,八年前我去过那儿,窑主惨淡经营,有意将成百上千滞销的陶坛和陶缸堆叠成釉亮的城墙,以发泄内心的愁闷。

其实在皖南,坛子还用于盛放逝者的灵骨。还是在乔木公社,去方氏祠堂小学的路上,我目睹了这一幕:土坡上有几个人在掘墓,坟包已刨去,潮湿的黄土塌陷着,发黑的棺木慢慢裸露出来。死者因难产而殁,与夭婴同葬于斯。此地有个风俗:三年后须重新安葬,如此方能求得生者安稳兴旺。亡妇之夫也在现场参与,续娶的老婆紧抱着幼仔在一边看着,复杂忧惧的表情如灯下霜蛾。那是生者与逝者的无间隔对视,甚至身份可以在风中彼此互换——在接生婆主导的乡村,村妇难产类似黑白的填格游戏,谁存谁亡殊难逆料。逝妇的遗骨还有头发,夭婴仅剩的茧白的絮状物,都捡到灰褐的陶坛里。里面存放的,岂止是一个死亡,实乃无数个重复的冰凉死亡。记得那天梅雨停歇不久,青葱的麦地和荆棘根蒂的浓烈气息,豌豆花和几只乌鸦飞过的混合气息,熏得人双眼发酸。黯云低垂在苍茫丘峦和七星河两岸的烟柳上,鹁鸪的低唤,从芦荻、蒲草和鸢尾丛中断续传过来。

父亲像候鸟,在哪里都待不长,但他恋乡顾家。他将几个侄子和堂弟从江北迁移到皖南来,不久又将祖母迁葬到乔木——她的灵骨也盛放在坛子里。父亲原打算尽早接祖母到身边,多次催促芜湖的大侄女护送,然而一直未成行。多年后我才知道,祖母忍受不了病痛和绝望,是自己了断的。她早年丧夫,靠从事种植和渔业,一手拉扯三子长大,毕生勤苦。祖母只能待在坛子里,最后一次渡过滚滚扬子江,然后葬于长桥村长满竹鞭草的土岗上。长桥!长桥!那儿确有一座长桥,1970年那会儿它还在,但河水汤汤,不久便在洪水中坍塌了。这一塌就是数十年,至今未见重修的意思。每回做清明,都能看见几个桥墩长满荒荆野莽,纷披如发,像极了苦渡者,一直在河水中渡啊渡啊,仿若西绪弗斯。

也许以世界之大、之诡异、之繁复,原本没什么彼岸的。河对岸原有个方氏祠堂,后来被拆毁,改成小学了,再后来,小学也不见了。坛子意味着另一种彼岸,以及终结。也不尽然。苇岸往生前嘱亲友将家中的菜坛子洗净,盛放他的骨灰,然后撒到他出生地的北方麦田、树丛和溪流中。他将素简主义和大地伦理贯彻到死。坛子在他那里意味着生,新的轮回之始。

在老皖南,新生儿出世后,其胞衣连同脐带要放入坛子,埋在床底下或者院子里。等到孩子周岁后再将坛子挖出,深埋到附近的山坡和林地。原初的物象和仪式,内蕴着生命之蒂和皈依之美。后来到了贵池城里,隔壁住着医院的妇产科大夫,"胞衣"被说成"胎盘",成了可馈送、可买卖的补品,一度供不应求。现今,它已被大量制成胎盘素,其产销已规模化了。

我的叙述到此为止。这些文字,充其量只是坛子碎片的一部分。记得我和父亲重返陵阳那年,曾在老宅的遗址前久久站立。阳光强烈而炫目,看什么都不甚分明。待薄暮时,父亲已经远行。后来我想,老记者已很老了,何以念念叨叨还要来此?仅凭怀旧并不足以解释。他也许在找寻那脐带,使他与大地相系的隐秘脐带?存在哲学认为,人乃无根之物。连尾巴都进化掉了,不可谓不彻底。如此一来,那与生俱来的脐带的投影,反而更深地悬系于至大至厚的母体上。如同光,可以被剪断一时,但不可被遗弃。那年在陵阳曹家湾,我眺见朝向九华的山巅上,那个状似坛子之物,混沌、静穆,与残阳在一起。无尽的斑斓落叶向那里飘去,归鸟、灯蛾也是……它们在那里,也许能见到皖南的逝者和部分生者。

夜谈之境

　　夜幕降临后,交谈开始了。长河落日卷轴不必挂在墙上,它就是我们与生俱来的苍茫背景;随后星空寥落,秋虫唧唧,决定了今夜交谈的氛围和走向。不到此刻,人与人不会有剥茧抽丝般的交谈。你的茧,我的茧,它们在风中摇晃了这么多年,竟然都悬系在同一只皖南稻草做的蚕笼上。那时候,我们都是青阳这片桑叶上的青蚕,只不过你大些,比我吃的桑叶多些。后来你我在远离青阳的同一江城生活,直到晚近才偶遇。当年你医学院毕业后,无例外下放到公社卫生院;我先随父亲从省城下放,高中毕业后又单独下放。"下放"这个词酷似宇宙中的虫洞,通过它,蚕虫才得以穿越通向往昔的隧洞;"青阳"则恍若物理学上的奇点,它的体积可以无限小——小至某乡某村的一座桥、漂过桥洞的竹筏、河边的麦地和遗址,但密度、引力和时空曲率都趋向无限大。

　　在蓉城,四十年前我和你相遇的概率极大:在新建的高阳桥上,在城东两座圆锥形的教堂塔楼下,在十字街理发店,在东街中山堂影院,在青通河码头,在西街戏院,在欢团店、染坊或针匠铺前,在木屐踢踏、蒸汽弥漫的澡堂,甚至在人烟渐稀的北门亭……你我相遇不相识,却种下了因缘。有一次在青阳中学宿舍,上早操后我发现枕头下的钱包被洗劫,身无分文,惨兮兮不知所之。当时巴望有个好心人来拯救我,然而没有。后来窃贼又趁我上早操将一块钱路费塞回枕头下。他无疑是窃贼中的高手,但远不及大盗。大盗是无声无形的,将你的青春掏空、脑瓢洗劫,残渣剩肉还可以用来铺一条金光闪闪的砂姜路。

　　你说,1968年年底到新河公社卫生院报到,发现那儿条件太简陋,吃住都成问题。一个"老三届"惺惺相惜,将你安顿到后排顶头的不足十平方米的房间。他说此屋之前住过一个下乡蹲点的老医生。扫掉积尘和蛛网,就一张竹床铺层稻草,总算有了栖身处。你年轻能睡火焰高,夜里寒风从瓦缝钻进来也浑然不觉。次日有同事睁大双眼问你夜里可听到动静,你摇摇头。同事诡秘一笑,不再吱声。经你再三追问,他才说盖卫生院时起了不少坟,这间屋正下方就起过一棺,是个吊死的年轻女子。那个老医生在此第一夜,就见一白衣娘子披头散发立于床前,吓得他次日即逃之夭夭——找院长索性要求下村住队去了。

我说新河距乔木不远,大队派成批劳力支援冬修水利,便是往新河方向。你拎着药箱奔行在新河寒山瘦水间时,我正在队办小学里因背不了语录被罚站。接下来的梅雨天,我完全适应不了。无尽的雨点像蠓虫,像灰蛾,像菜园里发霉的玉米穗子,飘满了青石磨般的皖南云空。不久遭逢山洪暴发,村里一年轻人在激流中溺水而亡,几天后捞上来就搭棚停放在我家斜对面的土岗下,开门即见。其母断续的哭号透过蒙蒙雨帘传过来,让人郁闷不已,老做噩梦。母亲见我整日蔫着,以为水土不服,正月叫堂兄送我到南陵县城舅舅家,我竟说到合肥了,舅舅说我变孬了。钱桥大队方圆数公里,无报纸,无广播,无收音机,与世隔绝,我只能一天天变呆,像个小老头。

你说在公社医院,夜里出诊是常事。有天夜里,门被擂响:活菩萨呃,行行好,快救俺媳妇命啊。开门后,一个中年汉子满头大汗。你立马起身,拎着出诊箱跟着他一路飞奔。到他家后,见他老婆坐在粪桶上屙血不止,已处半昏迷状态。你脑子闪出一个可怕的念头:前置胎盘!卫生院无法手术也不能输血,情况危急立马送县医院。在给孕妇喂了红糖水后,男人找来四个壮劳力用凉床抬着她一路飞奔,你跟在后面护送。此时天已蒙蒙亮,晨鸟鸣啭着从树丛里飞掠而过。你一路催着:快点,快点!翻越最后一座山冈,孕妇传来一声哀号。你叫抬者停下,见被子浸透鲜血,婴儿已出生!此时距县城还有五里地,前不搭村后不着店,母子危在旦夕,你真恨出诊箱不是魔箱,什么医疗器械、血袋、接生包都有,该多好啊。日上三竿,晒得你头晕目眩,虚汗淋淋。这时前方山坳现出高压线钢架,你叫道:快,前方有变电所!众人抄近路抬过长满山栀的土岗,果然有个变电所。你一脚踹开门,下达命令:快,拿盆来!烧水!煮剪刀!两个值班的慌了神,拿了剪刀忘了线,拿了水瓶忘了盆。你剪断脐带,一看是个女婴,粉嫩粉嫩的小手舞着,就是不哭。你吸出她嘴里的血污,倒悬双腿拍打青紫的屁股。哇的一声,女婴终于哭出声。然而产妇再次昏过去,你一边命令把脚抬高,喂糖水,同时推注高渗葡萄糖,一边叫变电所打电话给县革委会,说贫下中农产妇生命垂危,请派车接到县医院输血。你刚处理好胞衣,一辆军用吉普车就到了。

我急问:产妇,得救了吗?你说:当然得救了,一半人为,一半天意。那个春夜,至今想起来还心惊肉跳。中年汉子一家人感激不尽,给女婴起名"山栀"作为纪念。那时候村妇因难产死去不在少数,山高林深,道阻且长,幸运之神想光顾也难啊。我说我下放那个地方,村医只能对付小病小灾,作用已不小了。你陷入沉默良久,惨淡往事如痰涌起,让你的喉结上下动了动。后来你走进书房,取出一本《海石花》送给我。我知道,那是你跟自己交谈的记录——一枚绵厚秋茧,让我自己去抽丝。

交谈其实是杂乱无章的。一个枝杈或细节就会使我们跑题十万八千里,吐出的蚕丝与烟缕缠裹在一起,像往昔的幽灵。比如你谈孤苦的身世,谈祖父参与辛亥之役,谈继父卞之琳,话题自然如深井汲水。时代的浩茫森林一层层沉入地壳深处,无论多么轰轰烈烈多么荒诞不经,都将变成看不见的渊厚煤层。再看地壳上面依旧红尘滚滚、过客匆匆,乱哄哄你方唱罢我登场。从前我们是青蚕,少数成了蝶蛹和蝉花,在无人谈论从前的夜晚,我们除了像茧子一样愈裹愈厚,还能是什么呢?那一刻,我算是读懂鸣于野、嘶于户、泣于床下的蟋蟀了。

我和你距离最近的一次,是在竹阳公社。那时候你已上调至县医院,但每年都要下乡巡诊。此时我已高中毕业,单独下放到竹阳下面的杨村。1976年那会儿竹阳公社刚成立,一条通向石安的简易公路在修,阻断公路的七星河也得修石桥。那会儿众河之上游刚解冻,远远就能听见流凌迸击声。

你说那桥修修停停,河床上垒起圆形土堆,每次往返七星河,都须在晃荡的施工搭板上跳来跳去。当时流脑暴发,死亡率极高。疫情堪比火情,一发病即被甩到鬼门关,往往得到报告赶到村民家中时,病伢已全身布满出血点,虽全力抢救,还是眼睁睁看着他们被死神带走。我说:你经过那儿时,我正在现场给路基铺石子。那是隆冬腊月,我和青年社员被征派到公社驻地燕口修路。那是一场大雪之后,凌晨四点起身,四野白茫茫的,还未走到燕口,就听见大喇叭里传来《东方红》,天仍黑漆漆的。爬上那道陡坡,拐个弯,穿过竹阳中学操场,便见路基上人影幢幢,其他大队的民工早到了。每个大队承包一截路基,挑来石头再将它锤成小石子。一天下来,虎口都震出血了。那时候要认识你多好啊,看你拎着药箱在河上跳来跳去像只大灰兔,多有趣呀。流脑暴发确实听说过,谁知它来势如此凶猛!一点防护意识也没有,细思恐极啊。

你说如果当时有计划免疫及冷链系统，流脑暴发就不可能出现。对乡民而言，除了突发流脑、肺结核，还有血吸虫和蛇蝎的威胁。有一回，一个乡村少女遭五步蛇袭击，医疗队赶到时，她已香消玉殒了。还有个女知青在采茶时被竹叶青咬伤，等你赶到时已是弥留状态，竟小产一婴。谁是此婴的父亲？一时间满村风雨，谣言四起。村民谈蛇色变，什么竹叶青、五步龙、眼镜蛇，都是让人难以生还的毒蛇。每次独自出诊，惊蛇棍和"季德胜"蛇药乃箱中必备。尤其走林中路，撞见眼镜蛇不止一回了。它竖起身一米多高，昂首吐信，拦在路上与你对峙。这当口千万不能跑，只能慢慢后退。尽管有惊无险，但仍是冷汗浃背。我说我见过土斑蛇，其体色与泥块无异，有一回在菜园拔草，它盘在芥菜根部，差点咬了我的手。好笑的是，父亲搞来一大瓷缸腌蛇给我吃，说是可治青春痘。我问他是听谁说的。他说竹阳医院院长把它当灵丹妙药，搞一条蛇好难呢，还得腌半年。我勉强应诺，心里半信半疑。腌蛇有一股冷腥味，难以下咽。我只吃了两次，便倒掉了。

市声喧嚣已远去，夜晚因交谈而静谧下来。你为我泡的茶来自黄石溪，其山峻拔、深秀，介于仙俗之间——那儿临近九华天台山。当年陵阳公社卫生院有个赵医生，在大雪天深夜翻越峻岭去黄石溪抢救铜陵知青陈庭才。陈为救人跳下深涧，以致全身冻僵，后来全村人打着火把上山救他，呼喊他的名字。赵医生拂晓赶到山村时成了雪人。他没救活陈，但陈也没死——在相互救命的悲怆场景中，在黄石溪雪夜漫山遍野闪闪烁烁的呼喊声中，他活了下来。你说，坟墓和碑有时不过一种表象，并不能确证死亡的本质。赵君良揖是"安医"的老同学，好大夫，可惜英年早逝，已辞世十多年了。短暂的沉默像溪岩，让夜谈激溅出水星星。这么多年过去了，黄石溪的深涧里仍流淌着一个人的影子，倒映着另一个人的影子。

这样的交谈愈来愈像陵阳河了，从看不见的远山深壑那边缓缓流来。今夜岂止是两个人在交谈？赵医生其实已加入其中，他一直在聆听。至于还有没有别的亡灵加入，不知道。世道裂变，世情浮幻，加之世态炎凉，我想今夜必定有秉烛者。你忽然问：屈原，真的到过陵阳吗？我说不知道，赵医生生前也曾问过。我当初自以为知道，其实不知道，因此也就很想知道。后来反复读《哀郢》，品味"当陵阳之焉至兮"，恍然知道一点点了。他是楚江的守夜者，漂泊到楚江的支流的支流也并不意外。唯有河流，才是秘密的收藏者，而我们，不过只是几条老蚕而已。

李万华 | 无尽夏

微雨中去看绣球花。常看的那一丛,杂在高树下的栀子旁,倚两块青石,花色为蓝。蓝色似乎在渐变,起初浅淡,转而纯粹,后来深浓,快要萎谢的两朵,晕染出一点梦幻紫。天光暗,花朵上的蓝静下来,仿佛陷入沉思。其实光线明亮时,花朵上的蓝也沉静,不过不是深思,是偶尔出神,轻盈的那一种,接不住,续不上。轻微的雨落在轻微的花瓣上,不着痕迹,手指触去,才感觉一点点湿润。

记起某日去眉山看三苏祠,注意到绣球花的颜色。湖畔石边,蕨草掩翳处,几枝绣球花只作弱弱的粉色。当时还想,到底花知事,也只有粉色可以将这森森院落幽幽修篁衬出几分柔美,若是蓝色乃至蓝紫,院落只怕更深一层,几度来去小径踏遍皆走不出长廊复壁。现在想来,不过是自己多情罢了,绣球只管开自己的花,与人世何干。

花名美——无尽夏。大叶绣球的一种。

蜀地漫长的春季之后,夏日开始无尽持续。繁花依旧使人忙乱,忽而凌霄,忽而象牙红,忽而百子莲,忽而荷花木兰。一日去野地转悠,遇见些无主的花,马齿苋、蓝雪花、马缨丹、松红梅、山桃草,丛丛簇簇,锦绣绮纨。花间往返,不禁汗颜:人半生瑟缩,终不如一枝花恣情肆意。

雨也无尽。许多时候,雨从晚饭后下起,一夜,一镇日,绵密使人睡意昏沉。猫平时睡得已经够多了,逢着长长的雨天,尤其迷糊。二三月时,猫还在兴致勃勃地玩飞盘:小狗那样跑出去叼起,又迈着小老虎的步子回来。更早时候,它会像运动员那样跃起截杀我抛出去的桂圆与荔枝核。猫旋功夫也了得,每每在它腾起旋转时,我会惊呼赞叹恨不得世人皆为之拍掌鼓呼。可是一到夏天,猫便慵懒起来,不肯活动。白天的大部分时间,我翻书或者追剧,猫卧在身边,四肢微屈,小下巴偶尔压住胡子。

是一只脾气极柔顺的猫,身体的任何部分都可以任人逗弄。现在,它似乎连胡子都懒得动,对许多事情失去兴趣,逗它,它也只是应付一下,只以长长的睡眠对付时间。

它的身体里应该长出了一种叫"老"的东西,像不可控的一处病灶。我不是不知道终究有一天它会老去,却没想到老会突然造访。老,一定是种老谋深算的东西,从一个细胞开始,从一滴血开始,在猫的身体内不显山不露水地滋生潜行。它匍匐到每一处柔软肌肤,贯穿每一根血管,透过每一块骨头。在到达皮肤时,它停下来,伪装成一身蓬松油亮的灰色长毛。每当我给猫梳毛,擦去猫胡须上的水珠时,老一定在狞笑,在打滚:我终于可以将一个名叫"年轻"的东西扔到脚下,踩碎,挫骨扬灰。而这一切皆无声息,不被察觉。

我的猫是一个小小星球。很多时候,我会盯着猫的眼睛看上许久。它眼睛的虹膜在绿色、黄色和黄绿色之间切换,组成精致的花纹。它的黑色瞳孔时大时小,除了早午光线的影响,还有更细微的变化。这种变化无时不在,像一只蝴蝶轻舞薄翼,更像一个陌生星球,靠近,远离,又靠近,又远离。它的大眼睛明亮又深邃,藏着某些神秘,遥不可及。我常常被这小小星球吸引,想了解它如何组成,如何运动,甚至想探究更多秘密,譬如时间与空间如何捆绑,未来会塌陷还是膨胀……盯得时间长了,猫会率先打破尴尬,它将尾巴摇一摇,小脸一仰,目光朝旁边一挪,对我"嗯"一声。它的声音柔媚,像一枝毛茸茸的小草穗头。我明白它的意思,它说:喂,别看啦,我有点紧张。

现在,一种名叫"老"的东西居然奇袭了这小小宇宙。我伸手抚摸它温热的身体,想拥它入怀。然而它只在我怀里停留短短几秒,又回到沙发上。它仍旧与它的老为伴,再次地沉入睡眠。

猫初进家门的那个早春,我在读一本关于电影导演斯坦利·库布里克的书。库布里克也是一位猫奴,有一年,他的一只名叫爱丽丝的猫生下一窝小猫。库布里克将其中两只送给他的司机埃米利奥,让他带回家养。库布里克告诉埃米利奥,只要让猫在封闭的房间内待满十五天,猫就会习惯这种方式,以后不会到处乱跑。两只小猫在埃米利奥封闭起来的房间内追逐跳跃,撕壁纸,抓家具,任意妄为。十五天禁闭期一到,解封后的小猫们迅速跑出客厅大门,蹿过篱笆,爬上邻居花园里的大橡树,野孩子一样玩得不亦乐乎。库布里克的猫科动物训练理论彻底失败:从此,两只小猫白天很少待在家里,除了回家吃饭,几乎所有的时间都在外面游逛。

　　与库布里克的两只小猫不同,我的猫走上了相反的路。起初,为了养成它能与我一起外出散步的习惯,我先抱它到楼道走一走,试图循序渐进,慢慢扩大它的活动范围,训练它的胆量。可它不情愿。只要我抱起它打开房门,它就掉转脑袋,挣脱我的胳臂逃回屋里。不自愿,便强制。买来粉色和蓝色的绳子项圈,费尽心力,按说明给它戴上,可它喵喵呜呜地趴地上誓死抵抗。四月,满院春花姹紫嫣红,人们纷纷外出在花树下驻足。如此赏心乐事,小猫也该看看吧,再说宠物医院得去,疫苗得打,耳朵得洗,还得驱虫。买来透明的太空舱猫包,放一个小熊毛绒玩具,哄它进包,背到院里草木深处,打开猫包。结果它将脑袋塞到小熊怀里,仿佛处处魑魅魍魉要谋其财害其命。偶尔有孩子跑过或有人骑车经过,它更是筛糠似的发抖。如此几回,怕应激反应,企图和它一起昂首阔步散步游园的打算全部作废。此后即便是去一次宠物医院,也是捉迷藏一般将它捉进猫包,匆匆去匆匆回。

　　有时候,它卧在碎花垫子上,两只大眼睛光盘似的盯着我,看我浇花、拖地、做饭、读书、玩手机,或者在电脑前坐着不动。它就那样看着我,一声不出。这时,我就想,这猫多么像我啊,深宅在家,十天半月不去见人,偶尔见一回熟人,仿佛会少半条命。

　　其实我的童年更像库布里克的两只小猫,镇日闲逛,不肯回家。青藏高原绵延的山脉、灌木丛、针叶林;初夏绽放的川赤芍、青稞田、灰栒子、八月的小云雀、葫芦巴、雪绒花……无尽的旷野,无尽的草药芬芳,无尽的风,总是有事做,总是耽误回家的时间。如果回家实在太晚,就站在星光流泻的门道里挨训。我似乎从不害怕。与藏狐狭路相逢,吃忍冬的红果子中毒,被冰草割破手掌。午后暴雨,洪水肆虐冲断回村的路。我不知道恐惧,有时坐在山巅,想象山外世界。我不知道形状,不了解色彩,不能确定任何一张面孔。它们大约像群山一般错综,流水一般回环,大约像春天的云雾、深秋的层林。偶尔生出些惘然,也是转瞬即逝,当目光收回时,眼前依旧丰饶迷人。

　　勇气丢失的过程,大约就是与万物慢慢剥离的过程。对世界的信任,大约也在这个过程中失去。

　　我的猫一开始就对世界保留意见,缺乏信任,避免受伤。它小小年纪,是谁给予了它如此老到的经验？有时我更愿意相信，我的猫是一个外来的小小星球，曾经在宇宙中无数次聚合解离，无数次碰撞击打。它最终沉默、娇弱，只信任可以信任的那一小部分，将所有变化调控在最小范围内。它在一切尚未开始时，便熟知结束。而我，在一个夜晚，发现自己再也不能像以前那样蹚着月光或踩一地积雪推门而出，我发现更愿意以低垂的窗帘和紧闭的门给自己安全感，我发现一路跌跌撞撞冒冒失失却对未来一无所知。在意识到这一点时，我才发现这个过程是如此缓慢隐秘，以至于无法确定变化何时发生、如何苗壮。我走很远的路，原来只为了像我的猫那样紧紧蜷缩。

像我的猫那样，我的老在我体内盘桓多年，然后在某一时刻骤然来到。又或者说，年轻坚持到某个时刻，突然来一下回光返照，然后，老大笑着，登场。

去年某时翻看手机备忘录，有一句话记于某个凌晨："人往一定的年龄活是有原因的，是努力的结果。"忘记当时都想了些什么，那句话应该是主题，怕遗忘，随手记下。过几天，果然忘记。那个夜晚似乎什么都不曾想，只有那句话，孤零零地留在备忘录里，路碑似的，提示某一时刻的存在。

去年的很多时候都那样。夜晚的大脑有点危险（这句话也记在备忘录里），仿佛暴雨来临前的旷野，大风吹过，树叶哗啦啦地响，树冠里的每一根枝条都在拼命地摇。似乎所有的脑细胞在那一刻都被吹醒，活跃起来，参与到念头的狂欢中。念头像白杨树的叶子那样闪烁，像叶子上的露珠那样滚动，像露珠里的小甲虫那样鲜明。这些此起彼伏的念头是危险的，它们脱离白昼的陈规陋习，脱离白昼的四平八稳，脱离白昼的寡言少语。在夜晚的幽暗里，它们种子那样喧嚣、蠕动，云层里的光那样游移、遮蔽、再游移。

其中的许多念头在白昼到来的一瞬昙花般萎谢，夜晚的繁盛终究抵不过白昼的一缕光。只有一部分念头穿过光，它们有着比光更快的速度，有着逃离黑洞的能量。它们在逃脱白昼的追击后，安营扎寨，等待夜晚再一次发起反击。

"人往一定的年龄活是有原因的"，这个念头与白昼的物质设施没有任何关系，也不牵涉约定俗成和任何感喟。它孤悬、向内、尖锐，风雨飘摇。它以它的年轻和勇猛佐证某一刻的到来是值得的，它也佐证它的存在并非虚妄：精神的新生总会发生那么一次。

这些念头在去年我生日那天狂热到极点，之后慢慢消散、凋零，仿佛被一位瑜伽师控制。那天天气怎样已经忘记，那天所发生的细节也已遗忘，唯有因为那天的到来而生发的愉悦被记了下来：似乎过去五十年的所有时日都是铺垫，小青石那样，淋几滴水，裹一层泥，沾数片苔藓，它们栉风沐雨，碎裂，在荨麻丛失去踪迹，它们中留下来的一部分倔强地铺成一条路，让这一天终于走来。

我在那一天只因为那一天的到来而放下心，像放下一块悬了半个世纪的石头——我的老终于到来，我再不会因为没有老过而惭愧。

芒种之后，气温愈来愈高。我将阳台收拾出来，与猫共享。阳台镶一整面玻璃，站在窗前，视野中大部分是天空。如果微微压一下目光，可以见到大片住宅和绿植。有时站在窗前，我会想起卡尔维诺笔下的柯希莫。他从圣栎树上观望这世界的每一件东西，从高处看，事物变了样，却赏心悦目。小区大，入住率不高，除了我住的北面这一幢高楼，多是别墅，灰色屋顶和褐色屋顶错落，穿插其间的树木蓊郁又高大。春天，别墅区蔷薇满架，三角梅、石榴树、红花羊蹄甲时常遮住视线。一个午后，我去看蔷薇花，看许久，准备返回时忽然找不到出路，第一次知道乱花渐欲迷人眼是什么样。住在别墅区的人们偏爱白兰，喜欢在门口植一株，夏日，白兰花开，自树下走过，香气馥郁。若是灯火熄灭的深夜，路灯伶仃，黑洞洞的窗口自树冠后露出，一层一层，似乎是某个年代久远的遗迹。

猫陪着我，我们很少出声。白天多是鸟叫和蝉鸣，偶尔有人从忍冬下走过，一两只流浪猫卧在长有青苔的路上。如果是阴雨天，云雾自远处移来，呈弧形遮蔽一部分屋顶和花木，近前事物影影绰绰，仿佛一艘巨轮载起它们驶入茫茫大海。傍晚，楼下开始嘈杂。一些小摊贩兜售面点、新鲜水果、从附近田地摘来的小把蔬菜。打麻将的人从茶馆出来，大声谈笑，有人拖着塑胶鞋子去取快递，喜欢运动的，则在海枣树下打乒乓球，系绳子的狗也出来遛弯，小不点的狗喜欢挑衅高个子的拉布拉多和金毛。暮色总是从东南角涌起。那里有层叠的丛林，地平线隐约起伏，大约也有一些低矮山脉盘在那里。蝙蝠趁夜色出来，燕子也在低低地飞。我的眼睛越来越不好，看它们飞，也只是看一个个剪影迅疾移动。蝉声起来的时候，远处人工湖里的牛蛙会轰鸣几声。天空总是灰色。白天的灰亮一些，又似乎是雾蒙蒙的。晚上，灰色深起来，很少见到星星。有一个晚上，依稀见到三颗星，它们在南边天空扇形排列，中间一颗泛出点蓝光，两边的，一颗橙色一颗浅绿。自然，它们的光很淡很淡，颜色就更需要努力分辨，还需要一点点想象。我坐着，追溯一下大脑里的星座图，想不出哪几颗星会如此布阵。懒得起身去搜索星座的全貌，也不再去想它们在多少光年外。一光年有多远，有必要知道吗？没有，因为我从来没走过一光年远的路。

早晨也会喧嚣一会儿。但早晨的喧嚣有别于傍晚，带一丝兴奋，朝气也多一点。人尚未清醒，篱笆上的牵牛已打开它手掌大的蓝色花朵，布谷鸟在远处密林中叫了许久，白头翁站在月桂的树冠，像头箍白毛巾的老农，满面沧桑。保洁员在劳作，园丁穿着定制的蓝衣服，物业管理人员骑着小电车开始巡逻。除了几条路通向市区和一个村镇，这片住宅区更像隔绝起来的一座孤岛，周围是杂木和橘林，甚至还有一块墓地。住在这里的人，以养老为主，只有少数上班族急匆匆走过。老人们喜欢早起，我才冲了一杯要喝的东西，他们已经在楼下结伴出现。应该是去参加一些集体活动，他们背双肩包，拎大瓶的水，戴遮阳帽，摇蒲扇。他们在树下走过，不急不慢，将弯曲的路走成一条一眼即可看穿的线。

梦开始随暑气繁盛。在一个热得发梢湿漉漉的夜晚，梦见了她。

多年过去，她依旧瘦，额和嘴角的皱纹有力度，不过面部轮廓尚未垮塌，能够看出，年轻时候她是那种骨感的美人。她虽老去，但黑发油亮，留民国女子的后髻发式，不见银簪摇曳，显得素朴。她的眼眶深陷，眉梢上扬。她竭力说明一些事情，看上去这些事情已纠缠她许久，令她不安，现在终于决意要从这些事情中抽身而出，摆脱它，像摆脱恶疫和谣言。她的声声解释皆出自肺腑，以至于有些微情绪的波动。可她并没有因为急切而显出卑微来，根深蒂固的自信使她拥有一种高于俚俗的美。

那些事情我已释然。心理上构成伤害与否取决于主观意念，我可以使之平息，亦可使之奔涌。我反复对她说，过去的事情相当于没有发生，无须再让它毁掉现在。我为她的忏悔动容，又因为，她已那样老。老，是无能为力的事，是无法挽回的事。老困住她，摧毁她，现在连她内核的碎片都要带走。我忽然感到一阵伤悲，靠近她，扶住她的肩，一遍遍强调，过去可以遗忘，也完全可以遗忘。

终于伤恸醒来。不知夜深至几时几分，纱帘低垂的窗户渗进一点光，是微白的朦胧。胸口闷，似被压了重物。原来梦里的自己远离人群无所顾忌，情绪爆发纯粹又放肆，自己哭自己闹任意妄为笑傲梦之江湖。

我清楚梦中的她指代的是谁，多少年过去，她相貌不改音容犹存。我在清醒过来的瞬间自问：如果梦成为现实，朗朗乾坤，夏日永驻，我是不是还会认为，过去的事情相当于没有发生？

白天看加斯帕·诺的电影《旋涡》，竟然没有如加斯帕·诺说的那样："我想让观众跟我一起尽情流泪，体验生命即是电影。"没有突兀的感触，只是一如往常的平静，仿佛电影已看了多遍，生老病死诸般波澜皆已消磨。一对普通夫妇，宛如深秋枝柯的树叶，时间已将他们凋零。丈夫路易，一位电影学者，患心脏病，对事业怀有敬意，总是在书房忙碌。妻子艾拉，一位医生，精神疾病使之时而糊涂时而清醒，且日渐失语。他们的房子塞满书籍塞满杂物，也塞满他们的过去与现在。他们有一个露天小阳台，露台上摆一张小圆桌两把椅子，盆栽小花盛开在窗台。他们偶尔在那里闲坐，喝饮料，看日影。那是他们暮年生活中难得的一点明亮，宛如西天最后的霞光。他们的大部分时间只在与老去纠缠。昏暗、错乱；记忆、纠葛；倔强、抵触；孤独、陨落……分屏的画面之中，大部分时间是各自忙碌，是时光给予的无意义。偶尔交集，二人商讨如何继续生活："这是我们住了一辈子的地方。"可惜这个地方现在成为旋涡，一寸寸向黑洞深处逼近。时间的黑洞最终将画面吞噬，老去与死亡签订的协约总会忠实履行。

他们的肉体先于灵魂老去，死亡又急匆匆地将其带走。

分屏与满屏的衰老、疾病，日子如何延续，尊严如何守住。不陌生，不诧异，不惊心。我曾经目睹，现在经历，未来也将应接不暇。它们扎根、蔓延，与人纠缠形影不离。它们是必然、规律、趋势。不可恶，不可离。

在这摧枯拉朽甚嚣尘上的，在这墨守成规寂无声息的队列之中，我开始寸步不离唯恐乱了秩序。有时也停一下作壁上观，只怕自己在老去的过程中一味沉溺，又或执意逆反而失去警惕。前一晚翻书，见博尔赫斯说："月亮已装满古老的哭泣，它是你的镜子。"可是我看月亮只见月亮却不见自己，一如我在自己的身上只见老去不见长路迢迢。

祖地 | 素素

第一次去江西，去的是婺源。在那里，我看见了一个词——村庄。它们的古色古香，让我差点惊掉了下巴。那些村庄像一部经年古籍，宋纸、线装、竖排版、繁体字，我得把它们放在一方老樟木几上，点上油灯，一页一页打开，慢慢地看。我由此知道，中国的乡土为何如此绵长，如此幽深。

第二次去江西，去的是井冈山。在那里，我也看见了一个词——标语。在村庄的屋墙内外，在祠堂的大门中堂，用墨汁刷写的口号或格言虽经风雨剥蚀，光阴洗磨，仍清晰如昨，让我懂得了江西的神秘和复杂。我也由此知道，一个时代怎样颠覆了另一个时代。

这一次去江西，去的是宁都。我在宁都又看见了一个词——祖地。确切地说，是客家祖地。在我以往的印象中，闽粤赣是客家人聚居地，现在知道，祖地比聚居地更原始。赣是中原先民南迁第一站，因而是真正的客家祖地。赣是源，闽和粤是流。

宁都在赣南，地处闽、粤、赣三省交界。以赣地全域为坐标，宁都在边缘，以客家祖地为原点，宁都在中心。正因为如此，走进宁都，像面对梵高的向日葵和星空，又忍不住向后退了几步，只为看得真切。

百度上说，宁都是纯客家县，被誉为客家祖地。百度上还说，梅江河自北向南，流经宁都县十一个乡镇，是赣江源头最大一条支流。

祖地是开始，源头也是开始。汉语里的"祖"是男人，父性；汉语里的"水"是女人，母性。于是，梅江河岸边的宁都，在我眼里就成了一只巢，或一只摇篮，令我这个远道而来的北方女人心房颤动。

在宁都几日，去过赤坎村龚氏宗祠、熊氏宗祠，也去过小源村曾氏家庙。宗祠和家庙是一个意思,只是叫法不同,它们既是村庄里最恢宏最庄严的建筑,也是让同门族亲最有归属感的所在。宁都震撼到我了,在村庄日渐凋敝的今天,仍有这么多祠堂老神仙一样端坐在这里。

一千多年前,因为五胡乱华而有了衣冠南渡。此后便是唐末、宋末、明末,每一场改朝换代,都会来一次洪水滔天的南迁。向南,向南,向南,几乎成为中原人无法改变的宿命,成为一种集体无意识的习惯动作。而且,这不只诞生了一个名词,也诞生出了一个民系。

因为每次南迁都伴随着王庭崩坏、江山易主,受牵连者不但有流离失所的平民百姓,更有家世显赫的皇亲贵族、名商大贾。耸立在南方村庄里的那些祠堂,历历说明,自一千多年前开始,客家人就以自己从中原携带而来的强势文化,滋养了收留他们的客居地,也抬高了整个客家民系的历史身段。

小源村太拥挤了。宗族祠堂不只曾氏家庙一座,而是有二十多座,皆是青砖砌墙,麻石垒建,樟木圆柱,雕梁画栋,飞檐斗拱,多为明清建筑,有四五百年历史。我知道,小源村不是最古老的客家村落,但这么多祠堂在焉,已经让我看见了它的渊深绵长。

曾氏客家始祖,竟是曾子后裔。我以为,曾子生于春秋,虽也是乱世,也颠沛流离,却始终以中原为主场,追随孔子周游列国。然而,江西作家江子告诉我,曾氏当年有两千人南迁赣地。他说这话的时候,我的目光越过小源村曾氏家庙,去瞭望村庄四周海浪般圆润而稠密的山峰,它们,个个如女人饱胀的乳房。

或许是南迁时一族人没有走散,或许是一家人累世迭代,客家祠堂分为三类:总祠、支祠、家祠。《周易参同契》云:子继父业,孙踵祖先。寥寥八字,已说全了宗祠或家庙的意义。

我以为小源村的祠堂够多了,当地朋友却纠正我说,那是因为你没去过东龙村。在朋友的描述里,它坐落在一个山间小盆地里,以千年古村、半千古塔、百座祠堂、百间大屋而名扬天下。祠中之最,叫李氏宗祠,一座总祠,分上、下两祠,其状其势,如乡村里的紫微垣。可惜不顺路,错过了与东龙的相见。

祠堂,其实是戴在客家祖地胸前的一枚古老的族徽。

祖地是个哲学命题。西方人没有祖籍的概念,他们对生命的叩问,有一个现成的句式：我是谁？我从哪里来？我要向哪里去？由这个句式，亦形成了一个人们耳熟能详的逻辑：欧洲人只认血统，中国人只认祖宗；西方人祈祷上帝，中国人祭祀祖先；西方人的信仰在教堂，中国人的信仰在祠堂。

的确，按照中国传统，祖先是树根，开枝，散叶，分派。一切都在族谱上见，在宗祠里见。比如宁都，全县有一百三十多个客家姓氏，三千三百多座祠堂。留在原乡的，回到故乡的，不在祠堂相见，又能去哪里呢？

或许，这就是为什么在宁都不论走到哪里，不论看见什么，我都感觉自己是一种往回走、向后转的姿势。

原以为客家本色，就是土楼和围屋的颜色，黄里带着灰。因为那些泥墙、窗棂、瓦盖，乃至戴过的斗笠、用过的锄耙，被南方的雨水淋过百载千年。

但是，我在宁都却听来另一个名词——客家蓝。那一刻，竟有被一语惊醒之感。那片泥土的黄，屋瓦的苍灰，忽然被一抹明亮的蓝覆盖了。

所谓客家蓝，就是客家蓝衫。那天，坐在小源村的曾氏家庙，听民俗专家讲宁都故事。我的鼻腔开小差了，似乎闻到了靛泥的气味，隐隐地，似有若无地，在什么地方缭绕着。

王国维说，红豆生南国。事实上，蓝草也生南国。闽粤赣三地，气候湿润，适合生长麻、葛、蓝草，而少产桑丝。客家人便就地取材，以麻葛为布料，以蓝草为颜料，用土法染出独一无二的客家蓝，用手工做出独一无二的客家蓝衫。

蓝草的根是一味中药，即板蓝根，可以消炎止痛。蓝草的叶和茎，可以做出蓝靛。当一支一支客家人离开中原，向南方逃奔，身上的衣裳穿旧了，便用南方的麻葛织布，用南方的蓝草染色，再用包裹里的针线缝制蓝衫。

在博物馆里，在电影电视剧里，从朝廷到民间，中原服饰并非以蓝为主色，即使有一点，也蓝得深沉。小时候，本家伯父在村子里开过一家染坊，母亲把家织的土布送到染坊，拿去时是一块白布，拿回来时变成被面，蓝地印着白花。不细看，像是黑地。

客家蓝，其实是一种独特而明亮的浅蓝。它是草木的颜色，是天空的颜色，也是乡愁的颜色。

客家蓝衫是南方版的汉服。它们之间也有差异，汉服是交领右衽，即衣领与衣襟相连,衣襟在胸前交叉,以左襟压住右襟。客家蓝衫却是大襟,它对汉服的继承,在于交领右衽。虽远离旧土,但月光底下,记忆皎洁,到底没忘了根本。

在曾氏家庙,我没有遇见客家蓝衫,靛泥气味,也是我的主观想象。时代变了,极具符号感的客家蓝衫,挂在留守老人的门边,他们会在去田间劳作的时候,去赶圩的时候,随手穿上它,图的是简便舒适,却给乡场上的圩,涂了一抹怀旧感的包浆。

在博客上看到一个名词——祖先记忆。发布者从生理层面解释说,在家族直系后代的基因里,存留着祖先的信息。比如祖先喜欢什么、惧怕什么,包括祖先的某种习惯、某个手势,都可能遗传给某个子孙,或被子孙一代一代复制。

由此想到自己,一直没有缘由地怕蛇,简直怕得死去活来。看到这个词就想,恐怕是我的某个祖先被蛇咬过,或被蛇吓破了胆,这个信息也穿越时空,种入我的身体里了吧?

荣格认为,记忆是一种"集体无意识",即在漫长的历史演化过程中,人类祖先以世代积累的经验,对某些事件做出特定反应的先天遗传倾向。原来记忆竟如此强大,不只带来个体的先天遗传,还会造成集体性先天遗传。

无论祖先记忆还是集体无意识,我都在宁都找到了活生生的注脚。

有一种祖先记忆,隐藏在文字里。在宁都,在小布镇赤坎村、东山坝镇小源村、青塘镇河背村。这些用汉字书写的镇名和村名,如一支支琤琮细响的清泉,汩汩地流向我,轻轻地冲撞我,带给我巨大的好奇。仿佛每个名字的意思,都有一种东方式的含蓄和文雅,内敛的,谦逊的,退一步的,小一点的。乡野农夫的朴素,朝堂士人的恭谨,都在那一笔一画里影影绰绰着。

不由得想起几年前在晋江看过的一场南戏,戏词里保留了太多中原古字,而我一句也听不懂。但我确信,客家人已经让自己活成了电脑硬盘,以基因化石的方式,把祖先的语言密码刻录下来,储存起来。然后,用这些金子般的汉字给村庄取名,给祠堂取号,给家门写联对,给子孙写庭训。

那天中午,在小源村吃饭,面前的盘碟上,写着"小源村"三个字。看它规矩工整的样子,眼睛突然就有些湿润了。

有一种祖先记忆,隐在味蕾里。走到河背村,已是半下午,村边的几棵老樟树浓荫蔽日,树下摆了几张木桌。村人说,请你吃擂茶。边吃边听,始知它是典型的客家饮食,宁都人可以用古法制作出两种:一种叫米茶,一种叫盐茶。县城和县城以北多饮米茶,县城以南多饮盐茶。

米茶,是把粳料浸透擂成米浆,倒入烧温后的清水里煮沸,再以文火烧成糊状,吃的时候加入各种菜碎,再加肉丁、豆腐丝、炸花生米、豆子、糙干以及煮烂的赤小豆、豌豆、番薯丁。盐茶,是将碾碎的茶叶加少许油炸花生米、炒香的芝麻,适量的盐、陈皮、肉桂、甘草、煨姜,与猪油混在一起,擂成泥状,用开水冲泡,喝时再加几种菜碎香料。出门劳动时,会把擂茶带到田间,干活累了舀来吃一碗,既解渴又解饿。

半下午,正是吃擂茶时间,胃的确有些空,于是就坐在树下大喝起来。那是一碗正宗的盐茶,稀稀的浆水,里面有淡淡的茶香和盐味,刚刚喝了半碗,穿着客家蓝的大嫂就伸过一只木勺添满。如是者三,喝撑着了。大嫂说,你要用手盖住碗,否则我会一直添,以为你刚从田里回来呢。

其实,不过是一碗擂茶,用心处在于,烹制者不计时间成本,在里面放了太多作料。这碗擂茶就是土地田畴、山川河流,就是春天的百花秋天的月,夏天的凉风冬天的雪。明明藏身于山岭之中,却能在如此逼仄的险境里,种出香喷喷的稻菽豆薯,明明做了南蛮山民,仍改不了耕者真面,依然对农事炊事如此熟稔。

还有一种祖先记忆,隐藏在对身份的刻意里。客家祖地是空间概念,祖先记忆是时间概念。客家祖地很近,在南方的山岭河边,在客家人聚族而居的村落。祖先记忆却漫长,不只是南迁之后的记忆,还包括南迁之前的记忆。

我发现,宁都人在简历里、在书页里、在会场上、在餐桌上,在一切公私场合,都会亮出客家人身份。只要说到客家话题,就要从头说来,从一千多年前说来。女作家简心送我一本书,书名就叫《客路赣南》。我在这本书里,认识了同祖共宗的鹤堂人,也认识了与鹤堂有姻亲关系的崖坑人。在她起承转合的絮语里,永远有一种对身份的强调。看似刻意,实是骨子里的自觉。与简心一路走的时候,我也从她的客家式表达里,开始想念起我背后的北方山河。

离开宁都之前,我们去了县城旁边的翠微峰。山并不高,却是典型的丹霞地貌。已经许久没有亲近如此青绿了,然而,最打动我的,却并非青绿。

明末清初,又是一次改朝换代。以魏禧为首的文人名士,把家门口的翠微峰当作遁世之所，文坛因而有了著名的"易堂九子"。

我注意到，易堂九子中，有八子是宁都土著，最后一子，竟是明宗室益王后裔。因王朝覆亡，他隐姓埋名，改名林时益，从南昌来到宁都，加入魏禧文人集团，与八子一起登上翠微峰顶，在客家祖地书写客家历史的后续故事。明末是中原人最后一次大规模南迁，他是走在最后的客家人。

易，即"明"之异写。易堂，即书院。九子及其后人，在翠微峰顶建七十二间房舍，收一百个弟子，不问世事，素心向学。其登峰路径，竟是只容一人可穿的山隙，书院却在翠微峰顶存在了五十五年。

此等举止非常文人。中国文人向有隐而不仕的传统，更何况处于明末乱世。站在那座须仰望才见的柱式主峰之下，我和许多同行者一样，也唯有仰望。

祖地，与离开有关。这世上有各种各样的离开，有一种离开叫南迁，比如，中国历史上的客家人。

推而广之，地球是全人类的祖地，人类却一直在这片祖地上无定地漂泊或逃亡。从这个意义上说，世上所有的人，都是"客家人"。

林中空地的光 | 徐鲁

绿树枝

秋空爽朗的午后,我们来到离莫斯科约有两百公里、位于图拉州的雅斯纳亚·波良纳庄园。

这是列夫·托尔斯泰的故乡,是他出生、成长、生活、思考和写作的地方。这里有他耕耘的田野、散步的树林,有他的书房、客厅、餐厅和起居室,还有他喜欢的谷仓。这里,也是他生命和灵魂的最后安息地。

庄园四周的田野上,长着很多低矮的老苹果树。有的苹果树还是托尔斯泰当年亲手种植的。树上结满了红苹果,熟透的苹果落在树下的草地上,成了伯劳、知更鸟、白嘴鸦和椋鸟们的午餐和晚餐。

辽阔的田野上空,飘浮、舒卷着大团大团的云朵。洁白的云朵组成一座座缓缓移动的棉花垛。高大的白桦树安静地站在田野边缘和远处的土路边。

老年的托尔斯泰喜欢穿着宽松的白棉布袍子,拄一根手杖,在这样的云朵下徒步,风雨无阻。走累了,他就倚靠在一棵粗大的橡树或椴树上歇息一下,然后回到庄园里,坐在安静的谷仓边读书和写作。

走在深秋时节的田野上,我不时观察脚下,心里暗暗期待着,能不能幸运地发现插在地上的一根"绿树枝"呢?

托尔斯泰刚满五岁时,他的哥哥尼古拉给他讲了一个"秘密",说是如果谁发现了这个"秘密",那可不得了,所有的人都能得到幸福,不再生病,不闹别扭,谁和谁也不生气,所有的人都将彼此相爱,世界上再也没有贫穷、疾病和仇恨了。

哥哥还告诉他,这个"秘密",写在一根"绿树枝"(有的翻译家也译作"小绿棍")上,就埋在庄园附近的田野里,要不就是埋在附近某个地方的沟沿上,谁找到了它,谁就能给所有人带来幸福。

"绿树枝"的故事，让幼小的托尔斯泰心驰神往。他从小就相信，世界上真有这么一根绿树枝，埋在自己家庄园的某个地方。为此，在整个童年时代，他多次悄悄去田野上、沟沿边寻找。

寻找这根神奇的绿树枝，不仅是托尔斯泰童年时代最爱做的游戏，也成为他一生的使命和梦想。人们说，这位伟大的文学家和人道主义者，毕生都在寻找那根能给世界带来幸福、健康、友爱与和平，能让世人摆脱贫穷、疾病与仇恨的"绿树枝"。

托尔斯泰后来这样写道：

> 我那时就确信有这么一根绿树枝。它上面写着应该消灭一切人间丑恶，应该给人们以善良。到现在，我还坚信，这个真理是存在的，它将被人们发现，而且将带给人们它所答应赐予他们的一切。

托尔斯泰长大后，当然明白了世界上不可能真有这么一根童话般的绿树枝。像一个农民一样，他在广袤的田野上扶犁耕耘，当然不再是为了翻找那根绿树枝。不过他始终相信，世界上应该有自由、平等和博爱的真理，善良、幸福、人道与和平应属于所有人，包括那些贫穷和饥饿的人。

盘桓在托尔斯泰耕耘过的土地上，我想到多次画过托尔斯泰的画家列宾，想到了列宾的那幅托尔斯泰扶着犁耙在阳光下的田野上耕耘的油画。

列宾画布上的田野，不就是此刻我站立的这片田野吗？我想到，最伟大的作家和艺术家，不都是那些寻找绿树枝的人吗？美好的故事就是光明。最美好的书，也应该给人们带来幸福、梦想和光明，能够指引人们找到快乐和幸福，给人们送去实现梦想的信心和力量。

热爱文学，相信文学，并且愿意付出自己的一生，去寻找那根能让人们摆脱贫穷、疾病与仇恨，能让所有人过上好日子的绿树枝——这，就是文学的力量，也应是所有作家矢志追寻的理想。

托尔斯泰的树林

世界上没有不美的森林和小树林。托尔斯泰故乡的树林——或者干脆说是托尔斯泰的树林,更加让我觉得美得无法形容。

深秋时节的树林,正慢慢脱下它深红色的衣衫。在爽朗透明的阳光里,深绿色、浅绿色、金黄色、浅黄色、深红色、酒红色、琥珀色的树木和树叶,色彩缤纷,层次分明,看上去就像一幅幅美丽的风景画。

雅斯纳亚·波良纳森林里的树,有高大的橡树和桦树,也有很多巴乌斯托夫斯基在他的散文里经常提到的"野生的小树"。

我问一位俄罗斯朋友这里的森林为什么会这样美丽,他解释说,因为这里的森林和小树林大多是阔叶混交林,橡树、榉树、枫树、朴树、椴树、松树、榆树、栗树、白蜡树、白桦树、银杏树、野樱树……都有各自的生长空间,都有各自不同的吐绿、转黄、落叶和返青的时节,都各自自然健康地生长。

而且每一片树林里,总会有一些明亮的池塘、溪流和泉水,再加上空气明净,枝叶缝隙里的天空湛蓝透明,每一缕照耀进森林的阳光,都那么纯净耀眼,尤其是雨后,走进任何一片树林,满眼都是水晶一般的"林中水滴"。

是的,我想起来了,"林中水滴",这是普里什文、巴乌斯托夫斯基等俄罗斯散文家们经常使用的词语。巴乌斯托夫斯基曾自豪地说:

> 自然中存在的一切——水、空气、天空、白云、太阳、雨、森林、沼泽、河流和湖泊、草原和田野、花朵和青草……在俄罗斯语言中,都有无数美丽的字眼和名称。

不过,他还向人们"卖了个关子":当然,俄罗斯语言,只对那些无限热爱自己的人民,而且感觉得到这片土地的玄秘之美的人,才会全部展示出它真正的奇妙和丰富。

在托尔斯泰的树林里,我惭愧地感觉到,我无法用精准的语言来描述这树林的美,尤其无法描述照进树林的那种纯净、透明、耀眼的光线。这并不是因为我所使用的母语——汉语的词汇不如俄语那样富有奇幻性和丰富性,相反,我坚信,我们的汉语是世界上最美丽、最丰富和最具有描述力与表现力的语言,没有之一。置身在如此林木婆娑、光影斑驳、色彩繁复的树林里,我只恨自己的文学描述能力实在有限,无法捕捉这光影交错的林叶之美。

所以我又想到了俄罗斯杰出的风景画家们。也许,只有杰出的画家,用调色盘上的颜色,才能准确描述和表现出这森林里的光与影吧?

比如希施金。他被誉为"大自然的诗人""森林的肖像画家",出现在他画布上的松树林、橡树、林中野花、溪流以及林中的阳光,不仅散发着浓郁而迷人的大地气息,同时也显示着俄罗斯民族坚忍、博大、英勇、高贵的气质与精神。《在遥远的北方》《阳光照耀的松树林》《森林远方》《在森林中》……每一个热爱希施金作品的人,对这些画作都耳熟能详。

希施金擅于运用明亮的外光,表现森林的葱郁、阳光的明媚以及溪流的活泼。他笔下的每一棵树、每一朵野花,都呈现着生命的顽强、旺盛之美。在我看来,这种顽强与旺盛,几乎是俄罗斯的大自然和民族性格中所独有的。因此,希施金成为用树木和野花来歌唱自己祖国母亲的杰出的、具有抒情性的风景画家之一。

又如列维坦。他对大自然、对田野上四季的变化,有着异于常人的敏感与最细腻的发现。与希施金经常描绘雄伟、茂密和苍郁的森林不同,列维坦的风景画所表现的,多为明亮的池塘、溪流和林木稀疏的小树林,还有开满野花的田野和林中小路。

列维坦不是管弦乐队里声音低沉苍茫的圆号和大提琴,而是一把明快和抒情的小提琴。但这并不意味着音色的单一,也不意味着他音域狭窄,恰恰相反,他的风景画的调子有时明快而疏朗,有时也沉静而忧郁。他并不缺乏深度。他既画过抒情诗一般明媚婉约的自然风景,如《三月》《春汛》《池塘涨水》等,也画过使人感到痛苦和抑郁的"历史风景",如《弗拉基米尔路》《深渊旁》等。

盘桓在托尔斯泰的树林里,那些粗壮的、高大的、上了年岁的橡树、桦树和老椴树,让我想到了希施金;那些挺立在大树旁、身材细长的"野生的小树",还有那些热衷于旁逸斜出、恣意生长的小灌木,又让我不由得想到列维坦。

眼下虽是深秋,但树林里依旧生机勃勃,光影斑驳,没有半点落木萧萧、秋风萧瑟的景象。秋日的金色树林,和春汛时节的树林、林中的春溪、明亮的池塘一样,照样能够给人带来希望和鼓舞的力量,带来清新和光明的气息。

每一棵树木的名字、形态都不相同,也没有一片相同的树叶。每一株树木,都有自己生命的年轮和风姿。即便是那些已经枯死断裂、周身覆满了苔藓的树身,也一样是森林的产物,不也是物质循环和生死交替的一部分吗?它们将会成为新生的小树所需要的养料。所有这一切,构成了一个多么健康和健全的生态啊!

不难想象,冬天到来时,白雪将覆盖住这片广袤的树林,一些树的枝枝叶叶将化为泥土。但是谁又能担保,这些将会变成森林肥料的腐烂的断木和深厚的林叶,不会在下一个春天到来时,变成新的生命,从泥土之下萌发出来,长出青翠的树叶,长成苗壮的枝干,甚至结出饱满的坚果,点缀这生生不息的森林呢?

林中空地的光

雅斯纳亚·波良纳,在俄语里是"明亮的林间空地"的意思。在托尔斯泰的树林里,纯净耀眼的光亮无处不在,但最美的光,还是在树林深处那一小块空地上。

托尔斯泰1828年出生在雅斯纳亚·波良纳。在他八十二年的人生中,有半个多世纪的时间是在这里度过的。他很喜欢自己的家乡图拉和这片庄园。他去世后,遵照他生前的愿望,人们把他安葬在雅斯纳亚·波良纳庄园的树林深处。

沿着一条安静的林中小路,穿过树林里斑驳的光与影,我来到这块明亮的空地,站在了神往已久的这个朴素而低小的坟堆前。这一刻,我真切地感受到,我的心脏跳动得很快,我的血液也在加速奔涌。我说不出这是一种抑制不住的悸动,还是一种情不自禁的深深的感动。

小小的坟墓,确实如茨威格1928年前来谒拜时所见到的那样:一小块林中空地上,一个小小的、培得整整齐齐的长方形土丘,没有十字架,没有墓碑和墓志铭,甚至连"托尔斯泰"这个名字也没有。

> 谁都可以踏进他最后的安息地,围在四周的稀疏的木栅栏是不关闭的——保护列夫·托尔斯泰得以安息的,没有任何别的东西,唯有人们的敬意。

茨威格这样写道。

明亮的林中阳光,安静地洒在这个干净朴素的坟堆上。坟堆上长着浅浅的野草,野草间零星开着一些蓝紫色的雏菊和别的颜色的野花。茨威格当年来时,坟墓四周还围着稀疏的木栅栏。现在,连稀疏的木栅栏也没有了。在明亮的林中空地上,坟堆向着天空、阳光、星辰和风雨,向着全世界的崇拜者和热爱者,完全敞开着。

不难想象，每一位远道而来的谒拜者，到此都会尽力放轻自己的脚步。哦，轻一些，再轻一些，就连四周的大树和小树间的风声，就连林中的鸟声和虫鸣，也显得异常轻悄。只有斑驳的林荫和树影，在空地上，在土丘上，缓缓地移动。坟墓四周的大树，见证了络绎不绝的谒拜者到此献上各自敬意的一幕幕情景。

当年，站在这个朴素的坟墓前，茨威格不由得联想起大理石穹窿底下拿破仑的墓穴、魏玛公侯之墓中歌德的灵寝，还有西敏寺里莎士比亚奢华的墓地。茨威格觉得，其实它们都不如托翁的坟墓这般动人，不如树林中这个只有风吟甚至全无人语的墓冢，"能剧烈震撼每一个人内心深藏着的感情"。在茨威格看来，这个小小的墓冢，是"世间最美的坟墓"。

绕着小小的土丘，我们一行人默默地依次深深地鞠躬，然后又缓缓地绕行一周，表达了各自的敬意。

那一瞬间，我想到，树林深处的这块空地上日复一日、年复一年的光亮，固然来自大自然，来自天上的太阳和星辰，但还有一种生生不息的光明，乃是来自这个小小的、朴素的土丘之下。因为，掩埋在这里的，是全人类的良心，是人类最耀眼的一束文学之光，是老托尔斯泰永远不死、永远熠熠生辉的博大的爱心。

谷仓与书房

离开明亮的林中空地，我们回到托翁的故居纪念馆——一座洁白、素净的老房子里。

1828年9月9日，托尔斯泰就降生在这座房子里的这张深绿色羊皮沙发上。今天，这张沙发依然陈列在老房子里，管理员说，它就是这位世界级文豪诞生的摇篮。

踩着古旧的木梯走上二楼，每个房间的墙壁上都挂着许多大大小小的肖像画和老照片。其中有托尔斯泰童年和青年时的样子，还有他的祖父与祖母、父亲和母亲、夫人和孩子们的肖像画。他的祖父是一位威严的公爵，也是托翁巨著《战争与和平》里罗斯托夫的人物原型。在这部小说里，尼古拉、玛利亚这两个人物形象的原型，分别是托尔斯泰的父亲和母亲。而他端庄、美丽的夫人索菲亚的形象，成了《安娜·卡列尼娜》里吉提的原型。墙上的肖像画中，还有一位美丽的少女形象，她是诗人普希金的女儿。据说，描写安娜·卡列尼娜外貌时，就是照着普希金女儿的形象来进行的。

二楼的另一个房间的墙上，挂着许多俄罗斯杰出诗人、文学家、批评家和艺术家的肖像画，如涅克拉索夫、屠格涅夫、车尔尼雪夫斯基、别林斯基、契诃夫、柯罗连科、高尔基、列宾等。他们都是托翁同时代的好友，像一颗颗耀眼的星辰，相互映照，闪耀在俄罗斯和整个人类的苍穹中。

其中有一位名叫列昂尼德·奥西波维奇的，名字看上去有点陌生。管理员微笑着告诉我说，这个人，有一个伟大的儿子，叫帕斯捷尔纳克。她这么一说，我即刻恍然，这位奥西波维奇，是《日瓦戈医生》的作者、1958年度诺贝尔文学奖获得者、诗人帕斯捷尔纳克的父亲，人称"老帕斯捷尔纳克"。他是画家，也是托尔斯泰的好友，曾为《复活》等作品画过精美的传世插图。

在这些巨匠当中，诗人涅克拉索夫是最早发现托尔斯泰的"伯乐"。托尔斯泰二十四岁时还是一个在高加索戍边的小兵，那年，他把自己的处女作《我的童年故事》（即《童年》），第一次投寄给《现代人》杂志。当时这份赫赫有名的杂志的编辑，正是诗人涅克拉索夫。诗人读完稿子异常兴奋，立刻给这个寂寂无名的小兵回信："……故事内容的质朴和真实性都是这部作品不可忽视的优点……请您把续篇给我，无论是您的小说或是您的才华都引起了我的兴趣……"托尔斯泰收到回信，在日记里写道："编辑的来信……使我欣喜欲狂。"两个文学巨人的友谊就这样开始了。

《童年》问世后，引起彼得堡文学界一片惊呼和赞扬。当时有位名作家巴纳耶夫，走到哪里都把刊有《童年》的那期《现代人》带在身边，一遇到熟人就大声朗诵，以至于给屠格涅夫留下这样的印象：

> 朋友们在涅瓦大街上都躲避着巴纳耶夫，害怕他就在大街上给他们背诵起《童年》来。

陀思妥耶夫斯基在流放途中读到《童年》后，写信给友人说，请务必帮他问清楚，"这个隐姓埋名的'列·尼'究竟是什么人"。倒是托尔斯泰自己，在欣喜之余，心里却不免有点小牢骚。因为按照《现代人》的惯例，作者的处女作是不付稿酬的，俟后再发表了作品，才会按照该刊最高标准付酬。托尔斯泰当时是个服役的小兵，手头相当拮据，所以在日记里悻悻地记了一笔："光赞扬，不给钱。"

托尔斯泰的书房、起居室、餐室、会客厅里的摆设，都按照他生前的样子保存着。托翁的日常生活严谨而有规律,什么东西摆放在哪里,一般都比较固定,不会随意挪动。比如,他的书房里,那张樱桃木写字台一角,总是摆着一只当镇纸用的青铜小狗,在《复活》里描写聂赫留道夫的书房时,托翁就把这只青铜小狗写了进去。书桌上还有两支已经燃了多半的蜡烛。这两支蜡烛在被托翁最后一次吹熄后,再也没有人去点燃过,一直保留着原来的样子。

托尔斯泰的藏书十分丰富,一架架古朴的书柜,收藏着二十多种文字的书籍。手不释卷、博览群书的托翁,精通法、英、德三国语言,还可以阅读意大利文、阿拉伯文、古希腊文等。我仔细看着他的藏书,发现其中也有不少中国古代典籍,如《老子》《孟子》和中国的神话故事等。

老房子的每一个素净的房间、每一处无言的角落和细节,都完好地保留着托翁生活、读书、写作、会客、弹奏钢琴的痕迹。比如,起居室洁净的床铺上,摆着妹妹玛丽亚送给他的棉布枕头;托尔斯泰是一位素食主义者,餐室里,餐桌一端摆着他一个人吃素专用的餐具;墙壁上挂着的马鞭,墙角的哑铃和手杖,是他到户外运动和徒步时常用的物品;客厅一角,几张沙发围着一张圆桌,这是他和来访的好友,如柯罗连科、屠格涅夫、契诃夫、列宾、高尔基等人促膝闲谈,或是朗诵各自新作的地方;沙发一旁还有一架老式钢琴,仍然按照列宾当初给托翁所画的肖像画的背景中的方位摆放着。有时,兴致来了,托尔斯泰会给友人们弹奏一曲,悠扬的旋律飘出窗子,飘荡到雅斯纳亚·波良纳的田野和林荫道上……

老房子外的林荫道边,有一些长条木椅,每一张长条椅上都洒着斑驳的光。不难想象,托尔斯泰在构思作品时,有时会在林荫下独步,有时会坐在长条椅上沉思。

走出老房子,我也坐在一条长木椅上,享受着深秋傍晚和煦的日光,还有从远处的树林里吹来的微风。我想象,在这幢老房子四周,在雅斯纳亚·波良纳的田野、森林和林荫道上,托尔斯泰强大的气场,或许从来就没有消散和减弱。在这美丽的光影与温和的微风里,仍然飘荡着他的呼吸……

在列宾的画笔下,雅斯纳亚·波良纳蓝色天空上飘着洁白的云朵,丰饶的田野朴素而明亮、整洁而宽阔,一如托尔斯泰这位阳光下的耕耘者的宽阔而明亮的心灵。托尔斯泰留在世上的最后一句话是:"不要再管我了,人世间比我困难的人多的是。"不知怎么的,坐在长木椅上,我似乎也陷入了冥思,久久不愿起身离开,脑海里全是关于托尔斯泰的点点滴滴。

我想到年老的托尔斯泰似乎不是在耕耘着春天的大地,而是专注地、真诚地,用自己的一生,开垦着人类广漠的心灵的荒芜。我在心里不断地回味着托尔斯泰写给"老帕斯捷尔纳克"的那段话:

记住,列昂尼德·奥西波维奇,一切都会消逝——一切。王国和皇位,盖世的家产和亿万钱财,都会化为乌有。一切都在变化。我们自己,我们的儿孙,也将不会留下任何痕迹,我们的骨头也将会化为尘土。但如果我的作品能含有哪怕一丁点真正的艺术,它们都会永恒地活在人间。

又想起高尔基对他的身后评价:

这个人完成了真正伟大的事业:他为过去整整一个世纪的生活做了总结,以惊人的真实、力量和美……

向以鲜 | 我的汉语,我的祖国

历史上喜欢杜甫诗的人多,喜欢杜甫七律巅峰之作《秋兴八首》的就更多。但喜欢归喜欢,真以诗歌的方式和老杜唱和一番的却少——既然不能超越,还不如保持沉默和敬畏。但是,南宋前期的"铁粉"王之道却胆子忒肥,一连对老杜"追和"了八首。他在《秋兴八首追和杜老·其三》中写道:

云影曚昽日洒晖,金湖西畔晚阴微。
渔舟缭绕青山去,枫叶追随白鸟飞。
摩诘家风非世有,渊明心性与时违。
近来病瘠连诗瘦,翻爱西台字样肥。

这首和诗的高下我并无兴趣,却被其尾联的"西台字样"引起了兴趣。"西台"好理解,是御史台的别称,陆游在《老学庵笔记》中记:

唐人本谓御史在长安者为西台,言其雄剧,以别分司东都,事见《剧谈录》。本朝都汴,谓洛阳为西京,亦置御史台,至为散地,以其在西京,亦号西台,名同而实异也。

那么"字样"呢?这就要牵涉语言文字的一段青史了——

每次读到法国作家都德的《最后一课》,我的灵魂都会为之战栗。正像犹太思想家弗朗茨·罗森茨维格说过的那样——语言,甚于血液。一个民族,即便被外族统治,只要其语言不灭,这个民族就没有被真正消灭;相反,丧失了自己的语言,丧失了说话的古老方式,那离真正的灭亡也就不远了。韩麦尔先生最后使出全身的力气,用粉笔在黑板上所书写的"法兰西万岁",实际上也是在祈祷和赞颂人类的语言。

伟大的古罗马帝国曾经多么辉煌璀璨,但最终仍然分裂和崩塌。导致这种结局的原因固然很多,但语言文化仍是其中最致命的一个。古罗马的分裂,乃源于其境内两种语言——拉丁语和罗马语的对峙。十八世纪英国著名历史学家爱德华·吉本认为:拉丁语没有在东部行省扎下根来,是古罗马帝国最终走向分裂的一个重要原因。东部人不像西部人那么容易接受胜利者教给他们的语言,这个明显的差异使得帝国的两半染上了迥然不同的色彩,这种色彩差异在古罗马如日中天的鼎盛时期固然显得模糊,但当夜幕降临到这个帝国的时候,就会变得越来越耀眼。

汉语之血,如同一条澎湃的河流,在其网状的流体力学中,文字的形、音、义是其中最核心的三条干流。就历史经验来说,统一文字书写使其规范化,相较而言比统一语音更容易实现。标准的文字书写方法,可以通过书籍或金石(比如石经)等媒介固定下来,且能较为快速地传播。至于语音,虽然可以以注音的方式确立,但在没有音像记录流传的年代,扩大和传播标准语音是一件相当棘手的事情,仅靠口耳相传,不仅难以见到成效,舛讹更是在所难免。

对于庞大帝国而言,语言文字的统一,是其得以维系的基础工程之一。没有统一的语文的确立与推广,各种政令信息就无法准确传递,人际交往也无法顺利进行。因此,唐代统治者在烽烟未尽的建国伊始,即将语文的规范化、标准化列入议事日程。当然,如果没有一种为唐帝国上下所共同热爱和熟稔掌握的通用语文,也就不可能有流行大江南北的唐代诗歌。

于是,一个事关语文的重要概念——字样被提了出来。字样,就是汉字的标准模样(包括形、音、义)。用今天的话说,就是标准字。王之道所谓的"西台字样",即与此有关,但又不完全相同。王之道所说的"字样",除了书写的标准化之外,更着眼于其书法风格的肥厚之美,从而与身体的消瘦和诗风的瘦硬形成强烈对比。

"字样"的提法最早见于隋代,由颜之推首创。标准字样就是正字书,至唐代,出现了专门的字样学,实际上就是普及和推广正字样的一种专门学问。这种学问涉及汉字的形、音、义及书写标准的确立与传播,并且最终编纂出正字书籍。

隋朝虽然为初唐的统一大业奠定了一些基础,但毕竟太短暂,南北朝分裂而形成的语言文字方面的弊端,远未被根本革除。贞观初年,唐太宗诏令语言文字学世家出身的颜师古(颜之推长子颜思鲁之子),在秘书省对五经文字详加考订,著《五经定本》颁赐天下,作为天下经学的标准文本。《五经定本》虽为针对经学的专著,实际上却是一石二鸟:它既是儒家经学文本标准,同时也是一部关于语言文字书写的经典范本。这样的做法,也是沿袭过去的传统做法(如《熹平石经》),在统一思想之同时也统一了文字。经学标准文本出台不久,据后晋刘昫等著《旧唐书》载,贞观七年(633),唐太宗又令颜师古"专典刊正,所有奇书难字,众所共惑者随疑剖析,曲尽其源",并录成楷体文字样本《颜监字样》(又称《颜氏字样》),供朝野学习使用。《颜监字样》对老百姓而言更具实用性,因而影响十分广泛,人们竞相传抄以为楷模。时至今日,我们仍能够在敦煌写本中见到唐代手抄本的《正名要录》,实际上就是《颜监字样》的摘编本。通过摘编者的自述,得以一窥早已失传的《颜监字样》的大体轮廓:收字分为正、通、俗三类。正字,即《说文》等古字书已有字;通字,即后出字书中社会通用字;俗字,则是字书未录但社会上早已流行(久共传行、相承共用)之字。抄录者的自述中还透露出一个较为重要的信息:推行《颜监字样》的目的在于规范社会用字,因而不同于《五经定本》之严格呆板,颜师古采用了一种相对宽容的原则——尚古(《说文》)不废今(通字、俗字)。这种宽容的原则,在以手工书写(也包括刻写)为唯一方式的时代极为重要,在标准化与约定俗成之间,给人们提供了舒缓的自由空间。这不仅仅反映出颜氏在语言文字学方面的学术素养,也体现了盛世大唐的开放姿态——这种姿态,对于繁荣大唐以诗歌为代表的文学艺术具有不可忽视的作用。想象一下,孟浩然、王维、李白或者杜甫,诗如泉涌之时,却突然被某个字的规范写法绊住,那会是怎样的尴尬!

通过对经学与奇书的规范化、标准化,建立起初唐文字(楷书)标准格局,对于维系初唐社会与政治的稳定意义重大。唐太宗不愧为伟大的政治家,在制订语言文字政策时,既动用了国家权力,又借助了专家学者的力量。这样的语文政策,对于一个开放的、对天下、对未来都充满向往的,洋溢着理想色彩的时代尤其重要。语文这面神奇的镜子,不仅折射出国家的安定强盛,也反映着人民的希冀和梦想。

在颜氏《五经定本》和《颜监字样》流传了大约半个世纪后,睿宗李旦的垂拱年间,颜氏家族的语言文字学血脉仍流淌不息。颜师古的侄孙颜元孙撰成《干禄字书》一卷,录唐代俗文字颇多,对于研究汉字演化史有重要参考价值。由于此书对官员士子之章奏、书启、判状大有裨益,故以"干禄"(谋求禄位)名之。《干禄字书》承袭《颜监字样》的编纂原则,仍然将字分为正、通、俗三体,各自规定其适用范围。颜元孙认识到,文字的使用将随时代而发生改变,"自改篆行隶,渐失本真",因此也就不能悉以《说文》为准绳,以避免僵化。规范文字,须应时以致用,"存古"诚然可贵,但"利今"更加重要,其间需要进行权衡与把握,"去泰去甚,使轻重合宜"。

近一个世纪后,颜元孙的侄子、大书法家颜真卿于大历九年(774)出任湖州刺史时,又将《干禄字书》以楷书书丹,勒石立于浙江湖州东院。由于颜鲁公的书名,椎拓者众甚,书碑损缺严重,杨汉公于开成四年(839)据拓本重刻为木版。但是到了北宋时期,据欧阳修记载,木刻本亦多漫漶。南宋绍兴十二年(1142),成都句咏据拓本再次摹刻立碑于四川潼川。欧阳修评价此碑说:"鲁公书刻石者多,而绝少小字,惟此注最小,而笔力精劲可法,尤宜爱惜。"

字样学堪称颜氏家族传世之学,这条河流在整个隋唐,尤其是唐朝数百年间绵延不绝。一个家族的学术血脉和帝国的命脉如此紧密地联系在一起,实在令人惊叹。

大唐江山,在安史之乱后形势发生了根本变化。中唐之后,帝国已渐失往日之开放与包容。在科举考试中,经学成分占据越来越重要的地位。然而由于战乱动荡,经书文字又已出现散乱现象。为维护国家利益以及儒学正统,大历十年(775),代宗下诏令国子司业张参校考文字,以成《五经文字》三卷,书之于壁,史称"壁经"。但仅仅过了几十年,至宪宗元和十四年(819),壁经即已剥落不堪,不得不重新书写,后又刻成木版以传世。根据张参《序例》所述,此番他着重考证了五经字的形音义,并确立正体。校正文字,先依《说文》,而后是《字林》和《石经》,还有必不可少的经书以及陆德明的《经典释文》。

统一规范语文(字样)推广的首选对象是官员,官员群体知识素养较高,也首先为国家所需要。在唐代,不通字样几乎没有当官的可能。在人才的培养教育中,正字之学被列为重要内容,学生必须熟悉正字,书写不仅要正确,还要美观——这正是唐代书法艺术繁荣的重要背景和原因。唐朝甚至还在政府机构(秘书省)中设置专门的正字官员。这些措施,对汉字的流传与稳定发挥着关键性作用。对于诗人而言,不仅要把诗歌的内容拟好,还要把作品书写得风流俊赏。今天还能见到的唐代书法,很多即出自诗人之手,如李白的《上阳台帖》,绝非偶然现象。杜甫虽没有书法流传,但从其在诗中多次谈到自己的书法审美——"书贵瘦硬方通神"来看,想必也有相当的书法功底,据说,他的父亲杜闲就写得一手好字。

  语言文字,仅从书写方面进行统一显然是不够的,语音的统一始终是幅员辽阔之国的一个难题。这个难题,也摆在宋朝统治者面前。虽然结束了五代十国的分裂混乱,但从版图上来看,赵宋官家实际上并未完成一统江山的宏图伟业,并存的辽、金、西夏一直占据着辽阔的地域。那么,政治或军事上未能完成的,有没有可能通过语言来完成?

  统一语音,首先必须确立一个正统的读音系统,也即一个具有较高公信度和接受度的"正音"。然而,在方言俚语庞杂得超乎想象的辽阔大地上,哪里的汉语读音,才能够被当作正音呢?

  元人虞裕在《谈撰》中记载了北宋宰相寇准与丁谓的一段故事,二人曾在政事堂上讨论过语音的问题。寇准认为西洛人所居的地理空间处于天下正中,所以洛音应为天下正音。丁谓则不以为然,认为东南西北都有各自的方言,所谓的"正音"当以读书人共同认可的发音为准。寇准是陕西渭南人,强调西洛音为正音,似有为乡音声援的嫌疑。而按照丁谓之说,各地皆有方言土语,方言不堪作为正音,只有读书人的读书声才是正音。丁谓的读书声,又是什么音呢?简单地说就是官话。现在看来,丁谓与寇准的看法并没有本质的不同。北宋官话的基础应是洛阳音,也就是中原雅音。中原语言不仅发音雅致,在用词造句方面同样比较雅正,或者说,比较书面化。对此,北宋人范镇《东斋记事》中的一则语言故事可资证明:

  蔡君谟(襄)尝言:"宋宣献公(绶)未尝素谈。在河南时(任河南知府),众官聚厅虑囚(审问犯人)。公问之,曰:'汝与某人素有何冤?'囚不能对。坐上官吏以俗语问之,囚始能对。"

  宋绶本是湖北人,祖籍河北赵县,宋绶所说,当属于中原官话体系(雅语),即使是在审问犯人时,估计也有点过于文雅(未尝素谈),出身低下的囚犯当然不明就里,所以等旁边的官员用"俗语"(方言)再问,犯人一下子就明白了。

  丁、寇对话的一百多年后,陆游在其著述中提出,如果音调发生错讹,那么相应地,音韵也会随之错讹。比如:闽人谓"高"字为"歌",谓"劳"为"罗";秦人讹"青"为

"萋",谓"经"为"稽";蜀人讹"登"字,则一韵皆合口;吴人讹"鱼"字,则一韵皆开口。中原唯洛阳得天地之中,语音最正,然谓"弦"为"玄"、谓"玄"为"弦"、谓"犬"为"遣"、谓"遣"为"犬"之类,亦自不少。对于语音的敏感,可能在诗人这里反应得尤为显著。陆游的这段记载,具有相当的历史语音的真实性与记录价值。在南方(越州山阴)人陆游看来,中国的"正音"只在于一地,那就是"得天地之中"的洛阳,其语音规范,并与周秦雅音有着一脉相承的血缘关系。《颜氏家训·音辞篇》则认为,帝都与地方语音相参校,古代与当下语音相对照,以金陵与洛下最为正统。因此,我们也可以说,陆游重视洛阳语音,却忽略了南方的金陵。

实际上,宋元人所谓的正音,正是由隋唐时代的《切韵》所传承下来的雅音。这些雅音在《广韵》《集韵》《礼部韵略》等官方颁行的韵书中被进一步确立。与之不相符合的语音,则被视为"声讹"。南宋人孙奕所著《示儿编》,即收集列举"声讹"字多达三百余个。从孙奕为这些声讹字纠正的读音来看,其主要依据仍然是《广韵》等传统韵书。这种认知一直延续下来,即便是蒙古人称制的元朝,以中原之音为雅正之音的看法仍与宋人无二。元代的孔齐即认为,北方人的语言发音比较字正腔圆,所以被世人称为中原雅音,而"南方风气不同,声音亦异,至于读音字样皆讹,轻重开合亦不辨,所谓不及中原远矣。此南方之不得其正也,或称中原之音"。周德清《中原音韵》也认为:"惟我圣朝(元朝),兴自北方,五十余年,言语之间,必以中原之音为正。亦不思混一日久,四海同音,上自缙绅讲论治道,及国语翻译,国学教授言语,下至讼庭理民,莫非中原之音。"对后世影响甚巨的《中原音韵》一书,正是依据中原之音(韵)而编成。范梈(德机)《木天禁语》则认为:

  东夷、西戎、南蛮、北狄,四方偏气之语,不相通晓,互相憎恶。惟中原汉音,四方可以通行,四方之人,皆喜于习说。盖中原天地之中,得气之正。声音散布各能相入,是以诗中宜用中原之韵。

"中原"的地理空间概念,是随着时代变化而不断扩大的,由最初周秦王畿之地,河南洛下一带,慢慢拓展至包括今天河北、山西、辽宁南部及山东等广阔的北方。流行于北方的正音,由于具有"四方可以通行"的通用性质,不仅成为人们日常生活中普遍使用的语言,也成为宋元文学写作及翻译(蒙古语)时所使用的标准音韵。随着不断普及与深入日常，中原语音渐渐摆脱之前中原雅音的贵族化或学者化倾向，越来越大众化甚至口语化，这也是周德清在为新兴北曲行腔吐字设立语音标准时，极力推崇中原音韵的一个根本原因所在。

这种正音观念的确立，对于诗、词、曲的创作与繁荣至关重要。它可以被视为一条暗河流，没有这条河流的绵绵流淌，我们就无法得见那些或豪放或婉约的唐诗宋词。没有这条河流的汩汩奔涌，我们就无法聆听那些或激越或低回的唐音宋调。

两宋时代也是一个多民族共存的时代。辽、西夏与北宋，金与南宋之间时有战争，总体来看仍相处平和。在这样一个复杂的语言生态之中，汉语之外，还有多种民族语文（如契丹文、西夏文、女真文、回文和黑汗喀国文、古藏文等）。从现存文献来看，宋代统治者及文人，对异族语言及文化均持宽容态度。无论身处中原或南方，宋朝与草原或边陲之间一直保持着密切的文化交往，汉语与夷语也相互认可、相互渗透。据宋人洪迈记载，契丹孩童在启蒙时，会以口语的常用语颠倒文句来学习汉语，这主要系由契丹语语法结构同汉语不同所致——

> 顷奉使金国时，接伴副使秘书少监王补每为予言以为笑。如"鸟宿池中树，僧敲月下门"两句，其读时则曰"月明里和尚门子打，水底里树上老鸦坐"，大率如此。补，锦州人，亦一契丹也。

从这个角度看，在政治军事上没能完成的统一，反而在语文强力的渗透与冲刷中得以实现——刀剑与火药未能完成的事业，将由诗歌来替代完成。

北宋诗人石介在《过魏东郊》中写道："黄河为血脉，太行为筋膂。"这让我想起当代诗歌批评家任洪渊先生的那一句"墨写的黄河"。是的，汉语的河流，也是我们的母亲河，她是我们民族的血脉，也是一切汉语诗人的血脉。无论世事如何迁改，奔涌的汉语之河所发出的咆哮、呐喊与吟唱，都永远不会喑哑，也永远不会枯竭。

因为灿烂的语文，一直护佑着这片辽阔的大地。

伟大的汉语，是我们不朽的祖国。

闻学散步 | 张崇琛

1979年9月,杭州大学举办以姜亮夫先生为导师的楚辞进修班时,姜先生已七十八岁。所以楚辞班有个不成文的规定,就是学员们每天晚饭后轮流陪姜先生散步一小时,由杭大到黄龙洞一个来回。这对姜先生来说是一种身心的放松,而对学员们来说,则又增加了一重受教的机会。因为姜先生是边走边聊的,而所聊的话题,既有对自身经历的回顾,也有对学界掌故的漫谈,更有对一些学术问题的点拨。所以每陪先生散步一小时,学员们都有胜读十年书之感。

我在楚辞班中是年龄较小的,又是班委,所以陪先生散步的次数相对较多,而接闻于先生的言语也就多些。这些谈话历四十余年,至今仍留在我的记忆中。

先生说,他年轻时只想当一个诗人或词人,共写了四百多首诗词。在成都高等师范时,曾拿给林山腴(思进)老师看,林老师认为他才气不足,不适宜搞文学创作。入清华国学院后,又拿给王静安、梁任公二位先生看,他们也认为他搞诗词创作不会有大的成就,主要是"理障"。于是他痛下决心,将小集子一把火烧了,转依王静安先生指导从事文献研究,并以《诗骚联绵字考》作为毕业论文。这令我记起在上课时他曾说:"做学问人人都可以搞,才气高的,可以从文学的角度搞;才气一般的,可以从义理、考据、训诂方面去搞。只要发挥各自的优势,必有所成。"

先生尝谓:"余生平多侘傺无聊,唯师事大儒近十人,同门足当一时之彦者,亦数十人。行万里路,交接通人,亦往往称莫逆。"(《师友新语》)而在师辈中,听先生回忆最多的,则是王静安与章太炎二位。

先生说,王静安的学问之所以能出乎同侪之上,与他先进的治学方法是分不开的。他曾亲见王先生读过的德文版《资本论》,书上用各种颜色做了许多标记。他说,在中国，早在二十世纪二十年代就如此认真读过《资本论》的，唯王静安先生一人而已。而《资本论》对材料抉别的精心以及论析方法的细密与犀利曾为王先生所借鉴，亦应是很自然的事情。

　　先生还说，王静安虽然不善交际，看起来不好接近，实际上对学生是很好的。一次他去王先生那里请教，回来晚了，王先生知其近视，遂命家人点上灯笼，一直送到大礼堂后的流水桥，见路好走了才分别。当时清华国学研究院每周六晚有一个师生"同乐会"，王先生有时也会参加。"同乐会"上，梁任公表演的是背诵《桃花扇》中的《余韵》一出，赵元任表演的是全国旅行途中各地所见的方言，而王先生表演的则是背诵《两京赋》。那超常的记忆力，令学生们全都为之震惊。至于陈寅恪先生，虽然在"同乐会"上没有表演过节目，但平常爱讲笑话，尤喜对对子。姜先生还记得他们刚入学不久，陈寅恪便送给他们一副对联："南海圣人，再传弟子；大清皇帝，同学少年。"既贴切，又幽默。

　　说到王先生的最后归宿，姜先生仍难以释怀。他说，1927年4月，北伐军攻下长沙，农会杀了叶德辉，作为末代皇帝老师，且脑后还留着辫子的静安先生便有些紧张。一天，他问姜先生："亮夫，他们该不会杀我吧？"姜先生说："叶德辉是有民愤的，所以被杀。而您不牵扯这些，所以不会。"但静安先生仍是不能宽心，到农历的五月初二见到姜先生时还说："亮夫，我不想再受辱了。"第二天上午，王先生便投了昆明湖。噩耗传来，姜先生与另外两位同学最先赶到颐和园，见王先生的遗体已停放在"鱼藻轩"里。随后由同学与工友用担架将王先生抬回，葬在清华园前面的园子里。葬礼上同学都行三鞠躬礼，唯有陈寅恪先生赶到后，行了三跪九叩大礼。

　　章太炎先生被有些人称为"章疯子"，但对学生也是极关爱的。姜先生回忆说，一次他去苏州见太炎先生路上遇雨，进章府后衣服已湿。太炎先生见之，转身就到楼上取一件马褂令其换上，然后才坐下说话。姜先生说，此事虽已过去几十年，但至今思之，仍感动得要流泪。先生自1932年12月起为太炎先生弟子。而在入门之初，以黄季刚为首的一批老牌章门弟子曾对他有所刁难，常说姜亮夫是跟着王静安研究过乌龟壳的，学问不正。为此，姜先生愤而刻了一枚"章氏除门弟子"的印章。欲启用，被章师母阻止。太炎先生也以"食肉不食马肝，不为不知味"（《史记·辕固生传》）宽慰之。姜先生还回忆起1934年他在河南大学讲课，与同系的一位老先生同讲《尚书》，结果他的学生都被老先生吸引过去了。他不甘心，便回来向太炎先生请教。经太炎先生指导,结果他的课重又叫座,而那位老先生的课堂则空了。每说至此,先生常发出会心的笑声,说:"他哪里知道我有太炎先生做后盾呢!"

先生之于同门,除不时会讲一些"八个老虎"(即清华国学院八位属虎的研究生)的趣事外,谈得最多的便是鲁迅。鲁迅是太炎先生早期的弟子,与姜先生同门,且二人也有交往。现在回忆起来,先生说的有关鲁迅的几件事我仍记得:

一是某次在内山书店,先生问鲁迅其笔法何以会如此苛刻,鲁迅说:"不这样不行啊,中国便没救了。我现在只有一支笔,我要是有一把刀,真可以去捅他们的。"

一是某次"左联"开会,柳亚子跟鲁迅说:"你真是青出于蓝而胜于蓝啊(指其笔法已超过太炎先生)!"鲁迅说:"太炎先生是骂满洲人,我是骂自己不成器的儿子!"其时姜先生在侧,亲耳听闻。

一是鲁迅曾写诗调侃"牛奶路"(Milk Way),即《教授杂咏》其二:"可怜织女星,化为马郎妇。乌鹊疑不来,迢迢牛奶路。"讽刺的对象是赵景深。但听说赵景深要与北新书局老板李小峰的妹妹成亲时,鲁迅又担心这会影响到他们的婚姻,于是问姜先生两家会不会告吹。姜先生答曰不会,因为北新已以四百股(每股一百元,共计四万元)作为嫁奁。但鲁迅还是不放心,又出现在了他们的婚礼上。这令两家都喜出望外。其时鲁迅就坐在姜先生对面,两人谈笑风生,还聊起了喜幛上的一个别字,即将"雀屏中选"误为"雀瓶中选"了。

一是鲁迅告诉他,当年章太炎在日本讲学时,开始听讲者有数十人,后来都走了,只有鲁迅与朱希祖坚持到最后。朱的听讲笔记后归钱玄同,现藏北师大图书馆。而鲁迅的笔记则下落不明。姜先生说,他曾在二十世纪三十年代见一家杂志用鲁迅笔记的手稿影印件做过封面。

一是太炎先生晚年,当听说有人诬陷鲁迅是"共党",还领过卢布时,他即斩钉截铁地对人说:"我相信豫才不是那样的人!"此语姜先生也曾多次闻知。

至于友朋辈中,姜先生常提起的是闻一多。他们两人都研究楚辞,但有些观点并不一致,如对《九歌》的来源等问题就各执一说,见面时也会辩论,有时还辩论到昆明的茶馆里。最后谁也说服不了谁,只好各自著书或写成文章。姜先生说闻先生是性情中人,辩论时往往会情绪激昂,但过后又迅即和好如初。

先生还讲起他一生中所经历的一次大风险,是1937年七七事变前的一个星期,他留学法国后,经由西伯利亚回国时的事情。当时日本人在海关盘查甚严,于入境的文化人防范尤甚。不得已,他只好扮作洗衣工人,并故意讲一口只有法国洗衣工才会讲的粗俗法语,结果竟得以"蒙混过关"。而事后他听说,当时海关已事先得到通知,说有一位叫姜亮夫的学者要入境,须仔细搜查,结果却扑了空。

关于治学方法,那更是散步中常谈到的。先生说,做学问首先要打好基础。搞社会科学的人,不管哪一行,有些书是一定要先读的。如《诗经》《论语》《史记》《说文》《世说新语》《资治通鉴》《红楼梦》以及李白与杜甫的诗等,都要先读。这就好比演员吊嗓子,无论以后演哪一行,学哪一派,都离不了这些基本功。又如同绘画时的打底色,图画绘成后,底色就看不见了,但没有这层底色,就绝不会有绚丽的色彩。其次是要选好切入的角度。先生说,做学问要从文字、音韵入手,文字尤其重要。可先从小篆开始,再上溯至甲骨、金文。语法可以不管。他研究楚辞,就是先从文字、音韵入手,再到历史。故文字与历史两事是最重要的。其他如民俗学、历史地理学、心理学、逻辑学、考古学乃至一些自然科学(如植物学与医学等),也应有所涉猎。至于写文章,一是要选取一些有生机的题目来写,即写一篇可以引出好多篇,二是不要与人斗嘴,即不写批判文章。你嫌别人的东西不好,你写一个好的东西放在那里就行了。这是陈寅恪先生教他的,他也以此教我们。

散步中,先生还罕见地谈到了《红楼梦》的版本问题,尤令我难忘。那是1980年的5月21日,我与殷光熹师兄陪侍先生时听说的。先生说当年他在清华读书时,曾读过一个《红楼梦》的本子,其故事的结局与高鹗的续书完全不一样。大致的情节是:荣国府被抄后,贾宝玉出外为更夫,史湘云为渔妇。一夜,宝玉在一座桥上休息,将手提的一盏小灯笼放在桥边,此时湘云的小船恰巧从此经过,见桥上的灯笼,认出是荣国府的夜行灯,遂问桥上的人是不是宝二哥。宝玉反问她是谁,回答说是湘云,于是彼此相认,并互诉别后情景。湘云说:"你当更夫,我为渔妇,荣国府的人都星散了,没有一个不在受苦的。"于是湘云便请宝玉到船上,原来她早已无家了,只有一个丫头还陪着她。随后宝玉便坐湘云的船一起走了,最终成就了"金玉良缘"(湘云身上也有一块金麒麟)的结局。姜先生说,这个本子后来再未见过,蔡义江先生还为此专门访问过他。

姜先生的这番话后来由蔡义江先生披露出来,又被著名红学家周汝昌先生看到。周先生在纪念曹雪芹逝世二百二十周年的文章中写道:"杭州大学的姜亮夫教授传述了一则极其引人入胜的宝贵线索……读后简直高兴极了。因为和我推考的主旨全然吻合,而其具体情节又如此动人,则是谁也想象、编造不出来的!"这一番话足以说明姜先生所读到的这一版本在红学史上所具有的意义。

　　姜先生还说,近代有些《红楼梦》研究者的批本也应该注意搜集,因其中有不少的真知灼见。据他所知,王伯沆批过,吴宓也批过,吴宓批本可能在香港。而近来《红楼梦》的研究者一味注重版本,不研究作品本身,他们讲的是"红书",而不是"红学",一旦曹雪芹的原著得以发现,那他们的著作便只是一堆废纸。

　　以上是我陪姜先生散步时的一些记忆碎片。如今他已离开我们近三十年了,但先生当年的音容笑貌,还时时鲜活地浮现在我的眼前。

表达 你的 发现

卷贰

散文 2024 精选集

散文
2024
精选集

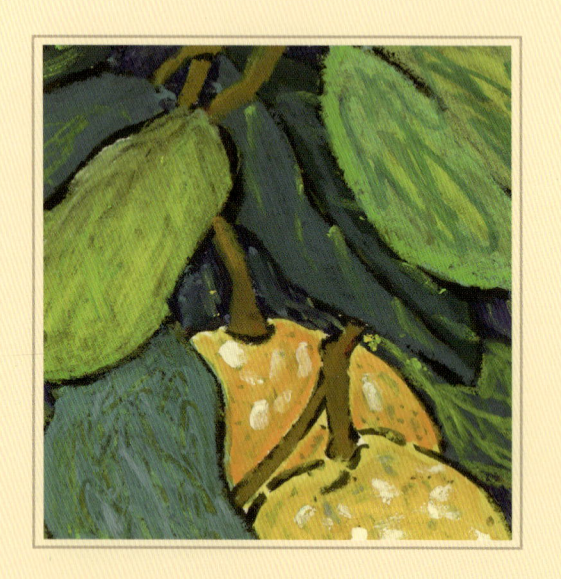

刘丽朵 | 永不停歇的飞光

> 飞光飞光,劝尔一杯酒。
> 吾不识青天高,黄地厚。
> 唯见月寒日暖,来煎人寿。
> 食熊则肥,食蛙则瘦。
> 神君何在? 太一安有?
> 天东有若木,下置衔烛龙。
> 吾将斩龙足,嚼龙肉,使之朝不得回,
> 夜不得伏。
> 自然老者不死,少者不哭。
> 何为服黄金、吞白玉?
> 谁似任公子,云中骑碧驴?
> 刘彻茂陵多滞骨,嬴政梓棺费鲍鱼。
>
> （李贺《苦昼短》）

小胖的爸爸妈妈牵着他的手,把他带到奶奶面前。奶奶躺在床上,闭着眼睛,眼睛中有眼泪流出来。

"看看你的奶奶吧,她就要走了。"爸爸和妈妈告诉小胖。

"奶奶要去哪里? 她明明走不动。她的身体不舒服。"小胖担心地说。

"你的奶奶要升天了。"爸爸说,"当一个人活了很大的岁数,她就会到另一个世界去。那个世界跟我们这个世界很不一样。那里永远是夜晚,所有的人都要等待一个机会,好变成新的生命重返人间。还有一些特别善良的人,或者念佛的人,死后会进入一个永远是白天的地方,那里就是仙境。"

"奶奶要死了吗?"小胖说着,心里难过极了,"这可不行!我从来没想过奶奶会死!"

这天晚上,小胖呆呆地坐在自己的床上,想着奶奶要死了这件事,一边想一边流泪,渐渐地迷糊了,好像掉到了一个梦里。可感觉刚睡着,就被一个很大的声音惊醒了。原来是一声长长的驴叫。小胖抬头一看,自己的四周都是白云,而风正吹着自己,把自己吹得飘了起来。小胖情不自禁地笑出声来,他好像到了爸爸所说的那个叫"仙境"的地方,在清风和白云中俯瞰着大地,飞在天上的感觉真好呀!他让自己在云中起起落落,翻翻滚滚,就像扎进一大片柔软的棉花中。

小胖正玩得高兴,脑袋突然撞上了一个人。小胖从云里钻出来,却看见一个穿着飘逸白袍的大哥哥,骑在一头绿色的驴上,笑嘻嘻地看着他。小胖忍不住惊呼一声。

"你是谁呀!怎么也到这里来了?"

"你怎么问我?我天天都在这里,我还是第一次看见你哩!"那人说。

"这么说……你一直都住在云彩里了?你是神仙?"

"你难道不是神仙?"

"你能够长生不死?"

"你竟然会死的吗?我们的世界里还有死这回事吗?"

"神仙哥哥!"小胖说,"我不是神仙,没有住在神仙的世界里,我是一个会死的凡人。"

"那你是怎么来到这里的?"云中的哥哥看着小胖,若有所思。他所骑的驴大叫了一声。云中的哥哥一拍脑袋:"我叫任公子,我要去钓鱼了!"

"任公子,我的奶奶就要死了,请你告诉我,怎样能让她不死?"

"只要去找到飞光就可以了!"云中的哥哥一边说,一边匆忙地在他的背包里翻找东西。

"飞光是谁?长得什么样子?到哪里能找到他?"小胖问。

"只要你在路上看到一个永远不停地行走的人,他就是飞光了。只要让飞光停下来,你的奶奶就不会死了。"云中的哥哥说完,把他从背包里找到的东西,向着下面的世界一抛,小胖看到一丝耀眼的亮光,接着看到一根长长的、闪着亮光的线,而这条线可太长了,一直垂到了下面的大海里。

"我要钓上来世界上最大的鱼!"云中的哥哥笑着说,和他的驴一起飞得无影无踪了。

小胖这才发现自己早已身在天上,否则不会看到云中的驴,他突然间信心百倍——既然可以飞到天上,那自己一定已经拥有了莫大的本领,又经仙人指引知晓了救奶奶的方法,小胖相信自己一定能成功。

只是飞光在哪里呢?

小胖知道,人最多、最繁华的城市是长安,最有可能找到一个人的地方,也正是长安。他便去了长安,每天都寻找不停走路的人。渐渐地他觉得非常失望,因为无论一个人走得多么快,只要自己跟得时间够久,他终会停下来。小胖跟过脚夫、差役和更夫,他们都是这个世界上最喜欢走路的人,而他们也总会停下来。

有天早上,小胖在长安的街头,看到了这样一幕——

"你撞翻了我的摊子!"有人用手抓住一个人的衣袖,而那个人因为走得太快,把卖鸡的摊子撞翻了,很多只鸡从笼子里跑了出来。

"鸡都跑了,你要赔!"

那个人抱歉地笑笑,从口袋里掏出一块银子,抛在了地上,脚下可是一点也没停,甚至都没有慢。

小胖忍不住跟着那个人走了起来,想要一探究竟。

"这钱不够!"卖鸡摊子的老板追了上去,"你还要给我更多钱!你告诉我,你到底带了多少钱?"

鸡老板抓住那个人的袖子不松手,想把那个人拽住,却只扯烂了他的袖子。接着他拽住了那人的衣领,那人的整件衣服被他拽了下来,变成了一个光脊梁,可那人的脚下一点也不停,也并不回头要他自己的衣服,还是继续向前走。鸡老板手里拿着那人的衣服,跟在那人的后面。

"把衣服还给你!你再给我一些钱!"

鸡老板一走,他养的狗就跟上了他,他的狗所生的小狗跟着他的狗,小狗的好朋友是一个孩子,也就跟在小狗的后面,还有好几个孩子是那个孩子的朋友,他们也跟上了。其中一个孩子手里本来拿着喂鸡的口袋,这口袋是漏的,漏下了许多鸡食,就有很多鸡上来啄地上的食物,也排成一队,边走边吃。

高大的男人在前面走，后面跟着鸡老板，鸡老板的后面跟着小胖。小胖的后面跟着狗，狗后面跟着小狗，小狗后面跟着穿绿色衣服的小孩子，绿衣小孩子后面跟着红衣小孩子、紫衣小孩子和白衣小孩子，紫衣小孩子手里拿着口袋，这几个小孩子的后面跟着许多鸡。

等紫衣小孩子手里的鸡食袋子空了，鸡便停了下来。这支队伍首先没有了鸡。小孩子们发现鸡没有了的时候，就过去追鸡，小狗也跟着孩子们跑了回去。现在队伍里又没有了小狗、孩子。鸡老板依然跟在那个男人后面走，因为他很想得到那个男人的赔偿，一开始他想：

"鸡会自己走回家的！"

后来他想：

"孩子们会跟着鸡回家的！"

后来他又想：

"小狗也不会丢！"

但是当又走完一段路时，他一拍自己的脑袋："哎哟，我的摊子可不要被偷了！"便松开了手。

鸡老板松开手以后，那个男人又很快走出去了一大截，他身后现在只有小胖了。

那个男人走完了整个城市，一直走到长安城门。太阳快要下山了，很多人排队出城，因为长安城门有一定的规矩，到了一定的时辰就会关闭，那时想出城就出不去了。突然，前面的队伍不动了，而且还传来一阵阵喧哗声。小胖走近一看，原来是一个老实人，拿着一根特别长的竹竿要出城。他把竹竿竖着拿，竹竿太高了，他又把竹竿横着拿，竹竿又太长了，根本就出不去。有人在喊着，让他把竹竿锯断，这个人坚决不同意。

"这根竹竿有特别重要的用场，是绝对不能锯断的！"

所以交通一直堵塞着。小胖回头一看，看到了那个男人，他也被堵在出城的队伍中，小胖既欣慰又有点失望。

"他终于停下来了，他不是飞光。"

可是当小胖再次抬眼看时，却看不到那个男人了。再往前看，小胖发现那个男人在自己的前面。虽然所有的人都停住不动，但那个男人依然在走路。队伍还是那样的拥挤,那个男人却似乎一点也没觉得挤,人群依然在壅塞,那个男人依然在走,人群却没有感觉到丝毫扰动。小胖的心怦怦直跳。

"笨蛋!你把竹竿拎在手里,前后拿,不就可以出城了吗?"小胖上前解决了那个难题。

在城门落下的最后一刻,小胖终于挤出了城。他飞奔着向前,终于追上了那个男人。小胖跑得气喘吁吁,想确认那个人究竟是不是飞光。他飞身上前,一把抱住那个男人的腿,用尽自己的力气抱得死死的。

奇迹发生了,男人的腿被他抱住,不能再动了,男人停了下来。

小胖的开心没有维持一瞬,他发现,虽然男人的腿没有动,但是四周的景物却依然在移动。

"原来他不用脚也可以走路!"

这是一个新发现。

这让他笃定这个人就是飞光了。

"久仰,飞光!"

小胖压抑着激动的心情跟飞光打招呼,接下来他所要做的,就是想办法让飞光停下了。

小胖追了飞光整整七天,对飞光围追堵截,终于还是体力不支倒下去睡着了。他失去了飞光。等他回到家时,他的奶奶已经去世了。过了一些年,他的父母也去世了。后来他又见过几次飞光,一次是在他三十岁的时候,一次是在他五十岁的时候。每一次,飞光的样子都不同,小胖都是根据他永不停歇的脚步而认出他来的。三十岁那一次,小胖跟随飞光来到了他的老家,发现飞光住在一座门口有一棵超大的树,而树上盘踞着一条大龙的宫殿里。为了进入这座宫殿,小胖吃掉了身上有法术的青蛙,变成一条线挤了进去。他在宫殿里追逐着飞光,而飞光在自己的家里也并没有丝毫停留,很快走了出来。小胖一口气吃了一头熊,变成一个巨人,砍断了看守宫殿的巨龙的脚,吃掉了龙肉,让飞光家的宫殿再也没有了看门兽。但是飞光依然没有停止,甚至连脚步都没有放缓。五十岁那次,小胖已经变成了一个很富有的人,他雇了上千个人去拦截飞光,他搬来一座山挡在飞光面前,还派人在飞光面前挖了一条大河,可是这都没能阻止飞光继续向前走。

现在,小胖已经很老了,躺在床上,就快要死了,飞光前来看他。

小胖紧紧地握着飞光的手,说:

"我追了你一辈子,现在,看在我们是老朋友的分儿上,请为我停留一下吧!"

但是刚才还在小胖的病榻前满脸惆怅地看着小胖的飞光,在小胖说完这一句话的工夫,已经跑到了窗户边,顺着窗缝悄悄地溜出去了。

飞光,终究是永远不会停的。

周荣池 | 大地：语词和种子

一

最初意识到村庄有些古老的词语，是读《背影》末尾中"父亲"的信："举箸提笔，诸多不便。"筷子，朴素而平庸，它支撑起来的生活紧凑或者松弛，是根据碗里的丰歉而定。它们平素放在"箸笼"里，笼是竹质或者木质的。本地是不产竹子的，村庄也没有这种手艺。城里的竹匠也是从外地学来的本事。每一个村庄都有靠山吃山的办法，是它们喂养了城市的情绪和技艺。最终，它们被收藏在简朴而古老的词语里，有些在无意间湮没或失传，使村庄最终成为一种话术中的存在。

我的大多数土话俚语都是跟母亲学的。她笨拙得像自己手下的针脚，但缓慢的话往往听得明白。父亲的话很多，这种话锋也遗传了一些与我。然而因为带着酒气常令人惊恐，就像陌生人的花俏说辞常常令人不安。我更愿意"听妈妈的话"。在知道这句歌词二十年前，我就是这么做的。她是在我七八岁光景才回到我们生活中的，以前的一切无从考究或被省略，就像有些虚无的话无须说出却又心知肚明。

菜花才露出头，就对大地说："早起三光，晚起三慌。"菜地是村庄的花房，是穷孩子冷清的书屋。不知道为什么母亲认为冷漠的早晨是有助于清醒的，她希望我一早就起来念书。念，就是指像和尚一样的诵读。她觉得邻居家孩子能够考上大学，正是因为"每天早上起来像和尚念经一样地读书"。轻薄的衣服钻进来"三月三，冻得把眼翻"的冷清——她的信念比我作业上的正确答案还要执着。她不下手打我，但会用举例子的方法恫吓我——你看，"茄子吊大的，孩子打大的"。我知道自己是别无选择的，尽管她并不会挑唆父亲下手。父亲下手要什么道理吗？他的打骂就像是一种没有实指的修辞，并不需要什么理由。

其实父辈们也是穷尽一生的无奈。乏善可陈的日子没有给他们一点好脸色。他们经常跳着脚骂出最恶毒的语词，没有人会记录下这些绝美的表达。后来的孩子也失去了这种蛮横而有力的办法。比如男人在热烈地咒骂土地时，女人们会像冰凉的太阳雨一样吐出一句：你还能搬砖头砸天？

大地立刻生出许多凉意。

男人们也是不会被这几滴雨水凉透心的。他们望望天安慰自己："臭咸菜强如白嘴的，破袜子强如光腿的。"如果没有女人在场，他们还会兴高采烈地加上一句："丑婆娘强如孤鬼的。"这些话对日子有很好的疗愈作用。"强如"表达的慰勉之意，是一种很有效的疗法。但说得多了，女人也会反唇相讥："下河人不要刁，一块馒头搭块糕。"

我从小就被迫学会这些词语间的道理，就像在草木中得到许多人间的消息。我们用巧言令色的语言掩饰着自卑和不安。母亲知道我狡猾的"尖聪"。她望望家里贫瘠的屋顶，让我不要学父辈的穷狠，说："出头椽子先烂。"我好像并没有做成"出头椽子"，只是靠着她说我"大字写得很黑"得以离开村庄。那些困苦的日子实在难熬，我成了一个"人揍不走，鬼喊飞跑"的逃离者。我带着那些语词离开村庄，日后在城里也还能经常用到。即便是没有用处，我也把它们当作父亲当年毫无实意的修辞手法。我们用这些语词欺骗生活，这些语词也欺骗着我们努力地逃离。人们对这样的情景心知肚明，却又像父亲那样坦然地自嘲："风吃蜡烛狗吃面，坐在家中遭人骗。"

我的孩子出生在城市，出生之后我的姨娘来看我们。她是母亲在世上最后一个嫡亲姊妹，为自己的姐姐没有看到孙儿感到不安。她觉得从此子孙们和老家一定就是断了根的。她不是埋怨城市楼高难登，是认定了平坦的泥路更加踏实。可她也不明白，进城者大多走的是一条不归之路。孩子牙牙学语之后，面对家里几种方言选择了普通话——这其实也是城市像村庄一样慢慢集聚得来的方言。我又害怕她丢掉方言里的村庄，在她识字之后，给她看一堆方言故事的书。我浅薄地以为，她会像对西餐感兴趣一样，只会对那些纸上生产出的童话感兴趣，后来才知道我低估了村庄。我以前所说的那些热爱与深情有些虚情假意。她把一本《吉高的故事》看了两遍，这是现在我们都不曾多讲的故事。她提着书，学着生硬的方言对我说："吉高骗风光，一骗精光光。"我连忙阻止说："不知道丑吗？"我过去大声说这些语句的时候，母亲也会这么阻止我。丑，也就是难为情。可也许，不会说这些土话才是真的丑。

父亲放过牛，当过兵，捕过鱼，种过地，最终被认定为一名鸭农。他未必想一生都与鸭子为伍。那些聒噪的家禽隐喻着他不安的一生。奶奶说他是"三斤重的鸭子二斤半的嘴"。他嘴硬且暴躁——这脾性像是来自他自己养的鸭子，日后也遗传给儿孙，一起带进少见河流与野草的城市。他一早起来就钻进鸭棚。鸭子的叫声中留下了鸭屎味的圆满，掩埋在穰草里的鸭蛋就像对人生的一次次判决。这里的人将一无所成叫作"大鸭蛋"，就像老师画在试卷上的数字。他养了一辈子麻鸭也不曾富裕，却每天歌唱一样地赞美那些臭烘烘的早晨，这种数鸭蛋的腔调后来被城里人记录并传唱，而农民自己从来不知道这比许多的歌声更加动听——

  一只鸭子一张嘴呀，两只那个眼睛两条腿。
  走起路来两边拐呀，扑通那个一声跳下水。
  呱，呱，呱，咦喷喷咪，咦喷喷咪。

二

  我曾经带了几粒种子和一抔泥土进城，在顶楼的阳台上试图演绎"芃芃其麦"的壮观。它们倒也是争气的，长出了颗粒饱满的穗子。曾经听人说，有些种子不再能传宗接代，它们退变为没有激情繁衍的颗粒。好在我带的种子长成了，当初捏着它们时留在手心的汗，终于干了。

  阳台上的乡土情结越是蓬勃生长，越是比对出城市的虚浮与无情。我们也是这样的草木，被寄予厚望并主动迁徙进城市里。本来我们野蛮地生长，无以成材至少也可以烧出一锅膛烟火，成为时光的碎末再与水土厮守。但不知道是谁最初鼓吹着离开，在草木不生的地方新建出巨大的村庄。欲望、规则、辉煌，以及空洞的梦境，成为这座村庄的材质。且不说人心难以抗拒，草木也从此变心失节。它们从乡野来到城市，学会规矩地生长，把身形收敛在笔直的界线里。这条线笔直得有无道理并不需要追问，而所有的生长只能以此为金科玉律。

  不知道从什么时候开始，我们将回家唤为"下乡"。这大概是为了对当初进城时的困境一雪前耻。我们未必就是城市合格的孩子。我们只能做城市的一名养子，老父亲们依然在旧地相互安慰。我们不能再回到亲生父母的身边，所有的回家只是一种谵妄。父亲并不指望我们能够留下来过上一夜，即便留下我们还是会在下一个清晨匆匆出发。一只狗是知道回到村庄的，而我们却早就成了一只轻浮的猫，不能轻易把爪子落在满是葳蕤草木的土地上。

孩子站在几近干涸的河边,倒映成我们悲情的童年。那些水不知道从哪里来,也不知道流向了哪里。只有那个码头标记的时光缺口,见证着一代一代的生长。

桐花如期地开放了。没有人会种下一棵软弱的树木。它自己在水边野生出满树的深情。热烈的阳光照耀着绽放,大地在花朵上得到了永生的秘诀。落花漂在水里,时间有了朴素的香气。老迈的船只已经半身沉默在水里,河面上形成一座时间的孤岛。孩子从码头跳上"岛"去,看不到水中有任何涟漪。当时波光粼粼的童年,已经成了无法迭代的记忆。桐花就像是春天的闹钟,一旦叫醒明媚的阳光,平原就一夜之间泛滥为花海。所有的花都等待了整个漫长的冬季。细碎的荠菜花、典雅的婆婆纳、明黄的马齿苋以及说不完名字的绽放,从此岸铺陈到远方,及至霜天到来前的平原深处。平原是没有尽头的,城市和村庄也不过是它们分散在各个角落的花朵。平原远没有山地丘陵那么繁复,只以无边无际连接来去匆匆的光阴。

正是这平坦无奇的大地,养活了花开花落的四季。

树木和屋舍可以见证这些事实。它们垂直于大地的平坦,可以把寒来暑往看得明明白白。没有一处屋舍会永远年轻。今天换上的坚固与色彩迟早成为未来的情怀。村庄也是耐心细致的,人们从城里学回来的水泥思路,终还是驯化出了文物般的包浆。就像一个当年桀骜不驯的新娘,被婆婆调教出低眉顺眼的温和。过去的老屋成了遗迹等待着坍塌,她们缺牙掉齿的老态不需要拯救,世间已经不再需要她们黑白灰的单调色彩,就像婆婆们迟早要交出象征着贫困生活权力的钥匙。楼房也开始老去,因为新的房子就像子孙们一样在不断地到来。

树木长成一个个感叹号。它们不再有什么实际作用,只能作为村庄的一种抒情。当年被伐去的伤口上,补种了从城里归来的优良品种。不管被冠以多么矫情和名贵的说法,它们还是村庄出走的孩子。站在城市里它们衣冠楚楚,回到村庄却又长回调皮捣蛋的顽劣模样。一棵树进城和一个孩子出走是一样的道理,在忙碌的街道和繁华的社区,只要有草木的地方都讲着这样的道理。不能回家的时候,我就去看看城市里的树木,看看他们与我一般有家不能回的样子。我和树木曾经矫情地把城市里的家园都称作房子,自己却又都长成了轻浮的城市坏子。看看脚下那些支离破碎的泥土,那些花——细碎的荠菜花、典雅的婆婆纳、明黄的马齿苋以及说不完名字的绽放,也在城市里见缝插针地绚烂起来。谁曾真的为这些委屈的日子叹息?

那也是从书本上学来的无病呻吟——城市里,哪一个不是从农村里来此见缝插针的孩子?我们都是自愿而悲情的进城者。

我曾经去一个实验室里看了很多种子。这大概本就是一件有些虚妄的事情。我在村庄里见过很多种子。我自己也是一粒贫穷的种子。而我又要以一个城里人的身份去看一些种子,这其实比去研究一些高深的题目更令人胆怯。那些种子和我都是从土地上生长出来的。我看着它们,也是在观摩自己贫瘠的躯体。我们的车在平原上一路东去,离开城市、集镇到达一栋突兀的房子。它不是一间民房,但又不能说是一座工厂,尽管它有着不输于城市里的宏伟,可是它出产的是种子,故而只能如村庄里一样说它是房子。

麦地一马平川,纵横到目力所不能及的远方。田野间劳作的是从周边请来的农民。她们的早出晚归是靠汽车接送的,但总是不像工人的样子。不管土地怎么被重新命名和定义,农业,依然是生机勃勃的生长。生产,则是土地之外的事情,是一个并不贴切的标签。只有那些浸透毛巾的汗水,才能浇灌出麦地里的丰饶。这片土地的雇主不是本地人,过去也是城里人。她被城里来的记者们称为科学家也并不是虚言,但现在裤脚上的泥灰让她更像是个农民。她爱种子甚于农民。她从城市里来到村庄,关心的是种子的密码,她像是一位纪实的诗人。

城市或者农村,都是在大地上破土的种子。也许,只要平坦的大地仍在远方,众多的村庄和草木也就不必在意它们的存亡。

木楼梯和瓦松【外一篇】 | 李郁葱

木楼梯已有些颓圮。房子是有灵魂的,有人住着的时候不容易腐朽,一旦人去楼空,就仿佛抽走了精气神,有了垂垂老去的那种态势。

这么说有些神秘的倾向,其实也不难理解。房子有人住的时候,我们时不时会维修,而人离开以后,房子没有人照顾,有些破损就会扩大,就一往无前地破败下去了。而人的心理会响应世事的神秘,解释得过于明白就失去了乐趣,那么,多多少少便会有所暗示:许多年来,我都对事物保持着好奇,但我不能去逾越某种界限,一旦越过,一切便会变得虚无。

此刻我踩在木楼梯上,多少有些小心翼翼,生怕一脚踩空了。踩的时候,会腾起一些灰尘,而木头发出那种因为久远而空旷的挤压声,像是它们生长的时候,鸟栖息在树上啁啾所留下的余韵。

楼上有一前一后两个房间,楼梯上去的房间相当于客厅,谈不上宽敞,大约不到十个平方米。我大一点的时候,这里搭了一张床,我是睡在这个房间的。楼梯口左手是一个木拱窗,因为朝东,每天的阳光是最早从这里照入房间的。很多时候,我醒来时从床上望见那束阳光,像是舞台上的光聚下来,有无数微小的生灵在其间舞蹈。只有在光的照耀下,这些细小之物才纤毫毕现。

南面,对着楼梯的是一扇大窗,对着的是祠堂的高墙,越过高墙,是苍穹,有时蔚蓝,有时潮湿,有时就是浮云。沿着窗,是一米多长的瓦片覆盖的屋檐,这个也是江南民居的特色,因为多雨的气候,为了日常行走的方便,会有屋檐延伸出去挡雨。

那一天我有片刻的出神,童年时的笑声和喧闹犹如潮水暗涌:那个时候,有几年得了急性肾炎,我变得敏感易怒,而在这东厢房的蜗居里,我却得到了无穷无尽的乐趣,支撑起我对于世界最初的眺望:生活是一种发现,文字也同样是一种发现。

……我甚至可以认出
　　墙角的苔藓。如果半开着的窗棂,让吹入的风
　　显得大一点,苔藓的花,在风中绽开或者凋谢

　　我信手写下这几句诗时的感受如此真实,许多年后回想起这些细节,犹如春风摇荡。"白日不到处,青春恰自来。苔花如米小,也学牡丹开。"清代诗人袁枚的这首《苔》前两年突然走红,大概是因为激起了人们的共鸣,一些琐碎和卑微的事物里,往往蕴蓄着意外强大的力量。

　　走上楼梯右转,是通往主卧的门,其实也不大,十五平方米的样子,和客厅一样,有朝南的窗,屋顶还有方格的天窗。

　　推开窗,瓦片上积满了日积月累的灰尘,在那些缝隙里成为污垢,这些薄薄的灰烬却是瓦松的厚土。即使那么多年没有人住,那么多年无人打理,依附在瓦片之上的生灵仍孤寂地在时间中舞蹈,在秋日,它们基本已经枯黄。

　　一直以来,对于瓦松,人们的情感是复杂的。

　　　　华省秘仙踪,高堂露瓦松。
　　　　叶因春后长,花为雨来浓。
　　　　影混鸳鸯色,光含翡翠容。
　　　　天然斯所寄,地势太无从。
　　　　接栋临双阙,连甍近九重。
　　　　宁知深涧底,霜雪岁兼封。

　　这是唐代诗人李晔的《尚书都堂瓦松》,似乎瓦松是居于庙堂之高的显贵。但另一个诗人郑谷在诗《菊》中却说:"王孙莫把比蓬蒿,九日枝枝近鬓毛。露湿秋香满池岸,由来不羡瓦松高。"对"高不及尺,下才如寸"的瓦松表示出轻慢,他瞧不上这卑微之物。

　　这些当然都是旁人的视角,我们每个人看事物终归是站在自己的立场上,用自己的理解和见识去掂量事物的轻重,瓦松哪里理会这些,它自顾自在那里发芽,抽

枝，繁衍，枯荣。

它没有想到的是，它的这种生长带给了我更多的想象。因为有瓦松入眼，从窗口看出去，会把瓦片上的瓦松和苔藓想象成茂密的森林，而瓢虫、蝴蝶、豆娘等也翩然出现在瓦松之间，它们就是骑士，是小人国的骏马和魔鬼，是故事的起源，而这个世界的居民，是勤勤恳恳的蚂蚁。

偶尔，在瓦松之间，也会有蘑菇钻出来，麻雀在瓦片上跳跃，捡食一些果腹之物。而大雨滂沱之时，雨打在瓦片上，漫漶成自然的音符，也会打歪一些不太强壮的瓦松，使它们好像森林里轰然倒下的大树。

夏日雷鸣和闪电之际，风摇动着瓦松，我那时刚比窗口高出一点，从这个视角看过去，瓦松突兀而狰狞，仿佛活过来了一样。

在窗口站了一会儿，看不到多远，村子里是安静的，安静到一点远处的声音都会远远传递到耳朵里。木结构的房子隔音并不好，我躺在床上，楼下奶奶他们聊天的声音，隔壁打骂小孩的声音，开始像渐渐浓起来的夜色一样漫过来，我让自己沉浸在这种声音里，眼皮越来越重，越来越重，终于重到支撑不住。

沿着月光爬到月亮上去

这样转悠到了屋后，天井里的那口大水缸居然还在屋檐下。因为前几天是绵绵秋雨，雨水有自然落在水缸里的，也有些从屋檐瓦片上汇聚后落下来的。满满的一缸水，俯瞰时清澈见底，当年在水缸里常常会养上螺蛳和小鱼小虾，甚至有青蛙的扑腾，也不知道它是自己跳进来的，还是被人抓进来的。

城里的孩子每年到了清明以后，对水沟里的蝌蚪会有极大的兴趣，用网兜把摇头摆尾的它们从水中掏出来，养到家里的水缸里。我不知道等它们长出脚能够蹦蹦跳跳时，这些孩子和他们的家长将如何处置。就像很多年前，这只水缸的水只有三分之一左右时，突然就有一只蝌蚪摇摇摆摆沉浸于其间，也许是某个人把它带进来的，或许也有其他我们不知道的原因。

在稻田的水洼里，我们总能发现各种硬币大小的小鱼，当然也不知道它们是从哪里来的，有一些五彩斑斓，生着长长飘拂的鱼鳍，也会杂居于其间，后来知道这是斗鱼的原始版。

水缸里的蝌蚪，慢慢就长出了后腿，尾巴越来越短，越来越不像鱼，青蛙头部的特征明显起来——眼睛开始凸起，皮肤从蝌蚪的黑变成蛙皮的翠，但它依然在水中游动，即使前腿也长了出来，尾巴快要完全萎缩了，但水缸，依然是它全部的世界。

有一回，大人们在水缸里放了几条钓来的鲫鱼，其中有一条有些变异，鳞片呈现出红色，有点像是观赏的锦鲤，也可能本来就是，小时候我哪里弄得清楚。大人们顺带着放了一些浮萍在水面上，感觉就像是一个重置了的水世界。

水缸里原来的那些居民，比如螺蛳之类，好像也没有受到什么骚扰，但它们并不知道，等待它们的将是成为这些新来者腹中之物的命运。其他如一直在那里的埠鱼、虾等，在放入鲫鱼搅起缸底的尘土后（像是水下的沙尘暴），很快就安静下来。那只就要长成青蛙的蝌蚪也是如此，但有了浮萍，要出水面时，它不用再趴在缸壁上，而可以蹲在浮萍上，像是轻功卓绝的水上漂。

因为那条色泽鲜艳的鱼，那些时候我常常跑到水缸前，当它游到水面时，我喜欢用手去抓。有一回是晚上，皓月当空，我伏在水缸边缘，那条鱼游弋在缸边，而半大的青蛙（蝌蚪）扑通一声从浮萍上纵身跳到了水面之下。我突然发现，水里的月亮剧烈晃动起来，一圈圈涟漪扩散，月亮起伏不定，在破碎中又渐渐愈合。

月光照在缸里，像是有了实体，有着一种出乎意料的美。那时，妈妈刚刚教我李白的《静夜思》，这月光真的"疑是地上霜"。我好像看了很久，也许只是看了一会儿，但以为时间过去了很久。月光弥漫在水缸里，沿着水缸往上看，透过屋檐，在夜色中，这月光像是编成了一条攀缘的绳。

那只青蛙又从浮萍上高高跃起，想要攀着月光跳出水缸的世界，很快又传来水面破碎的声音，它又跌回到缸里。过了一阵子，这样的越狱努力再次上演，也不知道它最终是否跳出了水缸，反正它最终还是从水缸里消失了。

跳出水缸的青蛙，它的世界和在水缸里时应该不一样了，它应该感谢那一晚皎洁的月光。

月亮还在水缸底下荡漾，童年的月亮一直照着我，而它晃动的光晕，像是一道攀往天空的漫长阶梯，那是我们所遗落的道路，但其实它一直都在，只是藏在不被我们注意的地方。

在水缸的边缘，在天井的石板与石板的缝隙里，顽强地长出一些野草野花，尽管没有人去打理，它们也呈现出勃勃的生机，甚至绽开了小小的花苞。也许过不了多久,它们就会结籽,等那些种子成熟以后,风就会把它们吹到远远近近的地方。

房屋会说话,这里发生过的一切,就像一张图画——时间在后续的过程中,被之前的每一个小点每一个小点所左右,它们没有过重的质量,却一点点雕琢出了我们的敏感、爱、平庸、孤寂,等等。没错,它们早已存在,像一扇门,等待在前方。

走出这扇门。门外,月光像一层雾。

汉家 | 月夜拾梦录

关老爷几点到？

我做梦，梦里杀了一人。

我还从未在梦里杀过人，得手后即惊醒，一摸额头，全是热汗。

当然我杀的是恶人，但令我纠结的是，似乎此人并未犯下死罪，而我怎么就把他杀了呢？不该不该，真是不该。

以前我也做过一梦，迄今如在眼前。那是一个下午，我在黄河岸边疾行。突然一个我多年未见的少时伙伴泰洪来至我面前，他焦急地告诉我，阎锡山在晋东南的残部正在赶来，准备拦截我。

我大怒，说阎老西也敢闹我？要知道，沿海一带还有几万人追随我了，就是他们离得我远了点儿，远水解不了近渴……再说了，和为贵嘛，山西人不打山西人嘛！

泰洪压低了声音说，汉家，你千万要小心，这些兵士虽然军容不整，但用的却是正经的美式武器，就连德国人也怕得要命。

我一惊，忙问该怎么办，毕竟家里人正做一锅香喷喷的和子饭了，我必须在天黑之前赶回去，否则和子饭凉了就不好吃了。

泰洪拈须，说你不必慌张，关老爷已带领一队人马从荆州赶来，他老人家出这趟差就是为了护送你安全回家。我仍不放心，问他，那关老爷几点到啊？能赶得上吗？

泰洪有些不耐烦地说，当然赶得上喽，你放心，宵小让路——

八百里加急！

烈火

在梦里，我喜欢他的原因是他爱一个人竟然爱得如此激烈，又如此温柔和深沉。

他那种不顾一切的爱与牺牲令我击节赞叹,于是忍不住起身长啸了几声。

他的爱太过激烈,以至于被那些平庸的观众认为只是聒噪的华而不实的爱。这世上永远都会存在平庸的观众,即使在梦里也不例外,没办法,这就是庸俗社会学的核心构件。

我只能表示遗憾——梦里的我甚至感到了可耻,甚至替那些平庸的观众向他道了歉。他则毫不在乎,是的,他只在乎爱,而不在乎旁人的看法或观感。他有自己的主心骨,那是爱的主心骨。

他只是醉心于完整的爱情体验,醉心于爱情的自然现象。

他的爱情烈度太强,甚至爱到了荒唐的程度。他具有爱情意义上的英雄气概。他的爱情理想是洁白的遮天蔽日的云朵。我记得他曾在梦里对我说,只有爱情才是男子汉的事业,因为它是解放,是一种灵魂的解放,所以对爱情的歌颂是其他任何歌颂的前提。

我望着梦里的他——他就如同自我燃烧的爱情烈火,所以我相信了他的话,不论是在梦里还是在梦外,我都会相信他的话。而我的相信不是因为别的什么,仅仅因为那是爱情。

那是爱情。那是光辉,那是光辉照耀下的一切。

没有目的

在很多梦里,我都发现一个事实,一个梦里的事实,即我这个人其实是一种液体。

比我是一种液体更惊人的事实是,在梦里我没有目的。

在梦里,我眼中的人们依然争名夺利,依然噘嘴的在噘嘴、赌气的在赌气,发脾气的在发脾气,吃瘪的在吃瘪,发达的在发达,偷笑的在偷笑——哭的在哭,笑的在笑……但我干干净净,无悲亦无欢,没有目的。

在梦里,我只是发自肺腑地感受着所有事物,因为我没有目的,我只是液体,本质上我其实是一种流动的休息。

我在梦外看诸相,觉得皆为假相,皆是空。但我在梦里看诸相,却觉得既不是空的,也不是假的,而是涌动的,只是我依然没有目的。由此看来,我在梦里着相了,但我着得全无目的,并且自始至终是安静的。

我只是流动着,安静地流动着。虽然我是一种微小的液体,却又像一条属于我自己的阔大河流。

我觉得你很难懂得我说出的这些感受,因为你不曾出现在我的梦里,而且你也不是一种液体,或者你总是或多或少地怀有某种或好的或坏的或无聊的目的——你总是怀有目的,而且最关键的是,你总是和我不在同一个维度里,所以你当然不会懂我,当然不会因为我而起心动念,也不会像我一样,突然不可思议地在某一个梦里变得全无目的,进而成为一种液体,成为像是一条阔大河流的液体,成为此时此刻的我。

孤胆

这不是对万事都抱有太高的希望,而是梦幻使然。

这不是流淌的沸腾的泪水,而是梦里的决战。

这不是天籁,不是粗鲁的少年在大街上毫无顾忌地吵嚷与喊叫,而是在梦里传出的划拳声,是那种在八十年代国营饭店大厅里由三五个小伙子发出的热腾腾的划拳声。太梦幻。

我发觉,梦里的这些人不是由父精母血构成的躯体,而像是塑料做成的模样长得差不多的小人,遍一切处的小人。你要在这些小人中——在尘埃中——认出真正的英雄是谁(清明时节,那个英雄在杏花树下盘坐,他一边弹手中的长剑,一边对着心上人放声歌唱)。

我警告你,你不要只是在庙堂里认出英雄,而是要在梦里或者梦里之梦里称出那个英雄的分量。

一列无人乘坐的地铁

明晚的梦里,我将走在城东,戴着耳机,正放到《爱在深秋》这首歌曲,当时正从下着雨的城西开来一列只乘坐一人的地铁。

这个梦与今晚的梦大有联系,因为在今晚的梦里,戴着耳机的我进入大东门地铁站,恰好上了那辆无人乘坐的地铁。就在明晚的梦里,我望着渐渐开来的坐着自己的那列地铁,忽然间听着八十年代歌曲的我,很想把此时的心情写成一首万人传唱的歌曲。

在今晚的梦里,我在那辆只有我和我自己乘坐的地铁里摘下耳机,发誓一定要过上更好的生活。可是当我告别自己时,当我在晨曦中走出天龙地铁站时,看到城里匆匆忙忙的人们,只是觉得乏味。因此我又戴上耳机,按下播放键,手机里的播放软件正好放到《菊花夜行军》这首歌曲。

在昨晚的梦里,我早已梦见了今晚和明晚的梦。

在春天的大地上,我安睡着,梦着这两个梦,而这三个梦都不大像梦,所以如果真的较起真来,这些梦确实更像是现实,它们只会令如我一般的中年人不由得感到些许忧郁,又觉得分外惋惜。

你相信什么,什么就会发生

那天下午的梦里,在占星界有一个星象之王,而我就是这个王位的第一千八百七十四个顺位继承人。我颇有些得意。

梦里我也是一个作家,但最近并不读文学书,而是刻苦研读占星学书籍,由于太过投入,以至于见人就会问:"你是什么星座?"梦里我把人都问遍了,于是便问起了一只兔子——"你是什么星座?……快说,别试图遮掩!说出来吧……坦率点!"

那只兔子保持着高贵的沉默。

原来,这是一只从乡下来的兔子,因为它身上有着新鲜的泥土味道,所以很好闻。当我转身时,它也潇洒地跳着去了,像风一样。

也许这只兔子是水瓶座,而我也是。

也许我这个迷上占星术的作家只要在梦里相信什么,什么就会发生,这将成为我在梦里的生活法则——磁性法则。

而我终将在一个清新的早晨醒来,历史对我的这个梦将毫无记载,无所谓,本质上我就是一个过去主义者,但历史只属于未来。

梦醒后,我虽然继续研究着占星术,但变得内敛多了,时时刻刻都学着将自己的自己——将爱与喜悦——隐藏着,隐藏着,隐藏着,始终不露声色。

女巫出嫁

梦里,我站在高高的山冈上看女巫出嫁,看完就走下山冈,去了水边。

我很开心,因为女巫嫁给了一个专捉巫魔的驱魔人,看来这两人绝对是因为爱情才结合在一起,因为他们爱的是自己的冤家,所以爱得如此光明磊落,大白于天下。

原先女巫恨透了驱魔人,恨不得剥他们的皮,喝他们的血,吃他们的肉。驱魔人则为民驱魔,视死如归,并且在私生活上,他极其热爱自由,习惯于亲手摧毁女子们对他的爱慕。但这两人一旦遇到,就是爱情的暴击,他们都被对方降服了。

我想人人在情感上都有果报,无论业力轻微还是深重,没有人能够逃脱。毕竟人生在世,每个人或迟或早都要或自愿或被迫地看到自己的本质,而本质无非一个"情"字,所谓有情众生。

想到了众生,我就在水边伸了个懒腰,然后变成一只白鹤,义无反顾地飞走了。

只有他才能走进你心里

这个梦展开得有些慢,我是说我是慢慢地进入了这个梦。我清醒地意识到我正在缓慢地进入一个梦里,很慢很慢,很慢很慢,慢得就像过着长长的无趣的日子。

梦里的景象逐渐清晰起来。用空间的角度来感受,这个梦好像逐渐变得大了起来,不是膨胀,而是洇了出去。这个梦非常非常潮湿。

梦里有一条僻静的小街,和我一起并肩散步的人好像是我以前的同事。她总是问我同一个问题:"你觉得他会不会来?你要说实话。"我也总是给她提供同一个答案:"我觉得他正在犹豫自己该不该来见你。我只能说这么多,这当然是实话。"

我俩就这样不停地重复着这一问一答,不知不觉间走到小街的尽头。接着我便觉得寒凉,原来冬天正在来临。我停下脚步,对她说:"你难道忘了他曾经对你多么狠心吗?即使你再爱他,见到他你也应该对他冷若冰霜!"

她使劲摇着头,突然抽泣着说:"我做不到,做不到……他和别人不一样,完全不一样,因为只有他才能听得到我那些从未说出口的心里话——只有他!"

我心想,但是你忘了,只有爱才能和爱发生联结。

这时我的梦醒了,如同一种冷却。

熊心豹子胆

我不清楚这是不是我的一个梦,在梦里我是清代的察哈尔都统,一方大吏。

那天,我带兵从南方归来。为什么去南方呢?我想大概是去剿匪了。

当我走到无极山下,发现这里山清水秀,山民纯朴,忽然就心生倦意,想回到察哈尔辞官,然后到这里做一个山民,从此老老实实地生活下去——我想把我旧有的生活连根拔起。

在马上,我坦率地说出自己的想法,但我的部下皆强烈反对。

反对的理由为现在正是多事之秋,朝廷处在内外夹击的政治风暴当中,我怎能为了一己之利,辞官而去。

我心想,他们真的是想报国吗?或者打着报国的幌子,只是为了靠着我升官发财而已?

我不知道。

或许他们都是中国的好汉,都可以为朝廷而慷慨舍身;或许他们只是不算太坏的国家蛀虫——我不知道。

我只知道,去还是留,对于我也是一场战争,而我吃了熊心豹子胆,一心只想着离去,带着家眷,而不是兵马,就来到这无极山下,盖一座院子,像山民一样生活,一样老去,一样静静地死去。然后埋在无极山下,实实在在的,对人世没有一丝一毫的虚情假意,多好!

醒来后,我把这个梦讲给了一个在互联网上卖山核桃的现代山民。他叹了口气,诚恳地认为我不是做了一个梦,而是吹了一个太过坚硬的牛皮。

老猴子,空悲切

我患病时做过一个梦。

梦里去逛动物园,只见一只老猴子突然从猴山上跳跃而下,直接跳到我的面前。

我与它只隔着一张铁丝网(隔着达尔文)。

它极其悲伤又无可奈何地对我说,我和你人类曾经拥有同一个祖先,可是你现在看到的猴子——地球上所有的猴子——虽然都能轻轻松松地从猴山上跳下来,但却永远也下不了树啦!

说完它就低下了头,沮丧得像是被扔进了世界末日。过了一会儿,它抬起头,接着说,我的意思是说,环境已经永远改变了,我们猴子已经永远错过进化的时机啦!这个世界再也不会出现那种只在遥远的过去才具有的进化条件了——我们再也变不成人了！我们永远失去进化的机缘了，一切都完结了！所以我们只能永远被你们观看着、玩耍着——永远！！

说完，它就气呼呼地一跳一跳地回到了猴山上。

我呆在了原地。实际上我认识它，这只猴子曾是我前世的二弟，一母同胞的二弟，经过一道轮回，没想到他没转成人，而是转成了一只猴子——转成了另一个相。

而我在梦醒后，又进入了现实，进入了另一种梦境。

小满布谷 | 半文

一

被布谷鸟叫醒,看手机,五点缺五分。想再睡会儿,发现刚睡过的觉、刚做过的梦,已倏然而逝,仿佛还在心间手边,事实却远若天边,再接不回去。接不回去也不勉强,只闭了眼睛,放开心神,聆听这个城市在布谷鸟的叫声里慢慢醒来。

天上布谷,人间播谷。布谷鸟勤快,一大早喊"布谷、布谷"。它一喊,农人就起床,下地,播谷种,育秧苗。布谷,即鸠,即杜鹃,即子规。"布谷",是乡间的称谓,布谷的叫声里,农人听见的就是"播谷"。"布谷布谷,割麦播谷。"小满过后,江南麦熟。一地麦子,一夜黄头,布谷声里,割了麦子,正好播第一季稻,称"早稻"。"春种一粒粟,秋收万颗子。"那一声声"布谷"里,有秋日一片金灿灿的丰收在漫天洒落。这时节,父亲定已起床,听从布谷的指引,打着赤脚,背着犁耙,走在乡间的小路上,去地里播谷育秧。

今日小满,地气已暖。赤脚走在田埂上,不凉。脚底板与大地肌肤相亲,如小手与大手紧紧相握,温暖、舒适、毫无违和之感。在布谷声里,想起那一种遥远的亲密无间的肌肤相亲,我忽然有种想要赤着脚奔跑起来的冲动。只是冲动。我是一个容易冲动的人。冲动地想要站起来怒斥,冲动地想要抽手扇出一个耳刮子,冲动地想要转身离开,冲动地想要紧紧拥抱,冲动地想要不如归去。但很多时候,也只是冲动,因无法承担冲动的惩罚,所以并无行动。心去千里,却身在原地。只是矛盾,只是纠结,只是把一次次的冲动重叠在同一个肉身上。然后,叠好冲动,继续生活。

在这个城市,赤脚奔跑在黑色的柏油马路,观感近似裸奔。租住杭城一年多,一遍一遍穿行在新华路、凤起路、地铁、公交之间,我从未见人裸奔,亦从未见人赤脚奔跑。躺在床上,在声声"布谷"中,我冲动地想要在这个城市赤脚奔跑,像奔跑在乡间的小路上。只是冲动。在脑海心间奔跑两圈,冲动便过去了。

　　冲动来得很快,去得也很快。常常是这样子。不像布谷,不会冲动,几千年下来,只会喊一声"布谷",在乡间喊"布谷",到了城里,仍喊"布谷"。在城里,无人听从它的指引,无人布谷,因无处播谷。这个城市长满了马路与楼宇,若真要布,不是布谷,应喊作"布楼"。若喊"布楼、布楼",突然有起床奔跑冲动的人应该会有不少。那些穿着硬底皮鞋、板鞋、运动鞋,匆匆奔走在新华路、凤起路,忙着赶地铁赶高铁赶飞机的人,或许正是忙着去"布楼"。布楼比布谷麻烦,但总还是要布。没有播种,哪来收获?我对那些匆匆奔跑的人们充满敬意,不论是在乡间,还是在城市;不论他们是在布谷,还是在布楼。

　　我对布谷也是充满敬意,一大早喊我起床,"布谷、布谷",一声声地喊,我若不起床,它能喊一天。三千年前,在周地,在《诗经》,布谷也喊"布谷",但布谷不叫"布谷",称"鸤":

　　　　鸤鸠在桑,其子七兮。
　　　　淑人君子,其仪一兮。
　　　　其仪一兮,心如结兮。

　　布谷很酷,一生只说一句话,一句话说了几千年。所以说"淑人君子,其仪一兮"。不仅说话始终如一,连穿衣打扮帽子鞋子发型装饰,也都始终如一。如一到什么程度?"心如结兮"! 这始终如一的决心,像打了结一样,够坚定。过去没有文字,或不懂文字的,可结绳记事。打一个结,好,这个事就记在心里。此生,来世,永生永世,一以贯之,不改其一了。

　　我怀念结绳记事的年代,如此缓慢,又如此坚定。一句说了几千年的话,落入我的耳朵,只是两个字:

　　"布谷、布谷"。

二

　　一千多年以前,唐朝,这一声"布谷"落入诗人李义山的耳朵,听见的就不是"布谷布谷",而是"不如归去":"庄生晓梦迷蝴蝶,望帝春心托杜鹃。"

在诗人笔下，布谷也不是布谷，而是杜鹃，更规范的说法，是大杜鹃、四声杜鹃。《华阳国志·蜀志》云：

> 杜宇称帝，号曰望帝……其相开明，决玉垒山以除水害，帝遂委以政事，法尧舜禅授之义，遂禅位于开明。帝升西山隐焉。

传望帝禅位退隐后不幸国亡身死，死后化魂为鸟，暮春啼苦，其声哀怨凄悲，动人心腑，名为杜鹃。李义山身怀大才，却一生郁郁。杜鹃一声"不如归去"，托付着望帝的春心，亦托付着李义山的归思。公元858年，李商隐四十五岁，辞官，归郑州，听鼓瑟，作《锦瑟》。传其妻王氏善鼓瑟，此时，妻已亡故近十年，瑟音升起，思念如涌。开篇一句"锦瑟无端五十弦，一弦一柱思华年"。瑟音流转，每一根琴弦每一棵琴柱上，都震荡着诗人的思念，怀念亡妻，亦怀念自己业已逝去的每一岁年华。时光如此易逝，闲抛闲掷，转眼年近五十，仍是郁郁。在瑟音里，李义山想起庄子。庄子清晨做梦，梦见自己化成蝴蝶，五彩斑斓，翩翩起舞。出走半生，这郁郁的半生真如庄生蝴蝶一梦。望帝的春心托付在杜鹃的叫声里，年年春尽江南，叫了一千年，又如何？鲛泪化珠，蓝田生烟，亦是如此。不过是泡沫，美丽的泡沫。

"此情可待成追忆，只是当时已惘然。"

只是追忆。仿佛眨眼，便已半生。下笔之时，李义山感觉余生很长，实际上，半生，也就是一生。这一年，李商隐病逝。四十六岁，在今日可算壮年。正当壮年，突然发生了意外。一个天才的陨落，如一根瑟弦应声而裂。

一声"布谷布谷"，一声"不如归去"，剩下的，只是惘然，只是追忆。想到李商隐，想到《锦瑟》，想到杜鹃鸟，忽心有戚戚。不清楚李义山是听见"瑟音"而作《锦瑟》，抑或是梦见鼓瑟而作《锦瑟》。或只是听见了杜鹃那一声"不如归去"？一阕诗的诞生充满了不确定与意外，正如一个人的出生与死亡，无不是在不确定与意外之间震荡。2023年，我亦四十六岁。隔了一千多年的时光，因为一只布谷鸟，我与李商隐在时光深处相遇。相遇，是多么不容易的一种缘分。同时居住在2023这一个年份，中国，十四亿人。全世界，八十亿人。两个人的遇见，是十四亿分之一、八十亿分之一的概率，这是一场不容易的际会。

若跨越年份，跨越时间的河流，这样一种遇见，更是不易。

三

鲁迅先生说:"无端旧梦驱残醉,独对灯阴忆子规。"

据《鲁迅日记》1932年12月31日载,此诗系书赠日本朋友滨之上信隆和坪井芳治(当时均为上海筱崎医院医生)。又,同月28日记:"晚坪井先生来邀至日本饭馆食河豚,同去并有滨之上医生。"当时作《无题》诗二首。

故乡黯黯锁玄云,遥夜迢迢隔上春。
岁暮何堪再惆怅,且持卮酒食河豚。

皓齿吴娃唱柳枝,酒阑人静暮春时。
无端旧梦驱残醉,独对灯阴忆子规。

当时,祖国正在黑云笼罩之下,漫漫长夜隔住了新春。但不论岁末如何悲伤惆怅,权且拿起酒杯拼死吃河豚,总有一些快乐值得怀念,总有一些快乐可以驱散黑云。有时,驱散旧梦的,只是一筷河豚,或者,只是一声"布谷"。先生说,吴地的年轻姑娘在唱《杨柳枝》。《杨柳枝》是吴地名曲,入唐代教坊,白居易有《杨柳枝词》八首,有"古歌旧曲君休听,听取新翻《杨柳枝》"句。新人翻旧声,"杨柳枝"一曲,是新声,亦是旧梦,亦可驱残醉,解旧醒。但是在灯前,先生独忆子规。子规,即杜鹃,即布谷。鲁迅先生故乡绍兴,与我所寄居的杭城相邻,"布谷"之声,亦相闻。喊醒我的那一声"布谷",亦喊醒先生。先生忆起的子规,亦是我梦里醒后那一声"子规"。先生独忆的那一声子规声里,是否也有父亲赤脚行走在乡间小路上的那一份温暖、舒适,是否也有布谷的辛劳与喜悦?

2023年5月21日,小满,子规啼。五点缺五分,我被叫醒。一声"布谷",人间播谷千粒万粒。在江南,我躺在城市的上空,闭眼,假寐。很多时候,我都是这样子,即便睡不着,也假装睡着。因为人需要睡着。若始终醒着,难免筋疲力尽。睡,是为了更好地醒。我假装睡着,抑制着想要赤脚奔跑的冲动,不去播谷,亦不归去,让思绪在春秋的《鸤鸠》和唐朝的《锦瑟》之间来回地飞翔。想到鲁迅先生的《无题》,忽感觉"无题"亦是一个绝好的题目。李义山有很多《无题》诗,《锦瑟》或亦可作《无题》理解,只因首句"锦瑟无端五十弦"开篇,取了"锦瑟"二字,而实际上,诗与"锦瑟"并无联系,不过是怀念亡妻、怀念青春的一阕悼词。若取名《无题》,与"身无彩凤双飞翼"同理,亦可穿时越空,同不朽。

　　梅尧臣说:"不如归去语,亦自古来传。"杜鹃一声"不如归去",这是古来就传的。这"古"到底多"古"?几千年,或几万年?无法诉说。"不如归去",是一种理想——去往"故乡"?或是隐于理想的居所?都是归去。我想起乡间,想起父亲赤脚行走的田间小路,感觉温暖、舒适。我若归去,那一条田间小路,便是归宿。宋人赵时韶说:

　　　　社前社后雨纷纷,山北山南处处闻。
　　　　田父不知墙壁字,此声便是劝农文。

　　如此,"布谷"二字,亦是最好的归去之地、隐逸之所。

四

　　清晨,乌鸫、八哥、云雀、绣眼、白头鹎们都醒得很早,唱唱跳跳,很是热闹。白头鹎的叫声最是婉转,我把它翻译成"滴滑、滴滑、滴滴滑"。白头鹎是歌唱家,一句歌词,可以不断地重复,以不同的高低长短粗细,唱出不同的腔调和味道。偶尔唱累了,便拉长了"曤——曤——"两下,算作中场休息。明代沈周有《白头公图》诗:

　　　　十日红帘不上钩,雨声滴碎管弦楼。
　　　　梨花将老春将去,愁白双禽一夜头。

　　沈周是诗人,也是画家,据传是"吴门派"始祖。其写诗,亦诗中有画。其作画,便是画中有诗。想象诗中之画,应有连绵春雨扫落梨花,留一地雪白花瓣,两只白头鹎站立梨花枝头,反复鸣唱"滴滑、滴滑、滴滴滑"。为什么是两只?因白头鹎寓意白头偕老,两只,取意吉祥。一只,则太过孤单。暮春,适合谈恋爱,适合谈论婚姻。这"滴滑、滴滑、滴滴滑"的鸣叫声里,有浓浓的春意荡漾。诗人沈周说鸟们愁,愁白了头。我不赞同。我说它们是高兴,春尽,是花落果出,是恋爱终于修成正果,是到了携手正式步入婚姻殿堂的季节。若真要愁,也是为爱而愁,是甜蜜的忧伤。正如这个早晨，它们如此兴奋。东方刚露一丝白，便打开嗓子，"滴滑、滴滑、滴滴滑"地鸣唱。唱腔清脆、明亮，滑过耳膜，如春之序曲。

乌鸫"叫唧、叫唧、叫叫唧"的唱腔也很好听，听上去，像说"天好、天好、天天好"，鸟们是快乐的。城市里的鸟们和乡下的一样快乐。

小满，小得盈满。小得盈满，是一种很好的状态。水满则盈，月满则亏。我们的祖先有大智慧，告诉我：花赏半开，酒饮微醺。所以小满即可，小满过后，不设"大满"。小满节气之后，是芒种。一边收获，一边播种。有播种，才有收获。有收获，必有播种。

小满这一日，布谷、乌鸫、八哥、云雀、绣眼、麻雀、鹁鸪、白头鹎，鸟声嘈杂，各说各话。我躺在床上，听见这个城市，在鸟鸣声里慢慢地醒来。楼下，十五家园的垃圾管家在"笃笃"地拖动垃圾箱，准备让吃完了早餐的人们下楼倾倒餐余垃圾。李姓的老头，用手机播放着《北京、北京》，和着高亢的音乐去凤起路农贸市场赶早市。小学生拉开了铁门，又"砰"的一声关上，在开与合之间，他早早地赶赴一场与未来有关的约会。

翻朋友圈，"水静田园飘窄雾，虫鸣麦地过天宽"。今日小满，鸟鸣、虫鸣、人鸣，所有的声音，都只是背景。这个清晨，伸出镰刀，割麦，举起泥耙，播谷。让慢慢醒来的城市，在布谷鸟的叫声里，奔赴一场盛大的劳作。

想到播种，我很高兴，不论睡着或醒着，都很高兴。

因为播种，所以收获。

小满，即是圆满。

龙马蛇 | 和谷

龙

我属龙。甲辰是我的本命年。

老家把本命年叫作门槛，如同走路遇到一道槛儿，一不小心会被绊倒的。

我从海南岛回归故土的那个新世纪伊始的前一天，和老母亲坐在土窑的热炕上，门里闪进一个人影，像是妹夫，也不言语，把一包衣物甩在炕头上，扭身出门了。我抱怨妹夫怎么连个招呼也不打，老母亲说，老规程言语不得，悄悄甩打灾星哩。我打开一看，是从头到脚一身红衣服，大红的。

微信有段子说，穿上红裤头，就去了苦头。是吃瓜群众的牵强附会，滑稽，且低俗不堪，糟蹋汉字。

六十年一本命年，旧为五行数命回归之年。是前辈作家柳青所说的六十年一个单元吗？

十二年一遇的龙年，似乎成了一个不吉利的年份。老话说是本命年犯太岁。太岁是什么东东？

在现代生物学中，太岁指肉灵芝。它被《本草纲目》归为菜芝类，可食用入药，上品也。古代天文学和神话传说中，它被视为宇宙自然力量的神灵。科技超人马斯克能弄明白吗？

查占卜术：五行的金、木、水、火、土，相生相克。金生水、水生木、木生火、火生土、土生金；金克木、木克土、土克水、水克火、火克金。甲属于木，辰属于土。甲辰的时间是在早上七至九点。这天出生者为木，是木类人格，喜用神为水。甲子年生人，年命属海中金，属龙的人通常自信。

学问很深，似懂非懂。

是人都有本命年,朋友,保重。不忧不喜,直面既是。

我遇到的龙年是第六个了。依次为:十二岁背冷馍在窑神庙寄宿读高小,二十四岁当青年杂志记者奔波在冰塞的黄河边,三十六岁在古都莲湖边编文学刊物,四十八岁在海南岛拍电视片,六十岁回归故里和老母亲种红苕,眼下七十有二在黄堡书院修订文稿。

且不可预测,下一个本命年在哪里做什么。

走南闯北,游子归来仍少年。不做孤魂野鬼,是要回到当初出发的地方,化为泥土。

家谱记载,我出生的古槐下的土窑洞,挖出过龙骨,许是恐龙化石。恐龙在美国科幻电影中复活了,凶猛而恐怖,我是不喜欢看兽性的。我更喜欢看人性的《廊桥遗梦》。

二十世纪八十年代曾与路遥在陕北龙王庙结伴住过大半月,读书写作。那里有桃花水滋润的美丽女子,也有祈雨的人群,像电影《黄土地》的壮烈景象。

十二生肖:子鼠、丑牛、寅虎、卯兔、辰龙、巳蛇、午马、未羊、申猴、酉鸡、戌狗、亥猪,唯龙并非一种真实的动物,是综合体,所谓小说一样的虚构艺术,图腾而已。

马,是活物。于是说到龙马精神。

马

老家的《同官县志》是民国时期修订的,是我的堂曾祖父和文瑄,协助毛泽东的老师、西北联大教授黎锦熙撰写的。"流寓"一节记载,杜甫在县衙墙上写过两句诗:县古槐根出,官清马骨高。他是在安史之乱北上鄜州途中的涂鸦,马且如此,人何以堪?在黄巢府上做伪官的皮日休,描摹了这两句诗,其小品文被鲁迅誉为唐末一塌糊涂的泥塘里的光彩和锋芒。

舞马与打马球,在唐代风靡一时。诗人张说在《舞马词》中描述了舞马献寿的情景:屈膝衔杯赴节,倾心献寿无疆。白居易的《长恨歌》则吟咏:渔阳鼙鼓动地来,宛转蛾眉马前死。

张大千说过:我画马不及悲鸿和望云,悲鸿的马是奔跑的马,望云的马是劳作的马。

抗战初期,贺龙驻扎在同官县陈炉镇,到我家征用过马,把放马的伙计和凯国带上了中条山前线。和凯国九死一生，日后当了将军。解甲归田时来看望我九老爷，拜望老掌柜。前几年谢世，享年九十有余。他儿子和新生是我中学同学，别后不曾谋面，也古稀之年了。

在参与策划西安迎宾入城式时，曾尝试骑马列阵，好不威风，但因一旁的马厩臊气弥漫而作罢。

在鄂尔多斯结识的植物学家黎元，常在朋友圈推荐驯马赛马的视频。那些成吉思汗后裔的半大小子不畏丢命，与烈马纠缠搏斗，终是跃上马背，闪电般乘风飞驰。这情景，让人心血来潮，煞是过瘾。杖国之岁，也平添一股子豪气。

蛇

古诗云：龙蛇岁峥嵘。

在老家，唤蛇为长虫。我从小怕蛇，属龙的我怎么能怕蛇呢？

割草时，发现草丛里有蛇，怕它咬，就用镰刀剁了它，心惊肉跳。

夏日纳凉时，从窑洞崖背上掉下来一条白蛇，家人惊恐四散，能看《易经》的二老爷不怕，用锄头引了蛇，挑到沟畔放生。那尤物嗖的一声就不见了。二老爷说，它叫草上飞。

龙蛇四海归无所，寒食年年怆客心。

客居海南岛时，当地朋友设蛇宴盛情款待。我依然惊恐，浑身起鸡皮疙瘩。为不薄朋友面子，用筷子头尝了尝，类似鱼肉的清香。

清明节，一次回老家上坟，到偏僻的山背后祭奠二十岁夭折的小堂弟。他在横店当群众演员，被网上高利贷害抑郁了，写下一句遗诗：我怀念家乡童年那高高的谷堆。

我在坟前默念时，一条青蛇在坟头上倏然滑过。在悚惧中恢复镇静，我说了一句：小弟，你显灵了。

我归园的瓦屋已经老旧了，是多年前废弃的小学校。有一天，我和侄儿侄孙们在屋檐下闲聊，突然有一条小蛇从屋檐上掉了下来，滑入葡萄架下。遵行二老爷的做法，用锄头挑了它到沟畔上放生，让它草上飞。

癸卯岁末，在长安少陵原参加祭奠柳宗元魂归故里仪式，说到他的《永州八记》及《捕蛇者说》：

永州之野产异蛇,黑质而白章,触草木尽死;以啮人,无御之者。然得而腊之以为饵,可以已大风、挛踠、瘘疠,去死肌,杀三虫。

不禁敬仰之至。

蛇称小龙。我儿子属蛇,去国二十余载,孙辈亦落脚异乡,探亲回来三次。孩子所谓有出息了,远走高飞,却是每逢佳节,遍插茱萸少几人。如果守在身边,能给捎回来一块豆腐、几个油糕吃,儿孙绕膝的天伦之乐,余年当是幸福的。

大年三十,给儿孙短信,回复:龙年健康快乐,吉祥如意。

诞梦录 | 宋长征

仿佛爱情

梦境地之一：初中校园旁边的一座废弃砖窑。有月光宝盒，废弃的窑洞洞口上方写着"盘丝洞"三个字。她是紫霞仙子，我是导演找来的本地代表。站在窑洞里面，确信就是剧组包装而成的盘丝洞，但还是想找人证实下，才可心安。砖窑门口长着两棵树，一棵是刺槐，一棵是苦楝。忽而化身成至尊宝，沿着盘丝洞向里面寻找。洞中有楼梯样石阶，通向顶层。顶层有一方小小的孔洞，可以看见绮丽的霞光照射进来。飞身而上，穿越洞孔，上面是一处宽敞的平台，有楼阁，脚下是缭绕的雾霭。

梦中转场，是一个商场打折的场景。梦中人换成了姐夫和外甥。三人一起去捉知了，走到一个多年无人居住的老宅，看起来阴森可怖，我喊他们走，说院后有蛇。姐夫不信，外甥执拗，说要去商场买鞋。那条黑红花蛇咻咻爬了过来，被我迅速踩在脚下。蛇身扭曲盘旋，缠绕在脚上，实在无计可施，拿起一把镐头将蛇砍为两截，才算走脱。还有一头疯狂的牛，挣脱缰绳在田野上奔跑。那牛只有我能制伏，牛在前我在后，气喘吁吁追到村子里，飞身上前，抱住牛头，并无惧色。那牛会说话，把头转向我，说：我只喜欢你，你给我唱段戏吧，要唱豫剧《抬花轿》，要不我就不听话。我答应了，抓起缰绳继续耕地，仿佛前面的事情从未发生过。

梦境地之二：某座村庄。去一个喜欢过的女同学家，庭院干净整洁。桃木做成的书简，类似古文手札，正面是古文，反面为释文，两人依偎翻阅，偶或相视一笑。她知我心意，两人赤身村中行，如初生婴孩，目若无人。她家人都支持我们在一起，长相厮守。女孩长发，面如满月。两人一边行走，一边寻找僻静的角落，诸如谷仓、麦草垛、玉米秸秆堆成的"人"字架窝棚。雪花落下，纷纷扬扬，似有暖意。村庄安静，再无他人。醒来时，脑子里跳出两句，也不知成不成诗：总有人间好时节，朝如青丝暮成雪。

绮丽之约

　　梦境地：苏州，或类似绮丽之地。梦见在冰上行走，天地一片晶莹。其实是去参加一个同学会，很远，在苏州的某个地方，靠近河滩处。来者大多是老家同学，各自还是当年高中时的模样。酒兴正酣，被其中一个同学（多年居住在苏州）的哥哥叫走，这时参加聚会的高中同学变成了鲁迅文学院的同学，也有小时候的同学，皆风华正茂。

　　走到很远的一个地方，是另外的一条河。行走过程中可见湿地风景，野草、水洼、站在水中的鹬鸟，昂首向远处张望。河上有冰，冰下有招摇的水草。前面的人迤逦走过，我在后面。冰层很薄，需要提气，脚要轻抬轻放。透过薄薄的冰层，渐渐看到水中的更多事物，有虾与河蟹，有被冻住身体的鱼，仍保持游泳的姿势，有彩色的水草和散发着彩虹光芒的冰雪。走着走着，脚下的冰变成了水，不过仍然可以在上面提气行走。腿肚子没在水中，那些虾与河蟹和鱼也变得越来越大，甚至有一只跳跃起来，像视频中一只螃蟹趴伏在作为捕食者的老鹰脸上那样，紧扣在我的掌心。有些疼，但不能放松，怕一旦泄气人会沉下水去。好歹走过融化的河面，来到一处陌生的地方。穿过一座弯曲的小桥，就是一个宽阔的广场，有店铺，但很少看见行人。白雪挂满枝头，店铺温暖的灯光照亮雪，照亮冷寂的街道，屋顶、马路、小桥、河面，到处落满了雪，玉树琼花样。

贴地飞行

　　梦境地：某无名山区。终于做了一个会飞的梦，虽然醒来感觉很累，但心情很好。去领一个文学奖，颁奖地点在山下，用餐地点在山里，一处有着木头栅栏的农家乐小院。不知怎么穿了一条白色牛仔短裤、一双白鞋。想起宾馆房间还有长裤，因短裤有污渍想要去换。来到颁奖大厅。大厅里人满为患，到处是攒动的人头，就试着往里面挤，依稀可见舞台上有人影晃动。我等着念到自己的名字——一面心里却产生拒绝，本来已排演好了如何上台领奖，然后观看文艺节目，在房间换了衣服后就不想参加了。

　　听说餐厅要吃烤羊腿，可能是馋，也可能是不习惯人满为患的场景，决定一个人去山上看看。贴地飞行，很简单，张开双手，腿像尾翼，可以自动控制飞行方向。所见之处,有山石,有青松翠柏,偶尔可见一两处简陋的农家院落。上山后也很少看见行人,贴着山腰飞行,蜿蜒的山路就在身下。吃饭的时间尚早,餐厅里寥寥数人,只有三两个服务员在走动,摆放用餐的碗筷。看见一座苍老的寺庙,看见放牧的羊群,看见松涛阵阵的松林,空气新鲜。

想着还是先回去吧,别耽误了领奖。只是忽然迷路,找不到下山的路径,虽然可以听见山下遥遥传来音响喇叭的声音。折返时不想再飞,可能因为太累,消耗了太多体力,就沿着幽寂的山林徒步行走。听见说话的声音,遇见几个上山的孩子,可能是那些农家院落里的孩子。问他们大厅里的活动有没有结束,他们说没有,也是上山来吃烤羊腿,但是找不到餐厅在哪儿。就给他们指了路;同时看见通向山下的路径。不想再徒步,准备起飞,站在一处悬崖上,张开双臂,像一片翩然的落叶向山下飞去。大厅外空无一人,会演还未结束。羊腿也未吃上,就醒了,怅然若失。

洪水来临

梦境地:村前那条河。洪水来袭,很多人站在村口桥头,眼看着河水上涨,淹没了河滩,淹没了庄稼。看见远处有片低洼地,有人在捕鱼,也是为了炫耀自己可以低空飞行,就贴着水面飞了过去。在低洼地带收起双臂,落下。地面开始下陷,水草、庄稼、泥土和捕鱼者,一起陷进水中。这时发小也在身边,一起向加固的河堤奔跑,一边跑一边听见河堤坍塌的声响,大块大块的泥土跌落在水中,声音很大。

沿着长长的河堤奔跑,沿途村子里的很多人走出村庄,向高处移动。河堤到处在塌陷,水中可见村里的旧物、农具和挣扎的牛羊,一些从水中湿淋淋上岸的人哭喊着向高处爬,在河堤上挤成一团。近处是另外一座村落,像是外婆家的那个村庄。和很多人一起挤进一户人家,有村民,也有领导模样的人,坐在一间阴暗低矮的房间里商讨逃跑计划,但最终没有形成任何决议。

加固大堤的地方已经有人落水,呼号声传来,让人惊悚。天色渐渐暗下来,而洪水依旧在上涨,有人提问说这么多人怎么做饭。很多人吵嚷着,手足无措,已经有人开始高价倒卖香烟和食物。这户人家的女主人穿着围裙,指着墙角的煤气罐说已经没有煤气了。这时有人在墙内架起木梯,朝涨水的地方看。一些人在人群中木梯下挤过来挤过去,天黑沉沉的,一位老者忧心忡忡地说,这几日天气预报还有大雨……

推倒重来

梦境地之一：老家。要在老家另盖一座新房，母亲也在（母亲已老去多年）。三哥固执地要把旧房推倒重建。旧房很难拆，二姐夫也在，还有一个村里的年轻人。我丈量了一下，大概可以建成宽度十八点二米的房屋，长度和原来一样不变。老院里的红薯窖坍塌，渗出水，一个孩子掉进去很快不见，但明确知其并没死亡。老院里有刺槐树和榆树，曾经办过一个幼儿园，园长是一个男青年。我一不小心，手机掉进红薯窖塌陷的地方，很着急，地下有水漫出，手机很快不见。姐夫试了一下，没有捞出，其他人毫不在意，也没人管。让村里的那个年轻人去找一个吸铁石来，我在原地用铁锹挖倒塌的红薯窖，但地面马上又合拢，很快就找不到红薯窖原来的位置。放吸铁石下去，不一会儿带上来一部手机，屏幕亮着，内心欢喜，拿在手里，却发现不是自己原来那部。手机变成年轻园长的尸体，很轻，很小，中空的样子。我说：还是把他放在老院的某处吧，又不占地方。但转念一想不对，因为要修盖新房，有诸多忌讳。很多人都在，商量如何尽快推倒老屋，风雨欲来，老屋的一面屋顶已经倒塌，用塑料布苫盖。其实我心中并不太想推倒老屋，留着至少还有一个念想，只是按照母亲和三哥的意愿行事。手机并未再次出现，隐约可以听见地下暗沟水流的声音，砖墙和地面上生出一层苍黄的苔藓，已经去世的二娘在墙外喊着谁的名字。

梦境地之二：老家附近的一个集市上。外出返乡，去集市上看社戏，快要结束时，忘记车放在哪里。出家门时，母亲千叮咛万嘱咐，让看完戏赶紧回家（梦中母亲仍在世）。去了一个地方，应该是当年上高中时的地方，人山人海，前面有大坡，坡上有房屋与人家，很多株巨大的老刺槐树，遮天蔽日，裸露着铁青色的根节。天空铅灰色，似有云团涌动。唱戏的地方是一个类似操场的打麦场。曲终人散，地上散落爆竹皮、瓜子皮和火腿肠的包衣，一地零乱。这时才想起来车放在了哪里——应该在一株弯曲的大槐树下，去找，但是连影子也没有。又想着可能停在集市上的某处。来时集市上还空无一人，这时已经人头攒动。黑压压的人群，身着古时的装扮，藏青色长袍，戴头巾，甩着大袖在集市上走来走去。有卖水煎包的，卖作料的，牵着一群羊来卖的，还有卖羊汤的，空地上支起一口大铁锅，冒着浓浓的香气。吆喝声此起彼伏。还是没有看见车的踪迹，看了一眼手机，几乎没电，心里不免着急，充电器放在车上了。

找到村前，一大片空地，田野上有残存的玉米秆，像是冷寂的秋天。远处有冒着黑烟的高高的烟囱，像是一家排放废气废水的化工厂。一座院子里走出来两三位老者，头戴棉帽，袖着手，向冒着浓烟的烟囱看。此时又忘记唱社戏的地点，问其中一位老者，说在镇政府大院前。致谢，却发现又渴又累。从一个院子里走出一个推着自行车的中年人，面带狡黠，说车找不到了可以买他的自行车代步。自行车是新的，飞鸽牌，给了中年人五百六十元，骑上自行车就走。这时找车已不重要，想着是返乡看望母亲的，而家的方向好像已经迷失。骑着那辆刚买的自行车，沿着乡间小路，沿着一条干涸的沟渠回家。不远处的烟囱，仍然冒出滚滚浓烟，只有身下的自行车是崭新的，其他皆破败而苍凉。骑上一条两旁有高大白杨树的大路，仍不知道家在何方……

梦出埃及

梦境地：某建筑工地。遇见一熟人，说去某个建筑工地，可以做一段时间工，顺便可以带上几个工人。好像是什么仓库重地，不甚明朗。建筑空间很大，可以储藏很多东西，前面有一面大湖，风吹来，湖水泛起涟漪。

时间为春节之后的某天，我带着行李比别人先到一步。工地上出来两三人，一个大胡子壮汉，另外两个瘦削单薄。其中一人在外面捉了野鸡回来，说要改善伙食，把去毛的野鸡放在火炉上烧烤，弥漫出一股刺鼻的焦香。我在一间工棚里往老家打电话，找同村人小甲和小乙，还有邻村另外一人，让他们一起来工地打工。不几时三人到，乘坐绿皮火车（夜晚读蒂姆·高特罗的一篇小说，里面有一列火车冲出轨道的情节）。三个人一起来到工地，把行李放在工棚里。我从仓库出来，帮他们安排吃住的地方。一个陌生工头在一片刚打好地基的空地上用脚丈量，到处是土坑和挖出来的泥土。工头说这里（未来建成的房屋）一月房租一千，那里一月一千，心中狐疑：工人刚到，房子尚未盖好，为何就要房租？想着以后要慢慢弄清楚，不能不明不白给人占了便宜。很快开始出工，我爬上一个形似穹顶的屋顶，屋顶水泥覆盖，十分光滑。需要在光滑的水泥面上铺排一些竹板或苇箔，再进行二次水泥浇筑。

我和另外一个工人在屋顶位置，下面有人往上传递木板或苇箔。刚干了一会儿，听见下面传来吵嚷声。是外村人黄某协同另外一人，与我们村小甲、小乙起了争执。恍惚听清争斗的原因，是那两个人欺生，安排小甲和小乙干重活，他们自己干轻活。怕小甲和小乙不知深浅打出事来（其时两个人已经抄起家伙向另外两人冲去），因身在屋顶，只能大声呵斥。小甲和小乙面有难色，做委屈状，一边跑一边向我哭诉，躲避另外两人的追打。赶紧从穹顶上滑下来，心想我带人来是因为他们善良能干，绝不能受人欺侮，有事情可以冲我来，若引起更大的冲突，宁愿受伤的是自己，也不能让同村人受辱。（晚间看电影《法老与众神》，有摩西带领希伯来人出埃及、过红海的场景。）背景阴暗，远处有风潮涌来，一如摩西被拉美西斯追至红海，进退两难，只能奋起抗争，而此时，远处正浪涛连天。

鳞爪集 | 冯杰

龙情结

十二生肖文化里,猪、马、牛、羊大家平时还能亲眼看到,只有龙显得最为虚幻,近似一种虚构的存在或存在的虚构。龙是传说中的神异动物,体如蛇,有鳞爪,能幽能明,能巨能细,能飞天潜水,能行云布雨,能兴风作浪。总结一下,它是一种让现代动物学家头疼的动物。

中国人崇拜龙,把麒麟、凤凰、龟、龙四种称为"四灵",其中除了龟见过,其他三种"灵"凡人一般见不到。

历史上成功人士多喜欢谈龙色变,如曹操和刘备闲聊,青梅煮酒论英雄,曹操给龙下了个定义:龙能大可小,能升能隐;大则兴云吐雾,小则隐介藏形;升则腾跃于宇宙空间之间,隐则埋伏于浪涛以内。结论是:我哥俩都是龙,同治天下,一国两制。说到最后,曹特意看刘一眼。

我小时候不喜欢看《三国》,喜欢看《水浒》,刀枪棍棒,砍砍杀杀,很是过瘾。竟能看到里面有"五条龙"——

入云龙公孙胜,手拿鳖壳扇,背松纹古铜剑,脚穿多耳麻鞋。梁山各种著名战役中,公孙胜法术起到很大作用。公孙胜后来离开隐居他乡,梁山没有公孙胜法术辅助,缺少了最先进武器,是最后失败的原因之一。还有叔侄俩都是龙的:出林龙邹渊,好赌钱,会使折腰飞虎棒;侄子独角龙邹润,脑后有一肉瘤,曾一头撞断涧边一株松树。爷俩都有龙的绝招。少年英雄是九纹龙史进,他把全身文龙当作个体标签,显摆时尚。当今青年人都有史进文身情结,玩着玩着,又洗掉文身,躺平不干。混江龙李俊混得最好,最后远遁暹罗当一国之君,近似泰国的龙王爷。

集龙记

龙形象来源多种，一说源于鳄鱼，一说源于蛇，有人认为源于猪。还有说法认为，最早的龙就是下雨时天上的闪电。捕捉到闪电加以定型，就是龙。这个最有诗意。多数认为龙是以蛇为主体的图腾综合物。有蛇身、猪头、鹿角、牛耳、羊须、鹰爪、鱼鳞。宋朝学者在《尔雅翼》中描述了龙这一形象："角似鹿，头似驼，眼似兔，项似蛇，腹似蜃，鳞似鱼，爪似鹰，掌似虎，耳似牛。"应该是在远古氏族社会时，以蛇为图腾的黄河流域的华夏族战胜了其他氏族，同时吸收其他氏族的图腾，组合成龙图腾——近似有了统一的二维码。

龙后来有统一形象：身似长蛇，麒麟首，鲤鱼尾，面有长须，犄角似鹿，有五爪。实际上龙的形象是鹿、驼、兔、蛇等多种动物形象杂糅而成。关于龙的具体形象，可以任由后人解构，它是一个虚构出来的不等式。

1987年，在我老家北中原濮阳西水坡仰韶文化遗址，发现一条六千多年前用蚌壳摆的蚌龙，昂首、曲颈、弓身、长尾，前爪扒，后爪蹬，状似腾飞。我们不怕路远，赶去看热闹。为了修水库工程，最后给遗址来了个水淹七军。蚌龙号称中华第一龙，后来调拨文物展览，从此一去不返。现在濮阳展出的一条条蚌龙都是复制品。

秦汉以后，龙成为帝王的象征。历代皇帝纷纷自称真龙天子，属于蛇生下来的孩子。把龙元素用在帝王日常使用的东西上，皇帝穿的衣服称为龙袍，皇帝坐的椅子称为龙椅，皇帝睡的床称为龙床。今年我在景德镇画瓷，在景德镇瓷器博物馆，老唐对我说：看看，皇帝用的瓷器盘上连龙爪都不一样，皇帝可以五爪，平民家瓷器四爪，四爪，多一爪都要砍掉头！

我说：现在不用考虑五只或四只爪了，大家连穿中山装都不习惯了。

画龙记

画坛上，能精画一种符号即可成名，如齐璜治虾、徐悲鸿治马、黄胄治驴。中国历史上也有专吃画龙这一碗饭的，专门画这种虚幻灵物。三国曹不兴，东晋顾恺之，南北朝张僧繇，唐代吴道子，五代董羽，北宋松所，南宋法常、陈容，清代周璕，等等，都是追龙族。龙在汉唐时多呈兽形，宋以后渐变为蛇形。画家都知道，人不好画鬼好画，人不好画龙好画，画出龙来没有人说不像的。画着画着，画家加入自己的想象，自己就成一条龙了。

三国曹不兴受聘于孙权,成为一名宫廷画家,和现在书画院院长一样,讨好官僚家族,画《青溪见赤龙出水图》送给孙权之孙孙皓指正,这孩子才三岁。陆探微见到此轴,将它放置水边做以证明,顿时"应时蓄水成雾,累日滂霈",折腾得像一条真龙起飞。由于老曹画得太好,所绘作品无一流传至今,都一一飞走了。东晋画家顾恺之擅长画龙,且"多才多艺,尤工丹青,传写形势,莫不绝妙"。今藏于北京故宫博物院的《洛神赋图》,画中洛神端坐云车,回首顾盼,座前一神女充当驭手,云车前有六龙并驾齐驱,拉车行云;另有一龙水中跃起,奋爪升腾。图中之龙皆头部略短,双角细长微曲,蛇颈兽躯,形态驯良温顺、充满稚气。因为画有人物,龙不再飞走,这才保留下来。《历代名画记》记录张僧繇画龙过程,张僧繇长于写真,擅画佛像、龙、鹰,作长卷、壁画,笔下龙形逼真,画完后不敢给龙点眼睛。观众就催,老张说:一点眼珠子龙就飞走啦。众人起哄非让他点。结果只听扑通一声,画完眼睛的龙飞天而去。从此张僧繇声名大噪。成语"画龙点睛"用到现在,三流画家也学老张对外说:俺可不敢点睛。张僧繇没有作品流传下来,也一一飞走了。《宣和画谱》记载吴道子画龙,"麟甲飞动,每天雨则烟雾生",如造神一般。五代南唐画家董羽原为画院待诏,后入画院画龙,传其作品有《腾云出波龙图》《踊雾戏水龙图》《战沙龙图》《穿山龙图》,著有《画龙辑议》,像个龙文化研究专家。北宋画家松所,南宋法常、陈容,都画龙,也可以说是专吃"龙饭"。

雕龙记

到了后来,我开始玩石头气质的龙——汉画龙。

那几年,我和在古玩城开画店的老彭、老唐关系密切,不仅学术观点近似,更多的是利益观近似,遂勾结在一起。我们到过南阳、徐州,拓过汉画像。别人拓片,我负责题款,写得云天雾地,内容都和龙有关,引得收藏者大声喝彩。因为金钱的"蜜汁粘连性",我们显得很密切。在我们经营的汉画像里,我最喜欢为有龙形的拓片题跋。

在中原一带,汉代画像石主要分布于南阳、永城、徐州这些地方,别看老彭是画商兼掮客,其专业知识并不逊于考古学院博士。老彭说汉画像是汉代艺术代表,对于研究汉代的建筑、雕刻、绘画具有很大价值。他还回忆到当年有一次多人活动,恰好陪同画家吴冠中先生到南阳汉画馆参观。

老彭回忆，吴先生说自己平生激动过三次：第一次是在法国看印象派一个大展，第二次是看西安霍去病墓前石雕，第三次就是参观南阳汉画馆。吴先生还说：我简直要跪倒在汉代先民的面前。

老唐在一边忙问：跪了吗？

老彭说：吴先生这是心跪，表明一个态度嘛。

那一刻，我觉得老彭比老唐格调高，他甚至比本地管文化的官员都懂汉画像。我说：我们这里到底是历史博大精深，人杰地灵。

老彭怼我：历史上人物优秀碍你啥事了？你这属于阿Q精神。

我觉得老彭说得对，他有自省精神。

我说：关键是看你如何能把汉画像上的龙图腾引入当下市场。

老彭说：今年咱专做"跳龙门"这个汉画像拓片，你题上"传承北大清华基因"，专卖给高考学生的家长。

我知道老彭说的是那个笑话，前些天他发给我一张照片——学校门前，大树恰好遮盖住了这条标语上的"北"和"华"俩字。

慕汪斋碎笔 | 苏北

高考日

六月初高考日，我家对面的中学是考场。那几天人们如临大敌。门口马路上全是车。有考生家长的车，有警车，还有救火车、救护车，全停在马路中心，只留下最里面的一条道通行。6月8日晨起无事，我就读《梦粱录》，这是一本记南宋都城临安风俗的书。正巧读到《诸州府得解士人赴省闱》一节，发现南宋之时的"高考"，也是极为热闹的。"诸州士人，自二月间前后到都，各寻安泊待试"，考日定下来，又都要移住考场附近，看考场（"就看坐图"）。之后连考三天：正日、次日、第三日。考试日当天，参考者大早集中于贡院竹门外，候开门，放入，找座位（"分廊坐讫"），先是焚香而拜，敬各神灵。之后"方下帘幕"，出示题目于厅额，考前也可以答疑，之后"各就位作文"，"至晡后开门，放士人出院"——下午五点前开门，放考生出。交卷于"中门外"，书知姓氏，试卷入柜而出。士人在贡院中，自有卖墨水的（应该是砚好了的），卖点心、泡饭、菜肉的等，也有巡视的人。所上交的试卷，要封卷头、编号，之后发往誊录的地方，由专人誊录（这个工程量不小啊），再给改卷官去批改，被选中的卷子，进行核对之后，方呈主考官，再取出"真卷"，"点对批取"，之后，就是等候放榜了。

这个日子，也是各商铺买卖最好的时候。三年一次，到省士人，不下万余人，骈集都城。铺席买卖如市，俗语云"赶试官生活"，应一时之需耳。这也是一种古时的"考试经济"。

我今生共参加过两次高考，都没能考上，成为一生的痛。说来惭愧，我们七岁入学，正是1969年，先是在生产队的小学读了两年，读了什么，没有任何印象，就记得课本上的两张图画——天安门和南京长江大桥。三年级转入县城北小学，算是进了县城，可跳过了一二年级的课程，致使我至今连汉语拼音都不会，不能懂平仄，更不会电脑拼音输入法。进入中学赶上二十世纪七十年代,我们满脑子的"批林批孔"、阶级斗争、"破四旧"、学工学农,学校的窗玻璃永远残缺不全,不是在校农场劳动,就是在去往校农场的路上。进入高中,正值青春,长夏日暖,思虑绵绵,快进高二时,恢复高考,学校开始抓教育,我如梦初醒,开始爱上学习,也多是好胜之心作怪。高二分出尖子班,只此一班,我以第十七名考入,这大约是我中学时代最值得骄傲之事。1979年高考,考试前还与前排的同学打闹。成绩下来,距离分数线相差二十几分。一班的同学大半已经考走,我落单下来。先到我母亲上班的工厂(砖瓦厂)削了一个暑期的砖坯,弄得人黑如驴蛋。之后又转到我父亲工作的乡镇中学代课,教初一语文,教了一学期。等第二年暑假,考上大学的同学放假回来,穿着各自学校的汗衫,在县球场踢球,而我无所着落,这时才心下冰凉。无奈再去补习,第二年又考,以几分之差二次落榜。然而这似有了希望,于是再去补习,才上一个月,忽然有个一起补习的同学说银行招干,不用考试,在高考落榜生中依分招收。我和该同学一起去报名,拿去高考成绩,人家规规矩矩,自高而低依次录取,不想我竟被招上了,就这样稀里糊涂进了银行,参加了工作,从此再与高考无缘了。

我的高考已经过去四十三年。可是四十三年来我从未放弃过学习。虽然后来我与几所大学也有过交集,但毕竟已经不是青春年华了。

乱生春色谁为主

今年三四月间,感觉花开得特别的好。四月初在老家门口的一个公园的墙角,见一丛蔷薇结了几百个花骨朵。我发了一个朋友圈:坐等花开。到高邮去了几日,没有一周,回来再见到它,已经开出满园的鲜艳。我摘了几朵,回家插在一个土瓶里,放在桌前,每日对着它临《张黑女》,感觉字都有了精神。在高邮的文游台,见到琼花开得正好,摸摸它绸缎般柔软的瓣子,八片洁白的花瓣匀匀地展开,真仿佛八位神仙聚集在一起,难怪又有别名叫"聚八仙"。想想当年苏轼、孙觉、秦观、王巩,在高邮城东这个高台上雅集饮酒,应该也是春天,应该也是满园春色。这个琼花不一定是苏东坡们的琼花(那时的苏轼还不叫东坡呢),可秦少游纪念馆门前的那株古藤,应该是距这些高贵灵魂最近的生命。紫藤铺天盖地,正是它的新娘,那浅紫的花缀满了头,一串一串,饱满结实,迎着千年的春风,向我们轻轻地招手。

下旬回到城里,院中的那一丛月季,盛开在微微的风中。它们有些等不及地举过了头,将鲜艳的花朵递向我来。我小声说:"嗨,伙计,你们好啊!"

我可不会日日花前常病酒。

过了几天,院中西北角的那三棵树:桑、楝和杨(枫杨),也各自忙开了。桑是满树的果子(桑葚),地上是一地的紫。那粗粗大大油亮的叶子丑丑地陪衬着。枫杨则似个土豪,一嘟噜一嘟噜地挂着"洋钱"——枫杨不是又俗称洋钱树吗?我撸下一串数过,仅一串上,花瓣就有几十个。最豪华的莫过于立在中间的苦楝树了,那几天院子里的空气都归它管了——一院子的香甜!一院子的淡紫蒙覆!那一树的繁华,诚如大观园里的那个刘姥姥醉酒后的一头花,那么的铺张,那么的不管不顾。唉!好日子就这么几天,你们就可着劲绽放吧!亲戚们可都要前来祝福啊!鸟儿成群结队,吵嚷一片,在高高的枝头上忙活。这样盛大的宴会,没有歌唱和舞蹈怎么行呢!

仅仅几天,那么大的繁华也落幕了。苦楝的枝头淡了下去。林花谢了春红,太匆匆!

而那一株玉兰呢(谁知道是广玉兰还是白玉兰!),总是最淡定的一个。两天前从它身边过,看见藏在那粗厚的枝叶间,一朵大花,那么大!我轻轻一握,满满的一手,我即用手机拍下,发了个圈:第一回紧握广玉兰的大花(姑且算它就是广玉兰吧!),仿佛触到妇人乳,极丰腴。

今天又路过,看见那盈盈一握,竟已完全展开了。我能想到,过不多久,那洁白的一瓣,便会锈了边,生了瘢,枯萎成一团黄,之后便要落在了泥污里。

我嗫嚅着对它说:你这个妇人!仿佛生了娃!

一个陌生人恰从身边过,忽然停住问:谁生了娃?

我说:玉兰。

欧梅如雪

这两天欧梅正盛开。我专门去看了。这是我第一次见欧梅着花时的模样。过去去过多次醉翁亭,那一株老梅,总是静静地立于刻有"花中巢许"的石栏之内,只是四周山色四时不同罢了。

再早几天,朋友发来这株老梅初开时的样子。枝头只零星地绽放几朵。只过了二三日,古梅怒放,完全是神完气足的姿态。盘曲枝头,如着轻雪。蓝天之下,梦幻般的美丽,仿佛童话之境。万物有灵,不着一字。我要告诉你,这一天是壬寅正月二十八,公历2022年2月28日。

我与琅琊山有缘。它是我人生中的第一座山。十八岁前我没有离开过生活的县城,十八岁来到滁州上学,正是春天,春雨的南湖和琅琊山成了我青春的底色。它让我感受了自然的最初的性灵。我对山、对水、对佳木、对野芳的认识,也都来自于它。

自然山水真有意思,有了人文的力量,就让人向往无比。琅琊山据传因东晋琅琊王司马睿曾寓居于此而得名,当然还有另外的版本,但其真正闻名天下,还得感谢欧阳修的千古名文《醉翁亭记》。有说《醉翁亭记》开篇原为:"滁州四面皆山,东有乌龙山,西有大丰山,南有花山,北有白米山,其西南诸峰,林壑尤美……"欧阳修写完此文,命人张贴于四门,请过往行人为其修改,结果一个樵夫听人念后,认为开头实在太啰唆了,欧阳修听其意见,提笔一勾,成了"环滁皆山也,其西南诸峰,林壑尤美……"

我想,这个传说,也是可以有的。

欧阳修应该是感受到此篇之神来,亲书石上,请工勒刻。碑成之后,立于醉翁亭一侧(那时还是一个简陋的小亭子),滁人纷纷前往观赏,拓者日众。多年之后,学生苏东坡又重书先生此文,刻石立碑,于是形成"欧文苏字",天下双绝。由宋至明,不断有贤能之人增建醉翁亭,于是形成了醉翁亭、二贤堂、冯公祠、古梅亭、怡亭、意在亭和宝宋斋一系列建筑,层层叠叠,依山随形。我每每进入醉翁亭内,都会迷失在历史的幽深之中,直至沉醉。

古梅亭就是为赏梅而建,建于明嘉靖年间。这株苍老的古梅,也传为欧公亲手所植。

地以文名,琅琊山于是成为历代文人神往之地。千年以来,有多少人慕而来拜?又留下了多少优美的诗篇?

到今天我们还是要记住这三个名字:王诏、冯若愚和薛时雨。是王诏(宋元祐年间滁州太守)请时在颍州的苏东坡重书了《醉翁亭记》;是冯若愚(明天启年间南京太仆寺少卿)为"欧文苏字碑"建了专门的避风雨之所——宝宋斋;是薛时雨(清光绪年间全椒人)重修了屡遭破坏已成瓦砾的醉翁亭……而后人没有忘记他们,记下了他们的功绩,滁人还专门建起了冯公祠来怀念冯若愚。

古梅就生长在这些历史建筑之间,在错落的亭台和叠嶂的峰峦的映衬下,花朵盛开,如雪纷纷。

我们走进醉翁亭，甫一走近这株着满繁花的古梅，立时就惊呆了。一位同行的朋友突然发出一声惊叫：

"我的天！"

善写女性的过错

长夏无事，坐在客厅的藤椅上闲翻孙犁先生《耕堂文录》之《晚晴集》，翻到《删去的文字》时读到：

> 学报的一位女编辑把稿子拿回去研究了一下，又拿回来了。领导上说，最好把纪侯文章中提到的那位女的，少写几笔。她传达的时候，嘴角上不期而然地带出了嘲笑。

孙犁先生接着说道：她的意思是说，这是纪念死者的文章，是严肃的事。虽然你好写女人已成公论，也得看看场合呀！

那位女同志说得很含蓄，是怕孙犁脸红。孙犁先生说，我没有脸红，我只是惨然一笑。

这一笑里，又包含了多少辛酸。

是的，一个伟大的作家最重要的成就之一就是看他是否塑造出让读者难以忘怀的女性形象。古今名著中有很多闪亮的女性的名字——安娜·卡列尼娜、玛格丽特、林黛玉、祥林嫂、翠翠……明朝的归有光是一位塑造女性形象的高手，寥寥几笔，就让一个女性立于纸上，他的《项脊轩志》《寒花葬志》《女二二圹志》等短文，里面写到女性，有时只是十几个字，却让人终生难忘。黄梨洲《文案》云："予读震川文之为女妇者，一往情深，每以一二细事见之，使人欲涕。"

汪曾祺的散文《吴大和尚和七拳半》，写一个小媳妇因为"偷人"，老在半夜被丈夫打。可这个年轻的女人很倔强，不哭，不喊，一声不吭，终于有一天，这个小媳妇不见了，跑了。曹禺先生在报上看到这篇文章，给汪先生写信：

> 《吴大和尚和七拳半》，我反复看了好几遍，放下，总忘不了那个夜晚挨柴火棍打的总是不吭声的小媳妇，她终于跑了，不知下落。你未写几笔，这个小

女人活在了我心中。

汪先生也是善写女性的。

孙犁先生当然是公认善于写女性的作家。在早期的白洋淀系列中,有一大批女性形象:《走出以后》中的杏花、《丈夫》里的妻子、《芦花荡》里的小女孩、《荷花淀》里的水生媳妇、《碑》里的小菊、《钟》里的慧秀……这些女性在孙犁笔下也都是不多的几笔,却莫不形神毕现。

近读孙犁的《芸斋小说九题》,内中一篇《石榴》,看后不能忘记。他写1947年在冀中的博野县土改,有一户房东是个寡妇,院子里种有一株石榴树。这家有两个男孩一个女孩,他写到这个女孩,也是没有几笔,可这个女孩的命运一直让我牵肠挂肚。

这个女孩是这样的——细高身材,皮肤白细,很聪明,好说笑,左眼角上有一块麦粒大小的伤痕。整天蹲在机子上织布。

这个叫小花的姑娘非常开朗,可背地里听人说,她跳过一次井,眉上那伤疤,就是那次落下的。说的人欲言又止,留下神秘的色彩。

孙犁在博野工作了一段时间,离开了。一次又回来,别人对他的感觉变了——有一种提防的态度。孙犁是敏感的,他觉了出来。他走在街上,听到人们议论:

"怎么又回来了?"

"准是住在小花家。"

他走进小花家,别人都干活去了,只有小花在迎门的板床上歇晌。这里你再看孙犁的文笔——

她穿一身自己纺织的浅色花格裤褂,躺得平平的。胸部鼓动着,嘴唇翕张着,眉上那块小疤痕,微微地跳动着。她现在美极了,在我的眼前,是幅油画……

孙犁是真心喜爱这个女孩的。(那时的孙犁才三十四岁呀!)我相信在孙犁的心中,是有这么一个真实的人物存在的。笔下含蓄的孙犁,都禁不住赞叹了出来:她现在美极了,像一幅油画……

这个年轻美丽的姑娘,最后的命运是嫁人。嫁了一个什么人家,孙犁不得而知,过几年孙犁下乡,又去过一次这户人家,可是没有见到小花,她出嫁了。院子里的那棵石榴树,孙犁也再没有注意了。

这是一篇很短的文章。我想大约一千来字吧。文中只三次提到石榴树。第一次孙犁说,印象深的是房东院中的一棵石榴树。第二次是与姑娘闲谈,孙犁望着开花的石榴树说:谁栽的?姑娘说:我爹,没等到吃个石榴就死了。孙犁问:甜的酸的?姑娘说:甜的。住到中秋,送你一个大石榴。第三次就是过几年再去,姑娘出嫁了,留下的是冬季剪影一样的空树枝了。

写这篇文章时孙犁已经七十多岁了,经历了很多苦难。可这些美好的记忆,也留在了孙犁的心中。石榴树,成了一个格外美丽的意象。

介子平 | 你们都显年轻

多数人没有天资

如我这般年纪后才会接受，多数人在任何领域没有任何天资，包括我自己。

学而优则仕的年代，天下读书人的追求，无外乎金榜题名。庄昶《送戴侍御提学陕西序》云："今之世，科举之学盛行，求者曰是，取者曰是，教者曰是，学者曰是，三尺童子皆知科第为荣，人爵为贵，一得第者辄曰登云，辄曰折桂，辄曰登天府，欢忻踊跃，鼓动一时。自童习以至白纷，率皆求之，殚竭心力，必获乃已。"然科路两侧，扑于左右者，不计其数，料天资不逮。

入职训练时，只须听几场宏大不乏空泛式的鼓动演讲，便会激荡出思绪的阵阵浪花，遂将无形的卓越设定为有形的目标。"祝你风光，举世无双。"话音未落，不觉已是口干汗多，五心烦热。学习焦虑、工作焦虑、情绪焦虑、容貌焦虑，焦虑已成生活一部分，林语堂似看出了其中奥秘："世间的万物都在悠闲中过日子，只有人类为生活而工作着。他工作着，因为他必须工作，到处是义务、责任、恐惧、阻碍和野心。"做了人类想成仙，生在地上要上天，生而为人，着实辛苦。生命无非二事：一曰生存，一曰发展。在追求卓越的路途上竭尽全力，不过勉强温饱生存，此非调整目标、偏离方向，无奈之奈矣。已经不合适者，以后也难合适，成年人的选择，只得自己负责。尽管如此，无论怎样不堪，但凡努力生活的人，都值得敬重。

世上许多事，一旦了解得太多太细，便会失去为之奔波的动力，小楼风雨我心灰，开始眷恋一茶一饭的平凡。平冈小坡，数竿修竹，消闲遣日，自己陪伴自己，一日清闲一日仙。然即便偶做半日神仙，心中发毛，徘徊留之不忍废，惯性使然，下海容易上岸难。上老下小一肩挑的年龄，犁公打春牛，哪里是打，不须扬鞭自奋蹄。三十发胖，四十脱发，五十眼花，六十记不住，七十睡不着，八十听不见，来日可期乎？不及寻医问药,在一个平和的早晨,有人停在了昨日。

李思训"期月方成"、吴道子"一日而就",所谓成就,有法而无式,不受外来的强制与规范,你不会遇到第二个你,即便是你,亦无可复制。知止而后安,以热爱的方式对待生活,偶尔成就一回,便可成为平凡生命中的一次传奇。多数不负韶华跑在前面的人,都是在别人浪费时间时超前的,我看未必。漫不经心的外表,聪慧颖敏的里子,成熟,意味着停止展示,学会隐藏。绘画尺幅很大,没有焦点;论文发表不少,不见观点。好作品因少而称好,兴往神来,妙手偶得之。虞集《道园学古录》说书法甚能,"有得力于天资,有得力于学力。天资高而学力到,未有不精奥而神化者也"。生有奇禀,凤慧冠群,谓之天资高;行必端,履必深,谓之学力到。天资高而学力到,不过众人皆知之道理。枯荣有数,得失难量,有道是天资高学力也到,仍未必有所成就,如唐才常者,"以学问之深淳如张之洞,思想之高尚如张之洞,办事之练达如张之洞,识解之老成如张之洞"。满腹文章,白发竟然不中,才疏学浅,少年及第登科,此命也;文章盖世,孔子厄于陈邦,武略超群,太公钓于渭水,此运也。通俗地说,不是你不够好,是你来得不够巧。

学力程度决定下限,大功俱在史,个人天资决定上限,小节无须书,古来如此。"我们年轻的时候,总是把创作的冲动误以为是创作的才华。"学力足天资高的钱锺书最有资格说出这番告诫。

店员的脸色

余幼时家不裕,衣食勉强,因无其他娱乐,至乐莫如读书,却无钱购买。多数时候蹭书读,蹭伙伴的书,你半天,他半天,再去书店蹭一天。

昔时闭架售书。第一本递来,快速翻阅几页,第二本递来,又快速翻阅几页,第三本便不好意思指点书名,店员也会不耐烦地问到底买不买。

正如每个单身汉都想交个厨师朋友,每个读书人都想交个书店朋友。据那廉君回忆,傅斯年每到一地,不多日便与当地书店老板成为朋友,每次买到好书,总要对众人炫耀一番。到台湾后,一家书店开张请他题字,他便写道:"读书最乐,鬻书亦乐;既读且鬻,乐其所乐。"

鲁迅与内山完造的关系,大致也如此。内山完造《鲁迅先生》一文回忆二人初次见面情形:某次,有一先生与几个朋友来店购书,其穿件蓝长衫,胡须浓黑,眼睛澄清，个子虽小，却洋溢着一股浩然之气。挑了几种后在沙发坐下，一边喝着老板娘递送的茶，一边燃上一支烟，指着挑好的书，用流利的日语说："老板，请你把这些书送到景云里二十三号。"内山即问："贵姓？"回答："周树人。"内山惶恐道："啊，你就是鲁迅先生吗？久仰大名，失礼了。"有沙发可坐，有茶水可喝，"宾至如归"不光是一句口号。从此之后，内山开始了与鲁迅近十年的交往。据鲁迅日记统计，其间鲁迅去内山书店五百余次，购书千余种。1928至1935年间，每年购书多则两千四百余元，少则六百元，所购多为日文书，且多自内山书店购得。同时，鲁迅著作也委托其代理，仅1936年7至11月间，便售出所托书籍十六种，一千六百余册。鲁迅生前唯一为人作序的书，是内山完造的处女作《活中国的姿态》。内山完造《花甲录》记录有许多有趣的故事。一次，鲁迅对他说："老板，我结婚了。""和谁呀？"鲁迅爽快地回道："就是和那个许广平呀。"有一阵子，鲁迅会带些年轻人来店，有时是一个人，有时是几人，柔石也是其一。鲁迅尝言："学生们年纪轻，没经验，常被骗子们利用，当作垫脚石。没有比骗子更令人痛恨的了。他们为了构筑和稳固自己的位置，或者为了自我标榜，动辄把思虑欠周、血气方刚的青年当作踏板。"说这话时，鲁迅的表情显得很激动。

内山书店是日人内山完造在上海开设的一家书店，因与鲁迅关系密切广受关注，迁客骚人，时会于此。《申报》文艺部主笔朱应鹏《到内山书店》一文介绍："店内的陈设犹如图书馆，书架没有一扇玻璃门，可自由取书阅读。且在中央放几把椅子，供随时坐下阅读。"《怀内山书店》作者史蟫回忆喜欢此店的理由，"不仅是为了那里面有我所需要的书籍，同时也为了里面的店员特别和气"，且"这种和气的态度，在中国一般新书店里也是很难见到的，因为店里卖的虽是新书，用的却仍是旧式店员"。在国人所设书店，总有一个小伙计在一旁监视，如果你翻了半天书最后却没买，则会摆出另一副嘴脸。"这种情形在内山书店却是完全没有的，店员们任你去翻阅架上的书籍，不拘多少时候，都没有人来干涉你。"此即对顾客的信任，敏感的读书人很在意这一条。

万卷图书供览，一枰棋局佐欢，一代读书人的理想，不过如此。胸藏文墨，腹有诗书，与储书盈室是两码事。虽如此，逛书店积习难改，以为那里依旧是交换思想之所，品种虽琳琅，却引不来关注。拆去塑封的那本，干干净净摆放上层，而未曾拆封的品种，也就永远无人拆封，甚至无人为之注目驻足，因为无人好奇其内容。人力成本上升,偌大店面,找不到店员,除却冷冰冰的提示牌,无须看谁的脸色。又有谁还将书店当作城市地标,名曰书店,文创产品比重过半,加之咖啡销售,图书已成红红绿绿的背景墙。多少家书店未及作别已然消失,再去时悄然改卖服装。

读书人敏感异常,冷落不得,也热情不得。对于店员的过分殷勤,戴望舒《记马德里的书市》一文颇不以为然:"第一,他分散了你的注意力,使你不得不想出话去应付他;第二,他会使你警悟到一种歉意,觉得这样非买一部书不可。这样,你的全部的闲情逸致就给他们一扫而尽了。你感到受人注意着、监视着,感到担着一重义务,负着一笔必须偿付的债了。"

中年以去,鬓影萧萧,岁月疾如流,床头书翻不上几页已昏昏欲睡,光顾书店的次数自然越来越少,其利用价值似乎走到了尽头。偶进店,拍照感兴趣的品种,随后网络下单,节省几两碎银。即便读书阶段的孩子,补习班、兴趣班占据假日,也没有泡书店的时间。各家店面的教辅书,多摆在入口或一楼位置,以便利行色匆匆的学生。四处觅职、东走西顾的年轻人,力不从心,更无余暇逛店,较之房贷车贷,读书真就是奢侈之侈,无聊之聊。不知所措的年纪,事事不尽人意,生存的烦恼,靠读书解决不了。名曰为了理想而奋斗,实则为了生存而挣扎,毕竟公众行为充满功利,面对现实,曾经的信念,无以自圆其说。

时下,读书人未必读书,退而求其次,然"书店再小还是书店,是网络时代一座风雨长亭,凝望疲敝的人文古道,难舍劫后的万卷斜阳",董桥《今朝风日好》里的这句话温馨却落寞。读屏或也能读到等量齐观的内容,齐邦媛便"希望中国的读书人,无论你读什么,能早日养成自己的兴趣,一生内心有些倚靠,日久产生沉稳的判断力"。但愿如此,通过绝去功利之念的读屏,也能培养起宽容、悲悯的胸怀。

你们都显年轻

新旧道德并存,彼此融合,相生相发。全旧或全新的人固然有之,多数人大抵新旧兼从。人格上人人平等,能力上千差万别,一代不如一代的遗老心态,是对旧道德的留恋在作祟。

年少的自己,恍如昨日,你重复着别人曾经重复的日子。有韵为诗,无韵为文,人老莫作诗,永远有写不出的佳句。过去的事就不提了,有我衬托,你们都显年轻。

春至河开,又是一年,一年中的几个日子,特别适合来此。站在祖坟的荒坡上,越过黄昏线,终于看清了来时的路。一个土堆就是一代人,一个土堆就是一个隔代的故事。过去停留在此,现在游走无定,谁也不知死亡何时到来,而这正是死亡的奇妙之处。台静农悼张大千《伤逝》云:"当我一杯在手,对着卧榻上的老友,分明死生之间,却也没生命奄忽之感。或者人当无可奈何之时,感情会一时麻木的。"日子不咸不淡,习以为常,难免麻木下去。

仗剑去国,辞亲远游,凭河临风,问语苍茫。王云五《岫庐八十自述》开篇即说:"人生斯世,好像一次壮游。"只有生命美丽时,世界才美丽,而多数人不是苦旅,便是逆行,短暂的光明,不足以照亮前程。一会儿海滩,一会儿高山,一阵纽约,一阵巴黎,站在照相馆里,老板不时换着幕布,在无趣中找着有趣。生活中有一种不存在的存在,不真实的真实,眼前之事,才是上帝呈现的真实。

岁月不堪数,故人不如初,早结婚的好处,大概就是离婚时也很年轻。城市越来越大,离家越来越远,十字路口太多,极易失散。有人再见,有人再也不见,从容,就是满不在乎,不肯轻易随人,自由的极致,无非随时可以离开不喜欢的人与事。有多少关系,到头来不过是礼尚往来,流于虚言,独处者,多是从热闹场早退的社交达人。趋时之人,时过境迁后,每每沦为笑柄。悔其少作、讳莫如深者,定有事事不可告人的尴尬。

不管肯不肯轮转,在轮回的轨迹上,百川归一。狄更斯在《双城记》里说:"人生就像在圆圈上行走,越接近终点也就越接近起点。"回到起点的,不是容颜,也非童真,而是一些类似孩提的行为。就我而言,那个年月,吃饭是一种享受,现在,琢磨吃喝的时间,又多了起来。

从前的寒暑 | 邹汉明

从前的夏天

从前在塔鱼浜乡下，没有电扇，只有一把破布条滚边的蒲扇；没有各种品牌的空调，家家共用一只巨大无匹的大自然空调。每到午后，头顶的太阳，照例是金光直射。树木的叶子也一律耷拉着。条条发白的泥路，泛起一层薄薄的尘土，踏上去感觉软绵绵的。当然，脚底也感觉到火辣辣地发烫。以手遮眼吧，纵目一望，绵延无尽的绿色植物仍旧高昂着头，如波如涛，却被一片强光笼罩。没错，强光下气温一定很高，温度表里的水银柱，如一个勤勉的三好生，这会儿又挣得了一个高分，但人一旦走进厢房，也似乎不像现在那么热得浑身受不了。

从前打中觉（即午睡），直接退下一扇小门板，一头搭大门的门槛上，另一头搁厢屋的地上，人斜斜睡在板面上，木板也不热，长度恰好。远处，尽管也有高调的"热死啦热死啦"的蝉声传来，但南边的弄堂风吹来，一会儿就收走了汗水，身上就凉飕飕的了。门板上的鼾声，照例滚滚而下。

从前当然有西瓜，可以自己去西瓜地里摘，我就干过这等丑事——派个小伴，缠住瓜棚里看瓜的老头，自己从岸滩爬上去，摘到瓜，学一声鸟叫，告知那听故事已听得入神的小伴可以撤啦。从前的西瓜面相上没有现在的那么圆整，但吃一口，鲜甜鲜甜，还想吃。从前农村根本没有冰箱，吃不到冰镇的西瓜，不过，我们也有冰西瓜的办法。好吧，我请汪曾祺先生来说，汪先生也是从前的人。汪先生说："西瓜以绳络悬之井中，下午剖食，一刀下去，喀嚓有声，凉气四溢，连眼睛都是凉的。"每读这段文字，不仅眼睛凉快，浑身也凉快。西瓜可以消夏，汪先生的文字更可以消夏。汪先生的文字也凉快。

从前的夏天是怎么乘凉的呢？天一擦黑，家家以竹丝笤帚扫干净自家屋前的稻地,讲究一点的,小孩子须打来一脸盆凉水,均匀地泼洒在稻地上,一则除尘,二则散热。大人们"双抢"(抢收抢种)回家,河埠头洗个澡,光膀赤膊,围坐在八块钱买来的一张小圆桌上,开始吃乘凉夜饭——既吃夜饭,又乘了风凉,一举两得。小屁孩呢,就去厢屋里滚一只竹匾出门,转一个圈,平平摊放在稻地上,上半身躺在清凉的竹匾里。只是委屈了膝关节以下的小腿与脚丫,实在无从搁置,也就只好搁匾外的泥地上了。说是乘夜凉,实际也就是仰躺着看星星看月亮。每每能看到流星刺啦一下,斜刺里滑过天空,留下的白雾像一匹长长的白布,久久地绷直在村外的树梢头。说来有趣,流星有急性子,也有慢性子。性子急的,刺啦一下就划破了天空,性子慢的呢,缓缓地滑过去,滑过去,好像前面是一个深渊,而它正小心地试它的小脚呢。

从前的流星,一双小脚滑得再慢,也很快就过去了。然而,热天不会过去,它又醒过来了。我的某位忘年的老友早就做好了打算,告诉我:今暑只宜赤膊独坐,成块然一物,庶可逃毒热之劫。可毒热挥之不去,也难以探其究竟。我们塔鱼浜有一句老话,叫作"心静自然凉",言下之意也包括,一些不好的消息徒增夏天的烦闷。比如,村上某个老人死了,我们的心自然静不下来。虽然海涅说死亡是凉爽的夜晚,但这毕竟是熟悉人的死亡,与其说"凉爽",总归不如"悲伤"一词见世情。

今暑消夏的良方,不退门板午睡,不吃琳琅满目的冷品,甚至不吃西瓜,不吃乘凉夜饭,也再无遥望流星赤脚滑过天河的兴致了,也不读"终南阴岭秀,积雪浮云端"或"晚来天欲雪,能饮一杯无"之类冷丝丝的唐诗,唯读鬼书为乐。书架上张南庄的《何典》,每年的这个时候,总要请出来读一读。张是清乾嘉间人,他写的那个阴风阵阵的鬼蜮,在这烈日当空的夏日午间,正可以翻出来消暑。这也是很有意思的。

冬至的事

一年里,冬至白天最短,黑夜最长。可是日子的长与短,又是怎么丈量出来的呢?

要是太阳底下竖一根竹竿,到这一天正午时分,竹竿就会留下一年里最长的一个影子。可是谁会去做这个事呢?谁又会去拿这天的影子跟上一天或下一天或一整年的测定来做一个认认真真的比对呢?

冬至将临的时候,也是农闲的时候,母亲们无须出工。可是农村的女人就是闲不下来,每天早上太阳刚刚跃上东边的树梢,她们就各带着板凳或竹椅,开始围坐在某家靠西墙的廊檐下,手里的一根鞋线吱啦吱啦反反复复穿过多层的布底。午后一过,换个方向重新聚拢,坐到靠东墙的廊檐角落。好一双布鞋底,从早到晚,除了烧饭吃饭,一纳纳到太阳落山,女人们方才起身,捶捶腰,抬抬头,收工回家。若是冬至日,她们一定能觉出——这一天怎么会比上一天少纳了那么一小段鞋底线呢?

中国人很早就知道,冬至的白天因此比其他日子短去了兔子尾巴长的那么一小截。当科学的发现变成人所共知的常识,抬头望望太阳,还是会有那种远出去一寸的距离感吗?

说实话,千百年来,对冬至最有感情的,就是聚住在古老村子里的这一拨人。对于节气的轮替、光阴的消长,他们有着异乎寻常的感受。

四十年前,我也是一个村子里的人。我在村子里等待长大。我的感觉是,冬至的白天倒不大觉得如何短促,而黑咕隆咚的冬夜却明显地变长了。

我生活在一个古风犹存的村庄,冬至一直是它的一个重要的节日。家家户户在这一天,须得隆重而庄敬地过活:回娘家的新媳妇,天黑前必要赶回夫家;外出谋事的男人呢,要计算好日子,早早赶回家来过冬节。这一天,家里有好多的事,要等当家的男人去完成。

乡下规矩多,每遇动土、迁坟之类的事,需要请小盲子推演一番,算出一个诸事宜行的好日脚。不过在冬至日,如果家有老坟须搬迁,如清明一样,是不必请小盲子看风水、另出日脚的。于是,平时积下的那些大大小小的事,都趁这百无禁忌的一天赶紧做了。至于聋子阿二和严子松,除了做好自家的事,还要为大家做一点力所能及的公益。

聋子阿二家的西边是一条长弄堂,午后,他拿一把铲子,喊喊嚓嚓,将已经结了大半年的淤泥全给铲削干净。弄堂里的踏脚石顿时显得整齐和洁净了。

河埠头上,严子松提着一把锄头、一根铁条,早就在修正失律的河埠石。他先用锄头削去爬满石头的水草,再将铁条小心探入石头的缝隙,用小石块或瓦片依次垫入,一块接一块耐心地弄妥。最后,他站到河埠石上,两腿深深一蹲,身上的力气使出来,叠加到石头上。看看全部的石头终于安妥平稳了,他这才捡起锄头和铁条,呸地一下吐掉一直粘在嘴巴上的烟屁股,回去屋里。

灶头间的地坪,常是黑里透亮,一脚踏上去,很容易滑一跤。冬至日,我也曾用锄头逐一削去灶脚泥。我动了这不常动的家土,当然,这也是无关紧要的。

最让我们惊讶和害怕的,是去野田畈里葬骨殖甏。换了平时,当家人一定要去问小盲子,此举被乡下称为"看日"("日"读如"业")。可冬至日这天就省了这笔"看日"费用。这一天,只要当家的愿意,尽可以去野田畈葬祖先的骨殖甏。

转回到屋里来吧,过冬节的头等大事,是祭祖。

一年当中,清明和冬至,都要祭祖。清明是慎终追远的日子,大家都明白的。至于冬至为什么要祭祖,《易经》给出的理由是:这一天日短夜长,阴气最盛,宜祀。乡人哪知《易经》,但他们都认为老辈传下的规矩需要遵护,故到这一天,钉是钉,铆是铆,大家严格依照上年的方式行事,年年岁岁,由此沿为习俗。

祭神如神在。祭祖,当然须如祖在。祭祖是有一定的仪轨的,大同小异。冬至祭祖的不同处,在于有裹冬至团的习俗。这在理论上讲是冬至阴气已达极致,从此阳气始生,而农妇手里的糯米粉团搓成圆形,正是"阳圆"之意。冬至的糯米团不像清明圆子,一般团得更大、坚实,足有半斤重。团子有两种口味的馅:猪油豆沙,甜馅;萝卜丝或肉糜,咸馅。冬至团在老灶头上蒸好,满满一蒸架。每个团子的底下,还衬着一张碧绿的方块粽叶,便于手取不沾蒸架。这里需要说明一下的是:冬至团一定有馅的,个大;无馅的那叫圆子,茧子形状,只不过比茧子稍大一点,是我家乡清明祭祖的用品。我常想,此时用结实的大粉团祭祖,从一个方面可以觉出"冬至大如年"的分量。

祭祖一般是在黄昏时分。八仙桌旋一个转身,重新摆开。盅筷一一排妥,蜡烛点亮,筛酒完毕,上鸡鸭鱼肉,再奉上六个或八个团子,庄重的仪式感就出来了。

这是马虎不得的家庭大事。出于对一种传统的遵循,冬至日如接到母亲的电话,我是向来不敢怠慢的。收拾收拾,赶紧开车回老家,给祖先们筛一回酒,拜一个揖。当然啦,顺便也吃上一顿,润一润惯常熬夜的肚肠。

冬至还是一个进补的日子。所谓冬令进补,事理上,乃是适应一个人身体里阳气的渐生。现在当然有各式各样的进补方法,可我们小时候食材无多,最好的进补无非是吃上一只老母鸡。也不是人人都可以吃上一只的。能吃全鸡的待遇,一般就是家里的男劳力,这一晚补补身子,来年是要挑重担的。

中国传统的节日,历来讲究一个"吃"字,神要吃,祖宗要吃,人自然也要吃。当然,因为过去没有多少可吃,才会那么讲究吃,甚至吃出了种种仪式感。祭祖是吃的仪式感的最直观表达。在这种仪式感里,吃是有着很实在的内容的,朴素而庄敬。而我们现在的生活,似乎正缺少这么一种仪式感。我们现在把"吃"变成了纯粹的进食,这也是需要省思的。

鲈鲤和螺蛳

《儿童杂事诗》乙编第八首,知堂自注:"水边有一种小鱼,伏泥上不动,易捕取,俗名步泥拖,不知其雅名云何也。"说到越地的名物,有音而无字的居多,知堂的方法是据音写出,"步泥拖"也是如此。这种叫"步泥拖"的小鱼,《越谚》卷中"水族部"作鱼旁步字,泥下鱼字,鱼旁它字,注曰"湖畔塮边吹沙小鱼,体圆有斑"。《越谚》正名作鱼字旁,这是要告诉读者,它是一种鱼类。这种鱼我们小时候也都见过。在地处吴根越角的我的家乡,这小鱼另有别名。从体貌特征看,显见是春水边常见的鲈鲤鱼。鲈鲤鱼,沪上称塘鲤鱼,嘉兴人叫土步鱼,因它喜欢伏在泥上爬行,故得名。

我小时候有这么一条顺口溜:三月三,鲈鲤上岸滩。鲈鲤,简直是自己游到碗盏里来的。

"春笋土步",是杭城三十六名菜之一。又,乡村老灶头的饭蒸架上,鲈鲤炖蛋,切入春笋吊鲜,是舌尖的美味,谁不记得。

春天到了,河滩边,浅水处,软绵绵的阳光散漫下来,手指长的鱼身放直,懒洋洋待在可以直视无碍的软泥上的,就是这种有着泥鳅肤色的鲈鲤鱼了。村童见了,满心欢喜地俯下身去,双手做括号状,渐渐括拢,带水连泥捧起。鲈鲤鱼一点都不难捕取。

与鲈鲤共处一水的,是一蓬颜色漆黑、俗名毛毛浑(据音)的小蝌蚪。这东西吃不得,只可以一饱眼福。它们也很喜欢往岸滩边的浅水处跑。小蝌蚪以黑压压的群体形态出现在春水中。单个的,有着胖嘟嘟、圆头圆脑的体形,很像伸出一只脚的一个灵动的逗号。小小的黑长尾巴,调皮地摆来摆去,身子随之夸张地来去。它们一刻都不安耽,也一点都不马虎。村里的顽童看到了,折一枝春柳,隔水面披拂,沿河岸追赶,而小蝌蚪们倒也是很愿意听其将令的。

小蝌蚪将来是要长成一只只田鸡的。暮春三月,如果周遭田鸡叫声四起,夜里那可就热闹了。喀哩哩,喀哩哩,此起彼伏,催逼着什么似的。三月三,吴地本有"田鸡报"的说法,谓此日田鸡叫,可主丰稔。知道这一点后,田鸡的叫声,听起来也就格外美好了。或许口腹之欲更好,不过,田鸡吃害虫,有益于农作物,现在不宜讲吃。古人没有这个禁忌,他们照吃不误。古时的杭州人尤其喜欢吃田鸡。《清嘉录》引南宋叶绍翁《四朝闻见录》说"杭人嗜田鸡如炙",便是明证。我原以为田鸡是我们乡下的叫法,不对,南宋的文人早就这么叫开了。田鸡的俗名古已有之。但为什么叫田鸡?我的猜想是自吃的经验里来,你想,蛙肉白嫩、鲜美,与鸡肉的品质是那么的类似。

春天的餐桌上,除了满盘碧绿的常蔬,还有一碟螺蛳,须容我多说几句。

螺蛳,河浜里多得是。尤其是清早提着淘箩去河埠头淘米时,河埠的石缝里,爬满了青壳的螺蛳,随手一捋,满满一把,单只是淘米的一歇歇工夫,就可以摸满一蓝花碗。

节近清明,春水微热,连螺蛳也都不安分起来了。你看,沿着河埠石,它们一个毫米一个毫米地攀缘上来。螺蛳以它伸出螺壳的那一片厣(螺类介壳口圆片状的盖),牢牢贴住石壁,但攀缘到与水线齐平,它就很聪明地不再往上爬了。任凭春水波动,拍击石岸,它就是不动,守着自己的底线,安静地感受春天的来临。

清明前后,螺蛳肉厚,又尚未产子,口感佳。这个时候,若老灶头上炒出一碗以葱花盖顶的酱爆螺蛳,简直是下酒的无上妙物。

我家乡螺蛳不待客。客人来,河埠头摸一把螺蛳炒吃,那是当笑话来说的。但清明有吃螺蛳的习俗。清明夜里,家家备足一碗酱爆螺蛳,一家人围着八仙桌,人人练就筷揉螺蛳、一唧入口的硬功夫。这是可以让从小没有机会唧螺蛳的北人生出艳羡来的。也有备一根竹签(多半是竹丝洗帚上折下的),专门挑肉来吃的,真是憨大一个!螺蛳,挑吃哪有唧着好吃!啜嘴一唧,螺肉连带鲜美的汤汁入口,这才是我家乡的正宗吃法。剩下的螺蛳壳,桌面拢为一堆,孩子们捧去撒到自家的屋顶上。螺蛳壳碰到瓦楞,唰啦唰啦作响。响声里,螺蛳壳沿着瓦楞沟翻翻滚滚大多数又落了下来。那么就再撒一把吧,直到大人远远地呵止才罢。据说清明夜里的此举,可以消除夏天的刺毛虫——在我们的一厢情愿里,刺毛虫会躲入螺蛳壳,不在盛夏里落到我们光裸的脖颈上。

都是过去的杂事,回忆也终究不成章法。但是,鲈鳢也好,螺蛳也罢,总都是春天的味道,是一年总要重复上一遍的味道。

城边旧事 | 张慧谋

绿邮筒

绿邮筒,是城西邮电所最光鲜耀眼的标志。

邮电所靠着西城门外的护城河边,三间平房瓦舍,粉墙灰瓦,一只立在门外边的绿邮筒,格外显眼。

在这里上班的是一老一少的邮电所职员。现在想来,长者也只有四十开外,少者则非常年轻。

他俩守着一个小小的邮电所,等着每天从环城公路开来的邮车。

一般是上午,邮车一到,等在门外的长者,接过司机从邮车上递过来的一大袋邮件,提着走进邮电所里。

邮车开走后,少有车辆从小公路上开过。偶尔过来的客车没站停靠,一股烟尘地开到东门的终点站。尽管是条下达海口上至广州的国道,其实那时过往的车辆并不多,一天之中的多半时间,小公路上总是空的。

我常来邮电所,可以说是天天来。

那时我在邮电所附近汽车修配厂上班,临时的,学徒。跟着一位外来老师傅,我们几位晚辈称他"胡伯"。胡伯来自开平赤坎侨乡,家族全是华侨,去了美国。

胡伯青年时去过缅甸,当过国民党高官的司机。他为什么没去台湾,我们从来不问他这个问题。总之他留在大陆,安家在老家开平赤坎镇。

胡伯修车技术超高,用现时的网络语叫"天花板"。胡伯平时坐在修理厂大门口值班室,没活时总是这样,一壶茶,一只杯,一个人悠闲自得地饮着茶,看天,看进进出出的人。

其实这是他的职业,坐在值班室喝茶也是。只要有车辆进厂修理,开过他面前,一听，他心里就明白这车毛病在哪儿。他吃的就是这门技术，别的师傅修不好，他能修好。

我在他手下，其实不用下车间干活，就帮他开领取配件清单，他说什么，我就写什么，仅此而已。

所以每天我都有时间去西城门外的小邮电所。

去邮电所无外乎做两件事：帮老邮递员分信件，顺便翻翻当天的报纸杂志。不过我还有一个目的，老邮递员不知道，那时我经常给刊物投稿，如《青春》《诗刊》《文学青年》等，如果遇到有自己的退稿信，我就可以直接跟老邮递员说一声便拿走。

有次遇到邮电所上级来查岗，我正蹲在邮件堆旁帮老邮递员分信件。领导问邮递员："他是谁？"

老邮递员看我一眼，很尴尬，然后说："这是我家侄子，假期他没事做，来这里帮忙。"

领导不再说什么，双手叉腰，走开了。我全身冒汗。

邮电所早撤了，好像那几间平房还在，换了水泥顶。

只是大河沟出水口看不到了。以前一下大雨，大河沟水就往护城河泻，满河床白水泡，伴随着轰鸣响声，向南流去。

老墙

花生地边是堵老墙，石头砌起来的，凹凸不平，每年夏天，总有两个外地人来墙边涂石灰水，用刷子大笔写广告。

写的广告内容都是"何济公""保济丸""止咳露"之类。

两个外地人一高一矮。矮的穿圆领短袖白衫，高的穿四个袋灰色唐装，戴深度近视眼镜。矮的涂石灰水，高的写字。字写得真好，和在药店卖的"保济丸""何济公"外包装上的字一模一样。

间或他俩也歇歇，坐在花生地边，掏出绿色军用水壶喝水。

这边写完了，他俩又骑单车离开，墙边的草地上，洒落一小片石灰水。

这堵老墙是供销社的外墙，在城南西段公路边。农民进城买肥料买农药都到这里来。供销社大门白天常常是敞开的，夜晚关得严实。

再说远点，长辈人都知道这里曾经是部队兵营。听大人说，那时兵营晚上放电影,外围墙全是人。人叠人,轮番替换着,一个站在另一个肩膀上,看院子里放映的电影。我没经历过,只是听说,想想好像还是挺刺激的事情。

早些年那堵老墙还在,花生地却建起密密麻麻的房子。

尽管物事变迁,岁月更替,那堵老墙,以及一高一矮的两个外地人,始终像木刻画一样,深刻在我的印象里。

城门坎下人家

南城门槛下有处老房子,也不知住过几代人了。

从我懂事起,这家人就住在这里。

坎下的老房子只看得到屋顶,茅舍、屋廊都被树枝绿叶盖过了。

老房子所处的位置,应是当年城门吊桥旁,屋后是护城河,流水长年不断。

乡下有一说:前不种桃,后不种蕉。大概是因为桃花太妖艳,招情仇未了之女鬼,芭蕉太孤清,一阵风雨,其声如泣,也不吉利。

这家人则反其道而行之,不但门前种桃,而且满院子都是桃树。一到春来风暖,满树桃花压也压不下去,都浮现在树冠上。也只能看到树冠,从坎上看下去,除了若隐若现的屋脊,就是桃花。

这家人的脸色都不好,蜡黄、菜青,但个个长相都端正。女的面如满月,男的国字脸,气宇不凡。

尤其这家父子,一站出来,就让人觉得他们不是本地的种。浓眉方脸,目光炯炯有神,就像连环画《三国演义》里的周瑜或《水浒传》里的卢俊义那类。

这家人姓黎,黎姓在城南街口外,十户八户人家,靠着天后宫,宫前有口洗脚塘,小时我们叫它"天后宫塘"。前年回老家,进天后宫看了一块碑文,才知此庙宇建于明中期,而且是我张家先人筹资建的。

坎下的这家人里有个老太太,矮小、慈祥,常常坐在家门外桃树下,身边横一根拐杖。

儿时去坎下的城河角踩河蚌、抓河虾,都要经过这家人门口。这家人面部表情不愠不怒,无喜无悲,平静如水。像镜中人,只对镜子看,镜外的事并不关心,不多看一眼。

许多年里,年年我都回乡下,没一次遇上这家人。我想他们活错了朝代,要是活在宋朝,像苏轼那样被流放到岭南边地来,说不准也是一代名臣。

洗脚塘

四城门外都有口洗脚塘,老人说。

这么说的老人不止一个,如今在这个小城里还健在的八九十岁的老人,都这么说。

城里城外池塘多,我们村至少有十口八口,城里更多。据说这座建于明初的小方城,过去就有三十六口池塘、四条大河沟、若干条小河沟,可见排水系统比现今有预见,先进多了。不管下多大的雨,此地街面上都没有积水。

过去不大明白洗脚塘的用途,去年回小城拜访了九旬老人陆先生,他说得明白:洗脚塘,就是方便洗脚用。

简单的问题,我把它想复杂了。

问题是:为什么那个年代要在四城门外设口洗脚塘呢?

后来查阅小城史料得知,城是方城,四城门街,街心只有三条石板宽,铺褐色街心石条。明初小城是神电卫,与天津卫同时兴建,是镇守海防的军事要塞,有骑兵,有战马,街心是马道,可想象马蹄踏过街石时发出的嗒嗒声。

但这与洗脚塘并没有直接的联系。后又听从小城出来从政多年又离休多年的吴老说,过去城里有位在钟鼓楼下摆凉茶摊的老者,其出门或回家时,都目不斜视地沿街心石行走。

我问何故,吴老说,这老先生把他自己当绅士看。

原来有钱有势,才有资格走街心。

而城中居民,即便没资格走街心,也能穿鞋走街心两侧的人行道,当然,一般情况下,他们都是走在临街骑楼底下的走廊上。

洗脚塘是为方便城外平民百姓,进城前净脚,有个仪式感:光脚也好,穿鞋也罢,踏入城门之前,你必须在城门外洗脚塘洗净沾泥带尘的脚板,才被准许进城。初时可能有专人监督,后来渐渐约定俗成,外来的人都会自觉到洗脚塘洗脚,再清清爽爽、干干净净进城去。

我想,可能这也是城乡差别,贫富鸿沟,不过也说明那个年代的一些规矩,确实约束了一些人与事,让城里的环境保持了清洁。

洗脚塘当然没罪,古人也没错。错就错在时间,经过数百年时光流转,洗脚塘没了,小城也没了旧时的那份清静。

疯女人

常常看见她披头散发,在护城河边环城公路上狂奔,有时停下来,坐在一棵椰树下,手中撕着一块花布,撕不动就用牙咬,咬不动就傻笑。

她是个大美人,家在西街,世代行医,家境好。

偏偏她不好,年纪轻轻就疯了。旁人说她是"发花癫"。

稍大点才明白,这种病是情感遇挫,精神受到打击,造成的一种病态。

世上疾病大多可治,而"发花癫"不好治,或许只有她梦中的"白马王子"才可以给她解药。而白马王子,究竟是谁呢?

她有个很好听的名字,有张姣好的面孔,即便傻笑时也很美。

她在环城公路上狂奔时,所有人都为她让路。她是一阵风。没有什么可以把风拦下来。

从来没见她哭,都是傻笑。有时对着一棵树,有时对着一片油菜花地,有时对着护城河。

她傻笑时,我有点害怕,那时我还小。

几个小孩从公路路面捧起河沙撒到她身上,她看也没看一眼撒沙小孩,傻笑着,又在环城公路上狂奔起来。

她的一头散发,在风中,飘舞着。

她是个美得不能再美的疯女人。

她的家在西街,但从来没见家人来找过她。

她生来就是风,护城河边的风,环城公路上的风,吹拂着长长椰叶的风。

后来我上学了,背着书包走过通向小学的那道巷子,左边是高高的围墙,墙内的大树开着火红的凤凰花,有花瓣散落在围墙外的地上。

右边是一溜低矮的平房,旧,老瓦灰檐。有户人家门边蹲着一个男人,独眼,样子丑,抡起手中的小铁锤砸石子。

无意中,我看见疯女人靠在这家人的门边傻笑。

听街坊说,小学巷的独眼男人,把疯女人收留了。

听说疯女人给独眼男人生了一堆小孩。后来又听说疯女人死了,是城中一堵老墙倒塌下来,把她压死了。

我觉得,她可能又回到了护城河边,回到了风中,带着那让人不明所以的傻笑。

出窍的眺望 | 王威廉

我并不嗜酒，比起身边一些爱喝酒的朋友，我跟酒的故事是不值一提的。但事情就怕比，我跟另一些朋友聊天之后，又发现自己的喝酒往事已经不算少的。尤其是年龄比我小的朋友，对"饭局必须饮酒"这种观念已经越来越不在意。这不，连有些著名的酒商都着急了，弄出了"酱香拿铁"这种令人无法评价的饮品，据说是为了培养年青一代对"酱香文化"的兴趣。

作为一个"80后"，我不知道别的同龄人是什么情况。在我的少年和青年时代，曾有过两个与酒亲密接触的短暂时期，甚至有过一些不堪回首的记忆。既然都聊开了，那好吧，现在，喝上一点小酒，任由那道流动的火焰一路向内腹灼烧而去，然后，闭上眼睛，开始回忆。

我出生在青海省，这寒风凛冽的高原物产稀少，唯独不缺酒。因为天寒地冻，让人脏腑滚烫的青稞酒是当地人生活之必需品。据说青海是世界上除了俄罗斯之外，第二个嗜酒如命的地区，对此我坚信不疑。我父亲的很多同事喝醉酒的样子，我至今历历在目。

说是历历在目，但首先是听觉的记忆。走在街上，你就能听见饭馆里猜拳的怒喊，那喊声几乎要把屋顶给掀翻。要是走进屋内，那声音简直震耳欲聋。那些喝酒的人红光满面，太阳穴的青筋暴起，有些人甚至一条腿站在地上，另一条腿踩在凳子上，用俯视的气势来猜拳。猜拳输了的人端起酒杯一饮而尽，嗓子里发出巨大的干咳声，就像是歌唱家的风格各异。有的人咳嗽声音非常久，满脸的表情都扭曲了，但很快又露出满足感。

让我着迷的是他们猜拳的手势。你嘴里喊的数字，如果正好等于自己与对方伸出的指头数，那就是赢了。因是单手出拳，故总数上限是十，学会并不难。难的是出拳的手势，从一到五都有讲究，手指的变化必须要快。于是，你会看到一个其貌不扬、平时很木讷的人，他的手突然焕发出一种奇妙的生命力，像魔术师一般变换着各种姿态。多年以后，我在广州跟当地同学玩香港猜拳"十五、二十"的时候，我觉得这实在太笨拙了，只是握拳跟展开这两种姿势。我开始怀念西北的猜拳。那个还是小学生的我，凝视着成年人变幻莫测的手势，曾经觉得这就是男人的美妙舞蹈——外表粗粝的西北男人所能拥有的袖珍舞姿。

当然了，事情不总是如此美妙。不时也会有邻居家的小朋友哇哇大哭着跑到我家来，我父母便知道这家的男人又喝多了，在打自己的老婆，便急匆匆冲进去拉架。可惜不是每次都这么幸运，总不能因为别人家的屋内传出了巨大的声响就冲进去拉架吧。这是过去西北男人酒醉后的陋习。好在现在这样的事情几乎绝迹了。

还有更可怕的事情。西北冬天极寒，一旦酒局散场有人喝醉又没家人来接，是很危险的。那时经常有醉汉掉到路边的水渠里，被冰雪覆盖后，在夜晚很难被发现。等到了早上，太阳升起的时候，身体已经冻成了冰棍。在过去的年月，当地因喝酒而去世的人不在少数。即便今天，也不时传来这样的消息。

我们家祖籍陕西，等于是空降当地，没有错综复杂的亲戚关系，我的父亲也不怎么爱喝酒，所以我家的酒宴不算多。但他有几年在单位当小领导，也不得不面对一些酒局，故而也有喝醉的时候，尽管次数并不多，但让我印象非常深刻——他笑眯眯地坐在沙发上，比平时慈祥很多倍，看上去比较好亲近了，我刚准备上前跟他说些话，他一低头，吐在了胸前。母亲惊慌失措地去拿毛巾，清理之后，让我一起搀扶父亲躺下。我第一次知道喝醉酒的人有着如此沉重的身体，仿佛喝进去的不是液体，而是铅块。

我也很好奇酒是一种什么滋味，尤其是高度烈性酒。我的祖父和我的父亲都曾用一根筷子蘸一滴酒，然后放到我的舌尖上。我感到一阵辛辣和灼热，口腔变得麻木不堪，不知道大人为什么会对这样的东西感兴趣。

第一次喝酒是初三的时候，终于有哥们儿从家里偷出了一瓶酒，说：我们喝点吧！难喝的酒，让人难以忍受的灼伤，我们仿佛在比赛自虐。然而喝到一定程度之后，忽然感觉到了一点快乐，是一种突然变得轻松起来的愉悦。

但是初中生毕竟还小，这样的机会屈指可数。高中之后似乎有过多次聚会饮酒的经历，尤其是高三的时候。我有过一次很可怕的醉酒经历，如果不是要写这篇文章,真是一点也不想回忆那件事情。

当时因为高考压力大,春节期间和几位朋友约好在其中一位家里相聚,跟父母也说好了,毕竟已经苦熬了一年,难得放松一天,晚上就不回家了。

大家都很开心,放开了喝,一杯又一杯。这些朝夕与共的好朋友即将离别,奔赴四海,这些情绪多么需要酒精的催化呀。那次我是真的喝醉了,但那种醉不是突然断片式的,而是循序渐进的。几位朋友说要出去散步,要在寒冷的风中撒欢,而我已经不太想动了,便让他们去,自己留下跟一两位朋友聊天。他们离开之后,我又想上厕所。聚会的房屋是在大院里,没有卫生间,要走到户外去方便。以前听人说风一吹就让酒劲上头,但那会儿完全不记得这种说法,拉开门就独自走进风中。然后,然后——然后就是一段记忆的空白。等再有意识的时候,已经是在房间里了,有人在帮我洗脸,我看到脸盆里的水是红色的,为什么要用红色的水给我洗脸?他们告诉我,那不是红色的水,而是我的血,我在流鼻血,把水都染红了。

朋友们常关切地问到底是谁打的,可我自己说不上来,跟个傻瓜一样。醒来之后看到镜子里鼻青脸肿的自己,一种巨大的羞辱感涌上心头。我不知道该怎么走回家,又该怎么面对我的父母。我用围巾包起自己的脑袋,像隐身人那样神神秘秘地跑,感觉街上每一个人都在看我,知道我的羞耻。父母也非常后悔让我在外边过夜,但实际上,几个月之后,我就考上了大学,长久地开始"在外边"过夜,直到今天。

至于是谁打了我,众说纷纭。我追问的力度也并不大,毕竟可怕的场景已经在酒精的作用下遗忘了,追问反而是二次伤害。人的心理就是如此奇怪,我真切地感到了这一点。但也不能完全不追问,我也在想象中与那个人进行了决斗。后来有个朋友很肯定地跟我说,应该是某某干的,但这个人又在另外一个地方把别人打成重伤,被抓进牢里了。坏人终于受到了惩罚,这么一来,我的心情竟然也就平复下来了。

离开青海之后,我觉得自己应该不会再喝酒了。我到广东上大学,同学里边南方人比较多,他们性情温和,并不怎么喝酒,真要喝,几瓶珠江啤酒就可以了,也不会搞出什么大动静。像啤酒这种东西,在西北,跟可乐是一个意思。

但几个西北老乡凑在一起,加一个山东的,便裹挟着江西、湖南等地方的哥们儿凑成了酒局,顺便还"带坏"了几个广东的同学。在宿舍里,大家吃着红泥花生,喝着廉价白酒,谈天说地,非常快活。

在此期间果然又发生了极其搞笑的事情。一个哥们儿喝晕后坐在椅子上,头靠着椅背就睡着了,大张着嘴,打着香甜的呼噜。另一个哥们儿也晕,挣扎着爬到床上(床架在桌子上边),刚躺下去,忽然肚子里翻江倒海,抑制不住地想吐,翻身而起,正好吐了下面哥们儿一脸一身……

我每次都小心地控制自己,让自己不要再喝醉。

大四寒假,我没抢到回家的车票,只好滞留在学校里过大年。我跟另一个没有回家的哥们儿,被我们亲爱的金老师叫去他家里过年。金老师也是性情中人,大家一杯接一杯喝得非常开心。那次我又到了醉酒的边缘,幸亏那个哥们儿千杯不醉有"酒神"之称,硬是将我护送回宿舍。第二天醒来天晕地转,浑身乏力,两臂发麻,痛苦难以言喻。"酒神"则把音乐声放到最大,在宿舍里拖地,靠这种方式度过宿醉的痛苦。

大学毕业后的一段时间酒局非常频繁,因为当年的兄弟们工作了,有钱了。当时的我们虽然已经步入社会,但还没有真正介入社会深层机制,这时喝酒是为了缅怀友情,也是一种无功利的愉悦行为。每次不把个别同学喝吐、喝醉,酒局似乎就不大圆满。于是乎,有人喝到一半去卫生间吐,回来又继续喝;有人喝着喝着突然失去意识,从椅子上滑到桌面下面;更有人喝到不省人事被送到医院里打点滴。酒量大的同学不肯就此罢休,还会来个"二场",去有特色的小馆子消夜,再喝一点小酒,以显示某种优越感。只有极少数的几次,我幸运地撑到了第二场,大多数时候都被终结在第一个环节。

过了几年,这种酒局逐渐休止,无人再提议组局之事。现在回头想想那酒局年代,不免感慨时间过得真快,转眼间都快二十年了。都说现在的年轻人不爱喝酒,注重养生,一方面觉得这样真对,但另一方面也怅然若失,觉得一个人倘若从未体验过酒神的迷狂精神,似乎还是颇有缺憾的。

如今时过境迁,回顾过去那两个喝酒最频的时段,我觉得很有意思,仿佛看清了更多的东西。中学时代喝酒,讲究的是"义气",一起模仿文学或影视中好汉们的举止行为,试图缔结某种想象中的"兄弟情义",从而进入一个"江湖"。而在大学及毕业后的那一段,好像既为了愉悦,也有社交演练的潜意识。大家按照彼此所在的单位,把对方叫某主席、叫某厅、叫某处,有一种既反讽又祝福的幽默在里面。只是后来这样的饭局为何不再了?因为这种反讽已经不再,变成了真正的人生境遇。"主席"已经真的成了主席,"厅长"也真的成了厅长,其中也就再无开心可言,甚至还会让境遇不同的人产生反感。

喝酒,跟写作这样的精神活动一样,都依赖于想象力。在烈酒入喉之际,我们需要有心中的江湖,我们需要有幽默的语言,我们需要有光明的未来。当光明的未来失去它的光芒,我们就需要偶尔在体内点燃一盏小小的酒精灯,用它蓝色的光焰获得安慰——这还不是未来,未来,还未来。

同学间的酒局消停之后,我只醉过两次。一次是迫于场面的压力,当了"令狐冲(拎壶冲)"。另一次是在新疆,见识了新疆朋友的霸气。那是一场午宴,人人面前一个大酒杯,每人还要说一段祝福语,然后干杯,一桌十几人说完话,十几大杯已经下肚,这时热菜才刚刚准备上来。我勉强记得自己吃了热菜,撑到酒局散场下楼,此后的记忆就缺失了。恢复意识的时候,我已经躺在了宾馆的床上,时间是晚上十一点,吐脏的衣服被朋友洗好挂在卫生间。这是一次仪式性的醉酒,在这套仪式结构中,陌生人基本上是无法幸免的。

我是怕酒的。多数时候,酒甚至都从我的生活中消失了。从医学上来说,酒其实对身体是没有什么好处的,这已经被哈佛大学的一份研究报告所宣告。但是,酒注定与中国人的社会生活不可分割,除却打破应酬的尴尬,也的确制造出了一个个难忘的时刻。宴席上跟仰慕已久的前辈同饮此杯,心中洋溢着无限自豪;清闲时跟三五知己约饭小酌,随心所欲不逾矩,也能够感到被清淡的欢悦缓慢滋润。

人到中年,因为更懂得了人性,也才会更懂得酒。人不是一架完全按照规则生活的生物机器,如果这架机器一定存在的话,也一定是为了体现人的情感、实现人的价值。小酌微醺最大的益处,即在于能让人的灵魂松弛下来。如意也罢,不如意也罢,酒都让你恢复对此时此刻的感知,放大存在中的美妙与悲伤。这是属于诗的时刻。今人因为学习体系的变化,已经无法临事作诗了,而古人饮酒则常常诗兴大发——诗与酒,让精神的自我飞翔起来,向世界深处冲去,留下与世界相遇的美妙痕迹。

陶渊明写了二十首《饮酒》诗,他的诗酒人生图景成为后世文化人追慕的理想。"采菊东篱下,悠然见南山",这不是我们以为的田园劳作诗,而是被他放在《饮酒》之中的。我觉得,这当然也不是说陶渊明一边喝酒,一边看着别的农人在远处劳作,而是他眺望到了另一个自己——饮酒的自己,眺望着诗意生活的自己。两个自己,共同达致了一种诗意的完成。

　　悟到这一点的时候，我开始梦想起他日约三五好友——惭愧，我不喜欢独酌——找个风景绝佳处，对，就是要从饭店那千篇一律的包房空间中逃遁出来，让自我与自然直接面对。这时，不再介意醉与不醉，不用经意自己说了什么，甚至不必在乎朋友说了什么，因为一切，已经超越了语言。这时，如果我们偶然间抬起头来望向窗外，或许就会眺望到另一个自己，与另一个更加广阔的世界。

白玉令 | 汪泉

在潮州，白玉令不是曲调名，也不是词牌名，而是茶盅。这种名叫白玉令的茶盅不大，如果叫杯，就显得过大了；最多也就是小杯，和北方的酒杯差不多大。北方人说，酒七茶八，是说酒不用斟得太满，七分正好，而茶要八分。也有说酒满心诚的，那就是十分满了，这只是劝酒的说辞罢了。酒还是不宜过满。而作为茶盅的令，斟满，刚好一口。

白玉令，又叫若琛杯。若琛，即如玉的意思，像玉一样的瓷器。若琛其实是人名，据说是一位江西瓷器名匠。清代张心泰在《粤游小志》中说："若琛所制茶杯，高寸余，约三四器，匀斟之。"既然是江西瓷器名匠，缘何潮州人将白玉令称为若琛杯呢？怕是这位名匠当初成名于潮州，故而用其名。按照张心泰的说法，若琛杯应该是公道杯。公道杯又是什么呢？是分茶的杯，茶在壶中冲出来，先斟在公道杯中，再分到每个小杯中，要公平、公道，不能浅了这杯，深了那杯，使客人怪罪主人厚此薄彼。这不仅仅是茶道。潮州人的茶道是待客之道，待客之道就是待人之道，待人之道当然也是处事之道、经商之道。

粤地沏茶分茶者一般都是主人，叫茶公，坐在上座，像一个领导，客人不论高低贵贱，均围着主人落座一圈，然后开始一一分下去。北方人喝茶用大杯，若碗，叫盖碗茶，加了很多的作料，如枸杞、芝麻、冰糖、桂圆、红枣，喝来喝去，茶本身的味道被作料所冲淡。甘肃人喝八宝茶，是说作料有八种之多，茶叶一般都是毛尖。广东人饮食习惯追求原味，不加作料。茶叶名目繁多，以凤凰单枞为最，还有英德红茶、荔枝红茶、玫瑰红茶、岭头单枞、凤凰水仙、饶平色种、乐昌白毛茶、石古坪乌龙茶、大叶奇兰、仁化银毫、广北银尖、鹤山古劳茶、金毫尖、富丁茶，以及菊花普洱茶、广州茉莉花茶等，还有鸭屎香，类似单枞。北方人初来乍到，三杯单枞必醉。这醉，不是指去吐，而是去泻。

白玉令的颜色正如白玉，胎很薄，捏起来不敢使劲，生怕捏碎了。半透明，斟了茶，可以从侧面看出黄晕的茶色。还有一种叫通瓷，几乎是透明的，如玻璃一般透明。潮州人喝茶不叫喝，也不叫吃，叫饮。北方人叫喝茶，苏杭叫吃茶，广州人叫㗭茶，也有写作叹茶的。所以，伟人在他的诗词中写道："饮茶粤海未能忘。"看来对粤地风俗还是了然且尊重的。估计他说的饮茶，恐怕是饮早茶吧，因为早茶除了饮，还有几十种茶点，其实是早餐。不过，潮州人饮茶很讲究，茶杯只有三个，三个白玉令摆在前面，先是冲洗茶壶，烧水，水温不能高，若是凤凰单枞，水温八十几摄氏度为宜，眼下的烧水器可见水温，好控制，古人就不好办了。潮州人泡茶不叫泡，叫冲。可以想象，泡的过程漫长，而冲的过程就短暂多了。谢有顺是福建人，地邻潮州，来广府多年，对茶道颇为讲究，譬如什么茶水温应为多少度，泡茶时间应该在几分钟等均有说法，在他家喝茶，都说是一种享受。我第一次到他家，在中大，正是溽暑，一身汗，擦了一把，坐定，他就开始冲茶。他冲我喝，根本没有在意他的手法有多么娴熟，只管解渴。不知喝了几壶，解了渴，也凉爽了，话题也聊透了。

看潮州人沏茶洗杯，像看一场魔术表演。看上去十分笨拙的大汉，用粗大的手指捏着寸许的白玉令，叮叮当当，一个杯沿在另一个杯口中旋转，像个乐师，三只白玉令在三根粗壮的手指之间摆弄起来，简直如玩戏法一般；食指和拇指捏着杯沿两边，无名指抵着杯底，典型的兰花指，丁零当啷，那茶盅侧身旋转在另一个茶盅里，盅沿便洗了个干净。这一套下来，让我明白了敦煌壁画中很多画着胡髭的菩萨缘何能摆出兰花指来。一番玲珑作响，难免令人刮目；接着持壶在手，先倒进公道杯，接着拿公道杯一溜儿倒下去，三个白玉令深深浅浅，公道杯里总会剩下那么一点点，回头再倒一遍，各杯均匀。你渴了，急于喝，少安毋躁。用北京人的话说，甭急，定定神。头壶茶不喝，生，全部用于洗杯。我就觉得可惜，渴的时候，有点等不及，但这一过程是必需的，只好把话头咽下去。三个白玉令在头茶的冲洗浸润之后，茶被轻轻泼在茶宠身上，洗杯完成。茶杯干干净净摆在客人面前的杯垫上，接着再斟茶，就可以饮了。第二泡开始喝，第三泡是茶中极品。按照谢有顺的理论，冲茶（单枞）只有五秒，少于或者多于这个时间，茶味必然减色。好吧，按他说的来，第二泡开始喝，主人可能会提议碰一下杯，好，就是这白玉令，最适合碰一下，那声音清脆玲珑，道在器中。接着，也许主人会问你：回甘如何？回甘，就是回味，或者回味其甜味吧。一开始，我觉得无甘可回,茶本来就不是甜的,甚至涩,又没加糖,甘从何来?而这就是我的不对了。其实,回甘不是余味甘甜,是茶味留在齿间,余味浓否。嗯嗯,有,很厚。对了,厚就对了,味厚的茶就是好茶。

潮州人饮茶甚是认真,像做一场仪式,就和他们做事一样,有板有眼,认真得很,细致得很,执着得很。他们怎么饮茶,就怎么做事,一丝不苟。正如将瓷器做成玉状,娇小轻薄,饮茶也不同于刘姥姥进了大观园喝酒,十个黄杨木套杯还没有尝完,她便如饮牛饮马,醉得倒在宝玉的锦榻上扯起呼噜来。

至于潮州人何以把茶盅叫令,我想恐怕和他们来自中原有关,也和令字的大篆写法有关。西周的《墙盘铭》在一个洗脸铜盘中写了二百八十四个字,记录了周昭王率师伐楚全军覆没的过程,惊心动魄。其中就有一个"令"字。在我看来,这令字的形状,就像这个承载着一场战争的"墙盘"一般,上面是盖,下面是倾斜的碗,既如此,作为器皿,似是令的本意;即便三千年之后丢掉了"盖",也还是茶具,如此,令作为茶盅,也可算是最本初的叫法了。

作为茶具的令,其称谓实在是雅。潮州人把未婚的女孩(也有说女性)尊称为雅姿娘,便是明证。所以潮州文化中"雅"是最明显的特征之一。这雅来自哪里?肯定是中原。潮州人的来路有两个方向:一是从福建来,二是从五岭来。福建本来就是客家人,多是从中原来;从五岭来的更不用多说,自是从中原各地越过五岭最后定居到海边。海边好吗?地狭人稠,面向大海,没有广阔无限的土地,可谓寸土寸金。潮州有句俗语:耕田如绣花。我揣想,不论是后期来自中原的居民,还是原住民,对泥土的敬重都是十二分的。早在三千年前,潮州人便开始烧制陶器,这是让泥土以另外一种形式存活的方式。被称为"浮滨文化"的二十一座古墓,地处距离潮州三十一公里的饶平,其中就有石器和陶器,陶器有一百六十多件,樽、壶、豆、纺轮皆有,有十七件陶器上刻着十七个神秘的文字,至今也无人能够破译。我曾经拜访过潮州的几位陶瓷工艺大师,他们都说某种陈泥现在都没有了,都是存下来的。金贵吧?泥巴都要存起来,像粮食一样,甚至远胜于粮食。他们说,只有用这陈泥才可以烧制出精品的壶来,一把壶卖到十万元之高,也是有的。

潮州人缘何对泥巴如此深情?我想还是要归因于农耕文明吧。看眼前那白得透亮的白玉令,仍觉得难以想象,这就是深褐色的泥巴烧出来的?竟可以如此纯粹、清爽、玲珑。

表达 你的 发现

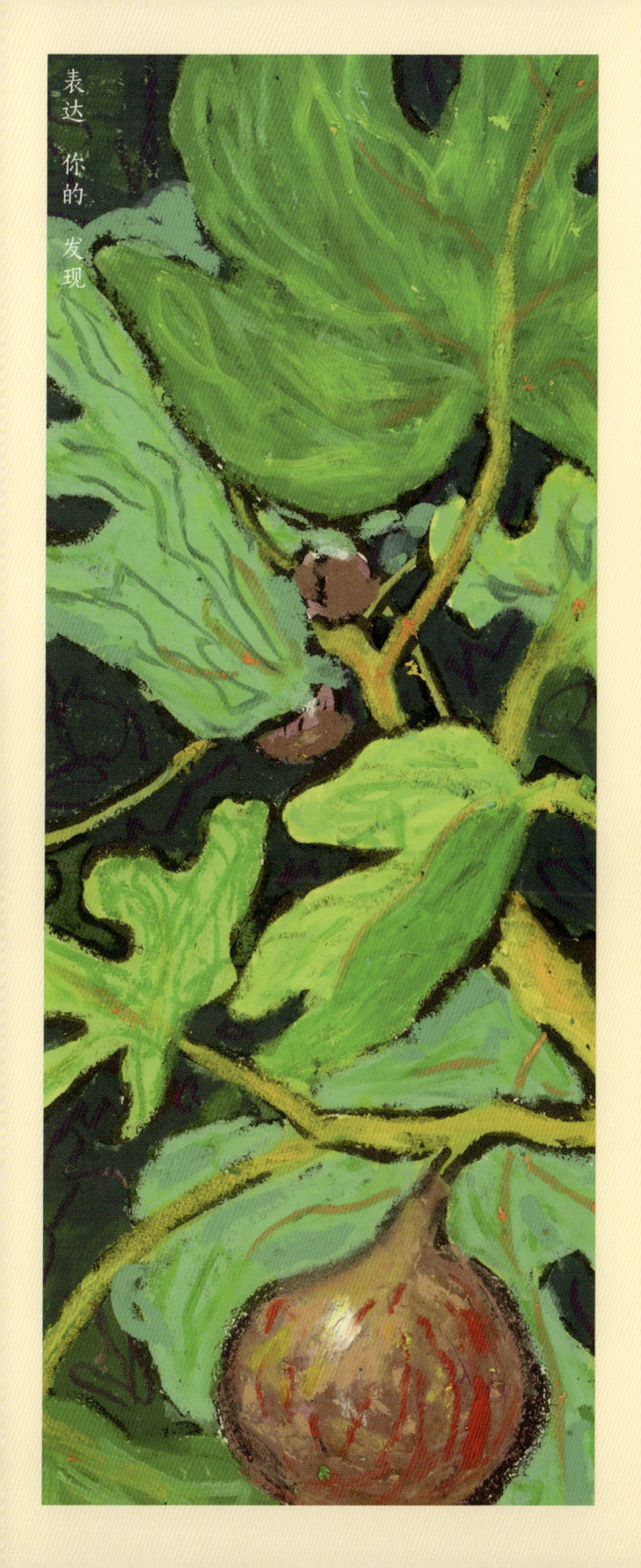

○ 卷叁

散文
2024
精选集

何向阳｜襄阳的女儿

夏天的时候到襄阳去，刚住进古城墙外的宾馆，就接到媒体电话下楼接受采访，年轻的记者问我："您第几次来襄阳？"刚放下行李的我听了一愣，真就是一个提醒。我想起上次，二十世纪九十年代末，准确地说是1998年，那时我还在河南省社会科学院工作，山东的几位学者与《作家报》主编魏绪玉老师一起，来河南碰面，我们再乘坐绿皮火车一路南下，到三峡去参加一个会议，路过这个城市，只待了不到一天时间。记得下午到时只够计划去看一个地方，我们选择去了古隆中，归来时已是黄昏，奔到古城门照一张合影。暮色沉沉加之细雨霏霏，大家的面目并不清晰，但彼时彼刻的心情却是晴朗的。

"第二次？"也不尽然。后来从三峡回来，印象中还是从这里转车北上。那次是真正的"路过"，好像哪里都没顾上去。"第三次？"也是有名无实。我突然想起来：那两次来，这座城市叫"襄樊"啊！大家抢着回答我："2010年就改回'襄阳'啦！"是啊，可见我2010年之后都没有来过，而从1998年的一来一回算起，我已和这座城市"阔别"了足足二十三年，再有两年，就赶上四分之一个世纪啦。这样想的时候，我不禁吃了一惊。哦，作为一个过了二十三年才与一座城市重逢的人，我又能给出记者什么像样的"印象"呢？我开始怀疑自己，直到——

"您是何老师吧？"一个温婉的声音传过来。

怎么？难道在我二十三年的"怠慢"之下，在这里还有记得我的朋友吗？

我扭过头，看到一个温婉的女子，长长的头发绾起来，还有一双弯弯的黑黑的眼睛。那眼睛里始终有温和的笑意，还有深藏在笑意后的思考。她原本一直在和一位与我同行的女作家说话，看得出她们是要好的朋友，应该见过不止一面。而我，搜索一下记忆，真的是第一次见她呢。

"我认识您，何老师。"她轻轻地说道。大约是看出了我的尴尬，她笑了下，又接着解释："我也是第一次见您。但您前几年生病时，我曾受一个朋友委托给您寄过些草药。"啊，我想起来了，一直都是与她的朋友联系。我记起来曾经有一个女子打电话给我要寄草药的地址——那应该就是面前的她吧！而我，在几年前就吃过这个女子给我配的草药啊！我该怎么说出我内心的感激！我一直是个不擅长表达自己情感的人，只能一把抓住她的手，那只曾在我生命的危急时刻向我慷慨伸出的救援的手。我还是第一次感受到它真实的温热。

时间，又一次认了输。纵然有二十三年的隔断，但我与襄阳的缘分，又岂是时间能够衡量的！

接下来的采风安排兵分三路，"一方面军"在团长带领下去老河口、谷城，"二方面军"奔赴枣阳、宜城，最后计划在南漳会合，而我选择留在襄阳古城，一是想看看阔别已久又经历了国家高速发展期的一座中部城市的变化，二是为了弥补一下二十三年前只在城门外留影而未能实际进城一探究竟的遗憾。也许，潜意识里还有和这位新认识的"老"朋友待在一起加深了解的愿望吧？

说来惭愧，我对襄阳的认知，只停留于二十三年前对于古城墙模糊而苍白的记忆，或者止于地图上的空间地理意义与经济交通意义上的襄阳，又或许还有三国文化史迹、历代文人诗词中的襄阳，对于今天的她我真的是一无所知。事后我意识到，在同行们纷纷奔赴周边市、县时，选择"留守"襄阳，于我个人而言，是绝对正确的。在有限的时间里，我跑遍了襄阳所辖的襄城、樊城、襄州三个城区，再加上随后与大家一起参观的鱼梁洲经济技术开发区、岘山、习家池、古隆中、米公祠等地，大致对襄阳的地理有了一个认识轮廓。

站在有"铁打的襄阳"之喻的古城墙上，面前是汉江，隔江的对岸就是樊城。陪着我的那位女孩说："樊城是我现在住的地方。"她一指："喏，我的家就在那片高楼里。"两相对照，的确，樊城的楼要更高一些，沿江挺立，而身后的襄阳区因属古城就没什么高楼，目测大约最高仅在六层左右。从文化保护的角度看，襄阳的整体规划花了心思。我在城楼上看风景，试图找到历次战争留下的遗迹，女孩却将手又一指："这个，再往那边，就是你昨天去过的鱼梁洲，那里不允许盖楼，也不允许房地产开发，因为它是襄阳的'肺'，所以只能绿化、种树。早上你若去那里跑步，听到的全是各式各样鸟叫的声音。"说这话时，她的语气中有掩饰不住的自豪。是啊，鱼梁洲，它那个更像一颗心形的所在，四面环水，汉江萦绕，市民们有那样一个休闲场所，真是再好不过了。

天有河汉，地有襄阳。望着汤汤的汉江水面，我想，这就是杜审言、宋之问、陈子昂、王维、孟浩然、岑参、李白、杜甫、白居易、韩愈、刘禹锡、李贺、贾岛、杜牧、皮日休们目光所及的地方，是他们的书写，使襄阳一时成为诗歌中的"高地"。在唐代，除了长安以外，很难再找到一座城市能够得到如此多的诗人的不倦歌咏。

这样走走停停，从城中的昭明台，到临水的瓮城，再到萧楚女讲过课的学校，又从樊城的码头、会馆到正待搬迁的襄阳博物馆，对于襄阳的认识时时都在更新。看着兴致勃勃地介绍着家乡的女孩子，我想起了前几天重返古隆中时，因熬夜写作着凉，手臂忽然麻木抬不起来，就是她扶着我坐下来。古隆中供游人歇息的竹椅，面对一片绿色的树林，她站在我背后，以一种缓急有序的手法在我后背揉了几下，奇迹一般，我的手臂当即就抬了起来。我感叹她的中医功力，她腼腆地笑了："这只是一时好转，回去后我给你用艾条灸一下，把里面的寒气排一排。"第二天中午，她果然带着艾条过来了，二十分钟，我的后背一下子暖和起来。手臂已能举到最高。"可以了！"她似乎比我更兴奋，弯弯的眼睛笑着，有些不好意思地从随身的包里拿出一本书。啊，这是她写的书，中国中医药出版社，是一部从《诗经》中寻找本草的书。我表达了我的惊喜，她依然不好意思地笑着，说："这里的晚上有时候安静到让人寂寞，不累的时候翻翻吧。"

从这一刻起，我才开始了对她真正的"阅读"。

"古人含蓄，不说爱，不说恨，也不说想念和忧伤，只是一个劲地说植物。"这是她书里的话。

"古人用最原始的方法让植物的宽厚、仁慈、坚韧和爱，滴水穿石般慢慢渗透进华夏儿女的骨子里。"这是她写下的感悟。

从阅读中得知，她出身中医世家，太爷爷悬壶济世，经营着大元药铺，却不收穷苦人家病人的费用。"高热发烧的，他大手一挥，指着江滩，'挖三棵芦苇根，洗净熬水喝'；浑身发痒出风水疙瘩的，他又是大手一挥，指着江滩，'半斤浮萍煮上，边喝边洗'；牙痛尿急的，他还是大手一挥，指着江滩，'竹叶一把、荠菜三把'；产妇奶水不通的，他依然是大手一挥，'打三斤青背鲫鱼，加一把通草、三把无花果'……"他的慷慨，让"老太祖把牙根咬得嘎巴响：'这个浪子，把一条街都教成先生，让他喝西北风去!'"真是令人莞尔,这个女孩子太会写了。

登鹿门山寻访孟浩然相关古迹后回到住地,窗外已是万家灯火。我坐下来,再次翻开女孩子的书,等从书中抬起头来,已是万籁俱寂的深夜。这次阅读让我忽略了时间的存在。那些可以疗治人类病痛的植物和围绕它们所展开的一段段人生记忆,带我走入了襄阳的细部。那里也是百姓日常的深处,一个个鲜活展开的生命,也如一株株我叫不上名字、认不出形状却也葳蕤茂盛了不止几千年的植物一样,坚忍而生机勃勃地挺立在我们看不到的地方。我们总是注目于一个城市的历史文化和曾经生活于斯的千百年前的名人,我们总是关注一座城市的宏大建制和属于这座城市的英雄——的确,他们都非常重要,他们是与今天的历史不可切断的一部分,而我们,是他们的精神的继承者,是他们文化意义上的传人——但是,是不是还有一个更重要的方面,被我们不自觉地忽略掉了?一座城市中,更多的细民,那些也许并没有留下具体的名姓,未来也不太可能被写进教科书中的人们,我们,也是他们血肉的延续,甚至,我们和他们,都不该用"我"与"他"这样的词语进行隔离性的表述。

生活,的确是一部大书,它有时会凭借一本也许是必然来到我们手中的小书,改变和修正我们对生活、对世界的认识。

第二天,这部书的著者来接我。我和她相对而坐,谈到那篇最打动我的题为《酸枣仁》的文章。那是一篇写她母亲的作品,文章最后写到为子女操劳了一生的母亲病逝,她一个人跑到母亲的墓前。那种子欲养而亲不待的悔恨与遗憾,让我心肺痛彻。我和她讲起了我的母亲,母亲去世后相似的经历,在我们的对话中不断深入,你一句我一句。说着说着,她竟流下了眼泪,而我也哽咽了。她说:"我没想到您会读我的书!"此后我的心里一直盘桓着这句话,我想我一定要一直记住这句话。这无疑是一个提醒:"我"与"我们"的心灵共同体的建立,不该只是一种止于纸上的理论或者概念。

我对暌违二十三年的襄阳充满了感激。

离开的前一天傍晚,我们相约去她说的汉江大桥沿岸的小巷面馆吃饭。一坐下来,她就开始兴奋地介绍:"要吃襄阳的正宗牛肉面,就得到这种小馆子来!"木桌、条凳,门脸不大,但熙熙攘攘,座无虚席,有人慕名而来,更多的是吃碗面就回家的当地人。我们两人一人一海碗,就在我埋头于让我大汗淋漓的美食时,她却不见了,再抬头时,一枚卤鸡蛋缓缓落入了我的面汤之中。她说:"这几天跑得辛苦,身体要补一下。"我埋下头,忍住就要流出的眼泪,不让她看见。"凯风自南,吹彼棘心。棘心夭夭,母氏劬劳。""棘",说的就是酸枣树啊。我们都是已经失去了母亲的人,母亲在时,我们是有刺的孩子,有时倔强,有时顶撞,但我们从母亲那里学到的对人的关照,仍然会不由自主地自然流露出来,只这一点,就让我觉得母亲尚在人间。

　　回到北京,我马上在网店下单购买了她写的第一本书。坐下来,心静下来,我捧起她的这一本书,依然是一部关于植物的书。她弯弯的流转着笑意的眼睛,又出现在我眼前了。阅读她,只是一段情感的开始。我要怎样说出我的感谢呢?对这一位让我的心灵与身体同时得到治愈的——襄阳的女儿!

岛屿孤悬 | 傅菲

在很多时候，人都终将面临无可援手的困境，犹如一座孤悬的岛屿，被海水侵蚀，被海风扫荡。在去诊所的路上，我这样想。

我肩上背着沉沉的书包和笔记本电脑，右手提着一大袋衣物，左手搀扶着安安。安安抱着我的腰，身子往下瘫。我夹住他，往诊所走。安安走三步蹲一下，我又夹他起来。安安哀哀地喊：爸爸，爸爸。

才两个多小时，他被三十九摄氏度的体温烧得像一团麦芽糖。一个星期前，即2022 年 12 月 14 日，安安学校发现了一例病毒感染患者，是食堂洗碗工，回家住了一夜，被他弟弟感染了。

症状很快席卷了周围的人。学校安排放假三天。同学们陆陆续续坐了校车，回了家，已是中午。安安扑在餐桌上，等着我收拾东西回家。他的鼻子红红的，脸红红的。我摸了摸他额头，热热的。我带他去医务室量体温，三十八摄氏度。

冬日，微雨，浓墨涂写了天空。大茅山山脉的群山被微雨笼罩，视野之中模模糊糊。我知道，安安想着尽快到家，想着他妈妈。他自出生开始就没有离开过妈妈。在刚学会走路时，他睁开眼睛就要去街上玩。步行街街角有一家肯德基店，员工每天早上和傍晚要跳集体舞，安安也去跳，扭着腰抖着屁股，惹人发笑。他场场不落，玩疲倦了，才会歇下来，在他妈妈怀里睡觉。

之后，我在外地工作多年。上了高中，安安到外地学校就读。我对安安说：我会陪你三年，这三年，我可以更多地了解你，你也可以更多地了解你爸爸。三年之后，你上了大学，或许以后在外地工作，那么我们在一起生活的时间就会非常少。这三年，对你的学业来说，是非常宝贵的，对父子的情谊来说，也是非常宝贵的。

安安的双脚似乎无法承受自身的重量，我夹着他进了诊所。诊所有三个大开间,坐满了输液的人。医生是我的邻居,多年未见,居然不认识我了。晚上九点半,输液才结束。我再夹住安安回家。我爱人躺在床上已两天了,咳嗽,乏力,下不了床,餐桌上堆了一堆药。我挨近爱人,问:怎么样?

身子骨疼,全身疼。爱人说。床头柜上摆着纸巾、水杯、消毒液,垃圾篓摆在床沿。爱人不断地咳嗽,咳得心肺震荡。就在前两天,爱人高烧不止,吃了一粒布洛芬,半夜退烧了,头不疼,也不咳嗽。她拖地洗衣,清洗厨房,干了半天活儿,全身酸痛,连一碗饭也端不上手。

我整理行李,喝了粥,已是深夜十二点多。我躺下了,但睡不着。三个房间都是咳嗽声。我浏览朋友圈,打开又关了。朋友圈里的讯息都与药和病有关,让人烦躁、悲观,甚至绝望。

早晨六点半我就起床了,切老生姜,熬红糖姜茶,边熬边喝。我喝了三碗,把姜茶端到安安的床头,说:趁热喝,多补补阳气。

我岳父来电话了,声音很低,柔弱无力。昨晚陪安安输液时,我还给他打了电话,他说一切好着呢,别挂念。他当时元气十足。才过了一夜,怎么就这样病恹恹了呢?

夜里,我翻身子掉下床了,起不了身。我岳父说。

那你早该来电话,我现在就去抱你上床。你冻了一夜,会冻伤的。我说。

我裹了被子,没冻着。我现在就想上卫生间,要人搀扶。岳父说。

我岳父是格外注重保养的人,非常注重饮食和卫生,有非常严格的生活规律。他出生在宁波奉化,八岁去上海,大学毕业来到江西插队,颠沛流离。他是个有着长寿梦的人。他患高血压已有二十年,血糖高,还患有滑膜炎。他唯一的爱好是去野外钓鱼,唯一要紧事是烧一碗好菜给自己吃。

现在,他倒在地上,我却分身乏术。

好不容易在乡下找了一个壮年护工,等他到我岳父家里,已是晚上七点。我爱人一直在自言自语:老头子,偏偏这个时候从床上掉下来,真是要命。

第二天早上,我岳父来电话,对他女儿说:这个护工烧饭不好吃,能不能换一个?

护工工资四百元一天,一天一结。我爱人对护工说:你去买些好菜吃,别计较我爸的话,照顾到他可以下地活动了,你就很尽责了。我多给你钱。你是很辛苦的。

熬了两天,安安可以下床了,但一直咳嗽,在半夜也被咳醒。他咳了,我就站在他门外,好像不是他在咳,而是我自己在咳。又咳了三天,我带他去医院检查,怕他咳出肺炎。检查出来,肺部正常。医生说,喝两瓶止咳糖浆,症状就会缓解。

我给我爱人打电话,报告了检查结果。我爱人也能下地了。她在床上足足躺了九天。

在去年4月,安安对我说,他想学医。他原以为我会反对他学医的,没想到我回答得很痛快:学医当然好,当医生和教师,都是造福民众的,受人尊重。感染了之后,我再次对安安说:你去学医吧,人不怕穷就怕病,治病救人,是第一等好事。

我村里孩子考上大学的邻居,征询我填写专业的建议时,我都会建议去学医。没有不生病的人,病之苦,是人最大的苦。身体是神秘的,病是神秘的。解开身体神秘的面纱,解除病痛之苦,也是一种科学的探索,高尚的探索。

2023年3月5日,好友苇杭发了一条朋友圈,深深地撞击了我内心:

昨夜,友人说:如果我有不测,希望将未竣的书稿资料悉数交与你保管,拜托完成它!

昨夜,我决定给编辑发邮件——

"我不知道自己什么时候会突然死去,人生无常的阴影常常会涌起,如果哪天猝逝于梦里,你将永远无法拿到我已写好的十万字文稿,那些蝴蝶,那些鸟儿,那些平静的风暴、无声的号啕……因为我们中间,我找不到任何一个中间介质可以做到这一点,也没人知道我电脑的开机密码。那将多么遗憾……虽然还有三分之一内容没有写完,如果我有不测,目前这些,仍然可以作为一本书出版。"

我喜欢你是寂静的,仿佛你消失了一样。

遥远而哀伤,仿佛你已经死了。

彼时,一个字,一个微笑,已经足够。

而我会觉得幸福,因那不是真的而觉得幸福。

——你有没有考虑过无常?有没有放心不下最想交代托付的一件事?如果有,那应该就是你生命的要义和方向所在。

深深的悲凉感萦绕了我。悲凉感，就是生命所承受的重量感。人进入中年以后，需要留有一份遗言，因为人生活在无可预料的不确定之中，生命的最大确定，就是不确定。每一年的年末，我会给我家人交代很多未竟的事。每天早晨，总有人不会再醒来。

英国诗人约翰·多恩有一首著名的《没有人是一座孤岛》：

没有人是一座孤岛
可以自全
每个人都是大陆的一片
整体的一部分
…………

不。其实每一个人都是孤岛，在面临困境或绝境时。沉入水下的部分，向海底延伸、延伸，根须一样扎入最深的暗黑。漫无边际的暗黑，是亘古的恒常。冰寒的，涌动的，激烈的，是我们无可认知的世界。岸礁是被海水冲刷的裸岩。海水又咸又涩又苦，有风起浪，无风也起浪。裸岩嶙峋，坚硬似铁，黑褐或棕黄，裹着一层层时间的锈迹，不会剥落。浪冲击岸礁，轰隆轰隆，泡沫飞溅。轰隆声来自远古，也来自内心深处。在深夜，还以为那是山顶上传来的钟声。其实没有山顶，岩石堆叠出了岛屿。可以这样说，岩石是岛屿的脏器，岩石的缝隙，长出了黄麻、大叶胡颓子、海杧果、野菠萝、马鞍藤、红棕榈等。海雕在崖石的凹处筑巢，凭海临风，喊喊地鸣叫。

2023年5月16日上午十时，我突然感到浑身疲乏，头被铁箍扎死了一般，又沉又昏。在饭桌趴了一会儿，就上床休息了，入睡不了，手心脚心发热，有烧灼感。十五时，我去市人民医院。老医生给测血压，很惊讶地说：正常心率是六十到九十，你心率达到一百三十九，太快了，我带你去心脏科看看。

心脏科医生说，做个血象，观察一下。结果出来，医生又说，有病毒，病毒厉害，建议做个体检。

翌日下午，心脏科医生看了体检结果，谷丙转氨酶偏高，心率也很快，吃两盒护肝胶囊，再来就诊。

心率过快让我彻夜难眠。夜深宁静，躺在床上，手按抚在胸口，可感知到"怦怦怦"的心跳,要跳出嗓子眼似的。我就靠在床上合眼假寐。在2004到2005年,我患过严重的失眠症,经常通宵不寐。对付失眠,最好的方法就是假寐,不要焦虑。

病毒还让我腹胀,毫无饥饿之感。我是一个到点吃饭的人,二十年如一日。突然就不想吃饭了,让我手足无措。我爱人对我说,你吃消食片,消消食。我没吃,每天徒步,也解决不了腹胀。

每餐,我给安安烧两菜一汤或三菜一汤。父子对坐,他低头吃饭、喝汤,我看着他吃。我问他,辣椒炒肉烧得怎么样,西红柿蛋汤好不好吃。儿子就说,还行,吃得下去。我吃两筷子蔬菜,就不吃了。他喜欢吃西红柿,西红柿炒蛋、西红柿蛋汤,百吃不厌。初夏时节,辣椒、茄子、黄瓜、青豆、苦瓜、冬瓜、丝瓜、红苋菜、白玉豆等时令菜蔬,没有不好吃的。青豆磨豆浆,我可以当饭吃。现在,我举箸不下,吃不了。

同学张斌和严厚福来看我。我从抽屉里拿出放了三年的北武夷高山红茶,泡给他们喝。我不是喝茶的人,自己喝觉得浪费。老陈茶茶汤浓,略有苦涩之味。茶喝了两大碗,大汗淋漓。傍晚,我有了饥饿感,吃了一小碗米饭下去。这是近两个月来第一次吃这么多米饭,晚上睡觉也比前些时间安稳了许多。我便开始早起喝一大碗红茶,腹胀好像消除了。

但睡眠质量还是很低。大多时候是凌晨两点多入睡,到了凌晨五点五十分就自然醒。安安生病之后,有一个多月经常梦魇,睡到半夜,坐起来,坐一会儿,又睡。有一夜,他起身坐了两次,我就叫他:安安,怎么了?

又做梦。梦见奇奇怪怪的东西。安安说。

那你来爸爸床上睡,我陪你说说话。我说。

安安抱着枕头,在我身边躺下,说这几天老做梦。

做梦好,说明你还会做梦。我已经到了不做梦的年龄,睡不着就睁眼看窗外月亮。你看看,夜半月残,星光却亮。睡着了的人哪看得到夜半的月色。我说。

安安扭过头,看了看窗外,说,月光真奇怪,无论多亮,也不刺眼。突然开灯,灯光就很刺眼。

那个晚上,父子间说了很多很多话。他说,读小学读初中,他都不喜欢我这个老爹。他说妈妈有时候傻傻的。他说班上的女同学吃得很少,怕发胖。我说,知道你喜欢过班上一个女同学,我假装不知道,是为了保护你们纯真的友谊。月亮沉了,天暗白,他迷迷糊糊睡去。我坐在床沿,看着他。我发现,我是如此地爱着这个世界,虽然我常怀悲寒之心生活着。

流星体接近地球时，被地球引力吸引穿越大气层，产生斑斓光迹，巨量的星体也被消耗殆尽。人的肉身也是这样的。在消耗殆尽之前，尽可能地发出光芒。爱自己，爱家人，爱周遭的人，爱不堪的世间及万物。尽可能地去爱。爱是最耀眼的光芒，即使自己活得苟延残喘。

每遭遇一次疾病，我对生命的认识就更深一层。疾病就是肉身的内卷，就是自己和另一个自己做"你死我活"的斗争。

每遭遇一次疾病，就爱自己多一点。爱自己，是为了更有能力去爱他人。假如有一天安安懂得了这个道理，他就真正地长大了。

疾病是一扇隐藏起来的门，推开门，可以见识到另一个世界：黑暗的，下沉的，暴雨绵绵，雷声滚滚，如暗夜中的大海。在海中航行时，会看见太阳慢慢升起，世界渐渐辽阔。

岛屿，在这片大海中时隐时现，缥缈又明晰。

蛇行鸟飞，昆虫唧唧。多么繁茂的生命啊，在岛屿上生生不息。再高的海浪，也不会高过岛屿；无论多猛烈的海风，也无法摧毁一座岛屿。茫茫大海之上，数以千万计的岛屿，如睡莲一般绽放。它们巍峨，它们葱茏，它们迎接日出日落，它们目送候鸟迁徙，它们送走风帆又迎回桨橹。可从万里高空往下俯瞰，每一座岛屿又是那么孤独，那么孑然，如一粒弹丸。岛屿与岛屿终究并不相连。空旷而繁忙的人世，是另一种大海，我们则如同其上的岛屿，无定飘移，彼此孤悬。

我的衣着小史 | 王晓莉

二十年中搬了几次家，一次比一次疲累。大小家电木器、厨具杂物，平日放置有度，一副与人相安无事状，待要搬挪，突觉满坑满谷，个个皆呈抵触、绝不配合貌。在没完没了的归类、收拣与捆扎后，只觉灵魂空渺，精神遁形。原来"物"如深渊，人皆深陷其中无力自拔。

其中最庞然、令我心惊的，是自己的衣饰鞋帽。起初我盘算花一两个下午必定可收纳打包完成。然当所有衣物散置于地，几乎是受到惊吓。面前几十年来穿过、珍爱过，又因年龄渐长、体形改变、心智发展而感不适不喜的衣物，悉数展示于前。它们由无数手感或粗或细或硬或软，色彩说不出的繁多、长短亦无法统一、各有讲究的一大堆布料组成，如个个山包，无从下手。

这几年，穿衣戴帽重归素面朝天。宽衣宽裤，老人般只求身体自在。即连鞋履，也不再委屈脚板，不再如青年时代一次次试图以高跟改写身高，只踏帆布鞋与板鞋，与男子无异，行走舒服就好。几乎把自己活成与性别脱轨、与年龄相忘、爱咋咋地死猪不怕开水烫的状态，却因搬家突然重睹维系不同时期的大堆衣物裙裤，感官瞬间复活且放大，对每件衣每双鞋的记忆潮涌上来。几十条选妃般挑来的碎花裙，花样繁复：贝壳纹、莫里斯纹、海棠蔷薇纹……配藤草提包，是十几年间夏日最爱；长外套皆丝皆麻，方便营造瘦弱，营造"在水一方"意境；又有戒指、手镯、颈链、脚链，又有沙滩拖鞋、羊皮靴、玛丽珍鞋……我当然知道断舍离并在这些年屡次尝试，却屡在下手之际，窥见堆着的布料与皮革与珠玉中，一个无言无语却竭力要长大要表达的灵魂贯穿其中。它们是从头顶到足尖都装饰与眷顾的年华，是时光的碎屑和遗物，更是己身一层层蜕下的皮。

它们是衣着史，也是个人史。

平生第一件独属我,且为我所念念不忘的,是件红地白点布连衣裙。小学五年级,获全区小学生作文比赛唯一一等奖,我妈终于用服装厂工作半生攒下的经验,连夜赶工做裙,好叫我穿去领奖。基础款,领口处我妈用半本书大的纯白棉布巧妙嵌一块,犹如开扇窗,立显童真气质。领奖的高光时刻,我已无丝毫印象。只记得穿裙子行过我们那条陋巷,街边坐小板凳洗菜刷碗的邻居皆举头仰视,看一只熟悉的丑小鸭如何因一条细布裙秒变公主。我自知熠熠生辉因而脖颈高傲。小街那天的光线,穿越几十年岁月,依旧直照今日。

记忆刻得这么深这么重,乃是由整个童年和少年的底色决定。底色里统领江湖的,是藏蓝、藏青以及玄黑,深色系,灰扑扑,缺乏鲜艳与明亮。这些颜色禁脏,一周一洗都可以。彼时且家家流行穿"二手"。老大穿完传老二,老二穿完传老三。传家但并不是宝,是鸡肋。我居老三,就是那个专食鸡肋的人。那时大姐已考入中医学院,周末偕同寝室外地女同学回家来转。她们穿着谈不上奢侈,但都有模有样,至少是自己分内那套,不必接二手。我轻微妒忌女大学生衣着自由,又因自己能否考上理想大学仍属未知而压力重重,常把这些情绪转嫁到衣服上,为长年穿旧衣暗色衣,与我妈怄气。有年春节,大概是高一,我妈居然为我做了件水红色棉袄。所谓水红色,是鲜红色洗到极淡的效果,类似粉红,但又没那么粉,其实还是很土气。然而色彩,即使是土气的色彩,对于少女,依然是魅惑的。大年初三,七八个同学邀我去给数学老师拜年。往常我是不喜参加这些自发集体行动的,那年想都没想就去了。潜意识为了展示新衣。到数学老师家,老师虽然四十几岁,身材依然窈窕。她穿高领黑毛衣,长发盘起,是我们那一带的奥黛丽·赫本,也是高中女生心中偶像。老师一向说话慢,随便说什么都像斟酌过。她扫眼我的衣服,用那种练习过并已修成正果的优雅腔调说:哟,穿新衣服了。这一幕不知为什么我总是记得。十五岁女孩初初学会的,大约就是将她略具雏形的人间尊严,懵懂地暗放于服饰里。而美丽的老师,恰好看见了这份尊严。

高考结束,考上武汉大学。彼时高中女生最日常的装备是拉链衫,夜里读书到很晚,早起穿衣,一根拉链直挺挺贯到脖颈,最是简单便捷,并不求美感。八月末,家里办酒席,答谢亲朋好友。我深觉此风俗怪奇,考上好大学跟要答谢的人并无关系。如果老师来还说得过去,但老师已提前送了我一个笔记本,人并不来。而其他的人还是要答谢的。这样的形式中,我如必须摆在入口的道具或吉祥物,谈不上风光,反是别扭。答谢宴前夕发生一场风波。家中有套新绿军装，是一当兵的远房亲戚多出的，转送我家，我妈一直压箱底。到那日，她郑重其事拿出要我穿。我穿上，胸前两个大兜，是男式的——几十年后时装回潮，女装胸前也全是兜，那是另一回事——青春期对性别意识认识特别极端，我抗拒"像个男的"，拒绝出门。父母则拒绝我换回拉链衫。当然，后来我知道那个年代社会地位的排序是"一军二干三工四教"，军装很吃香，整个社会都"认"军装。但彼时我何尝会有这种"觉悟"？双方僵持一个多小时，也没有谈判，就是冷战。我十七岁半的人生词典里并没有"反抗"一词，胳膊拧不过大腿，后来我还是妥协了——我感到我这一生都在妥协，特别软弱。八月中下旬的酒店门口都挂出横幅，上书"本店承办答谢宴、谢师宴"之类字样，生意爆满。我恨透了横幅上的字，以及横幅的那种红。答谢宴还请摄影师到场，留下张难忘的照片：一个已毕业的女中学生，一个再过半年就将成人的准大学生，也就是我，梳一对马尾，双唇紧抿，毫无笑意，着男式大码军装坐在一大堆满面春风的成年人中，两手紧撑自己的膝盖，仿佛别无所依。我那时个子已有一米六，依然透出孩子的弱小。作为事件主角，我是唯一无笑容之人。我的眼睛盯着照片之外，盯着我又愤怒又软弱的青春。

在蓝绿黑的大时代幕布下奢望其他的色彩，只能说是我的"自我"非常肤浅与盲目。现在看譬如朝鲜的生活画面，所有女人都穿蓝色工装或灰色外套，我精神上既感到亲切又极欲疏远。那些画面是正常比例正常色调，在我眼里却失真、歪扭，并且褪色得厉害，我知道我从那里来，但我再也不想回那里去。

青春期流行瘦幼，我依然有婴儿肥那样的脸颊。一年冬天，我因体内寄生虫而生大贫血，血色素仅二点几，走路轻飘，毫不费力就瘦到多年梦想的程度。出院后我的体重也再未增多过，二十年不超百斤，进入随便穿什么都不出错的个人"小时代"。我报复式的购衣自此而始。彼时恰好淘宝兴起，我迅速变成 VIP、超级 VIP。某几家服装店店主一见我的旺旺账号登录就来寒暄——买买买的人又来了。于服饰领域我迅速自学成才，对于衣物材质、型号、款式练就火眼金睛。三岁起我在服装厂附属幼儿园待了三年，不知是否在为这段购衣期打伏笔。我高兴买，不高兴更买。家中衣橱迅速塞满。人言购新衣如见新欢，唯我知道，新欢相遇处，实是对少年时代的填补。女孩缺失打扮与装饰，就是自我的很大一部分无法得到确认。我日后总是对此确认再确认。这种延迟很多年的确认，成本总是更高，表现在我还购买些奇奇怪怪、一言难尽、偶尔要挑战自己与身边人审美底线的衣饰。盗版的 LV 手镯并不便宜，金光闪闪，有种摇滚风。我拣人多的时候戴它，为了表示与这只金手镯相配的叛逆，实际却可能坐到最后一排最侧边，藏身于人后。因此当然是锦衣夜行，实际效果存疑。我买一件大团牡丹花图案的外套，俗艳到吓人，咬紧牙关穿去单位，只想告诉别人我什么都敢穿；我又从一个开家具店的女孩手里购买了一件白麻纱的无袖背心裙。她在淘宝卖家具，但是在家具里又夹带着卖这一件流浪风泛滥又有种出尘感的裙。我一度非常喜欢这件裙子，每穿必在脖颈上配一长一短两条项链，招摇、不从众。我想象手里要是再夹支烟，或许就更完美，就是个妥妥的波西米亚，但这并未付诸实施过。我甚至还买改良的韩服、和服，仅仅因为想知道穿在自己身上会是什么感受。

满足自己的衣着欲后，有过一段矫枉过正期。我从衣着上刻意将自己与他人切割。有天单位组织活动，我穿蓝地白花的裙子，与一个要好的同事并排坐在大巴车上，突然发现她也穿了同样的蓝地白花裙，两人像一对大花瓶杵在那里。我认为她跟我一样尴尬。蓝地白花在当时是种江南意象，代表文艺风，代表茉莉花、栀子花一样的温婉与恬淡，几乎每个女性都有一条吧。但那次我顿悟：一种事物再美好，只要成为标签，里面具体的特质就被抽得空空的，也就变得又土又俗。雅，就是这样最终变成"媚雅"的。那条裙子就此雪藏，再也未穿。

还有一段时间非常热爱袍子。我拥有所有季节与场合可穿的袍子。袍子穿好，极具禅意，一句话不用说已仙风道骨。但若穿不好，则如身披麻袋，俗不可耐。我穿袍子，并非求禅意，只是试图区分于他人。袍子上下装一体化，自带民国风，轻易就从大众普通穿衣模式中脱颖而出。但是后来看一张画片，女明星穿深灰长袍，摄影室的强光打到她身上，她依然显得阴郁与忧愁，像从光线不佳的深宅大院走出。于是我明白，袍子所擅长的是"消光"，总穿袍子的人是因为总想待在光弱的地方。经由一张画片的"加戏"，袍子的内涵，在我内心得到放大。

如此，我在衣饰上琢之磨之，自得其乐多年，几乎当文学一样去修习。那是一段连爱可能也无法锚定住的人生，而衣物却做得到的时期。在自己配备的衣服与饰品中，舞台悄然搭起。我瑟缩的嗓音，我忧愁的人生，在不为人知的角落，一次次放声歌唱，一次次翩翩起舞。

但同时，我，以及每个醉心此道的女人，其实只是枉费心力。狂购衣物满心喜悦的时日，女人以为只要将自己藏匿于麻棉丝质感的粗粝或光滑中，藏匿于裙裾飞扬又落下时偶留的皱缬与缝隙里，就可长保体态轻盈柔美，容颜不衰，就可瞒天过海，骗过岁月。却不知事实正反其道而行。我后来生大病，穿条纹病号服，想到条纹此前一直是自己喜爱的元素，惊觉这一切仿佛宿命。手术要全身麻醉，医院所有医护都着纯白大褂，唯麻醉师是例外，他们统一穿深绿衣服，帽子也是同色。进入昏睡前的一刻，我还不忘欣赏一眼女麻醉师制服，的确是无边安全、无边宁静的一种美丽。出院后给自己买许多睡衣睡裙，在"睡"的暗示中，肉身与精神的双重之痛亦被暂时消解或者说藏匿。但静静躺着的时刻，理性常会突然抬头，我看见生活一直有副猫那样的利爪獠牙，只不过深深藏起，偶露峥嵘。我亦看见时间长河从来不动声色，是人徒劳地以衣饰的无穷更迭，在其中上蹿下跳，溅起永不消歇的水花。

病后增胖，又长时间浮肿，身边人衣着华美吸人眼目，我却已千帆过尽。我素衣素裤，自在悠游，将自己安放于宽袍大袖与平底鞋履中，试图呼唤的，是那个隔膜而亲切的自己。我穿中性化衬衣，似乎找到那层最舒服的"皮肤"。据说属于男性的"硬朗"气质，在我这里终据一席之地。我深爱这种令我隐秘强大的硬朗。我终于和十七岁半时那个因为年少因为无明而对性别、对生活怀有执念的我达成和解。假如有机会，我要欣然重穿那套绿色军装。老娘要飒——一个小我二十岁的姑娘曾跟我如此宣示她的穿衣座右铭。她的意思当然是女性要飒爽，女性不该被定义，绿色军装也完全可以是女性衣橱的标配。为了这句话我非常喜欢她。我当然不是她，但我不可以是她吗？

搬完家的第二日，满身松快地去上班。于每日必坐的公交车上，看到特别而眼熟的一幕。一个已有不少年岁的女人，头发全白，且稀疏至极，如果得她允许，也许甚至可以数出准确的数目；但她还是把这珍贵的发，卷了个极小的鬏鬏，支棱在后脑勺处，形如一扇门的椭圆把手。本是不起眼的一个人，我直觉她用某种事物巧妙改造了自己，令自己成为车厢内的短暂焦点。仔细观察，方发现那事物原来是她的耳环。耳环是金的，一个圆圆的洞，她人极活泼，左扭右扭和同伴谈话，耳环那一点金就左甩一下右甩一下。停住的当口，耳环还是惯性地抖，机灵，俏皮，甚至有点甜美。暗淡沉闷的车厢里，只有老太太耳垂那唯一一缕光，娇俏、不妥帖地闪亮，使一向对金银首饰漠然的人，一向以为金子有点庸俗之气的人，此时也能觉出那一点金的可贵。

她们几个正说着的是即将要去远郊吃的一场喜酒。闻睹这场面，我会心于衣饰从来装点肉身，亦抚慰人心。戴金的女人以耳饰迎接一场微型狂欢，也为自己举办了一场微型庆典。衣饰是她，也是所有女人一个人的复活节。我想起搬家时那些如扎粽般紧紧束起的旧衣裙，丝顺滑，麻粗粝，棉软糯而贴心，花色也并未过期，依旧令我愉悦。这些在未来某天终将被我尽数弃去的物事，其实仍隐匿在我看似平滑实则崎岖的人生中。衣是当年那件衣，人已不是当年那个人。我依然对这些衣物深深感激。那一代又一代衣饰夺目、环佩叮当恨不能繁花着锦、烈火烹油的女人行列，我依然身在其中，并未走远。

母亲的床 | 耿立

母亲来了,或者母亲一直都在。十八年来,她都在这个曹濮平原深处小城的学院家属院9号楼3单元301的房子里,她守着这三居室一厨一卫一客厅一储物间的房子。

我清晰地看到母亲站在床前,这是平原深处的黎明前,是农历七月的黎明前。外面是雨,是滂沱的雨。

我感觉到了,是母亲在为我搭毛巾被。雨,给这个夏夜带来了寒意。我清晰地看到了母亲,先是站在床前,用手把我身边的窝成团状的毛巾被抽去,然后轻轻抖开,盖在我身上。

母亲专注地看着我,她坐在床沿上。我觉出了母亲的孤单,父亲去世之后,她又在这个世间延宕了十年,把她的暮年延长了十年,从七十到八十。我还记得母亲暮年常念叨的一句话:长成一个老婆子不容易。

长成一个老婆子不容易,这是母亲的感慨,透出的是伤怀,还有那种不可把握的茫然——

母亲一辈子经历了什么?

民国二十四年(1935)七月,濮县黄河决口;

民国二十六年(1937)七月,菏泽7.0级地震;

民国二十七年(1938)三月,日本人占领了什集(我的家乡)。

黄河决口那年,母亲十岁,离决口点只十几里路;

地震那年,母亲十二岁,被寄养在她的姥姥家,离震中只五十几里;

日本人占领什集,在什集的北街外修筑了炮楼,那年母亲十三岁,日本人的炮楼离她的姥姥家只有七里。

黄河决口时,母亲抱着个门板,门板系在有乌鸦巢的百年榆树上,母亲看着那乌鸦的巢被水击散,想伸手抓住一只雏鸟而不得。

地震时,房子的屋梁落下来,砸在她的枕头上,没伤着她,但头发被房梁压住,被她姥姥用剪子把辫子剪断才逃出。

一辈子经历瘟疫、饥荒、逃难、战争的拉锯与杀伐,经历少年丧父、婚后连续两个孩子的早夭、晚年的离家、后辈的白眼与挤对。

三十三岁,大跃进,她的远房妯娌在翻地的时候被深沟塌方埋了;

三十四岁,村里的人浮肿,邻居大娘抓起一把生产队的小麦种子填进口里被噎死;

四十岁,生我,家里没有小米,没有黑糖,没有鸡蛋,父亲走投无路,羞愧跳进机井,被人救出……

什集的生死簿上,母亲看到的死太多,经历的死太多。死的样式各种各样,跳河的跳井的,无端溺死的,喝农药的,屈死的,冤死的,有囫囵尸首的,有片骨无存的。

母亲说,活成一个老婆子不容易。在她暮年,我回什集看她,母亲说她不怕死,就怕死之后被烧。父亲晚年,不到六十岁,就早早置办了两口泡桐木的棺材,他一口,母亲一口。白茬棺材就摆放在我家东屋里。父亲还活着的时候,会躺进棺材,让母亲看看合适不合适。

母亲会说:"你轻点躺,别碰着哪里。"

什集,还有老家周遭数十里的人,都把死看得特重,人过五十,就会置办棺材,找人选坟的穴位,左青龙右白虎,前朱雀后玄武。生得不讲究,窝囊,死却不将就,要风光;生的时候,往往很少人见到,所以死的时候,葬埋的时候,一定要让人看到。

十八年前,母亲死在七月末的一场黎明前的大雨中。当时一声炸雷,我醒来,就到母亲的房间去看动静,去喂她水喝。母亲中风后,嘴角是歪斜的,每次用汤匙喂水,水总会从嘴角流出,但母亲的嘴在与汤匙接触的时候还有知觉,能稍稍张开。这次,给母亲喂水,母亲的嘴不再配合,她用眼睛直直地盯着我——

我不知道母子最后告别的时刻已经到了,从母亲房间悄悄退出,关了灯。在我轻掩房门的时候,母亲含混地喊了一声。我知道,母亲一辈子一直怕黑。我马上返回房间,打开房灯,喊:"娘,您叫我?"

母亲没有了反应,我抱起母亲,母亲在我的哭喊里流出了最后的小便——瞳孔放大,母亲去了。

十八年前的这一幕,在十八年后,仿佛又将复现。我打开灯,下意识地喊了一声"娘",无人回应。

窗外,雨声很大,我知道,这七月、这雨、这雷,都和十八年前一样。这些信息,一定刺激或者唤醒了这所房子里母亲留下的一些信息。

这是真切的,在我没有开灯的时候,母亲就坐在我的床头,我看得真切,母亲为我搭上了毛巾被,母亲眉间带着笑意,正俯瞰我的睡姿。

我相信世间的缘法,母子一场,父子兄弟姊妹,爱人一场,并不是一方肉体断灭,就消散尽了那些我们看见和看不见的信息。机缘一到,那些事件和过往都会在眼前一一展开。你只要平静地接受,或者安静地等待这一刻,就会有"十年生死两茫茫"的怅惘,或者"问姓惊初见,称名忆旧容"的顾盼。

我想到了电影《铁道员》,十七年未见的雪子,从那个世界来看父亲。我还记得电影里那本铁道员工作日志。在昏黄的灯光下,铁道员记下了这样的故事——

昨夜,大雪,无异样。我遇见一个女孩,十七岁左右的年纪。我问她:"你是圆序寺佳慧家的女儿吗?"她笑了笑,没有再说什么。我指挥最后一趟列车出站,回来时她已经做好了热腾腾的晚饭。我们聊了很多,我对她有一种莫名的亲切感。席间有一通电话,是佳慧家打来的。我照例问好,并说:"您的女儿在我这里。"可是电话那端说,他们的女儿已经离开小镇很久了。我急忙转身,那个女孩穿着静枝的夹袄在向我敬礼。那一瞬间,我知道了,她是雪子。"对不起,爸爸没有照顾好你和妈妈。""没关系,因为你是一名铁道员。"很久,我想抱一抱她。可是,她已消失不见了。

十七年前,铁道员忙于工作。女儿雪子襁褓中夭折,后来妻子也郁郁而终,十七年后,当他的人生中只剩下萧索时,一个可爱的少女出现在火车站,抱着当年他为女儿买的娃娃。这是夭折的女儿重回人间,为了让铁道员看一看自己长大的样子。

多年前,这个电影令我落泪,这个大雨的黎明前,我蓦然想起了这部电影。这个黎明前,是我的母亲看我来了。我睡的这个床,正是十八年前母亲去世时用的床,是我最后抱着她,看到她瞳仁渐渐放大,流出最后的小便的床。

我知道，母亲留在了这里。我知道，母亲是拒绝什集拒绝故乡的。什集给了她太多的苦痛，在四十岁的时候，她生下了我这个老生儿子，在她看着一个又一个孩子夭折以后，在她精神受到刺激，躺在病床上三年，吃下一千服汤药，家徒四壁以后，她知道，孩子才是她的未来，才是她活着的意义和价值。等有了哥哥，有了姐姐，有了我，她依旧是担惊受怕，怕伤着这个，冻着那个。但她的暮年，也在这些孩子、这些孩子的孩子的冷落、白眼和压榨中过活，依旧是在担惊受怕中熬着。

母亲是最能看透乡下的残酷和人性的暗黑的。哥哥酒后忤逆，曾辱骂她抬手打她，这样的事，她吞下了；在她住在姐姐家时，曾被安置在养羊的屋间，夜间干渴想寻找一口水，而把姐姐家在羊屋上反锁的门鼻子扭断，这样的事，她也吞下了。

母亲晚年说："就你孝顺，我指望你了。"这样的托付，不应该是托付啊。我听后，心头滴血。

肩负母亲期望的我，却是从她身边，远离了这片土地，也一步一步远离了她。我只有在假期如走亲戚一般，回乡下一趟，赶到乡下的什集去看她。我带的那些点心或者零食，她留给哥哥的孩子和姐姐的孩子，给她的零花钱，要么被哥哥要走，要么被姐姐要走，或者，她和那些乡下的老婆子玩水浒叶子纸牌，输给邻居拿走。

我到县城读高中，到地市读大学，到省城京城进修，留给故乡和母亲的，只是一次次的不解、一次次的告别、一次次的分离，我看到的，则是母亲一次次的盼望、一次次的失望。

母亲担心我的身体，担心我嗜酒。有时，她到城里来我家住几天，见到同事把喝醉的我送到家，母亲就会用醋和白糖水混合了给我喝，端碗的手是抖的。我知道，醉酒的哥哥曾给母亲带来伤痛和伤害，母亲后来说，只要一听说谁喝醉了，她的腿就抽筋。

母亲在城里是住不了几天的。父亲去世后，每隔一段时间，我就把母亲接到城里，但城里没有一个她的熟人，没有一个人和她说一会儿什集的方言，没有了五天一次的集市，没有了田地的绿色和枯黄。她有时会问我，谁家的人要过三年了，她要去送一刀火纸；谁家出嫁的闺女回门了，她要回去看看。母亲说那闺女出嫁的时候她不在，这次要把礼钱补上。母亲说，这个女孩的母亲在我结婚的时候，曾给我家送过一床粗布的被单，她要回去还这个人情。

母亲记着这一方土地的好，也记着这一方土地的伤。

母亲成了我和老家连接的最后脐带。有时,她在城里会说:"不知你姐是否知道七月十五给你父亲上坟,十月一是否给葬在野地里的父亲送寒衣。"母亲有时很知足,与死去的父亲比,她说她多活了十年,她说她比我大娘(我伯父的妻子)更是多活了四十年。

有时,到城里办事的什集的人告诉母亲谁谁死了,母亲就告诉我,这个人的孩子也在城里,要我到这孩子单位请人家吃顿饭,安慰一下。那时,母亲会"唉"地叹一声气,转过脸去流泪。

十八年前的麦收时候,母亲再一次中风了,这次没能再次出现奇迹,医生说,中一次风后再中,会越来越重。医院不愿收留了,就叫我们在家陪伴伺候,减少母亲最后的痛苦。

母亲躺在床上三个月,不能言语,不能自己翻身。隔一时半晌,要给母亲翻身,母亲虽不能言语,但一边的手和脚能动,嘴里发出含混的呜呜声来表情达意,有时是满意,有时是怨愤。

每次我帮母亲翻身的时候,母亲的表情都十分复杂,她的头会扭开,不看我,我有时站在床边,有时跪在床上,像抱孩子那样把母亲抱起来,然后再慢慢放好。在夏天,每次帮母亲翻身,我都一身大汗,而母亲也是一身汗。

母亲喜欢让妻子给她翻身,姐姐来过几次,帮母亲翻过几次身。

母亲最难为情的是上卫生间和为她擦拭身子。每次如果家里妻子不在,母亲一般都是忍着,给她喝水她也不喝。我在家的时候,每次时间一长,母亲都会尿床。而每次妻子在的时候,母亲都会在妻子的怀里去卫生间。

妻子回家,见母亲又尿了床,就告诉母亲:"儿子是您生的,那害羞啥,让他抱着您去解手呀!"而每次妻子要和母亲去洗手间,母亲就嘴里咿咿呀呀让我出去,或让我躲到别的房间。母亲不让我给她擦拭身子。她脑子里的那种从小形成的男女大防观念,一直影响着她。

给母亲穿下葬寿衣的时候,母亲的身体是柔软的。看到母亲干瘪的身子,我的泪流下来。这个时候,母亲当然已经不知道了,但我替母亲穿衣服的手一直在抖。

在母亲最后的日子里,我反复问她:"回老家不?"母亲眼里有泪,嘴里呜呜着摇头。唯有一次,哥哥到城里看母亲走后的那天夜里,母亲惊叫起来。我听到了动静,发现母亲蜷缩在床上,偏瘫的身子竟然像完好时那样像一个刺猬蜷缩着。

我安慰着母亲："我们不回去,不回去。"听到了这话,母亲才安稳地睡下,身子舒展开,像被冷汗冲刷过一样。

去世后的母亲,再也没有表达自己意愿的能力,大雨滂沱的时候,母亲还是回到了老家。我本已拒绝哥哥要母亲回家的理由,但同来的家族的一排人跪在母亲的床前,哭着要母亲回归故土时,我妥协了,向着那片给予母亲无限伤痛的土地,我机械地说了声:"娘,咱回什集吧。"

躺在盖着防雨布的担架上,母亲被抬上了灵车,妻子扶着母亲,怕母亲淋雨。母亲平时怕冷,妻子把防雨布往上扯了一下,盖住母亲的脸。

母亲还是回到了故乡,还是安葬在了那片讲究秩序的祖坟里。十八年后的七月,我回到了故乡,睡在母亲去世的床上。窗外的雨开始变小,一楼人家的枣树、木瓜树和无花果树的叶子,就在我的窗前摇晃。这一切,都像十八年前一样。

人之生也柔弱,其死也坚强。草木之生也柔脆,其死也枯槁。人死了会去到哪里呢?有物理学家说,人也是纠缠的量子,死亡,或许是到了另一个平行空间。

我有些相信这样的解释,十八年后,我不是梦见了母亲,而是她在这个滂沱的雨夜,真的在给我搭毛巾被,坐在她躺过的床前看着我,只是我打开灯的时候,母亲才又不在了。

母亲去世后,我多次梦见她。我回老家什集的时候,她正在街头买烧饼,我看到了她,她知道我最喜欢吃糖烧饼,就在烧饼炉子那里嘱托打烧饼的人多加糖,愿意每个烧饼多加五毛钱。

于是每次醒来,我总是泪流满面,因为每次醒来,都是面对虚空,母亲都不在。

而十八年后的这一次,我是醒着的,我真切地看见母亲抖开毛巾被,然后轻轻给我搭上。

我把灯关上,我觉得,母亲还会来,母亲在另一个平行的时空,两个平行的时空总还会有交集的。

母亲去世的那夜,我睡在书房;今夜,我睡在母亲去世的那张床上。十八年后的这一夜我本来睡得是很沉的,回到了阔别十年的这个曹濮平原小城学院家属楼三楼的居室之中。

书房里的书在慢慢变得苍老,书架上落满了灰尘,我一翻书,那里面的尘屑刺得喉咙像被根根羽毛反复撩拨，鼻腔像贴着厨房，而厨房正在干煸辣椒。

然后，我的母亲来了，接着，是山东德州的一个地方地震了，是夜里两点三十三分，我的床摇晃了起来。

我打开灯走到书房。窗外依旧是无边的蛙声。

王选｜二十八号楼

有人干咳不止。有人摸到瓷碗豁口。有人正敲打孩子，哭声唢呐一般，嘶哑，悲情。有人锁上铁皮门，撞击之声让整栋楼抖动。有人在长睡中醒来，日光煞白，如同置于窗台的白色药片和沾满枕巾的衰老。有人手机直播，唇红齿白，满脸脂粉，裸肩露胸，故作娇嗲之态。有人拧坏水龙头，手足无措。有人正在往门口贴换锁小广告……

东城壕二十八号楼。

这是午后，或者黄昏，又或者早晨。时间千篇一律，毫无意义。

有人钻进单元门洞。楼道漆黑，须喊叫一声或跺脚才能惊醒一只休眠的灯泡。节能灯，灯罩不翼而飞，只留灯头。光线昏黄，陈旧，沾满蛛网、灰尘，以及油腻之物。

借着光，能看清墙壁、台阶、护栏，以及每层楼中户人家的窗口。

墙壁原本粉刷过，多年过去，已泛黄，且斑驳，脱落。黑色广告，盖章一般烙在墙上，密密麻麻。网线、电视线、电线，蛛网一般挂在墙壁上，凌乱如麻，有些线头耷拉着。报纸箱、奶瓶箱、线盒，多已废弃，落满尘土，也塞着塑料袋、卫生纸、烟头。台阶由水泥砌成，人踩踏处，异常光亮，不曾落脚处，尘土和水渍织在一起。护栏呢，铁的，之前应是刷过红漆，铁和铁的焊接处还残存着红漆的痕迹。老楼，多老人，且多老兰州人。没有电梯，八层，层层步行。若腿脚不便，抓着护栏，三步一歇缓，犹如登天，胸口发出尖厉的啸音，似乎再用力，肺便要裂开缝隙。护栏被抓得多了，便显得光滑，有汗水和油渍包浆之感，灯下，竟是乌黑发光。

窗户里是厨房，玻璃上挖个洞，老式油烟机的塑料烟管伸出来，哼哧作响，油垢滴答。玻璃、窗台，被油污和尘土糊着，厨房里一片模糊。模糊，如同不期而至的沙尘暴，总是席卷而来，遮蔽一切，于是，天空模糊，楼房模糊，树木模糊，飘浮而来的面孔,更是模糊。

借着光,我还能看清一些东西。四楼,楼道中间的红轮椅。且叫它红轮椅吧,它的框架、轮子、扶手,均是黑色,轮椅上的帆布倒是红色。它刚买来时,应是大红。如今蒙着尘埃,红色暗淡下来。若无灯光,这红色,也是很难辨认的。

它被折叠起来,立在墙上。如一条老狗,毛色灰暗,靠在墙角,昏昏欲睡。

我住进二十八号楼时,它便在那里立着。我未来之前,它定然也在那里立着。立了多久,没几个人知道。它是谁的轮椅?没几个人知道。知道,也毫无意义。

就像我不知道靠着轮椅的那间屋子里住着什么人,知道也毫无意义。他们的灯,总是亮着。偶尔有厕所倒水的声响,哗啦——咕咚——水流声在下水管中淌到楼下。偶尔能见有人在厨房做饭,身影发虚,难以辨认。水油相见,四处溅开,刺啦有声,却闻不出来做的什么菜。屋里鲜有人语,枯寂、沉默、昏暗,如楼道中的灯光。

红轮椅就那样存在着。很长一段时间,它于我有了另外一层意义——标志。我住六楼,上楼看到红轮椅,便知已到四楼,再上两层,就是我的租屋。每层楼都面目相似,几无区别,好在有红色轮椅,它是一个标志。标志一个楼层,标志一栋旧楼的日常和未知,也标志一个不可见的人的残疾、病症和往事。

借着光,我还能看清一些东西。三楼,东边,一户房子。一扇绿漆大铁门,门上留有方框,报纸大小,框中用铁条焊着菱形图案。老式门,方框用来从屋里往外看,等同于防盗门的猫眼——自然,也能从外看到里面。老式门,自然是老心思,虽然设法防盗,但也敞开口子,坦诚相见,面目清晰,不如猫眼看人,好似来者皆为宵小之辈,遂拒之门外。

透过方框,可见里面的红漆木门。这跟我的租屋一样,铁门套木门,除个别住户改装了防盗门,其余大都如此。

一年四季,绿铁门锁着,红木门关着。门两侧贴着红对联。除了落着浮土,对联倒是艳红,字是印刷字,规矩、呆板,甚至冷漠。方框下面,贴着几张小纸条,上面有字。我也好奇,遂前去看过。

是暖气费催缴单。

从2014年开始欠费,直到2023年,九年,每年一千一百七十五元五角,共计一万零五百七十九元五角。单子上还写着每年供热时间五个月,"收费标准5.00元/月·㎡,请于2023年3月18日前缴费,可扫描二维码通过微信公众号进行缴费",云云。

这让我不解。在我每天早出晚归的时间里,绿铁门一直锁着,红木门也一直关着,应是长期无人居住的空房。近十年了,这间房子一直没有缴暖气费,或许还将继续欠下去。门口沉积的尘土,已厚厚一层,没有落下一个脚印——无人进去过。九年了,它的主人呢? 九年,那房子就那么每年白白热五个月。因是老楼,管道未经改造,供热公司自然无法停暖。这些年,供热公司的人每年都来贴一张单子,贴给一个不曾理会甚至不再存在的人。他们例行公事,几年后,或许已成了某种惯性。

不得而知。

这个世界有太多的不得而知,就如四楼那玻璃背后模糊的人影。他们只给我留下红色轮椅,好似给出某种暗示。其实只是一室一厅的屋子,逼仄,堆满杂物,红色轮椅无处可去,遂顺手置于门口。它并没有暗示什么,只是我的某种自以为是罢了。

借着光,我还能看清一些东西。二楼,那个坐在台阶上的人头发蓬乱、灰白,久不梳洗,灯光下显得油腻不堪。黑夹克很旧了,两只衣兜掏出来,耷拉着,跟狗吐舌头一般。裤子也是黑色,裤裆拉链半开,露着灰色线裤,腰带一头从夹克下探出来,拖在身后,像一根肋骨。脚上是一双粉红拖鞋,沾满黑色污垢。

他把头埋在夹克衣襟里,难以看清。他就在第一级台阶上坐着,靠近护栏,另一侧留出空间,供人行走。他像一只茧,紧紧裹着自己。在昏暗的楼道中,他独自起着霉斑。但他也并非一成不变地枯坐,他也唱歌,总唱一首《黄河的水干了》,也只唱其中四句,无限循环——

> 早知道黄河的水干了
> 修他妈的铁桥是做啥呢
> 早知道干妹妹的心变了
> 谈他妈的恋爱是做啥呢

他唱得并不好,嗓音低沉,如水底石块,没有韵律和节奏,如流水,波澜不惊。我很多次听过这首名叫《黄河的水干了》的歌,赵牧阳的版本,悲情、撕裂、疼痛、无助、怅然。这些他都没有唱出来,只是按照自己的调那么唱着,抑或说哼着,一遍遍,最后有些摇篮曲的味道了。

我不知道他是从何时起坐在台阶上唱歌的。但似乎有规律,每周一、三、五,上午。我上班时,总能看到他。

他应该是这层楼的住户。一层四户,至于到底是哪一家,我并不知晓。就如我不知晓三楼催缴单后面的事。这个世界有太多的无从知晓,可知晓了又有何意义?这世界多是空白,而空白处又多是伤心事,不提也罢。

我就这么进出于东城壕二十八号楼,在六〇三,一室一厅的老旧房屋里一个人生活。屋子破旧,墙皮脱落,我买了油漆,本想粉刷一番,可滚筒滚过,墙面潮湿,墙皮大片剥落,噼里啪啦落了满地满床,遂作罢。三个木门上本想喷漆,可劣质油漆味道异常刺鼻,让人恶心,胡乱喷了一两遍,遂作罢。墙上本想贴墙纸,倒是贴了一番,可墙纸黏性不够,加之墙壁多灰尘,边角总是翘起,遂也作罢。我不过是这屋子暂时的寄居者,图个落脚之处罢了,何必去修饰呢。

我就这么上下于楼道,听咳嗽声、哭喊声、撞击声、卖萌声、流水声……时间久了,我也便成了二十八号楼的一部分,陈旧、生锈,落满尘土。

我想这一切都会长久如此,不会改变了。就如同这日子,千篇一律,长短一致,冷暖相似。

可某一天黄昏,下班回到东城壕,钻进楼道,一边走,一边咳嗽跺脚试图吵醒楼道中的灯泡。我不知走了几层,感觉应该是六楼,站到门口却发现不对。我一时恍惚,分不清这是不是我租的房子。迟疑片刻,我还是从门上一些细节处辨认出这不是我租的房子。我租的房子,门口被我浮皮潦草地刷过几下,门框上没有太多开锁的小广告,那幅去年因要回家于腊月二十八提前贴上的对联已破损,等等。

我为什么会走错楼层呢?我已在这楼里生活了一年多了。

我下到一楼,重新走了一遍。到四楼,发现那把红色轮椅竟然不见了。没有标志,是我走错楼层的原因。它常年立在那里,再立下去,就要被尘土覆盖了。它突然消失了。消失于何时?因何而消失?是那个有腿疾的人痊愈了,是那个年迈需要轮椅的人过世了,是那户人家搬离了,是人家觉得碍事无用丢弃了,是被捡杂物的人提走了,又或是某个午夜它自己撑开轮子摇摇晃晃下楼梯逃离了……

我无法判断一辆闲置的红色轮椅的去向,正如我无法判断那厨房里不再做饭的人影去了哪里。

不知所终。

不知所终的,还有三楼。那门上的催缴单。一年了,它一直贴在那里。绿门,白纸,黑字,红章。时间一久,它成了门的一部分,似乎生了根,似乎那扇门上就该贴一张单子。

如今单子不翼而飞,而门依旧锁着,未见有人出进的踪迹。它消失于何时?因何而消失?是自行剥落被人扫走,是房主缴了费用撕了单子,是被顽童揭去,是有人觉着碍眼故意剥掉,是有人顺手撕下以作吐痰之用而后团成疙瘩扔掉了,是有人要记东西扯过来写好后带走了,又或是它从门上挣脱下来自己去了缴费大厅,是它从门框里翻进去查看屋内究竟有没有主人,九年了,它失去最后一丝耐心了……

不知道,我只是确定它不在了。门在那里发着呆,胸口没了纸条,很是突兀,甚至虚幻、飘忽。

不知所终。

不知所终的,还有二楼,那个定期坐在台阶上偶尔唱歌的人。有次我下楼,出小区,发现忘了拿东西,又折回去取,那个人刚好坐下。他欠欠身,给我让出了通过的空间,而后抬起头,看了我一眼。他并不苍老,虽然眼角堆着皱纹。只是短粗的络腮胡子久不打理,如割过的麦茬一般,直愣愣戳着。他的面色黑而红,如焦糖一般。从他的眼睛里,我看到了苦,如药一般熬了很久,开始浓稠起来。再熬,便要焦干了。

有一天下楼时,我突然想起好久没有见到这个人了。我想,可能过几天,他又会出来,坐于此,哼他的《黄河的水干了》。可是并没有,他再未出现。

他如同另一粒尘土,黑色的尘土,在二楼楼道飘着飘着,便没了踪迹。

他消失于何时?因何而消失?是他离开这里去别处生活了,是发生了意外已离世了,是躺在床上再也无力起来了,是租的房子到期后走掉了,是在某个正午离家出走去流浪了,又或是他把自己丢掉了,是像一滴水那般被黄河带走了,还是压根就不曾存在过,一切只是我的错觉……

后来,我上下楼梯,再也见不到那个人了。我心里颇为失落,好像是我把他弄丢了一般。那台阶空着,似乎不曾有人坐过。我依然还会想起他哼的歌,低沉而散淡,如众生头顶的光阴——

  早知道黄河的水干了
  修他妈的铁桥是做啥呢
  早知道干妹妹的心变了

谈他妈的恋爱是做啥呢

　黄河,并未干;妹妹,心有所属;至于那个人,不知所终。
　这世间多是不知所终的事。我站在楼道里,没有制造声响,灯黑着,楼道漆黑,我也是黑的,我是黑的一部分。如果某一刻灯亮了,我或许也将从此不知所终了……

林渊液｜**桃花药**

午后阳光

我是在瘟季那种人力软弱的时刻开始喜欢午后阳光的。当是时,村子里人少,匆忙的两三粒都是取快递的,只有我一个闲人在刷村。

阳光远远地铺张,洒在冠盖连绵的树上,从树缝里漏下来的光有神性。整个村子有一种被煎炒熟透的植物气味,这种气味像饺子一样浮在空中。

桃花开得烂漫,那阵势像是假的才能如此。午后的桃花招不来蜂蝶,招不来飞鸟,像一个从良的青楼女子。

那一年,我也是在这样的午后,偷偷下来放风。那时节遇到的人,谦卑、温文、有节制、有敬畏。还记得紫薇树后有一个人,隔着远远的距离大声向我问好。口罩遮去她半张脸,一开始没认出来。原来是常在大堂物业处顶班,喜欢着中性衣装喜欢黑着脸的那女子。从那以后,她没怎么黑过脸。

蓝色的布头

池塘边的假山,不知何时有一盆又一盆的植物被摆放上去,绿萝、柑橘、蝴蝶兰、发财树之类,蔫的蓬乱的枯了叶边的,花盆是白的棕的瓷的塑料的。现代人种花大都这样,只爱它葳蕤的盛放的果子离离的样子,过气了就遗弃了。假山造景并不是我所喜欢的风格,但它至少是整洁的,美学自洽的,不至于沦为垃圾场。正待找物业管理处来解决,一天午后刷村时碰到了我们楼道的清洁工,她正为它们浇水。那是一个湖北籍小姐姐,见我捡拾落花来养,经常乐呵呵地凑趣。我问她为何给那些花木浇水,她说:我养的呀,不浇水,哪儿来的花。

维护她的生活激情与维护俺们村的视觉美学,哪一个更重要?我没有想明白这档子事。物业管理处我没有去找，这状况又持续了几个月。

儿子小时候，我陪他读过一册绘本《爷爷一定有办法》。爷爷将一条蓝色的破毛毯为约瑟改作外套，外套老旧了，变小了，爷爷把它改为一件背心，之后，它被爷爷改为领带、手帕，最后变成了一颗纽扣。它一次次地老去，又一次次地重生，爷爷的陪伴与蓝色破毛毯的陪伴，一直也没有停止。故事温暖而又机智。我更喜欢画面下的老鼠一家，那是世界的B面。从这条蓝色破毛毯一次次裁剪下的布料，给鼠们带来多少欢乐。它们从房梁上扯下爷爷扔掉的布头，用它做蓝色的衣裳、蓝色的窗帘、蓝色的被单……城市里的生活设计，一直有着两套系统，就如约瑟一家和老鼠一家。

小女孩藏宝记

木棉花开到最炽之时，也是花落之时。这时的鸟是不飞的，全都在地上走，翻拣着什么。不同肤色不同脸谱不同种族，各自安好。这一天，我的目光逮到四只珠颈斑鸠、三只乌鸫和一只张飞鸟。

在地上跟鸟们一起翻拣的还有一个小女孩，她把木棉花一朵又一朵地拾起来，然后像珠宝一样，藏到一块大岩石后面的凹壑处。她的脸肌蓄满一种不可告人的得意，不知道是因为单纯的获得，还是数字的不断攀升。我发现了她的藏宝地，假装不知道。

一个朋友听我提起张飞鸟，去搜它的图片来看，说果真长得像张飞，那名字可不是白起的。岂止是长得像，连性子也像。鲁迅早就写过的："但所得的是麻雀居多，也有白颊的张飞鸟，性子很躁，养不过夜的。"

树梢的鸟巢

黄葛树叶子掉光之时，我看到了它的巢。它把巢筑在树梢上，这树梢伸在路中央。在一个以树枝作为线条的构图里，那个巢是唯一的灰黑色块，十分醒目。不知道这个奇葩主人是谁，忍不住拍了几张照片，在朋友圈表达困惑。朋友们的留言很有意思，一半是现实主义视角一半是浪漫主义视角。朋友们说它肯定是在黄葛树叶子未落之时筑的巢，叶子葳蕤便可藏身。一位朋友说野猫经常上树抓鸟，树梢才是最安全的地方，野猫可望而不可即了。不少朋友觉得这巢建得危险，一刮大风便要上演飞屋环游记。为大风担心的朋友，无一例外都是北方人。也有对它表示赏识的，有人夸它的巢圆圆的、稳稳的，筑得好。有人夸它格局高、视野好，想必是个喜欢看风景的主人。也有人调侃，这主人爱荡秋千就是了。

我每天去看它，早晨从未见过，先于我来之时它便出去谋生。午后见过两次，都是倏地一下钻进巢里，没能辨认出它是谁。黄葛树很快地长了嫩黄的叶芽，新叶不断地成长，变成了碧绿的老叶，这过程不过半个月的时间。

直到它的巢淹没在树叶海里，我也不知道它是谁。

花朝节

村子里，山茶、刺桐、火焰木开遍。草坪上，开花的是一点红和黄鹌菜。石板路上一层黄色粉末，头顶唯有秋枫树，清洁工小姐姐说，是近旁杧果树的花粉。春风无比慷慨。

李翠莲上吊

午后刷村时，遇到清洁工小姐姐彩妆上演。有导演有演员有跟班，她们仨，恰好负责我们这栋楼。导演很严厉地说：不笑，这是一个苦戏。女主角赶紧就换了一脸愁苦。导演说：拂袖。女主角就把一双水袖甩上去。听手机里的唱段是豫剧。原来导演是河南人，女主角是湖北人，跟上导演也学了豫剧。问她们这出戏叫什么，答曰：李翠莲上吊。这么直截粗暴的戏名，我以为是一个小唱段，结果发现，竟然是一出大戏，全本十小时。

立夏

"万物至此皆长大"，这一天，村子里的阳光已经有了薄金，是真的夏天了。我选择匍匐在地，去观看薄金照在小草小花们脸上的样子。匍匐之时，眼中唯有海金沙、水蜈蚣草、小蓬草、苦苣菜、一点红、紫花地丁、黄鹌菜和酢浆草。身外世界，顿成百倍之大。

芒种

"众花皆谢，花神退位，须要饯行。"

芒种，是《红楼梦》重笔着墨的时间点，或许只是作者的个人偏嗜，研究者却因此揣测成书年份。葬花,正是黛玉独自为花神饯行的行为艺术。

南方的农业物候,与黄河流域、长江流域不同,关于二十四节气,实在是需要重新寻找意象和表达。这一天,阴晴不定,骤雨后,鸡蛋花落了满地,池塘潋滟的波光反射到花树上,摇曳如船行,把人晃得迷醉而晕眩。今年的第一朵大花紫薇也被打落下来。想起狄兰·托马斯的几句诗:

在平整的坟墓
我大步走过死亡的国度
剽窃的主人在石上敲动密码

废料

捡了朵大花紫薇,养在一个梯田般流线型的烟灰缸里,好像这才是它的居所。在生命结束之后,它又在我的案头盛开了两天。

错了的,要么是地方,要么是时间。

有一次在博物馆看到一个新石器时代红山文化晚期的展品,是一件玉管钻废料。

每次看到雕工精美的玉璧、玉琮、玉钺,心内都暗自纳罕:生产力那么低下的年代,机械工具匮乏,他们是用什么方法将坚硬的玉石雕琢成器的?一件玉器上的兽面纹案,眼睛直径像圆珠笔芯那么大,用放大镜观察,竟是由十六根切线组成的。据考古学家们发现,当年玉匠已经能熟练地运用雕刻技法,管钻法更是普遍应用于钻孔技术之中。

那块在红山文化时期被玉匠师傅废弃的玉料,在数千年后的今天,被供在高洁的绒布下,聚光灯打在它的头顶,数不清的人们对它驻足观赏。

自伤

荷花开满了池塘。这一朵,它是必得戳破自己的叶子才可以开花。

现代美学

杂花与树,与古典建筑元素衬合的美感,依然是最容易达成的。这当然可能缘于数千年的审美惯性，也可能是，古典美学反过来成为潜在的美学标尺，自觉帮我们衡量。可是，现代高层建筑的尺度，已然是对于自然，对于花与树的傲慢与背叛，这才是现代美学以至现代精神自绝于自然的缘故。

病叶

秋风起时，香樟树落下一些红叶。我发现，叶子是从叶脉周围先红起来的，红纹路把这片叶子镂空了，露出底绿，每一片都像美丽的重彩蕾丝。这是去年发现的秘密。今年的相同时节，香樟树落下的红叶都是满满的红，再也觅不到重彩蕾丝叶子，我一直不知何故，直到遇见一枚病叶。这枚红透的叶子留有四个绿色叶斑，但不在叶脉镂空处，呈现出的是一种病态。

猛然想起，去年捡到蕾丝叶子的那天，其实是大雨过后。原来它被意外打落之时，还并不足够老。那次遇见，只是为了让我窥见一种成长的秩序。

幸存者·一

前一天走过，七里香的花苞还是星星点点，生机蓬勃。没想到只过了一天，花苞虽然绽放了，却只剩下一朵。园丁们规定了七里香的生存原则，他们不辞辛苦地把七里香整饬成一个花球。那些蓄积能量努力开放的花苞并不知道，它们的璀璨会在圆球的半径之外，它们等不到这一天了。

幸存者·二

如果不是光来眷顾，我千百次走过都未曾发现它。那株小草名字很美，叫作钻叶紫菀。度娘对它的介绍让人颇为精分。在人类需要时，它是可以清热解毒的草药，然而当与小麦、绿豆和油菜长在一起时，便成杂草，需要铲除，需要除草剂喷杀。再看到手执铲子和簸箕的园林工人，我就担心钻叶紫菀的命运。

幸存者·三

村子里种着一棵金凤树，夏天开金红的花。树洞里自发了一株小橘树，橘叶上居住着一个柑橘凤蝶的虫宝宝，黑乎乎的，像一粒鸟粪。每天都去看望它，有时午后没有去成，夜晚打着手电筒也得去看，不看一眼不安心。它可是顽皮得很，有时盘在橘叶下面,像是故意吓我。虫宝宝的生长是肉眼可见的快,我眼看着它蜕了两次皮,还是黑乎乎的,身子倒是变长了。这成了心病。天上飞来飞去的坏蛋那么多,它这怎么藏得住?立冬前一天,它竟然已换了新的衣装,一身绿衣与橘叶混同难辨,这下,天上的坏蛋们没那么容易发现它了。

可是,它并没有能够成为幸存者。有一天我去看它,不见了踪影。金凤树的树洞里自发的草全部被拔除,虫宝宝的小橘树也没能逃脱被铲除的命运。它逃过了天敌,却没有逃过人类。我只陪了它十七天。

像红叶这样的白发

红叶是优秀的树们的白发,秋风摇落一阵,头发便稀了,看起来沧桑而智慧。

立冬

这天,第一声鸟鸣在六点十分,比一周前延迟了二十分钟。人类应该设计一款智能叫醒闹钟,把每天第一声鸟鸣放大五十倍。鸟们的生物钟肯定比我们更顺应自然规律。自霜降以来,村里见的多是这几种鸟:暗绿绣眼鸟、池鹭、鹪莺、白鹡鸰、白喉红臀鹎。池鹭像是专为荷而来,荷花开得壮阔之时,它们常自池塘的东边飞过池塘的西边,翅膀伸展开时,颇有鹰姿。残荷被清理之后,不见了它们的影子。

这天又不是出门没洗脸,刷村时,鸟们只是与我打游击,只闻其鸣,不见其面。

大雪

北方的冬天是快意恩仇的,小雪大雪,令南方人歆羡了许多年。

南方无雪。是日午后二十摄氏度,天朗气清。我肯定是抱怨过南方的冬天的,一边享用它的宜人一边抱怨它的温暾浅薄。樟林和大叶紫薇算是对风霜有过强烈反应的,叶红过,叶落过,落了一地之后,竟与宿命达成和解了,冬日的午后,看起来是不惊不乍的葱绿。对一棵树的凝视如果是经年的,肯定会发现许多秘密。大叶紫薇枝头,去年蒴果和今年蒴果是同在的,去年蒴果绽裂如花。宫粉紫荆,去年荚果和今年荚果也是同在的,去年荚果飘带开裂,种子不知抛撒到哪儿了,果皮卷成双螺旋DNA链。春天开花的黄花决明已经结果了,花还一直开着,让我想起外婆的一位朋友,我们称她大牛妗。大牛妗生命力特别旺盛,一生生下十个女儿,第九个女儿与我是小学同学。大牛妗常是在门楼前切番薯叶时,肚子疼了,把孩子生下来,自己剪了脐带,然后回到门楼前继续切番薯叶。当然,这些经霜的叶子是不一样的,细看,它们脸上都有风霜,不信,看紫荆叶看蕨叶。南方的冬天是中年的境地,包容、妥协、坚忍、丰阔,而看起来如此平庸。

小叶榄仁

小叶榄仁的叶黄叶绿竟是不知何时发生的,等我注意到它时,已是轮回中成年的样子。关于小叶榄仁,我喜欢的几个特点,都可以用专业术语来描述:主干直立,侧枝轮生呈水平展开,树冠层伞形;叶小,提琴状倒卵生。如果可以分层观看,那伞形展开的每一层侧枝,都是极美的。这种需要现场剔除和甄别的局部的美学感受,基本上是无法与人分享的,即便是最亲密的人。

从树下仰望小叶榄仁,与 Robert Ryan 的剪纸颇有些神似,我在小说《失语年》中写过这个大胡子男人的一幅作品。

有一年参加文学进校园活动,去了一所小学。双侧行道树都是小叶榄仁,正是花期,吸引了许多昆虫前来。我问孩子们:你们知道在小叶榄仁的花上嗡嗡嗡的是什么昆虫吗?全场齐声说:蜜蜂。其实我观察了很长时间,全部是苍蝇,一只蜜蜂也没有。不是说苍蝇追腥逐臭吗,至今,我不知道该作何解。我一直在等待村里的小叶榄仁开花,等了数年还没等到。

桃花药

村子里的桃花又开了。每次桃花一开,俺们村就变成江南。

桃花不止开在俺们村,还开满了朋友圈,满屏的粉艳流转。

桃花的最高价值取向,一直是审美。可是,它仅仅是在审美吗?

葛洪在医书《肘后备急方》里写过桃花的药用价值。它能够让人变得白皙,还能细腰身。这是多少小姐姐求而不得的事情。"取三树桃花,阴干,末之,食前服方寸匕,日三。""方寸匕"是古代量取药末的器具名,草木药末一方寸匕大约是一克。这个方子后来少见流传,流传下来的是另一个方子,除了桃花,还加了白瓜子仁和白杨皮。据说服用三十天面白,服用五十天则手足俱白。桃花色红入血络,又得春天生发之气,改善面部的微循环自是功效不差。

朋友圈里，黄医生讲的故事更加有趣。范纯祐女儿丧夫发狂，幽闭在室内，夜来自己破了窗棂，爬到桃树上，把桃花吃得快完了。第二天早上，家人把她接下来，病已愈。按照中医的说法，这女子突遭变故又惊又悲，气血凝滞，痰迷心窍，以致发狂。桃花疏肝散气、消痰化瘀，刚好起了效用。

直到今天，野生动物生病时，依然有自己寻求救治之药的本能。人类的这种本能是不是在进化中因为分工反而退化了？

我曾经因为家人患感染性胃肠炎，在村子后面草坪找了一些白花蛇舌草，煮水喝了。胃肠病是好了，可是朋友听后表示后怕：万一，那片草坪喷洒过农药呢？

如果范纯祐女儿刚好走过我们村的桃树，她是该爬上去吃呢，还是不该爬上去吃呢？

赵瑜｜**空想博物馆**

湖景房

　　看到一套湖景的房子，在一个我常去的二手房网站上，便喜欢上了。那房子临一个大湖，偏僻，安静。房子面积不大，适合做书房。看的时候就想，若是我买下来——买下——来——这个念头一起，我仿佛立即有了超能力，瞬间便跳入了这间房子。我反复地观看视频中房间的格局，就像我在房间里散步，以便设计以后的生活。

　　我观测客厅这一面墙的长度，是在想象我定制一整墙书柜以后的效果。书柜的门，我有新的经验，要用窄框的铝镁合金的门框，这样玻璃便会更透亮，书柜里的书册就能展示得更加完整。若是书架上摆放几个文房摆件，那便更多了独属于我的审美意趣。我家的书架上，一般会放一件鲁迅先生的雕塑，早年间，我去中山大学闲逛，在校园近旁的小书店里买了一尊鲁迅先生的陶瓷塑像，一路小心翼翼地带回了海口。十多年过去了，我从海口搬回郑州，又从郑州的一处住房搬家到现在的小区，迁移数回，每一次都是先将这尊鲁迅塑像放到书架上。鲁迅像的后边，是鲁迅先生的书。有时候，我也会将我写鲁迅先生的一本书放在他的塑像旁边，在我自己的书架摆放上，我有这样的权力。

　　两间卧室，一间宽阔，一间略窄狭。我平时的习惯，是喜欢睡在狭窄的房间，而在宽阔的房间里，我会放电脑，或者在临窗的位置放一个书桌，写字，喝茶。我总觉得，宽阔不应该只属于夜晚，属于一张床，而应该属于阅读、倾听，或者品咂。

　　这套房子最让人觉得舒适的，是阳台上的视野——开阔而又有景致。坐在阳台上，便可以俯瞰整个大湖。湖并不规则，在高处看像一只鸟，可能这就是她被叫作"凤湖"的原因。每一次重看这套房子的视频，我都能想象到自己站在阳台的阳光里,看着夏天被鸟叫声衔着,丢到湖水里,或者是湖边的树林里。那房子,应该是凉爽的。

客厅里一定要摆放一条长长的茶桌(长长的,意味着对平庸的家庭摆放的一种反对和冒犯)。桌上自然要铺上一条有着黎族风情的印染桌布。为什么是黎族风情?是因为我曾在一个黎族的村子里见过他们使用,这种落后的,并不时髦的布饰所呈现出的,是一种与时代有疏离感的审美,魅惑而让人沦陷。日常生活中,我喜欢偏僻、边缘以及落寞。我喜欢主动地使用它们,仿佛多用上几次,我便得到了升华。

回到长桌上,那桌子是有多种用途的。比如,临近阳台的角落,用来放置电脑,这样我写字的时候,一抬头便可以看到湖、湖水中倒映的树影或者飞鸟。桌子中间的部分可以铺上毛毡,练习书法。朋友来了呢,也可以直接在这条长桌上喝茶。茶自然是要喝"鸭屎香",我已经喜欢上这款茶三年,还没有移情至其他茶叶。该如何描述它的好呢?我觉得可以用一首乐曲来形容它,是小提琴名曲《下雨的时候》的味道。一种茶,大于月光,小于一场雨水,有时候喝下一杯,便会生出新的想法。我依赖茶水的滋味,我觉得茶也是一个擅长言说的友人。

我还设想将一部分图书搬过来。鲁迅先生的书,只需要先搬来他的书信集即可,先生的日记和传记晚一些再拿来。书架上一旦放上几本鲁迅先生的书,便仿佛有了可以信赖的品质。怎么说呢,在世俗生活里,一个阅读鲁迅的人,至少坏不到哪里去。

我想过自己站在阳台上的时候,手里应该持哪一本书,思虑来去,觉得还是应该看一本麦克尤恩的书。他的书写感官打开得很好,文字中对人物事件的叙述常有好的比喻。当年读他的时候就想,他一定是听着音乐写作的,又或者,他是在湖边写作的。除了麦克尤恩,我还想将几本尤瑟纳尔的书也放到这个书房里来,因为她的文字里有孤独感。如果我一个人住在湖边的这套房子里,我还想过,应该重新阅读一下托尔斯泰。因为我早就买好了托尔斯泰的三部曲。三部曲像三处旅行地、三个庭院、三种植物、三声鸟鸣、三部电影,或者三个月光很好的夜晚。三部曲买了三年,一直在架子的显眼处,每次经过的时候,我都会用手抚摸一下它们,没有拿下书架来重读,总觉得像和托尔斯泰约了一场咖啡,我却未能赴约。

我有一堆木头,是当年在海口时买的,如今也要放到这个房子里来。我想好了,要做两三个有着展架风格的书架,将几根造型好看的降真香木头摆起来,当作装饰。这些木头每一根都有香味，都大于我的年纪。有时候想，图书大于我的部分，我将来或许可以理解它们，容纳它们，而我无论如何也不可能变成一根木头。所以，我决定找个地方展示它们，有朋友来了，我就介绍一下它们的样子、香气和成长的年龄。这样一想，便觉得自己仿佛真的已经在这样的一个房子里住了下来。

我会和友人说起我要买一个湖边的书房，每次说起来，仿佛过几天朋友便可以到我的房子里去做客。朋友关心湖里是不是有鱼，湖在不在山脚下。我说春天的时候，那里有一大片油菜花。然而事实上，我并没有去过那里，只是在一篇别人的博文里看到那片油菜花田。在无人机的俯拍下，几个人在油菜花田里奔跑，既像是要融入这一片花海，又像是在躲避那庞大的事物吞噬掉弱小的自我。

有那么一段时间，我每天打开电脑，都要先看几分钟这套房子的视频，然后闭上眼睛，想象自己就坐在那阳台上，我仿佛听到湖边有孩子奔跑的声音。

闭上眼睛，这个世界，便只属于我。

手，或者其他事物

电影《辛德勒名单》的开头，一只手划着了一根火柴。火柴的光没有在屏幕的中间，而是在右侧，然后，火柴移到了屏幕的中间，一支短的白色的蜡烛被点燃。这个时候，我以为主人公的脸要出镜了，我甚至想象到他应该是脏兮兮的有着长胡子的男人。然而没有。镜头右转，那根火柴又点燃了一支蜡烛。镜头转换，是群像，一个人带领着全家在唱赞美诗，祷告，感谢上帝创造了葡萄酒汁。

最后，蜡烛终于燃尽了，生出一缕青烟。

现实生活中，我无数次点燃过蜡烛，那是少年时的记忆。烛光只能照亮很少的空间，在那样的光线里，我也只能思考烛光照亮的部分生活。而整个村庄里的黑暗，暗夜里的星光，我都无暇去观看。点亮一支蜡烛是容易的，将一支蜡烛燃烧完毕，却需要时间。

若是我能早一点知道蜡烛燃烧完以后的样子，我相信，我会和现在不一样。有什么不一样呢？其实也说不清楚，那青烟如舞蹈般消散在空气中，多么像我们的青春啊。那么轻，又那么易逝。

《小鞋子》的第一个镜头便震撼到了我,一双手在粘一只已经破烂不堪的鞋子。那双手是承受了生活苦难的手,有着粗糙的手指,不整齐的指甲,以及指甲里黑黑的污泥,鞋油浸到了手面上的皱纹里,有一种被生活侵犯惯了的顺从感。看到这样的镜头时,我习惯暂停一下,以便看清楚那两只手上更多的细节。手上的伤口差不多就是生活的价格,或者说,那两只手差不多就是一个人一生的表情。而在《小鞋子》一开始,镜头全都对准了这双手,仿佛全世界的欢喜与丰富都与这部电影没有关系,只需要这一双手,便让所有的观众安静下来。

《钢琴家》的开头,也有一双手的出现。一双干净的手在琴键上游走,流水声传来。那是一双略大于生活的手,只需要在琴键上敲击几下,听到的人便会觉得愉悦,或者悲伤。弹奏钢琴的手不像《小鞋子》里的那双手有笨重的呼吸声,节奏加快的时候,那双手像弹簧一样,游走在虚实之间。电影开始的第一分十五秒,窗外响起了一声爆炸声。一分十八秒,爆炸声从远处奔袭而来,直接击碎了广播电台的直播间窗子。钢琴家被吓到了,他站了起来。故事,开始了。

在海南生活时,菜市场的大妈或者小姐姐们,都是把菜择好了再卖,我喜欢看她们择菜的手。有一阵子,我特别喜欢在海府一横路的菜市场闲逛,一个杀鸡的女摊主吸引了我。她太熟练了,一只鸡,先放血,再放到热水桶里浸泡,之后拿出来,三下五除二拔干净鸡身上的毛,然后一刀一刀,将鸡的内脏取出,温水里再洗一下,剁下鸡脚和头部,将鸡一旋转,盘成一团,装进一个大小刚好的盒子里,塑料袋一提,便好了。这个如此复杂的过程,在她这里几乎是一种艺术创作。她有些黑,瘦小,但眉眼之间是好看的海南女性的模样。我很少买她的鸡,因为我不会做这种复杂的肉食。但只要路过她的摊位,我都要认真地看她杀鸡的过程。我熟悉她的每一个动作,她的手一伸出来,我就知道她要做什么了。偶尔她没有戴橡胶手套,从温水里将鸡捞出来的时候,我看到了她的手,粗糙,肥胖,手指很短,没有艺术的美感,却很有力量。她的手那么准确地找到鸡的死穴,我想,她也是一个艺术家。如果给她起个名字,或者可以叫作"海府一横路杀鸡艺术家"。只是这样一想,便觉得荒诞,但我还是认可这样的称谓。

画在宣纸上的事物

裁宣纸用刀不同,会有不一样的感受。

用竹刀裁纸的时候,我会想到大提琴,略有点粗粝。如果裁纸的速度慢了,宣纸的纤维会被刀割出参差不齐的感觉来,就更像是一场行为艺术。

这几年我买了一把不锈钢刀来裁纸,更清澈一些。纸的毛边消失,裁得更整齐了。钢刀裁宣纸时的那种流畅感像极了一个人完成了一次越野跑步比赛。那是一种有快感的运动。将纸裁开的那一瞬间,也觉得像听完了一场钢琴演奏。

但是三四张宣纸叠在一起来裁,钢刀便也和竹刀一样了,是钝的,慢的,毛边感强烈的。裁纸的时候,我总能想到夜深人静时,人走在草地上的声音。

近日为了练习耐心,我每天用毛笔在宣纸上画——圈。纸上的圈更像是一个生活的比喻,一如我们在固定的生活线路上活着。初始,在宣纸上画圈时,手会抖动,心跳加速。心里越是希望画得圆,手便越不听使唤。那些丑陋的败笔和洇染成一团的线条,像是生活对我的嘲讽。

宣纸对毛笔在纸上行走的速度是有要求的,如果笔锋行走得慢了,墨水会洇成一团黑云,若是运笔的速度快了呢,笔的中锋就无法均匀用力,线条又粗细不均。在纸上行走,与在路上奔走是一样的,都需要适合自己的节奏,需要氧气,需要审美,需要观念的认同,也需要丰富的内心交流和物质积累。

那几日,我憋着一口气在宣纸上运笔,点笔开始,先向下再向下,再向右,再向上,再向左,再向下。圆是封闭的,而我画的圈是一圆绕着一圆,是一个循环的圆圈。左下运行开始画圈,逆锋向上时,便发现,胳膊拧在了行进的路上,我放慢速度,将笔尖收起来一点点,但哪有那么好的控制力,笔尖一收,线条瘦小,河流变窄,我的呼吸紧张到像在产房外等着孩子出生一般。

一直画到第十天紧张感才慢慢消失,并不是我的技术已经完美了,而是,我用了十天的时间对抗自己对圆的理解,甚至放弃了完美的要求,达到了一种自我妥协。而妥协本身便是一种圆满。所以,我画的圆圈开始被赞美。他们说,越画越好了。

在宣纸上画圆圈的时候,我想到了我的父亲。父亲已经过了七十岁,但身体健硕,这和他一直骑行有关。父亲现在一般日常骑行五六十公里——父亲擅长说话,尤其是说骑行的事,一说起,他就会不停地描述他骑自行车时见到的风光、人事和地理。父亲说他骑到黄河边上,看着黄河流啊流啊,便也学着黄河,深呼吸一口气,然后再长长地出一口气。父亲说在黄河边上休息时,学习黄河慢悠悠地呼吸,身体便舒畅起来。父亲还说,他刚开始骑车的时候,一天只能骑十公里,上坡的时候很吃力。父亲每天都坚持骑车,仿佛每多骑出一公里,他的视野和理解万物的能力都会相应地得到延伸。

一有时间,我还要画下去。我在宣纸上编了号,写了日期以便记忆。这样不停息地画下去,有一天,我画的圆圈终会在生活的滋润下,变得越来越圆满、适意。我甚至想,我每多画一张圆圈,也许都能延伸父亲骑着车子的路程。这样一想,我一直画下去,父亲就一直骑下去,这多么像一种健康的期许。

那就继续裁开宣纸,倾倒墨汁,开始对生活的描述,以一个圆圈的方式。

杨红 | 桥圪阶奶奶

盘个菩萨似的莲花腿

人说桥圪阶奶奶是从山后来的,仿佛是买来的童养媳。

"山后",是下村乡民对比下村偏穷地方的叫法。下村桥圪阶东院两进青砖四合院,当时住了七八户,二十多口人。

一个穿堂门串起前后院。这穿堂门东西各半间小屋。土炕占了多半个小屋,差不多顶住了门后。

我认的桥圪阶奶奶,就住穿堂门西小屋。

二十世纪七十年代初,好像是我家搬下村第二天,我妈还是不耐寂寞的年轻样。

我立西小屋低木门墙外。盛夏燥热的风由穿堂门旋进,浪一般追涌我半个身,西小屋凉息的风又浸淫我另一半身。两股风像暖寒洋流在我身间交缠斡旋个不住。

我妈叫我认的桥圪阶奶奶沙哑低沉地叫我:亲——

我顺这声气认去,见她老人家硬壮壮地盘腿塑在炕上,一张瘦糙如石造像的坚硬的脸,脑后盘髻也石造像般坚硬,和尚领青布对襟衣衫和扎于脚踝的宽裆裤腿也石造像样荡着宽大坚硬的褶——她老人家比我近八年人生所见的乡村老妇人是很多些硬度的。

又见她老人家嘴角兀地噙杆似软枣粒的钿铜烟锅,火星一明一暗的,用落了牙的瘪嘴噗噗吃小烟,以脚磕小烟灰——我惊她老人家像个乡村汉子的硬朗做派时,再见一双汉子们青布鞋,从她老人家盘个菩萨似双莲花腿下极具挑战性的乍突出来——

后来才知道,奶奶也是下村及周边村庄唯一有双大脚的老妇人。

奶奶后来仿佛是说自己不缠脚,实是家景苦寒,养不起小脚闺女,有双大脚能当个好劳力,下地营生。不管原因何种,如今再回顾,我个人以为,仅凭那双大脚,她老人家或许算下村女性主义不自觉的先锋派,至少也是下村女子缠足千年史的客观终结者。

奶奶养一儿一女,孙女旦儿和我在下村小学一年级才同了学。

人都叫奶奶是"旦儿奶奶"。

下村落于太行山坳。太行山的草冬枯秋硬,我们薅春夏嫩繁的草。后晌放了学,我们扛藤篮出村,沿有牛车深辙印的土路朝山跟去。大山与下村隔着数里土塄围的庄稼地。庄稼地的草,早叫勤谨的庄稼人除尽。我们薅路沟的草,也顺势跑上被千万年风雨川刷成土林样的高塄,揪朵花。

遇一株不确定的草,我们倒给猪,猪欢喜吃的,都是无毒味甘的好草。我们也拿给硬壮壮的盘腿塑在炕上的奶奶认。

奶奶枯瘦的大手举起草,对着格子窗中央一小块玻璃的光仔细看,凑近闻,再舔再嚼。末了,用风旋崖壁老圪针树的跌宕千万里的沙哑低沉声气,很重视地说:亲——

她肯定了那株草,再给个共谋犯的诡秘眼神。

引荐荒原火祖

我爸病逝下村。我妈悲悲戚戚不能过了,引得我和我妹也惊惊乍乍的。

一天夜半,我爸从我家木门墙的缝招我,说他那边没人做饭,叫我妹去伺候伺候。我爸好像还从木门墙的缝伸进手,来拽——忽刹一下我惊醒,天还未明。

我妹当时好像七虚岁。

那大概是我爸头七快到时,我妈夜里睁着眼不睡。

我和我妈虚虚说了这梦。我妈忽刹坐起,穿衣往外闯。

一会儿,老远地,踽踽喧喧一阵脚步老根一样从地深处直穿我睡的木板床,震得我耳膜咚咚响。这是奶奶一双大脚敲地的声音,她老人家的脚比我妈的还大两码,个儿也比我妈高一头哩。

奶奶进门一声不吭地净手,燃香……末了,张臂搡一股空风到门口,用风旋过崖壁上老圪针树的沙哑声气,瘪着嘴说:杨主任好人啊,可好好去,不敢来吓唬她孤寡娘儿们啊——

我爸过世前任下村公社副主任,是去山上看麦情发了阑尾炎过世的。

奶奶口里念念有词攥那股空风,于门前漆黑虚空里倒下圈门的一道米水,算作两界的隔障。我当时只害怕她老人家手一抖,倒的那道米水圈漏出个小口,圈不牢可怎么办?

圈下这阴阳界,奶奶闭门,睡炕边,以身为器挡住炕里的我妈。我和我妹盖一条被,通腿睡炕对面一扇门板支的床。我头冲门一厢,听得门缝钻来的夜风一阵妖一阵怪,于我床下盘旋一阵冲我的头顶囟,我紧闭双眼大气不敢出。想拽被蒙头吧,我妹那头又狠蹬我又和我抢被。

那天后半夜,我妹的牙磨得吱吱的,我妈的鼻息似文风拂叶,奶奶的呼噜吹响哨样,老畜儿也害得翻箱倒柜,驴踢虫鸣獾打洞的乱乎,好像小鬼还嚷了架,外星连夜几场狂欢厮杀什么的……反正,世间的动静,一股脑我都听见了。

也自那天起,奶奶来我家和我娘儿们做伴,每黑夜都来。

那时候的村人们很重视各种与农业社会相附会的人事农事礼仪。我妈新式,入了乡不肯随俗,总不信的架势。

自听了我那梦,我妈一惊一乍,错眼不见我妹就嚷个不停。

我妈听奶奶的话,置办我爸头七,请了纸扎(指做上坟用的各类纸扎的手艺人)做纸扎。

那天上坟,我们还重孝。我妈提烧纸献供,我同父异母的哥两手也占得满满的。他那时也就十六七岁,才在县里的煤矿当矿工,一副与我妈这个后妈杠到底的样。我妹举穿彩衣的小闺女纸扎。小闺女大眼细眉两只羊角辫,僵硬里透着股另一界的活气。我举的是辆小号军用吉普车,这是下村第一辆高级小轿车,由我妈设计——她到底又新式一回。纸扎的技术还不够完善,吉普车四个车轱辘好像是画在打的硬纸褙上,不甚圆。车里配个穿海蓝中山装戴中山帽的男司机,也僵硬里透股另一界的活气。

这场热烈隆重的头七,是我们与我爸的一场真正诀别。

奶奶已老到不上地了——那时候集体出工的。她老人家管一家七八口劳力的饭,包家务,还喂猪喂鸡的。

偶有早来——再早,也是天黑透了的。她老人家一阵风旋来,硬壮壮盘个莲花腿塑在我家炕上,两只大脚丫自突出来。

那时候才通电。电不如常,十天有九天停,余一天还电压不稳,乍明乍灭地炸灯泡。我妈怕炸灯泡,也怕费煤油,单我们不点电灯煤油灯的。奶奶来了,我妈叫我把取灯(火柴)煤油灯什么的搁奶奶手边。那时候的取灯擦火的小红头儿不牢,总掉,一擦就费好几根。奶奶省取灯,身上掏出两块小石头,两手一磕,冒出股火星——两块小石头是打火石。她老人家以这样古老的方式取一点火星,点着煤油灯,把灯捻弄得细小小的,就着煤油灯吸小烟。

她老人家这个以石取火的小举动一下将黑夜的时光倒逼回几万、几十万,抑或是百万年前了。我身上乍然热起来,当下一阵眩晕,觉到了身后渺渺一片远古荒原上的"火祖"燧人氏一干人殷殷地眊过来,再回头,又望见迢迢的前方霓虹一样迷人的未来。

我于那一刻隐约觉到,奶奶、我妈、我、我的妹妹,我们每个人,无论再卑微再渺小,都是时间脉络上的一个神经元,我们每个人,都链接着人类抑或宇宙的过去与未来。

洋火点洋烟

我悄悄拾纸烟屁股了。

那时候纸烟我们也叫洋烟,稀罕。拾纸烟屁股,于我们小孩算一点意外之财。吸纸烟的不是吃供应的干部,就是国营或集体厂的工人,要不就是下窑矿工——下村附近有许多煤矿,都有身份。除非红白喜事要敬,村人基本是不吸纸烟的。

桥圪阶是公社的集会地,来往体面人多,纸烟屁股多。再是村会上的纸烟屁股多,遇着唱戏放电影的,也是能痛拾一回的。

男同学拾了纸烟屁股,手指头夹了,噙嘴角,架耳朵上,仿佛那纸烟屁股给自己添一种特殊又隐秘的形而上的气派——这是《秘密图纸》一类电影里特务的样。

我拾了纸烟屁股,拆了卷烟纸,收集了毛茸茸的洋烟丝寻奶奶去。

旦儿有时候在,有时候不在,表面上她好像也不介意被我占了奶奶。

我还是先立西小屋低木门墙外。太行山空灵的风从穿堂门浪一般追涌我半个身,西小屋掺和了奶奶气息的风浸淫我另一半身。是这两股风,塑我成了小圆镜里那个头敦实、面鬶腮红的小村姑。

奶奶西小屋的砖缝抠扫得干干净净的，煤烟熏的墙如卷轴展开的古画，格子窗上的各式窗花，补纳了百布头的一张粗炕席，油纸贴的红绿泥炕围子，光可鉴人的青砖火炉，火上小嘴铁壶终日吐着股白雾雾的蒸汽——那火以煤掩着，盛夏也活着，做奶奶一家的饭。

奶奶硬壮壮盘腿塑在炕火西面，我跳炕火东面，因盘得笨，两腿总耷拉炕沿下。

炕下有个黑黢黢的煤圪洞。我一边害怕煤圪洞的怪，一边凝神静气看她老人家取腰间那个蜕色的小小铁盒。我花半天力气开不了，奶奶两个指头一掰，铁盒就开了。铁盒里面一层光可鉴人的银色，晃见各种变形的妖影，与奶奶讲的妖魔鬼怪的故事再不能更契合了。

我抖口袋里烟屁股拆的洋烟丝进小小铁盒，盖个严丝合缝，反复侦查，直到觉得妖气收尽才惶惶作罢。她老人家讲的故事似尽了，那些旧故也重复得没花样了。我默默和奶奶对坐，惊恐又繁复地享受她老人家周身散发的与远古通灵的那种神秘气息。

奶奶的小烟不够，就火边焙杨树叶。我和旦儿上山给公家拾羊粪蛋，顺带薅一种草。这草是奶奶先认的，她老人家说这是山烟草，以前不种烟草，人都上山薅这草焙的。这草先在笸箩里晾，火边焙，再揉搓细，就成小烟了。我如今忘了这草的样，不好描述了。

奶奶先把烟袋锅里的烟油烟垢清净，将洋烟丝揉搓成团。洋烟丝团塞进小小烟袋锅，反复摁压紧实，这个时候我们就把取灯叫"洋火"了。

洋火和洋烟叫起来很搭。我们就说：洋火点洋烟，糠疙瘩就浆水菜！

于深不见底的乡村日常里，寻找一丝生活的自觉自救。

信用社北临书房（小学），门面南北朝向，厨房是西屋。门面与厨房夹坐北朝南的半西式大门——这院，其实是书房延伸的一角。

信用社的院不大，种着两三棵野树。临书房一面原来堆杂物，奶奶去信用社帮厨做饭，收拾出个小菜地。信用社的人就不买菜，终年吃菜地下的菜。还省下口粮，分回家。

信用社最多也就三五人，白日都在门面的柜台办事。奶奶将信用社的院收拾成绿茵茵一片，一两只鸟又在树梢啁啾，是远离俗世的停当样，也就成了我逃课的藏身地。

信用社厨房东北角笼了大火台。过了饭时，奶奶收拾停当也总盘腿面东，塑在火边吸小烟。我跳火台耷拉了腿，面西和奶奶对坐，直坐到书房敲放学的钟，就起身回家吃饭。

奶奶给信用社帮厨，不吃信用社的。她老人家是斋公，常年吃素，也忌肉蛋葱姜等辛辣之食。太行山南麓末端的乡间，像奶奶这辈的村民多有斋公，也譬如我八个姥姥中的某一个。他们生于祸事频仍的清末，长于军阀乱战的歪年，唯将生存要求降至底线，才可能活过来的。

当个人皆知道的斋公，是奶奶（也譬如我八个姥姥中的某一个）这辈人于苦活中寻得的一点体面了。

奶奶耳上常夹信用社的人敬的洋纸烟，有时候一耳一根，大有炫富意味。我心知她老人家舍不得吸，还故意问她老人家为甚不吸耳朵上架的纸烟。她老人家用风旋过崖壁上老圪针树的沙哑声气，很认真地说：洋纸烟不及小烟好哩。

她老人家也小心拨下耳朵上的纸烟，说我人小眼尖的，叫我给她老人家识识上面的字，却也不肯说她老人家自己不识字。

我念完纸烟上的小字，她老人家赶紧把纸烟又夹回耳上。

离下村前，我又逃了一回课。奶奶也给我讲了个故事，说她老人家又是火车又是汽车，千里迢迢到女婿工作的西安游耍。末了，她老人家了无遗憾地饱吸一口小烟，以手比画说吃了偌长一根麻糖（油条）：哪儿也去看了，甚也吃过了，亲——

很满足的口气。我心上却袭来忧伤。

以后我与她再没见过。

至今五十年过去，不详奶奶名姓。

周拥军 | 老库民

一

弥留之际是什么感觉？有说很愉悦的，也有说很痛苦的。老姑父赵忠良弥留时，我们既看不出他多么愉悦，也看不出他有多么痛苦。他神志清醒，一直念念叨叨，说："如果不是老七，我走了二十多年了，这二十多年的日子，都是老七给的。"问他还有什么念想，他说："只想跟老七再喝顿酒。"

老姑父和老七的感情不是喝酒喝出来的，而是修铁山水库修出来的。那年的一天清晨，广播响了。广播里的声音自称是指挥长，雄浑高亢，一听就知道是见过大世面的人。指挥长说，这里准备建一座大型水库，水库的名字也想好了，就叫铁山水库。指挥长说，水库一修，很多问题就解决了，灌溉没问题了，饮水没问题了，养殖没问题了，发电也没问题了，一个县的根基就立起来了。指挥长说的这些事很遥远，每一个人都觉得跟自己关系不大，广播里好多事都是说着说着就黄了。但接下来的事就大了，指挥长说，要修水库就得搬迁。水库建成后，得蓄水，一蓄水，村子就淹了，田地也淹了，人必须迁出去，重新安排地方居住、生产。山里人没经过大事，也没怎么出过门，听说要迁到上百公里外的地方去，大家都慌了神。指挥长的话音刚落，工作组就进了门。工作组太能做工作了，没几天，一大批人就一步一回头地搬走了，还有一部分没有动，他们跟工作组有约定，修好大坝再搬。老姑父和老七都在这一部分，算是滞留者。

老七和老姑父的祖上都没有修过水库，他们自己也没修过，他们只跟着指挥长干。指挥长让干什么就干什么。开始指挥长安排他们清污，把一担担污泥从坝基下清出来，远远地运到山上去。这个活不难，只是费粮食。指挥长很大度，说，只要活干得好，粮食敞开吃。吃完一仓库粮食，污泥清完了。指挥长新的指令是炸石头。坝基的污泥清完了，那里空出来一个洞，得用山上炸好的石头填充。炸石头是个技术活儿，不是一般人能干得了的。开凿好炮眼，放好炸药、引线，指挥长下令点火。火点了，接下来是趴下，趴下后就会发出震耳欲聋的巨响。那天的情况有点不对，人是全规规矩矩趴下了，但硬是没听到响。过了几个应该响的时间，老姑父趴不住了，爬起来就往山上跑。老七也跟着爬了起来。老七是猎手，懂火药，隐隐觉得那引线有问题。老姑父快到炮眼处时，老七一个前扑，把老姑父扑在地上，那一瞬间，炮响了。老姑父没事，老七的背上堆满了碎石，在医院整整住了一个月才下床。老七说他从没住过院，这次感谢老姑父，把一辈子的院都住完了。

二

为了迁走库区里的滞留者，指挥长想尽了办法，在遥远的中洲和君山各拦了一条长长的土堤，隔开湖，堤外是一片白茫茫的水，堤内成了一大片垸。垸内兴建了一排排房子。房子是一色的红砖红瓦，一家一通间，通间里又隔成小间。多的三隔，少的两隔。房子旁边就是大片的土地，是一看就知道种什么长什么的沃土。路不仅平，还直，从村里出发，用不了多久就能到达镇上，从镇上出发，用不了多久就能到达县城。房子建好、土地整好、灌溉排水系统修好，库区滞留者分批参观后，还是下不了决心。

但无论多么舍不得，他们还得迁。有人搬来了大道理，这里不迁，水库不能蓄水，上百万的农田只能望天收，还有几百万人的饮水将来肯定是大问题。还能说什么呢？山里的日子当然好，但这里几千人的日子要影响外面几百万人的日子，滞留者只能牺牲自己，选择外迁。迁并没有花多少时间，一辆辆汽车，拉着他们积攒了多年的那点行李，不费什么劲就到了新的定居地。指挥部搞了一个盛大的仪式，这边有锣有鼓有乐队有横幅，负责送行；那边也有锣有鼓有乐队有横幅，负责迎接。锣鼓声消失了，他们住进了小隔间里，成了新居地的新移民。老七迁到了君山。

太阳下山，垸里就安静了。刈草的、整地的、播种的拖着拽着累透了的身子回了家。家就在垸内的庄稼旁，跨过田垄，就是一排排的房子，一模一样的造型，从外形上看，分不清哪家是哪家。住在这里的居民也从不看房子，只看衣服。悬挂在屋檐下五颜六色的衣服，入眼就知道是谁的，没挂衣服也不要紧，那就一间间数，先数第几排，再数左边的第几间或是右边的第几间，也不难找。

老姑父迁到中洲垸,总搞不清家在第几间,数着数着就忘了,要重新来过,回家,对他来说就像面对一场没有预备的考试。

这里还不能算是一个村子,只是一个居民点。指挥长按先迁先入住的原则安排,后面迁来的,只能哪里有空房子住哪里。住进来,他们才发现,前后左右都是陌生人,口音不陌生,人一个都不熟悉,要扯上好一阵才能扯到相互熟悉的人身上去。

这里白天不难打发。白天大家都在忙,没人跟你扯,也听不到咳嗽声。扛一把锄头出门,不到饭点直不起腰,脑袋里除了眼前那块地想不起别的,也不允许想别的。到晚上就麻烦了,眼前看不到地了,也看不到庄稼了,脑海里就空了。脑海里一空,过去的人、过去的事,就约好了似的,拉着扯着挨挨挤挤地来了。老姑父的脑子里来得最多的是老七。梦到老七,必定是在跟老七喝酒。老姑父每年要一个人背着一壶高粱烧,天黑从中洲出发,走三公里泥巴路,坐六十公里汽车,再走两公里土堤,到君山跟老七喝上一顿酒,第二天一早回来喝过酒后,老姑父和老七又开始重复同样的事。春天在垸子里播种,夏天一边忙垸里的事,一边上堤防汛。晚上没人通知出工也没人通知防汛了,他们就在梦里找熟悉的村庄,找记忆中的一草一木。

三

山上的溪流藏不住事,雨一来,它们总是第一时间发声,笑着叫着,急促地跑。从山脊跑到山腰,从山腰跑到山脚,到山脚时,它们的体量不断增大,大到实在跑不动,就在低洼处停下来稍作休息。低洼处容量有限,没法为它们提供足够的空间,它们还没有休息够,后面的细流又在催着它们跑,一直跑到新墙河,踊身注入洞庭湖。几千年来,它们一直按照这个路线跑,无论多大的雨,用不了几天,就一泄而尽。但这一次,它们跑不动了。一道大坝拦住了它们的去路。水不管这些,还是按习惯一股劲地往前冲。新修的大坝禁不起这种冲击,没过多久就开裂,裂缝越来越大,水就从裂缝中冲过去,没多久,一座历尽千辛万苦修起来的大坝就垮了,一大截坝体跟着一股汹涌的水跑出去老远。

库区里,水淹过的地方成了滩。房子早就推倒了,没推倒的,房顶不见了,墙壁也不见了,只留下房子的四角,几只蟋蟀在那里忙忙碌碌。房子里的家什早就被搬空了,厨房里还有一些东西,几只残缺的碗里盛满了泥浆。老鼠们又回来了,这里是它们定居的地方,它们没有理由不回来。它们就在那里大大方方地进进出出,也不躲人。七斗丘、五斗丘都在，但田垄不见了，田里密布着沙石，农把式都清楚，这样的田，两三年内是种不出什么东西了。

老姑父得到口信时，库区里的水都退尽了。口信是老七捎来的。接到信，老姑父就动身了。信捎出去，老七也动身了。他们得去看他们的房子和田地。一到老宅基地，老姑父就迈不动步了。村庄已是一片废墟，但那里散发着熟悉的气息，什么都顺眼，包括那些大大方方进进出出的老鼠。这里听不到广播了，也听不到指挥长的声音了，上面离这里远得很，老姑父不想回去了，他准备留下来。老七也打算留下来。

留下来得有田地，得有房。田地好说，山边溪边东开一片西垦一片，夏天收一点秋天收一点，总能对付过去。房子是大问题。老姑父的房子是祖传下来的，到他这一代上百年了。老七的房子是他三十岁时做的，断断续续做了两年。开始是泥匠做，老七打下手，后来泥匠走了，老七接着做。奠基时，老七是地地道道的外行，竣工时，已成为一个中规中矩的泥匠了。多了一门手艺，做房就不在话下了。老七当大工，老姑父打下手，两幢泥砖房两个月就建成了。所有的材料都来自山上。从山上取来碎石，砌成屋基。门窗是现成的，当年拆房时拆下来的门窗还在水线上亲戚家收着。砖就是泥。田里的泥，灌水后，让牛踩成熟泥浆，加入稻草，做成砖坯，晾干后就是上好的砖。

乡亲们也陆陆续续回来了一些。做不起房，就搭一个简陋的帐篷。没有地，就在山上垦荒，红薯、南瓜、冬瓜，随便种点什么。熟悉的咳嗽声又回来了，他们打心眼里觉得还是这个乱糟糟的地方舒坦。他们睡在这片流过汗流过泪甚至流过血的土地上，才能让那些漂泊的梦安静下来。

四

广播里的声音又响了，迁回来的人多了之后，广播也回来了。这回还是修水库。这回说得很具体，修水库就是选两座相邻的、山体坚实的山，在两山间筑一道挡得住一库水的坝，把一些机器放进去，水库就建成了。广播里说，现在修坝的技术完全成熟了，再不会出任何问题了。广播里还说，返迁的还得迁走，但欢迎大家参与修坝。

这次跟上次一样，返迁的一部分迁了。老姑父和老七选择留了下来，他们要看一看，大坝到底要怎样修。他们被编入了扁担组，分配的活计是挑土。土在山上，有人专管取土,扁担组只管挑。从山上取土,把土挑到山下,扁担组有的是劲,这个活儿不难。山上有人喊口号,口号一起,兴奋劲就上来了,人人跟着喊起了号子。号子中,山一点点在消失,坝一点点延伸……一把把镐一把把锄生硬地挖下去,山上的碎石和竹筋一点点分开,被碎石和竹筋包裹的泥土分离出来,被一只只及时伸过来的箢箕接走。接走的泥被肩膀挑着,送到远处的坝上。坝上的人开着机器,一段段把土压实。

又出事了,事情出在取土组。取土组的一个年轻小伙子,一股劲往一处挖,把一面坡挖成了一张弓。等大家发现危险时,那张弓的上面那段掉了下来,正好压在小伙子的身上。老姑父和老七跑过去时,只见一双脚在动。老姑父和老七拼命刨,刨出上半身时,又一大坨土掉了下来。这回压的是老七。老七挖出来时,一只手已血肉模糊。工地条件差,指挥长找车送到市里的大医院时,那只手变了颜色。老七开始死活不同意截肢,指挥长拍了板,那只手就和老七分开了。老七提了个要求,在水库水线上的山脊建一座坟,把那只手埋在那里。

坝修成后,老姑父再次迁到了中洲,老七也再次迁到了君山。这回用不着工作组来做工作了,没人送,也没人迎,一担行李挑走了全部家当。房子再次交给水库了,费了九牛二虎之力开垦的田地也交给水库了,水库很快就会蓄水,他们活动的痕迹马上就会被洪水清除。那里将是水的世界。

没了一只手,老七的身体很快就垮了。老七快不行时,他提出和老姑父去铁山看一看他的那只手。

公路旁,水很随意地平铺在公路两侧,很安静,没有奔流,没有汹涌,连涟漪都很少见,它就那样平静地躺在那里,沉默地看着公路上的人和车来来往往。

站在岸边,可以清晰地看见近处的湖床。湖床上有沙丘,沙丘上有一些不知名的水草,水草的叶片一片片尽情地舒展着,在这样安静的水域中,它们有足够的理由享受自由自在舒展四肢的权利。湖底有鱼,近岸的鱼个儿不大,但很活跃,它们三个五个聚在一起,鱼嘴不停地动,兴许是闲聊,话不投机尾巴一摆就散了。它们不知道,它们最平常不过的一举一动牵动了岸上的人久远的记忆,让他们心底波澜起伏。

看了水,在一处浅水边上岸,远远就看到山上的那座普通的坟。这座坟是老姑父参与建的,石碑上写着一行字:铁山水库伤残民工之手。老七仅有的愿望满足了,当晚就安静地走了,在另一个世界,他终于可以白天安静地看水,晚上酣畅地睡觉,也再没有人来催促他搬家了。

老七不知道,他的名字和断手,都被收进了一本册子。我翻阅过一本铁山水库建设伤残民工名册,记录了谁来自哪里、哪里断了、哪里伤了、断在何时、伤在何地。尽管记的只是一些基本的要素,但这本册子,仍再现了一个年代的火热。我们依稀可见成千上万的民工,把块石、泥土筑下去,把钢筋、水泥筑下去,把血汗和断肢筑下去……老姑父的名字在另一本名册里,他们统称为库区移民,记述更加简略,就是姓名、年龄、原住址、现住址、家庭成员。查看两本名册时,档案员在旁边守着。两本名册保存得不是太好,边卷了,页面发黄了,封面也破了,档案员重新包了封面,上面注明:永久。她说,这些册子是这里最重要的资料。

我看过一个同样重要的材料:2022年遭逢百年一遇的大旱,有的地方山上最耐旱的树都干死了,而铁山水库,不仅满足了近两百万人口的饮水需求,还满足了近百万亩农田的灌溉需求。这个四十多年前的工程展现的价值,应该能让那些指挥者和付出过沉重代价的伤残者、外迁者得到最大的安抚,他们,是那个时代的功臣。

可惜老姑父和老七都不在了。

魏红莲 裤子地

裤子地在我们村的西山坡上。1981年冬分产到户,生产队干部们根据地力,把全村的耕地分成三个等级。评估到裤子地时,他们有些犯难:放二等里,觉得差一些;算三等吧,又觉得稍强一些。最后队长说:丑妻近地家中宝,这块地离人家近,方便侍弄,就二等吧。

这块地大部分落在了我家。辽西乡下的每一块土地,都有它自己的名字,或流传自它早期的主人,或因面积、形状而得名。裤子地,地如其名,它被两条山沟夹在中间,上面是裤腰,下边是裤腿。裤腰部分有十几条垄,然后从中间出现一条凹地,把地垄分成像裤腿样的两部分,而且是立体的,裤腿就是两道微型的山梁。

在裤子地耕种,每一条垄都要上坡下梁。不平坦也还罢了,土质还与村里其他地块不同,是红黏土,雨后黏得拔不出脚,旱天满地硬土块。犁杖豁开垄沟,大大小小的土坷垃叽里咕噜,一榔头下去,土坷垃没碎,手臂倒被震得发麻。半湿半干也不行,土坷垃会被砸成泥饼。在地里干活,鞋底沾着厚厚的硬泥,最底下是尖尖的,像踩着高跷。最难要数拉簸梭、轧磙子。点过种子和粪肥,要拉簸梭收拢两边的土把垄沟封上,可是土坷垃经常把簸梭颠翻,只好用锄头一下一下地带土,把没封严的种子和粪肥掩上。轧磙子,是为了保持土壤里的水分,也是为了种子把根扎实,在裤子地轧磙子,上坡时,磙子绳紧紧勒着肩膀,身子弯成了一张弓,正好看见自己的汗水掉进土里。若是感觉土坷垃把磙子弹到了另一条垄沟,就得反过身来,手拽着麻绳往回倒,然后拎起沉重的石磙子,把它重新安放在原来的垄沟里;下坡时,人在后面拽着绳子,慢慢地往下放磙子。若是人在前面,冲下来的磙子非把脚后跟撞碎不可。

高粱苗出来的时候,我们发现,每隔一垄出一垄好苗,非常有规律。仔细一想,明白了:上坡拉磙子的垄沟轧得实,苗就出得齐,拽磙子下坡的垄沟轧得虚,就影响出苗了。于是第二年轧磙子的时候，每一条垄都轧上一个来回，这样，不管哪面坡，都被结结实实地轧过了。

老话说"见苗三分得"，其实，离丰收还远着呢。裤子地是旱田，收不收成，除了看人付出多少辛苦，关键还得看老天爷赏不赏饭。一年里多下两场透雨，收成就多两分。苗出齐后，先用锄头耪一遍，把垄背的杂草铲去，偏离的苗勒去。垄沟里的苗成一条线，为接下来的间苗减少工作量。头一次间苗，不敢一步到位，怕天旱，苗扎不下根就难以成活，到后来反倒缺苗。等小苗都扎下根，再间二遍苗。几乎每往下薅一棵苗，都得用小手锄把残根挖出来，怕伤到旁边留下的小苗的根，甚至直接用手把断在地里的残根抠出来，不然过几天，它还会再长出来。

间完二遍苗，接着耪二遍地。生产队时，有一段顺口溜批评社员耪地不认真、不下力："刺儿菜—撸秆儿，苣荬菜—散板儿，大草儿—忽闪儿，小草儿—眨巴眼儿。"通过在裤子地耪地，我才知道，情况不能一概而论。地太硬，锄头入土浅，那些野菜很难除根，过几天遇到雨水，又是一层。即使没有雨水，野菜野草也比庄稼顽强得多，何况裤子地就在半山坡，与荒草相连，风随时快递种子来，支援野草野菜。

在所有的野菜里，最最难缠的是刺儿菜，它是多年生草本，学名小蓟，有长长的地下根，地面上一尺多高，自我保护能力很强，直立的茎部和长椭圆形的叶子边缘，密密地生着尖利小刺，扎在手上，肉眼很难看见，但不小心碰到，又针扎一样疼。一锄搂下去，只能撸下它的叶子，这就是顺口溜里说的"刺儿菜—撸秆儿"，因为没伤到根本，不几天，它就起死回生了。它不但宿根，还打籽，繁殖力超强，却也不是无懈可击。在一场透雨后，我和我妈穿着旧胶鞋直奔裤子地，地里泥水没过脚踝。我妈告诉我，拔刺儿菜的时候，不要因为怕被扎而不敢下手，越是小心翼翼，越会挨扎。我妈在前面做示范，弯下腰，一把抓住刺儿菜，猛地往外一拔，刺儿菜长长的地下独根就离开了泥土，地里空出一个细细的小洞，立刻被雨水占领。我妈说，地下残存的根很快就会腐烂，这就算斩草除根了。

凹沟处的白芒草也不好对付，它们根系发达，繁殖能力强，前几天还是一小撮，过些日子可能就是一大片。再有力气的农人，即使在雨后，也不可能把它连根拔起。但我们也有办法，抡起镐头，一镐一镐往下刨，把它地下的根从土里挖出来，把土抖净，在太阳下晾干，拿回家当柴烧。如此几次，它就在这块土地里绝迹了。

经过这一番收拾，裤子地清爽多了。

这时，留下的壮苗长到膝盖深，就得追肥了。一步一弯腰，将粪肥点在每一棵苗的根部。随后用犁杖耥开垄背的土，把粪肥掩埋，使原来的垄沟变成了垄背。小时候我常纳闷：怎么春天种在垄沟里的庄稼，秋天收割反倒长在垄背上呢？

此时就等下雨了。老天爷却好像忘了下雨这件事，禾苗旱得打蔫，庄稼人也无精打采。我和我妈夜里一遍遍地推开窗户，察看水平星。水平星在南方的天空，是东大西小平行的两颗星星，大星高于小星，预示将要下雨；要是小星高于大星，那就预示近日无雨。我还学着我妈，在地边随手拔下一棵艾蒿，看它有没有生出雪白的水根，这也是下雨的前兆，下雨前，艾蒿会生出很嫩的新根系。

在十年九旱的辽西，雨水充足也不一定就有好收成。禾苗小的时候怕虫，一场虫灾，可以使满地绿油油的秧苗消失不见；大了怕风，雨后的狂风，能让扬花孕穗的庄稼全部倒伏，轻者减产，重者绝收。而冰雹总是突如其来，短短的工夫，便能让辛勤的农人对着满地狼藉发呆。

终于阴天了，雷声隐隐。我妈说，要是下场透雨就好了，天晴了太阳一晒，正好高粱吐穗扬花，收成就有八成把握。狂风却比雨先来了，天黑得锅底一般，能听到呜呜的怪声。我妈说：云魔响呢，怕不是好雨。果然，鸡蛋黄大的冰雹噼里啪啦砸下来，我妈也迷信起来，说：快扔铲子！雹神怕铲子！我们连菜刀都扔出去了，冰雹依旧满地乱蹦。记不清下了多长时间，也许是几分钟，也许是十几分钟，反正一切都变了模样。院子里，桃树翠绿的叶子铺在地上，畦里的菜成了汁水。去裤子地看庄稼，高粱包开膛破肚一般，没见过天日的高粱穗披散在外面。我妈说这就像小猫小狗的眼睛，刚生下来时闭着，过七天才睁开。要是没到日子，动手给扒开了，猫狗的眼睛就瞎了。这一地的高粱啊，算是白瞎了。

第二年为了换茬，裤子地种的是谷子和豇豆。到了谷子扬花的季节，连雨天后刮起大风，谷子整片倒伏在地。刚住雨，我和我妈把谷子一棵棵扶起来，三五棵互相支撑，用马莲捆作一束。这项工作进展缓慢，一天的时间还没有扶起一小半。腰弯得生疼，胳膊被谷叶划出一道道红印，肚子饿得咕咕叫。眼看天黑了，我妈说：算了，明天再说，先回家吃饭。接下来又哩哩啦啦下了几天雨，等到我们再去裤子地的时候，谷地里已经进不去人了，那些没被扶起的谷子竟自己抬起了头，但身体还倒伏着，不知道谁压着谁。意外的是，到了秋天收割的时候，被我们扶起来的那部分竟绝收了，自己扬起头的那些，却长成了还算饱满的谷穗。

1984年是我们种裤子地的第三年,妈妈决定还是种高粱,但是不种近些年流行的杂交品种,她要种一个耐旱抗倒伏、口感好,但产量较低的传统品种,叫"欧李红"。这一年生过一次蚜虫,但不严重。我妈把做饭烧下的草木灰,拿细筛筛一遍,用一块旧蚊帐布包起来,挑在木棍顶上,沿着垄走,把草木灰抖落在发黏的高粱叶上。这种土办法,真的治住了蚜虫。

这一年我们获得了丰收。我在前面把高粱割倒,六条垄为一排,整齐地放在地上。妈妈拿着掐刀,蹲着飞快地掐高粱穗。每掐一穗,颠倒一下高粱穗在手里的方向,手里攥不下了便放在地上。一块地割完掐完,将一把把的高粱穗敛起来,用刚割下的高粱秸捆作一捆捆,一趟趟地扛回家里的场院。

高粱穗摊在场院上,很快被太阳与风吸干了水分。生产队打场,有牛马驴骡拉碌碡,我家没有,只能人工代替。我吃力地拉着沉重的碌碡,头上是秋日骄阳,脚下是越来越多的圆滚滚的高粱粒,一不留神就会滑倒,啃一嘴高粱。高粱粒晒干扬净,装进口袋放在闲屋的炕上。这时,心总算可以放在肚子里了。

我家一等地和自留地连在一起,算一块地,离家很近。三等地离家较远,由村子北面翻过东山头,也是一片坡地。当年几块地收成都不错,三年了,总算迎来了一个丰收年,谢天谢地!

种地的人都知道,农业,不仅仅是田园牧歌,丰收的滋味里,包含着酸甜苦辣。

我于1984年冬天离开老家,从此再也没有种过地。但我至今仍关注农事,从未忘记自己曾是一个农民。天旱了,我跟着着急;地涝了,我也跟着着急;招虫了,我着急;遭霜了,我还是跟着着急,每一场自然灾害都揪住我的心。我常常忆起一颗种子成长为一穗粮食的过程,它承受阳光雨露,也饮下农人的血汗,它以茁壮的姿势,经过九九八十一难,九九八十一难啊,才成就了一粒粒的粮食。

我时常想起我家的地,想起当年改造裤子地的设想。不知我们离开后裤子地落在谁家,种过什么作物,又经历了几回歉收、几回丰年。

渊子 | 色彩·1975

读还是没读完高中呢，这对耳泉来说是个问题。

读初一时，教育改革，叫"戴帽"。就是把初中三年压缩成两年，再戴上两年高中"帽子"，是不是挺具象？教育部门的领导着实有才。

"帽"其实也不好好戴，今天学工，明天学农。十五六岁的孩子被赶去长白山深处的林场"割灌"，就是用镰刀将树苗周围的灌木割倒。灌木坚韧，女孩子割了几下就满手血泡，坐地上呜呜哭。

到高二下学期，干脆不上学了，说要走"四个面向"道路。书都没读好，能"面向"个鸟！耳泉在心里骂。他们班被安排去某医院学医，请一位刚从卫校毕业的毛头小伙讲生殖器。不满十八岁的耳泉第一次听说男性生殖器不仅可以尿尿，还另有重要的功能。讲到女性生殖器时，所有女生恨不能钻地底下，羞臊得几天不敢见人。

医院怎么可以让他们随意出出进进呢？耳泉只听了一堂生殖器课就被拒之门外。学校又联系了水泵厂，上那里学工。同学们分成若干小组，每组六七人，刚好把那些车床、铣床、铆床包围起来，傻傻地看，不敢问师傅。问了，师傅也不搭理你，还虎着脸说："一边去！该干啥干啥。我学了三年徒，吃了多少苦头才捞这么个活儿，你们想学就教你们啦？"

耳泉脸皮薄，师傅一呲哒就不来了。几天后同学们都陆续撤了。大家发现，去不去学工，学校根本不管，就等于提前给他们毕业了。可怜的孩子们，连个毕业典礼都没有，接下来就是等待投身伟大的运动，既然是这个命运，那学什么还有区别吗？

每个人的学习阶段都是由小学、中学再到大学组成的，可为什么只把高中称为自己的母校呢？这是因为，高中是人生观和价值观形成的重要时期，也是每个人思想感情启蒙的摇篮。母校滋润了心灵成长，培育了理想信念，点燃了爱情火炬，给了你面对人生的方法和理由。所以说，母校是值得一生怀念和敬仰的。

可是，耳泉一点也不怀念母校，因为找不出怀念的理由。

大把的青春时光如何打发呢？耳泉想出去走走。从出生到现在，耳泉还从未走出家乡这个山窝窝。去哪儿呢？去原哲里木盟现称通辽市，在耳泉心里，通辽是一个很大的城市。耳泉的大姑在盟医院工作，是著名妇产科医生，大姑夫是盟卫生厅厅长，高干。可惜，几年前大姑夫病逝，家道中落，但也比耳泉家强百倍。耳泉和邻居小伙伴自豪地说，我要一条街一条街地逛，不然会迷路的。

耳泉带上简单的行囊，只有一只帆布挎包，里面装着干粮和咸菜，有点像《平凡的世界》里外出闯荡的孙少平。耳泉太向往外面的世界了，他像鸟飞出笼子，辗转换了四次车，才落到这个没有多少树荫的沙漠城市里。

大姑心疼大侄是必须的。先是领耳泉看了几场电影，下了几次馆子，逛了人民公园，一些不繁茂的树，几个大铁笼关着猴子、孔雀之类的动物。尽管公园很破，耳泉也觉得新鲜。有一个舞池，想必大姑年轻时在这儿跳过舞，直夸这里有多么好，还和耳泉在舞池边照了相。那是耳泉第一次在照相馆外边的地方照相，耳泉穿件米色翻领上衣，浓郁的头发，忧郁的眼神，站在大姑身后——只可惜，这张照片现在找不到了。

大姑家书香门第。大女儿内蒙古医学院毕业。大姑爷上海铁道医学院毕业。二女儿老高三毕业，一只脚已迈进大学门槛，可高考大门却戛然关闭，她身段不变，嫁了一个北京大学的"臭老九"。大儿子吉林大学毕业，分在北京工作。小儿子正在学医，这位没落公子哥，时不时带女同学来家玩，有一位是鲁藜的女儿。鲁藜是谁？"左联"成员，著名诗人，1938年入延安抗大学习，后因受到政治株连，蒙冤入狱二十六载。诗人的女儿自带书香，模样娇娇俏俏，步态施施然，一条大辫风情万种。

大哥哥大姐姐都忙，没人和耳泉玩，耳泉就四处游荡。那时的通辽城没几座高楼，为防风，大多是平矮无脊建筑，街道也不繁华，游人就更少，像耳泉这样无所事事的少年几乎没有。耳泉至今记得，他有一天闲逛到麦新纪念馆，里面一个人没有，也不用买票。耳泉之所以记得这个人，是因这位作曲家写了一首豪气干云的《大刀向鬼子们的头上砍去》。耳泉也由此得知，英雄不一定牺牲在战场上，麦新就是在工作途中被一伙土匪杀害的，英年三十三岁。

耳泉还闲逛到西辽河上的一座年代久远的木桥，桥上有几段木廊，背景是辽阔的天空和棉絮般的云朵,远处有两棵孤零零的树,油画一样美丽,有点像电影《廊桥遗梦》里的那种画面。耳泉生长在长白山林区,是闻着树木气息长大的,他喜欢木桥的味道,在桥上来回走了两趟,只是河水干涸,被沙土覆盖,了无生气,像耳泉彼时的心情。

大姑觉得耳泉就这么闲逛也不是个事,就托人给他找了一份临时工,去乳品厂上夜班。具体工作是半夜接各奶站的送奶车。鲜奶被奶泵打到一个高塔顶部,在降落过程中被高温干燥成粉末,奶粉就这样制成了。塔内的温度相当高,可瞬间蒸发掉鲜奶中的水分。高温退去后,耳泉穿好消毒工装,戴好封闭帽,只露出两只眼睛,从高塔顶部小门进入,踏上三十厘米宽的跳板,用长竹竿绑好的扫把,扫沾附在塔壁上的奶粉。(那时的生产工艺多落后啊,也不知那扫把消毒了没有。)此时塔内温度至少有七八十摄氏度,耳泉须挥舞扫把以最快速度扫下奶粉,也就十几分钟吧,出来时整个人已浑身湿透。

如果耳泉不慎踩空摔下去,极有可能被滚热的奶粉呛死。所以工厂才把这个危险工种换成临时工,就是出了事故,工厂也不会有大的麻烦,赔点钱足以了事。这是一个天津姐姐告诉耳泉的。天津姐姐和耳泉一个车间,她在奶粉包装组。姐姐是知青,招工进了乳品厂。她知道工厂内幕,悄悄告诉了耳泉。姐姐穿一套蓝色工装,白色工帽,脖子上扎条白毛巾,面相也白净,掉奶粉堆里找不着。姐姐原以为耳泉是招工来的,就质问车间主任:新工人怎么可以进塔扫粉,多危险啊!主任朝她耳语一下,姐姐就不吱声了。知道耳泉是临时工,再不好为他争辩,但总是提醒耳泉:塔里倍儿热,等凉凉再进去。脚下千万小心,你还没长成呢,出事了可就晚了,没地方买后悔药去,你父母得多淹心,年轻轻的,白发人送黑发人。可千万记住喽,扫不干净不要紧,一定要安全出来。

有几次,见耳泉出来晚了些,姐姐害怕得在小门外等着,心疼地说:快回家吧,挣这份要命钱干吗?出了事厂里也不大管,最多赔个仨瓜俩枣的。家里多好,我想回家还回不去呢!

也许,从背井离乡这层意义上说,天津姐姐与耳泉同病相怜,才有了对他的同情和关爱。

一天晚上,天津姐姐塞给耳泉一个纸包,说是妈妈给她寄来的十八街麻花。耳泉那时正长身体,像饿狼一样,逮什么吃什么,麻花没吃出味就落了肚。多少年以后,耳泉的儿子娶了天津媳妇,儿媳妇总给他寄十八街麻花。一看见麻花,耳泉就想起那个天津姐姐。在那个晦暗年代,天津姐姐曾给他带来一丝心底的光明。

有个叫乌日乐的蒙古族小伙成了耳泉的朋友。乌日乐也是临时工,在面包车间,工作是从烤炉里取出一层层烤箱,也是高温工种,太烤人,正式工不愿干。一天深夜,乌日乐来找耳泉,从怀里掏出两个面包,说你这儿有牛奶,咱俩一块儿吃。耳泉心领神会,将热气枪插进奶桶加热,也不知道烧开没有,细菌有没有杀死,两人急不可耐,用水舀子舀出牛奶,你一口我一口喝起来,直到把小肚子喝得溜圆,两个面包风卷了残云。乌日乐说:以后每晚我偷面包过来,你热牛奶,咱俩就不用带饭啦。耳泉大喜,在那个食物极度匮乏的年代,天天有牛奶加面包吃,这是多么幸福的事啊!但耳泉不敢告诉大姑。大姑给他装好饭盒,他再偷偷倒回去。

就这样,在整个临时工期间,耳泉半夜的餐食都是牛奶加面包。那时的牛奶是纯纯的,绝对没掺水,面包也不带添加剂。他和乌日乐躲在一个墙角,就着车间里微弱的灯光狼吞虎咽。在半夜,在所有人都进入梦乡的时候,耳泉和乌日乐享受着免费的消夜,美不可言。也许正是因为青春时体内植下了牛奶面包的种子,一直到现在,耳泉的早餐永远是牛奶加面包,怎么吃都不够。

乌日乐瘦得像条钢筋,黑黢黢的脸像抹了锅底油,眼神冷酷,一身野性。有一天,乌日乐和一个工人打架,他毕竟年纪小,打不过那个工人,正好被耳泉看见。耳泉岂能让自己的盟友吃亏,冲上前帮助乌日乐揍了那工人一顿,被车间主任大会上点名批评,说:再打人就开除你俩!耳泉心说,我本临时工,开不开除都一样。主任也就是吓唬一下,开除了耳泉,哪儿找这么便宜的临时工去。耳泉在乳品厂干了三个月,只给结了四十几元的工钱。就这点钱,大姑一分没让他花,全汇给了耳泉父母。须知1975年四十几元可买一车玉米,若烙成煎饼,可解决一家人半年的口粮呢。

一个新奥尔良人说过,死之前,想为自己的海盗行为忏悔。但耳泉不打算自己为自己忏悔。他觉得,做临时工干那么危险的工作还没有多少保障,就算是和乌日乐给自己找些精神补偿吧。

2005年,耳泉做了一家外资企业老总,去通辽办理一项业务。耳泉随车带去一箱螃蟹和鲍鱼,到了通辽市人民医院,即原来大姑工作的哲里木盟人民医院,费了好大劲才找到表哥的科室。表哥正埋头看病历,过了一会儿才抬头看耳泉,说:你什么事?耳泉笑道:你看看我是谁?表哥再看一眼,恍然大呼:怎么是你啊!岁月骎骎,表亲依旧,表哥当即就要带耳泉回家。耳泉说:我想看看大姑。表哥说:还是不看了吧,植物人,早不是你原来的大姑了。耳泉心情沉重,卸下螃蟹鲍鱼就走了。晚上表哥打电话来要带耳泉去消夜,说:我现在可以了。言外之意是说他现在是当地著名外科医生,到哪儿潇洒都得给他面子。耳泉正和朋友热闹呢,只好推辞了表哥。第二天,朋友问耳泉想去哪儿,耳泉说:去西辽河木桥看看吧。朋友笑了:那是几百辈子的事了,早拆了。又说去乳品厂看看,不知那个天津姐姐还在不在。朋友问大致位置。耳泉记得干临时工时每天徒步上班,要穿过一片农田小径,乳品厂四周没有建筑,空荡荡的。那就先找大姑家的位置吧,问过表哥,表哥说早拆迁了。问那个乳品厂还在不在,表哥不知道。耳泉不死心,让朋友拉着他转了整个通辽城,不见乳品厂半点踪影。朋友说,怕是早不在了,即便在恐怕也早改了门庭。又问当年耳泉多大,耳泉说十八。那位姐姐多大?好像比我大五岁。朋友大笑,你算算,三十年了,你那位天津姐姐已是五十三岁的徐娘了,用天津话讲——还见个嘛!

  人的一生中总要有美好的东西在心里藏着,假如没有这些东西支撑精神世界,人要如何才能度过这漫长而又琐碎的一生呢?寻找与相见,即使不是为了爱情,也十分有意义,但是究竟算什么意义呢?也说不清,大抵是一种心灵慰藉吧。反正当你想寻而寻不见时,心里便空落落的,对什么都不感兴趣。朋友接下来安排的节目是去科尔沁草原骑马、吃烤全羊、游览孝庄故地,耳泉全都感觉索然无味。朋友有点生气:那个天津姐姐就那么重要吗?当然重要,她是在我青春懵懂、身体尚没发育成熟时,第一个让我喜欢的女人。她的温良、知性,还有她活泼俏皮的天津话,让我对爱情有了向往。

  多少年后,耳泉徜徉在天津五大道欧式建筑群里,突然想到,那个天津姐姐,该不是某个洋房里的窈窕淑女吧。如果是她从恢宏华丽的台阶走下来,身姿和容貌也完全配得上。她没有消失,只是经历了时空变迁,成了耳泉记忆里的一块幽蓝色瑰宝,发着神秘和悠远的光辉。

  1975是个单调、荒诞的数字,而对耳泉来说,这一年却鲜活葳蕤,生长在他并不丰盈的生命里。

山狮曾在 | 胡慕安

从前，房子下面，住着一只美洲狮。

我双手叉腰站在它前面张望，像是在打量一处神迹，似乎神刚刚离去，留下包围着村子的广袤山林。远山、密林、落日、荒烟，而这间建在时光尽头的木屋，古老、孤单、破败，感觉就像走在弗罗斯特未选择的那条路上，重新温习一场相遇。时间总是暗戳戳地嘲笑人为划定的势力范围，春风吹又生，转瞬便抹平一切，破土、发芽、生长、结实，死去又复活，重新接管这个世界。

野草爬满了墙壁，地基塌陷严重，木屋像是从空蚀的土地上长出的蘑菇。透过地板巨大的窟窿看去，纵横排布的铁架倔强地支撑着整栋房子，一根倾斜方向完全相反的下水管道钉一般穿插在铁架之间，针尖指向白乎乎一团。手电打亮，赫然看见散落一副鹿的骨架，风干的尾巴在地基凹处耷拉着，仿佛一碰即成灰，又会回到土里。空气中，曾经的肃杀与骄傲饱满而浓烈。很多事，单凭想象便可以还原过往，比如山狮猎杀一头雄鹿。落基山脉太广大了，即使完全袒露在面前，人们也依旧觉得陌生，到处充满了未知。这是唯一的天堂，也是唯一的地狱，在这里，大自然放任饥饿与恐惧厮斗，直至生命和终结生命的生命二余其一，留下命运莫测的苍凉感幽灵般游荡。

阴天了，山林蒙上一层青灰色，艰难地背负着漫天乌云，悲剧般缄默。房东胡大叶把头探出车窗催促着，今年的雪季来得很晚，但丝毫不影响天气的寒冷，她要赶回去将鸭子食盆里的残渣倒掉。吃饱的鸭子嘎嘎叫着，仿佛即将到来的大雪与它们无关，只有负责填满食盆的那家伙才掌管着气候，每个傍晚都会为它们带去一阵夏日的热雨。多余的食物会被分给一只狸花猫，通常，它躲在林子的某处，总在日落时分到来，夕阳将它蓬松的毛发染成一团火，它就踩着神秘而耀眼的光芒，犹如复活的女法老。法老已经几日不见了，院子里缺少了那神秘的优越感，天空也因为它的爽约越发阴沉起来。

胡大叶将大捆木柴放在炉子旁边，咒骂着几日前出没在门前空地上的一只臭鼬，笃定狸花猫是被吃掉了，于是一边仔细检查鸭舍的电栅栏，一边态度坚决地要求男友艾瑞克将臭鼬赶走。猎季到了，艾瑞克正在为狩猎做准备。听到胡大叶的话，他迟疑了一下，继续将帐篷塞进皮卡车，准备等打猎归来再处理那只臭鼬。他是个标准的慢性子，做什么都不慌不忙，仿佛生活的真相只有靠慢悠悠才能悟出来。胡大叶显然不想等待，最终二人决定让这只臭鼬自己决定命运：如果今晚它出现在院子里，那么就将它解决掉。我站在鸭舍旁边看着胡大叶，感叹她真的是天生的谈判高手，机敏、狡黠，又看似洋溢着澎湃的同理心。那只臭鼬我见过，油黑发亮的皮毛仿佛从月亮中长出来的，它水一般轻柔地划过生长木耳的原木堆，突然停下来看了我一眼，就像过路人礼貌性地打个招呼，黝黑的脊背波浪般起伏，随即又隐匿了，月光再次平均地分布于万物之上。我不相信上帝，也不认识其他的神，但仍希望有天使能在今夜降临，拦下每一个互道晚安的问候。

晚饭过后，艾瑞克坐在火炉旁边检查着猎枪，向我细数着历次打猎途中的趣事：毫无预兆突然倒下的榉树，暴雪覆盖后像岩石般凸起的野牛群，艰难寻找食物却最终放弃的单只狐狸，争斗中不幸跌下山崖丧命的成年公羊，以及担心窝被踩坏而疯狂叫嚷的双领鸻……广袤的落基山脉就像是另一个世界，一只脚踏入那道无形的门，身后的灯火与炊烟便消失了，只剩下纯粹的野性之光永不熄灭。新世界的诱惑太大了，就算是最坚定的信徒，在那耀眼的光芒面前也无法闭上眼睛，只能低下头跟着一起膜拜生命的原始力量，如同返回初生之地，听凭有限的经验，以及无限的本能。

毫无疑问，艾瑞克是村子里最厉害的猎手，更是最幸运的猎手。他第一次开枪便打死了一只雪兔，并在那次狩猎的最后一天，同老爹一起捕获了一头亚成年北美灰熊。这也是老爷子几十年打猎生涯的第一只灰熊。父子俩将熊皮做成标本挂在墙上，兴奋地喝光了一整瓶金酒。我想向艾瑞克打听木屋下的那头山狮，却看到他正打开头灯在胡大叶眼前晃来晃去。胡大叶被这顽皮的举动逗得笑个不停，伸出手要去拉拽他的胡子。两个人像孩子一般打闹起来，我于是借口继续写小说，识趣地回到自己的卧室。

天空彻底黑了下来，乌云把繁星拐到山的另一侧，留下一条灰白的亮线，让山与黑夜不能相融，因此，大地的尽头依旧是大地。曾经在这片土地上生活的土著，相信创造者也是被创造者，土地是永恒的神，而现在，我的房东们更相信无畏的自我与冒险的野心，好像地老天荒是很久远的事情。但仔细算来，这变化也不过是几百年里的事。炉火烧得正旺，屋子里满是潮湿的树枝燃烧时的噼啪声，我将窗子打开一条缝隙，好让干冷的空气溜进来。

砰——一声枪响过后，黑夜变得清脆易碎。窗外，艾瑞克的头灯随着他的步子失焦一般晃动，最终停下来，照着蜷缩在地上的臭鼬给胡大叶看。一枪毙命，臭鼬微闭着眼睛，像在睡觉，拱起的脊背皮毛暗淡无光，是比黑夜还要幽深的颜色，院子里立时长出一块绝望的阴影。下雪了，大片的雪花从头灯打出的光柱里纷纷落下，落进那片阴影，随即消失。臭鼬的身体还是温热的，黑洞般带走了轻浮于上的万物。黑夜总会过去，但黎明之光再也照不到前院的狸花猫和臭鼬，在生存的抉择中，它们之中本应有一个幸存者。这里是落基山脉的一个小村落，连绵的山峰就在抬头可见的地方——看见它的人们不是应该立即敬畏起来、虔诚起来，变成生命的崇拜者吗？此刻，空气中弥漫着浓重到令人窒息的臭味，枪响时刻，臭鼬感知到了危险逼近。害怕是一种自然反应，但在出膛的子弹面前，愤怒与恐惧势单力薄，进化赋予的自我保护不堪一击，艾瑞克就这样摇身一变，成了关于存在和永恒的主宰者。他还没有关闭头灯，看上去像在茫然地四处张望，光线划过窗前，我和他隔在光的两端，互相看不见。

清晨，艾瑞克和邻居们结伴去山林深处打猎了，村子里一下冷清了许多。我的稿子写得并不顺利，很多时候，我宁愿帮助胡大叶收拾房间或者照顾鸭子，也不愿坐在电脑前写完了又删掉。似乎，我陷入对于写作永无止境的焦虑，这种焦虑导致我吹毛求疵地关注着床脚、墙角、书柜缝隙这些隐蔽的角落，反复清扫擦拭，甚至不放过任何一粒灰尘。然而，胡大叶对于我近乎偏执的行为给予各种鼓励，比如在我从床底发现一个枇杷膏空瓶时，她会夸张地说这是她刚来求学时带来的宝贝，慰藉了长久的思乡之苦，或者在我递去一枚早已停用的法郎硬币时，她会忍不住吐槽跳蚤市场里的漫天要价，邀请我下次一起去逛逛。每一件重见天日的陈年旧物，都会让胡大叶欣喜异常，她一次次穿越时光，返回记忆深处，揭开过往那些晦涩难懂的秘密。这世上，每个角落都散落着杂物，被遗弃、被淘汰、被丢失、被偷窃、被搁置，但只要与人联系在一起,就能长久地贮藏那无尽的现实感和存在感,成为一块拯救之地,呵护着终有一日会现身的一花一世界。

胡大叶将我从书架顶端翻出来并擦干净的子弹头又放回原处,小心翼翼地,像安置一盏小小的灯。她告诉我,子弹从一只左轮枪发射,而后打穿了艾瑞克老爹的股动脉,因为地处深山老林,无法及时抢救,艾瑞克只能看着他死在自己怀里。我克制住自己不去询问是谁扣动了扳机。不止一次,我看到艾瑞克腰间别着一把同样口径的左轮枪。俄狄浦斯的故事诞生在希腊,悲剧的发生只在一处就够了。"他们在积雪的山林里跋涉了三天,终于在大山深处发现了一只大角鹿,艾瑞克已经瞄准定位,一只山狮突然从后面窜了出来,老爹想要拔出腰间的左轮枪,结果太慌乱了,枪走火了。"胡大叶似乎看穿了我的心思,回忆起一个悲伤的故事,本以为会捕获人生中第一头大角鹿,却不想丢了性命,惊喜与悲伤都突如其来,没有哪一种措辞能让无常变得亲切美妙,枪膛中射出的子弹,瞄准的是猎物,倒下的却是猎人。下一秒不请自来时,总带着启示录一般的派头。

处理完老人的身后事,胡大叶和艾瑞克找到了这枚子弹,黑褐色的血块和暗红色的落叶混在了一起。艾瑞克在流动的溪水中淘洗了很久,一边流着眼泪,一边把手伸进冰冷的水中。凝固的血被稀释,溪水变成了流动的血管,沸腾的血液随着溪水开始了穿越山脉的流放。艾瑞克对胡大叶说:现在,整座落基山就是老爹了。

落日渐渐隐没在林线之下,一层紫色的薄雾从冬夜的深处泛起,艾瑞克回来了,带来了山林珍藏的月光,以及两只雪兔。与浩浩荡荡的出发相比,尤利西斯的归来雪落无声,须知这世上,硬币总有两面,没有不带着反面的正面,没有不带着永恒的瞬间,两手空空与满载而归,都算是完成了一次狩猎。落基山克制了自己的深情和慷慨,几日里,一头大角鹿在阳光下披着金色的铠甲,只一闪身,倏忽便隐匿了,留下漫山风雪的呼号,和猎人们不甘的执拗。

艾瑞克坐在院子里烤着火,脸上带着苦役般的失落,左轮枪和头灯丢在屋子里,像个决心听天由命的隐者,这个夜晚再发生什么,他都不会在意了。胡大叶抱来尤克里里,已经弹了起来,歌声渐起,她哼唱那首《茉莉花》,是家乡的音乐,积雪、篝火、鸭子嘎嘎叫着,空气干冷,飘着清甜,白头鹰在山林深处俯瞰大地,宁静的、原始的、野性的、神秘的大地,让有的出生,有的死亡,有的相爱,有的割舍,残忍与慈悲亲密无间,亚当与夏娃在赤脚奔跑。一切都那样神圣,而神圣的正是我们自己。院子里的火正旺,是普罗米修斯带来的,这时候,他还没有被捆缚在高加索山,正被眼前的一幕感动得眼睛发酸。就到这里吧,我想我应该离开了,本想写一部关于荒野与猎人的小说,而落基山却让我变成了一个诗人,把怀疑与伤感写进了诗行。

　　小木屋周身披着积雪的光,一只花栗鼠跳上窗沿,尾巴扫出一场小小的暴雪,银光之中,新王登基,鼓着腮帮子左顾右盼,与我们疾驰的皮卡车完成一次短暂的相遇,成为彼此生命中的一颗流星。我想起那去向成谜的山狮,积雪的大地上没有它的脚印,远处,无尽的山脉静悄悄的。

草长鹰飞 | 雾中记

嘟嘟跑几步,立定看我,隔着浓重潮湿的奶雾,我是不是飘浮的,应当问问嘟嘟。仰起脸看立交桥上头那些桥灯,洒出并不锐利的泛光,雾将灯杆隐去,剩下一个一个独立的圆盘灯头,悬停,巨大,无声。光线略带温暖的湿意,冷漠而又热情,如同洗澡间打到玻璃门上的光。没有人划碎那些光,让它们那样照着。一划,整个都要碎掉——洗澡间,洗澡间里的你,以及洗澡这个温暖的事件本身,而那碎掉的声音,或许窸窸窣窣,或许稀里哗啦。

雾里的灯,恍惚而又那么确定,温暖,隐隐约约,抓不到手。跟雨里的灯光不同,跟雪里的灯光更不同。雪里的灯光如箭,路灯之下仰脸,那些灯光沾在雪片上,直直往脸上砸,越砸越急;摇着电筒在雪里奔跑,光锥之内,所有的雪花均被奔跑吸附向身体,我跑是这样,你跑,也是这样。

村镇、城市,缓慢而又坚决地翻腾在雾里,融化在雾里,又在雾将离散的时候迅速聚合成人们熟悉的旧样。雾里行走,感觉世界在流动,世界推着我和嘟嘟在雾里流动。我把自己倒进雾里,先倒的是嘟嘟吧(这么说自负了)。明明是嘟嘟自己跑进雾里,跑着跑着,让雾泡化了。嘟嘟的视角很低,至少不高,视角在嘟嘟颠儿颠儿的跑动中颤簸着,如同什么呢?如同白盘子里两颗青果,如同白盘子里两颗青果那样摇晃在盘面上,歪斜又稳平,始终不曾掉下来。那样在雾里跑着,不自知地跑出很远,忽然觉得孤独,孤独得发冷。很着急,旋身子回来找我,吐着白汽舌头,贴我走上一段路,再次跃进雾里跑融自己。

浓雾隐藏了树的很多秘密,那些每年要穿的石灰裤子便是一例。不知何时起,快入冬的时候,园林工人总给树们刷浆,石灰浆。自根部刷起,半人高的样子,所有的树都要刷。我没来的时候,那些树玩高兴了,在雾流里俯仰腾跌追逐嬉闹,捏住鼻孔深蹲在雾底憋气,雾流刮过耳郭隆隆地响,胯下腋下颌下,周身流走的雾气,小鱼嘴一样,嗫嗫啄啄,湿湿痒痒——方言里有个词:喃(ǎn)——用嘴吸食桌面或纸上的粉状物。祖孙回家,孙子比奶奶先进屋,窥见桌子上的糖包破了纸,凑嘴吃了一口。"解开吃,酥糖解了吃,乱喃,纸又不甜。"奶奶说。

碰见爱极了的孩子,忍不住喃一口,胖出褶皱的胳膊,一笑一酒窝的脸蛋。

喃雾,嚼嚼,暖色。再喃一口,鸟叫,呖呖嘤嘤,粥浆一样,稠得不紧不慢。

憋到不能再憋,腾身一跃,深吸几口雾面上辽阔的空气,欢乐的树们,展平四肢,雾面上躺着,随着雾面波起波伏。"嘟嘟,等会儿。"雾放大了我的声音,惊扰了谁,树们急刷刷地跳进它们各自的石灰裤子立定站好,树枝之间都是雾气,没有暗蓝的天空填充。有块平展的纸也没用,将树枝画满那张平展的纸,之内之外,枝条洁净清爽不挂一片干叶,也没用。

依旧是昨天的样子,去秋的疤敞晾在今秋里,张着露出木心的创口,唯一的区别在于包裹木心树皮的边缘增厚了一分,更显润圆。树们处理伤口的智慧顶级好,努力弥合,缓慢抵抗,静静驱逐疼痛,包不上也不硬包,只将破溃处的树皮竭力鼓得肥厚。露着木心又怎样?哪一棵树没有疤?大城里找不到一棵完整的树,如同大城里找不到一个没有忧伤的人。那些忧伤,被人们妥善地藏掖,厨房里的调料似的,瓶瓶袋袋待着,盐盐糖糖静着,只有确认,反复确认已经离人群很远,拿出来摩挲、润润抑或晾干,看着其弹回原来的样子,撒手,不想撒手最终也要撒手。

栈道修得有些趣味,蜿蜒起伏,人们削低垫高了大地,将一条想象中的河掏过栈道,在下面铺上大大小小的鹅卵石,定规了河床的走向,代表河床承接日光月色。鹅卵石间蔓生的野草亲春亲夏亲秋,没有哪怕一丝怯意。栈道两侧的花花草草,寻不见被移植的慌张,短暂的也没有,长胳膊长腿摊开了长,人工的痕迹随着花木的欢腾生命力悄悄消弭。

一枝桃花两枝桃花,也曾探进栈道,让路人拽低了拍春。一片枫叶几片银杏,也曾落在地上,在初秋的月辉里安静地仰望自己的出生地(能叫故乡吗?)。栈道穿过的地方,曾有百千人家婚丧嫁娶饮食劳作。拆迁后,星散了,星散在大城里。

栈道之美,美在一片白茅,须从进口处走进去很远。很少有白茅长得那么绿壮与铿锵。起露的日子,风大的时候,总喜欢看看它们,点支烟,立立,有时候想想《诗经》,很多时候不想。

嘟嘟知道那片白茅，来来回回地跑，栈道上画下许多折叠线。遇到掉落的银杏，闪过，又扭转闻闻。银杏挂了个"银"字，在于将那果实放进水里，真真有层不溶于水与果皮贴敷紧密的亮银，金属感十足。很想将这个告诉嘟嘟，大约也告诉过。

有一丛凌霄花开得也好，在经常要去的旧书店路旁。高楼塔立，凌霄花攀着栅栏努力往外举着花朵。看到凌霄花总会觉得圆满，如同我妹的花棉袄。封过的炉子闷闷地散着热气，烟囱带着铁锈味，烤馒头片，睡着的妹妹，一绺头发虚盖着她的脸，张开的花棉袄搭在被头下。被面的牡丹开得娴静，妹妹棉袄上的花有时候很跳，更多时候展覆如静水萍草。

纸灰堆。中元下元送寒衣的日子，十字路口总有一堆挨一堆的纸钱冥迹。地上画个敞口圆，冥钱在圆内点着，轻唤逝者的名讳，竹棍挑了烧。或是深夜，或是凌晨，黑暗里，火光映照着烧纸人的脸，清晰一小阵，暗下去，让夜色埋了。

清洁工人扫那些纸灰，扬很大的土，灰土撮去，留下一圆一圆黑迹，仿佛钉子帽。钉子帽将一个十字路口牢牢钉死。新路没有钉子，隔年出现一个两个，再隔年，五个八个，路越来越老。

蜗迹。雨多的日子，蜗迹也多。提踵走也会踩到蜗牛，毕毕剥剥。出了太阳，蜗迹银亮，长长短短，枝枝杈杈。有些从甬路折向立墙画一段折线，很多还没有折起便没了——很像对老朋友的思念。

逆着栈道走，会看到残月在东天上挂着。月亮看着默默行走的我，看着轻喘叠跑的嘟嘟。那么澄净，没有一丝杂物——我和嘟嘟与月亮之间。也不能说没有杂物，有李白、柳永和苏东坡。

我姨没的时候，我老婆跪着一条腿帮助我姨擦洗身子。"毛巾，给我毛巾。"她说。我跑着去买毛巾，医院里黑黑白白的人从眼前一闪而过。倚着门框看我老婆擦洗我姨，轻轻地翻动。那么多人，有的从病房外往里挤，有的急急出去，安抚我那两个肘在墙上痛哭的表弟。落葬那天也是大雾，我开的不知道是谁的一辆破车，玻璃降到一半再降不下去，走走停停，到处都是湿的。忽然想起我姨给我买的那件衬衫，没穿几回就被叠放在柜子里，在哪个隔层，想不起来。努力去想，还是想不起。我在车里，车在车队里，车队在路上，我姨在地里。浓雾试图覆盖一切，压着我在人世间缓缓慢慢。怎就那么想哭，方向盘散发出浓重的胶皮味，趴在胶皮味里，哭就哭。

"蒿蓄，嘟嘟。"指着一片植物告诉嘟嘟，它凑去闻了，咬了一口，蒿蓄叶上细碎的冰凉贴上热舌头令它觉着新奇，又咬了一口，甩甩嘴，吐掉。

总是记错很多东西，一错就是二三十年。比如忍冬结出的红珠子，叶都落了，那些红珠子依旧黏在枝头，跳上一只两只麻雀，静谧而又灵动。红珠子与山茱萸的果形不一样，没有果柄，那层红色将不同遮严了，让我见到忍冬，便断成山茱萸。纠正过自己几次，烦了，山茱萸就山茱萸，有果红连着，山茱萸与忍冬纠缠着在认知里成长，也没什么不好。确定会丧失一些东西，如同没有雾的日子——清晰了，日子准定会少一层折叠，而你也不知道那些缺少了的折叠里究竟藏着些什么。

跟嘟嘟说过别地的雾。石板街两侧都是店铺，雾在石板街上闲走，撞一下这家的铺板，踢一脚那家的门。门把手够老，脱了镀层，一滴雾水顺着把手的弧缓慢下滑，尾痕浅浅长长浮雕在把手上。早起的店铺人家没开门，热气顺着门缝鼓荡而出，与雾对冲，翻卷混合，带着某种食物的香味。应当有个我吧，走上一座罗锅桥，等着桥下的雾被一艘早行的船破开，水声、咳嗽的人声，在合龙的雾气里越划越淡。

其实我更应当说说麦子地，雾气里的麦子地。最好看的是春雾，一层，盖在已经返青绿得机灵的麦子地上。遥远的村家，三两盏似有若无的灯，狗叫，望起来辽远的麦子地里，坟着三五个土丘，狗叫，风化得厉害的翁仲，半截断碑，以及断碑上腻满土泥的字痕，狗叫。

拐了个弯，水果赵带我去看他爹的坟，一片麦田的中央，隆得很高。麦子灌多半浆，芒芒扎扎绿得颓疲拥挤，将田中间的小路挤得歪斜。（麦子收了会不会好些？麦子收了，起点卷边云，宽敞宕远，路能扎进天边里。）

水果赵要给我带新磨的面。洗麦，端着大笊篱从池子往外捞。无知令我手足无措，不知道磨面还要洗。跟他多要了一些麸子。隔夜的剩菜折盆子里，加两碗麸子，颗粒手感，很好和，油手一抟一颠，码蒸屉上，水汽将麸子窝头淹了，如同晨雾淹我。

吃过麸子窝头的嘟嘟很安静。脸贴地板睁着俩眼与我对视。它的眼里，有奔跑，阳光下的奔跑，雾气里的奔跑，没有阳光也没有雾气的平明天的奔跑。

上上一年新年，大雪，雪后起雾。在一辆车的后玻璃上写了："新年，你好。"说的是："嘟嘟，你好。"

嘟嘟你好，嘟嘟你好，嘟嘟你好——如此这般喏喏而行，直至进家，掩好房门。

嘟嘟是我的狗。也可以是童年，是初恋，我们的孩子，逝去的亲人，或者是那些越走越远、越来越模糊但终究还会跑回来找我们的什么东西。

华之 | 失眠记

睡眠不会来,可还是睁着眼睛,巴巴地等,痴情得像一块望夫石。

于是,那些夜晚的细部,就像每天落在这个世界上的尘埃一样,被我用眼睫的小刷子仔细扫下来,收集在记忆的玻璃瓶里。

夜晚,躲在墙根下弱弱弹唱的蛐蛐,节奏是这样的:唧唧,唧唧唧,唧唧……从纱窗眼里窸窸窣窣挤进来的小蛾蠓,有时一脚踩空,扑通一下掉在靠窗的茶色案几上,估计摔蒙了,揉揉膝盖,挣扎半天才复又展翅,试着绕行几圈,然后快速飞走。窗框里慢慢移进一张白生生的月亮的脸,仔细看,脸上还有淡淡的斑,但丝毫不影响它难以言说的神秘和盛大之美。水样的月光透过窗棂,从床角披沥到地上,居然有几何图形一样温柔又生硬的线条和折角。一辆汽车从窗外的马路上驶过,一道明亮的光柱,从屋顶飞速扫到墙上,倏忽又消失不见。半夜,外面还有酒鬼忘情的歌声,桀骜少年尖利的唿哨,摩托车几乎飞起来一样拉成直线的鸣响。身边的小女儿睡梦之中翻一个身,双脚蹬开被子,袒露出鼓鼓的小肚皮,嘴里哼哼唧唧说一句什么,挨着枕头一侧的小头发弯弯绕绕贴在汗湿的脸上。起身去卫生间,鱼缸里的小鱼们居然也没睡,还在悠然自得地吐着泡泡。途经客厅,蟹爪兰的盆边趴着一朵翡翠红的柱形花朵,修长的桃叶形花瓣琉璃一样薄脆、透亮,垂着长而娇俏的花蕊,开得无声无息,又招摇迷人。

这样的夜晚,真的是天地生动,万物有情。唯独被我苦苦等待的睡眠迟迟不来,一直不来。时间长了,身体终于先于意志垮塌,我感觉自己等不了了。

看医生,找偏方,买了安神的药来吃,配合运动,练习瑜伽,喝核桃壳里夹心木泡的水,泡脚,数羊,睡前喝牛奶,床头放一盘洋葱,听催眠音乐……各种稀奇古怪的方法都试了,还是收效甚微。我开始怀疑上辈子做了什么对不起睡眠的事,才遭它这一生如此嫌弃。

断断续续几年之后,吃安眠药终于也无法入睡了。每天晚上,脑子里好像一直有一个小人,在药力麻痹周围所有神经之后,依然披坚执锐英勇无畏地坚守着清醒的隘口。

于我,黑夜和白天再无界线,日月颠倒,一片混沌。而混沌之中,那个小人依然披坚执锐,东挡西杀,守着最后一块任何药物都无法涉足的清白之地。

人长期没有睡眠会怎样?就像一张纸,一直摊在灼烫的太阳下暴晒,最后干燥、脆薄、枯悴,用手轻轻一捅,瞬间支离破碎。

某天,一位朋友在路上看见我,吓得大吃一惊。她说我的眼窝深陷,能放进两只鸟蛋。我那时已无心说笑,只是恍恍惚惚点着头应付。她推荐一位老中医给我,说得吃中药调理,不能再忽视。

街巷偏僻处,找到那位须发皆白的老中医。他给我号脉,望闻问切,然后慎重地开出一剂药方,末了又给出一个奇特的药引:农家养的芦花白老母鸡的鸡蛋壳。

母亲为此专门回了一趟老家,买来邻居玉娥婶散养多年的芦花鸡下的蛋,叮嘱我每天早上用开水冲一碗鸡蛋茶,茶喝了补身子,蛋壳留着做药引。

吃了几十服中药之后,有一点作用了,草木们一点点积蓄力量,收复失地,拓宽疆土,每晚渐渐可以还我三四个小时的安眠。但还是会早早醒来,听着窗外公路上车辆轰然经过的声音,看着一道道车灯光划过窗棂,直到窗户像煮熟的鸡蛋一样微微泛白,然后,人声、车声一点点躁动起来,像一只缓缓苏醒的巨大蜂巢。

母亲说:草木通人性,它知道你的病在哪儿,所以要坚持吃一段中药,能祛根。可草木何止是通人性,它们是完全舍了自己来救我的,是我的恩人啊。

想起小时候跟着几个堂哥一起上山挖药材,我挎着竹篮,背着小镢头,在芜杂的草丛里,细细辨认紫花地丁、柴胡、甘草、车前子、牛筋草。挖回来的药草摊在院子里晾晒,枝叶间细碎的小花数日不凋,一院都是山野的清香。

现在,我的书桌上养了两盆富贵竹,我专门在网上搜了栽培方法,定期浇水,换水,每月添加一次营养液,但它的叶子还是开始泛黄,完全没有竹子的勃郁之气。有时候,我感觉自己就像这竹子一样,温度环境稍不适宜,就不自在,睡不着觉,活得蔫巴巴的。

莫非我也是一株草,非要在山间田野,在干硬的黄土和陡峻的地堰下,在凌乱的杂草和密集的刺蓬间,才能找到安身立命的土壤?

外公去世三周年的那天,母亲又带我回到村庄。外公去世之后,外婆执意一个人住在家里。母亲虽然经常担心外婆,但老家有老院、有老妈,这让母亲的牵挂有了踏实的安放之地。

舅舅妗妗,孙子孙女,远远近近的亲戚都赶来卸孝。白天设宴待客,晚上宾客散后,我们就住在外公家的老院里。母亲和外婆坐在床沿上叠着白麻布的孝衣,嘀嘀咕咕说着外公生前的一些事情,我坐在母亲身边,一边听,一边插嘴问白天见到的亲戚各自是谁,和外公有怎样的瓜葛。

窗外依然是浓稠的黑,还是那盏橘子一样的灯,在小屋里静静散射着暖黄的光。灯下坐着三个相貌相似的女人,母亲像外婆,而我像母亲。灯光显影了生命河流里的一些细节,我们手里忙着琐碎的事情,感觉时间又闲又远。

不知道什么时候困了,就偎在母亲身边躺下,枕着外婆陪嫁时的绣花枕头,盖着带有樟脑气味的缎面大花棉被,闭目养神。

隐隐约约听见几句母亲和外婆的对话——

妈,李家沟那个男的是谁?

一个老朋友。

他咋认识你的?

以前在村里当大队干部时,去县里开会,遇上就认识了。

我看他和你很熟的样子。

嗯……

妈,你想我伯不想?我最近做梦老梦见我伯。

母亲管外公叫伯。

…………

母亲和外婆后来说了什么,我没有听清,就彻头彻尾地睡着了,连半点梦的残渣也没有。

早上自然醒来,头有点疼,欠下睡眠的长长账单,一时间还难以完全偿还,却已是神清气爽,像外婆养在窗台下那盆吃透了水的支棱棱的葱兰。

母亲说:你昨晚睡得真熟啊,还打呼噜,早上都没敢叫你起来吃早饭。母亲又夸那个老中医的医术好,药开得对症。我想了想,感觉应该是无意加入了另一味药引——村庄的夜晚。

那个老中医说,人的心脏就像蛋黄一样,加入蛋壳当药引,就是为了把心保护好。

而在村庄那夜,是一枚鸡蛋又被放到了柔软的草垫上。那些密不透风的黑暗,像一层看不见的厚厚的壳,护佑着村庄里的人,让他们魂梦皆安。

我也猜测那晚外婆后来说了什么。她到底想不想外公呢?也许会想吧。人只有在离开之后又回来,才能知道自己到底拥有什么。比如说,那被我遗落在故乡村庄里的安眠。

表达 你的 发现

○ 卷肆

散文 2024 精选集

散文
2024
精选集

陈蔚文 | **在葡萄成熟的一年里**

中年危机的故事总是被导演和观众青睐的。在向北的旅途中看了部《杯酒人生》,挺老的片子,但并不过时——中年危机总是不过时的。片中的迈尔斯是个文学中年,普通教师,谢顶,木讷,微胖,总像没睡醒般睁不开眼,浑身写满了"没劲"。他离婚一年,仍对前妻念念不忘。他的朋友杰克是个过气的十八线演员,靠曾在电视剧和广告中露过的脸四处搭讪,对身边任何陌生女子都有兴趣。

杰克即将结婚,打算在结婚之前的一个礼拜好好享受一下放荡的单身生活,于是拉上迈尔斯开始了一场旅行。对杰克来说,这将是一场荷尔蒙的旅行,但对迈尔斯来说,这是一场追寻却又有些不知追寻为何的旅行。这个看去毫无魅力的男人热爱写作(他正在苦候出版商的消息),还有酒,在他车子的后备厢里,永远都能摸出一瓶好酒。途中,他认识了女服务员玛雅,一个挺有想法也同样爱酒的女人。迈尔斯问她为什么对葡萄酒着迷,玛雅告诉他:

"我喝得越多,就越是喜欢它使我产生的思想。我会去想在葡萄成熟的一年里发生了什么,太阳是怎样照耀的,下雨时又会如何。那些采摘葡萄的人——如果是陈年酒的话,有不少人现在已经离开我们了。我喜欢酒在不停地进化,就好比我今天打开一瓶酒,它的味道会不同于我在其他任何时候打开它。一瓶酒其实是有生命的。它不停地变化、不停地得到新的元素,就这样,直到它的顶峰。"

这段台词让我摁下暂停键,又听了一遍。她说的是酒,又不止是酒。

参观的人们议论着酒的年份、品质与价格,有人站在桶边拍照,用尖脆的声音指导对方选取角度。酒窖需要恒定的温度、光线,是不是还需要恒定的声音分贝?人声会不会惊扰桶内的酒,影响它们的口感?过大的音量对动物养殖是有影响的,它们会使鱼或牛羊不安紧张,免疫力下降,甚至出现应激反应。桶内的酒,它们经历得已经够多了,酿造是个繁琐过程。要变作酒,从果实变为另一样事物,必经历摘落、破碎、晃动、挤压、分离,在密封的幽暗里,葡萄沉甸甸的肉身逐渐变轻,脱胎换骨,直到成为酒,被装入瓶中。

最初的酒是自然发酵的产物,熟了的葡萄落到地上,果皮破裂后与空气中的酵素接触,酒便产生了——就像有个声音说"要有光",于是就有了光。

有个声音说,"要有酒",于是世上就有了酒。

等短暂喧哗过去,这地方会重归于安静,一只挨一只的木桶,它们会否交头接耳?它们如何安抚内里的奔涌?

因为父亲的基因,我有一些酒量,却对酒没多少兴趣,对我而言它们只是一种应酬场合的介质,直到有次女友Z和我说,她很享受微醺的感觉。那是多年前在深圳,一个席上,除我和Z外,其他人彼此都不大熟,面对桌上的一瓶葡萄酒,大家矜持地相互推让。Z拿过瓶子,给自己面前的高脚玻璃杯倒上大半杯,我有点惊讶地望向她,她一笑:"我挺享受微醺的感觉的,你也试试。"她给我也倒了半杯。

我们开始推杯换盏,直到两人都变得微醺。我因而记住那个夜晚。微醺,是挺让人享受的,血液轻漾,像心脏被注入了催化剂之类,比平日跳得分明了些。

为什么不让自己愉快些呢?Z说。她酒量平平,却喜欢喝上一些。之后的一个夜晚,她从居住的城市给我打来电话,她一人在家,睡前喝了些红酒,情绪欢快,拨通了我的电话。聊了些什么早忘了,但我记得她愉快的语调,那也许会被认为与年龄不符的女人的天真,带着一点醉意。

"享受微醺的感觉",这不仅是一种对酒的态度,也是一种对生活的态度。之前因为父亲有高血压却好酒,母亲一直在和他进行博弈。两杯还是三杯,二两还是三两,这种争执几乎贯穿他们大半辈子的饭桌。直到母亲自顾不暇,再也无心去管父亲杯内的深浅。我自认该接过这一任务,像是表示对母亲的忠诚。有次母亲住院,我从医院回来,看见父亲面前的玻璃杯中倒了近一满杯酒。我说:太多了吧。声调显示出一个在医院待了一天的人的情绪不稳定。父亲赌气回房,他觉得并不是只有我才有情绪不稳定的权利。丈夫和儿子敲门,哄他半天才肯出来继续端杯。从那以后,他在倒酒时,若感觉我的目光扫过他杯子,便会说上一句"今天少喝点",虽然倒的一点都没少。

我对酒不怀有什么好感,还因听说及目睹过若干借酒装疯之类的事,平日还算体面的人几杯酒下肚,变得粗鄙而滑稽。这的确和酒没什么关系,是人的问题。Z对微醺的爱好让我对酒的态度做了调整,电影《杯酒人生》中女人玛雅的说法让我又调整了一次。

当迈尔斯想为自己收藏的一瓶好酒,一瓶1961年产的"白马",寻找一个最宜喝的时机时,玛雅说:"我不知道什么特别的场合和一个最合适的人,当你打开'61年'的时候,就是最合适的时候。"不得不说,玛雅就像个哲学家。可不是嘛,当你想喝的时候,就是最适合的时机。这类似我父亲的那个理论:当你想吃什么的时候,那就是身体缺乏它的表现,忘记糖尿病、高血压之类,你唯一要做的,就是赶紧吃它。

玛雅还说,所有事物都如葡萄酒,会经历生长、巅峰,然后是不可逆转的衰败,就像那瓶"61年"白马。这也让我想到父亲,他虽然坚信"想吃什么就是身体缺什么"的理论,唯独对酒例外,我们给他买了好酒,他不舍得喝,茓着。有回他发现一瓶早年的好酒竟然因密封不好,挥发了,瓶中只留下四分之一。那一刹,他遗憾的样子像要把酒瓶周围的空气赶紧收集起来,再从中提炼出那挥发掉的酒液。

影片末尾,当得知前妻有了新丈夫并已有孕时,迈尔斯破镜重圆的愿望破碎,焦虑等待的出版计划也宣告破灭,出版商拒绝了他。在一个快餐店里,这瓶他幻想过许多次要如何隆重开启的佳酿,被倒进一次性纸杯中,就着薯条和炸鸡喝掉。喝完,他"嗯"了一声,不知是叹息还是赞赏。

这座鲁东北的丘陵山谷中,有若干葡萄园和酒窖。每个庄园有不同的苗木品种,赤霞珠、小芒森、凉州牧……这些动人的名字据说源自1892年华侨张弼士兴建的张裕酿酒公司。在从欧洲引进一百多个酿酒葡萄品种后,张先生特意邀请了二十多位知名文人学者来为葡萄起中文名。这些葡萄从繁育到酿造,共享被大海塑造的土壤与气候。四季分明,温度适宜,降雨充足,渤海和黄海咸湿的风刮进山谷,结出甜果。

大海和葡萄的关系如同橡木与酒的关系,橡木遇酒会析出单宁,释放出皮革、咖啡、丁香、苦杏仁等不同风味,也使酒的口感变得更顺滑。

踏着螺旋楼梯下到酒窖,人造冷光源的幽昧中,我感觉酒正隔着橡木发出叹息。在这座城堡般的大庄园里,酒窖内光影晃动,悬垂的几何造型灯盏仿似悬垂的葡萄,窖内设计了柱式拱券砖门,这建筑形制据说最早由波斯人发明,它与光线、橡木桶构成奇妙的和谐。这种光线甚至孕育出了一种绘画技法,"酒窖光线绘画法",巴洛克画家卡拉瓦乔尤擅此道。油画中,物体的廓影被置于亮部和暗部的色彩里,而亮与暗被一支宽的扇形笔柔和过渡,背景的空间隐现于深棕色的暗影中。

比光线更强烈的是葡萄酒的气味,它浸染着每个角落。品酒的杯盏在桌上等待人们端起。杯内的红色光影晃动,深浅的红如不同色号的唇釉,有女人举杯倚桌,一饮而尽。玛雅说的对,酒其实是有生命的。葡萄酒的风味竟和身体通用一套语汇:圆润的、柔软的、饱满的、馥郁的、丝滑的……这些词语出现在有关风味的介绍中。还有,"橡木为酒带来柔和的口感同时,会坚固葡萄酒的整个骨架,使酒拥有更出色的存储力"——酒,分明有着鲜活的肉身啊。

在爱情中,它点燃起情欲,就像在尤利西斯笔下,一杯葡萄酒唤起了主人公的激情记忆。

灼热的葡萄酒在口腔里打了个转儿就咽下去,余味仍盘桓不已。把勃艮第葡萄放在压榨器里碾碎,晒在炎日下。好像被触摸了一下,勾起桩桩往事。我们曾躲藏在霍斯那片野生羊齿丛里,海湾在我们脚下沉睡着。

这是与情欲有关的往事。

《安娜·卡列尼娜》里,"凯蒂发现,安娜已经喝多了。喝多的安娜并没有抑郁的情绪,而是带着极度的狂喜。她了解这种感觉,也了解这意味着什么。凯蒂从安娜的眼神中看到了怯懦却闪烁的光亮,她的嘴唇现出了兴奋的微笑。凯蒂还注意到了安娜优雅自信的轻盈步态。她不禁嘀咕,她是因为什么才这样的呢?周围的气氛还是某个人?凯蒂又观望了一阵发现,不,这绝不是因为周围人群的奉承,而是由于某一个男人。"

爱上渥伦斯基的安娜,跨过微醺进入了酩酊,没能再醒来。

橡木桶内存储着数万吨酒液——人类喝过的酒,约等于多少个大海?东方的酒神是斗酒诗百篇的李白,"人生得意须尽欢","处世若大梦,胡为劳其生?所以终日醉,颓然卧前楹。"不论得意或失意,载沉载浮的酒,都托举起广袖凌空的李太白和他"天际自舒卷"的诗道。

西方的酒神是狄奥尼索斯，他是葡萄种植者的庇护神，也是尼采的偶像。有次席间，滴酒不沾的朋友Y说起对青春时的他影响最大的是尼采的《悲剧的诞生》，还有《偶像的黄昏》。其中对酒神精神的阐述很是激励他："让生命意志在生命最高类型的牺牲中为自身的不可穷尽而欢欣鼓舞——我称之为酒神精神。"说通俗点，就是敢于承担自身的无意义而并不消沉衰落，这正是生命的骄傲。

"看破红尘——这是巨大的疲劳和一切创造者的末日。"尼采轻视颓废者叔本华，他自己则是一位"人生的辩护者"，从生命的绝对无意义中获得悲剧性的勇气。不是没有苦痛，但并不因此而成为忧戚者。他说，对生命的爱依然可能，只不过是用另一种方式。

Y对尼采的热爱不止于那种青春意气，酒神之力贯穿他年过半百的人生，陪他度过沿途的痛苦与困境。"那些听不见音乐的人，认为那些跳舞的人疯了。"这句话正是酒神精神的写照。在两鬓花白的他说起往事时，我发现，一个滴酒不沾的人也可以富有酒神精神，正如尼采一辈子也不怎么喝酒，有时还会讨厌喝了酒的自己，但酒神精神在他的哲学中却占据着举足轻重的作用。从Y身上，是可以证明哲学并非抽象蹈虚的，它如此真实而坚实地陪伴着生命的行进，如尼采弥留时的宣言："我终止成为一个悲观者，自我恢复的本能禁止我有穷蹙绝望的人生观。"

生命必然伴随一些悲剧性因素，尤其是在人过中年，渐趋晚景之际。就在我出发来此的那个城市，还搁置着一些未知困境，我将如何穿越？年迈的父母，终究要面对的生老病死……"在葡萄成熟的一年里发生了什么？"会发生许多，有时仅仅是一月、一周、一天、一个钟点，就会发生许多意想不到的事。得像电影中玛雅说的那样，"接受它不停地变化、不停地得到新的元素，就这样直到它的顶峰"。不管是好的顶峰或糟的顶峰，面对它，如果手边有一瓶迈尔斯那样的好酒，就干了它，用一次性纸杯也无妨。

往酒窖深处走，游客声音渐远。站在成排的橡木桶间，仿佛走入一个精神的迷宫，看不到出口，可你知道，出口就在暗处等着。酒味弥漫的空气中传来一个声音："允许一切发生，如其所是。我是为了生命在当下的体验而来。在每一个当下时刻，我唯一要做的，就是全然地允许、全然地经历。"好吧，为了回应这个声音，我打算在晚餐时喝上一点，日子的纷乱让我久未有过"微醺"了，连睡眠都不再完整。而乐于享受"微醺"的女友 Z 刚在西雅图更新一条朋友圈,那是她的女儿和女婿定居的城市,Z 去那儿学习语言。她常自己独饮,女儿觉得她喝得有点多,她回答说:"一点也不多。"有次小酌之后,母女俩聊了许久。她感喟:"现在,我们是完全平等的两个人,彼此充满爱意与信任。这一切并不是理所当然地到来的,我经历过分离的焦虑带来的世界仿佛要分崩离析的痛苦。好在我终于有勇气与智慧度过内心的惊涛骇浪,迎来了母亲与成年女儿之间相当美好的关系。"

我想起我和母亲,因为她的患病,我们也迎来了一种新的关系。有时我觉得她成了我的女儿。走出葡萄园,外头不知何时飘起细小的雪花,在车窗前曼舞。我还想起,距第一次来这个城市过去有十五年。那年夏天,我带妈妈从上海来这里,那时她还健康,和我去海边,去葡萄园酒庄,品尝各种风味的酒。我希望还能再带她来一次,到那时我们一定还要一起喝上几杯。

唐棣 | 茅崎馆之夜

东京离镰仓近，这次我是为了电影的事而来，和每次在日本办事一样，电影事务所总会周到地派一个当地人照应。这次负责这件事的是一个在日的中国女人。在地铁上聊天时，我知道她原来想做演员，并且读了不少文艺书。我们一路坐新干线前往，刚一走出车站，她就跟我用中文说了一堆名字和地方：太宰治在小动岬，川端康成在长谷，小津在净智寺，夏目漱石在圆觉寺，芥川龙之介和泉镜花在材木座，还有轻井泽、休禅寺……她好像已经来过无数次了，这时我忽然想起了茅崎馆。

相比热门旅馆，比如"御三家"的佟家、俵屋、炭屋，茅崎馆有些冷门，这样一来，价格就很亲民了。我最早是听一个日本电影迷朋友说的，他说，别看是家小旅舍，风景特好，那里房间少，不是想住就能住的。店主是个老太太，和儿子一起打理这间旅舍。有时，如果你有兴趣，她会跟你讲小津安二郎的事。虽然你未必听得懂日语，但对方的热情感染人。现在，名导演是枝裕和每年也都会去这里住上一段时间写写剧本什么的。有一年，这位朋友失踪了好几天，就是难得用邮件预约成功，去住小津写剧本的那个房间了。我是在他回来之后才知道这些的。追问那儿什么感觉，他说：感觉这东西吧，因人而异，怎么说呢，有机会，还是自己去试试吧。然后，他就神秘兮兮地走了。

人在镰仓。我下意识地跟这个还不熟的女人建议：去一下茅崎馆怎么样？她犹豫了一下说：那里，需要预订呢！我们过去看看，不住那里也可以的吧？这一趟很可能白跑。我们随后又进了地铁，在大船站转湘南新宿线，前往热海方向，好像过了两站，确实不远。湘南海岸的茅崎市是一个挺古旧的地方，出了站，四周都很安静，人也不多。

我们在去茅崎馆的路上又开始说话。两个人的旅行，不说话似乎挺奇怪的。在我有一搭没一搭地说话时,对方始终特别礼貌。其实,我个人并不太喜欢小津的电影,倒是喜欢好风景。我来这里,和我朋友寻访偶像的目的不同。

我问她:为什么那么多日本作家要花钱去住旅馆里写作啊?给得起这么贵的房租说明还不穷啊!她说,当时旅馆是可以让作家拿手稿来冲抵费用的,这是本地的一个风俗。这边离东京近,又靠海,这点我倒是看出来了。生活真的可能如她所说,更容易一些?反正,这儿的很多旅店老板手里都藏着一些名家手稿。作家们也有意思,每年就是喝酒。听说过去文人卖字和妓女卖身一样,这些大男人觉得这钱挣得有些不堪啊,大手大脚地花,一毛不留,像消业障。我一边走一边想,有意思。

下午四点多到茅崎站,打车去沿海公路,走了一会儿,车拐进一条林荫小道,前方的路忽然就在一片阴影中变窄了。于是车停下来,我们下车,开始步行。两边冒出一些叫不上名字的绿树,看着也有一些年代感,层层叠叠的,树干十分遒劲,然而它并不是密不透风的,依然透出对面斑驳的光线。

我们要从这片小林子里穿过去,把茅崎海岸抛在身后。感觉上,海浪就在不远处,海浪拍打沙滩的声音很清晰。虽然树梢的摆动有些大,但我并没有感到有风。

她走在前面,我们又拉开了一段礼貌的距离。她回头说:应该就在前面了,就在前面。

又走出一段,眼前才终于出现了一幢海蓝色小洋楼,左边是一棵大树,竖着一块不大的木牌,上面写着"茅崎馆"三个字,是汉字,有点行草的意思。旅馆有一道门幡,是一道玻璃移门。我们走近了,站在前面的台阶上,朝室内喊了几声,没有回音。四周围拢而来的,只有海浪声。这里的海浪声已经比刚下车时舒缓了很多。我分不清这里的海和别处的海有何不同,是不是"热海",我不清楚。总之,听起来很舒服,因为没有人应,我们干脆退回到院子等一下,伫在那里,休息一下,感受一下。这其实就是我此行的目的。那个院子也小巧玲珑的,还有一块草坪。我不记得在草坪边的石头上坐了多久,一个老太太的声音传了过来。回头看去,一个小脸的老太太就站在掀起的门幡下,一边鞠躬,一边口里忙不迭地说着什么,也许是"欢迎光临"之类的话吧。她赶紧起身上前,也说了一通日文。老太太的声音比她低很多,一直半低头,不时发出有些尖尖的笑声。直到她向我这边比画了一下,我才看清她的样子——不过我回忆不起来了,她的样子,让我想起很多日本电影里的经常喝酒的妇人。

我们一起进门,老太太又是一边鞠躬,一边口里忙不迭地说着什么,意思看出来了,是让我换鞋。前厅进去,门两边是鞋架。高出地面半尺的木质地板前面,摆着几双鞋。她把老太太的话翻译给我。她说:我刚才说你是导演,来这里只是看看,并没有预订,你猜她说什么?她说:真是幸运的人啊,原来有一个人预订,但是临时有事不来了,只是不在小津住的二番间。我说:哦?前厅有一些书柜,里面是小津的出版物,还有照片。我借着所剩无几的光,往二番间里看了看,天花板同样是木质的,有被熏黑的痕迹。她站在隔壁,对我说:我们今天就住这儿了!然后整个人走进去,不见了。

屋子几乎全是木质的,她又说:你想看看小津房吗?就在隔壁。

老太太站在门口跟她说话,她转头问我:要不要喝点酒?老人亲手酿的。我说:来点吧。她翻译给老太太听。老太太点头,又说了一通,低着头走了。她说:老太太说小津喜欢早上起来喝酒,晚上剧组的人都在他房间里喝,喝醉了就一大群人倒在房间里……然后还发出日本人特有的那种笑声。

小津房的摆设和我们住的房间区别并不大,只是空间略大一些,有个比较大的窗户,灯是小津礼帽式的。印象中我们房间的灯,好像就是普通的灯,有个窗户,窗台上摆着一盆花,依稀可以看见一丛绿树,好像有风,树歪向了一侧。我进去就先坐下休息了。

回头去看,拉开门的是她,端着一个竹质盘子。我不知道她何时出去了。她小步来到我对面,用那种眼神瞟了我一眼。我说:一起吗?端起酒杯,敬她。她说:为什么喝呢?我说:为了小津!她说:还是为了我们的相识吧。看样子她对小津也没什么感觉——看来是我想错了,她不为任何人而来。我一仰脖子干了,她给我斟酒,酒很甜。这一杯为了什么?我问。她说:为了分离。我说:相识到分离也太快了吧。她说:时间对这事没用,长短都一样。

我不作声,因为这么说下去,事情就说飞了。这一刻,我们想落地吗?也许,新鲜的相识和别离才有意义。我内心跟自己说:你想什么呢,傻×!快醒来。干了,我说完,回头,树影摇曳,潮声被黑夜拢住,发出一种喷薄的低吟。我们一直喝着,后来不再说话,一杯一杯地喝(杯子不大,小口小口地挺日式)。我觉得我们还可以再慢一点,再悠着点手臂的速度。

半夜,走廊灯饰暗了,只留下门外的几盏小黄灯。这个地方静得吓人,猛回头会觉得隔壁有人走来走去,走廊里也隐约出现了一道影子,一会儿又消失了——可能是隔壁的住客回来了?我看她没反应,运动的影子消失后,我们继续喝。反正在这里,不会发生什么了,我想。

不知道是什么酒,先是脑子一糊,然后那个劲儿又冲向四肢,我尽全力想抱住她,却从她的身上滑下来,"咚"地倒在一旁。她就在我的眼前,还是那副样子、那种眼神,似乎又是我做错了,我不该去触碰那些隐秘的地方。在这个梦一样的神秘时刻,她在一点点变淡。

据说,老太太从上辈人那里继承了这个旅店。这辈子继续为小津安二郎而活,没什么不好,或者对影迷来说,还很幸福?我有点不理解,就像很多信教的人很难跟不信教的人解释信仰有什么用。自从我走进门,这个老太太说话一直带着一串音——我逐渐分辨出小津安二郎的日语发音,虽然还是不知道她们在说什么,但知道肯定是说这里之前如何如何。这是一个没有未来的地方。

其实,我来这里也纯粹是一时兴起。能在这里过夜,更要感谢那个因事取消预订的客人。

那一夜,她发挥了好酒量,看我倒在榻榻米上,就顾自喝起来,一边喝一边把我的衣服脱了。当我仰起头时,她已一丝不挂,一团银色的烟絮在飘荡,在缭乱。

她好像说过,她有个相处九年多的男友,在国内,他们一直没结婚。我说,哦。她还说,前几年男的有了别的女人。我说,哦。她说:我们都是从一个小城市考出来的,大学谈恋爱,他家条件不好,有时我把我的生活费拿出来帮他,毕业后他创业挣到不少钱……我那么爱他,没想到,我们在一起的时间那么久了。

其他的,我还简单记得一些,她以为自己可以做家庭主妇,过一过有钱太太的日子。就是那段时间,她有个机会到日本来,后来,就决定不回去了。

凌晨,我迷迷糊糊地看到了一个影子,从对面楼梯向上走去。我叫了好几声,那人也不作声。后来就到了第二天一早,老太太在我们离去前,给我们讲解茅崎的故事,其中有的翻译,有的不翻译,搞得我自己单独走开也不好,只能跟在她们身后,听老太太不断重复那个日文发音。她大致是说小津在这里拍过很多戏,她手里那个本子上都是些剧照,她指给我们看一下,然后对着某处说一通日语。忽然,她站在我们住的那间房对面的一面墙边,翻译说:导演在这儿——原来,这里是一个楼梯,在这里拍过一个人从楼梯上摔下来的镜头。

夜晚的故事,其实就这么多。现在我才意识到,自己想说的是离开茅崎馆之后。她建议去看海,她说租车自在一点。然后,我就跟她开车,沿海岸线一直开了出去。路上的车越来越少,路面越来越宽。空中的海鸥滑翔着,一段一段地,发出叫声,叫声总是出现在意想不到的方向。我清楚地回忆起,公路一面是山,特别青葱的山,山上种着很密的树,远远地只看见一团绿色。树枝被包括在其中,另一面的海把眼神从那些抖动的绿毛球上引到海面。太好看了,海水像开了滤镜——我有点不相信自己的眼睛。

她说,第一次来日本时哪里也没去,就躲在小房间里哭,心情特别不好。一边开车,一边哭,她说:放心吧,我经常哭,这么演戏的话有什么不对吗?我说:情绪感染,当然不好,你得让观众哭,观众什么感受都没有,就看一个人哭不觉得这人有病吗?眼泪是结果,戏是过程。她说:前面,就都是一样的风景了。

不如我们去茅崎车站门口的足浴温泉泡一泡吧,然后从那里坐火车回东京。我一直想加入那些老人。我说:好啊!车速忽然变快,在一条海边的空旷公路上疾驰,景物凝固在蓝色里。我看她张着嘴大声喊着什么,但风声很大,我也听不太清,后来觉得可能是日语,即使听清了也是不懂——那一刻,我忽然有点不认识她了。等车速慢下来,她扭头看我一眼。虽然不知道她喊的是什么意思,不过此情此景,我也有一种想释放的心情,于是也大喊起来。她喊。我也喊。是啊,我依然不知道她喊的是什么意思,以及她为什么忽然就像变了一个人一样。

在回东京的路上,我们有一段长时间的沉默。我紧紧跟在她身后,坐上了和来时相同的地铁,二十多分钟后转新干线,在同样的站台上车,在车厢落座。我扭头看向窗外,窗外疾速远去。消失在湘南海岸线边缘的风景,随心情的变化,本该有些变化,真实情况却不是。我坐在那里,觉得眼中的景物似乎没有多大区别。也就是在我向着窗外发呆时,她拍了拍我的肩膀,凑过来,小声告诉我:其实,我也是第一次来呢!但我觉得好像早就来过。我来日本最想去的,不是什么京都、大阪,而是涩谷、富士山、新宿,可是后来忙着生活,确实一直没机会。我喜欢旅行,还没来日本时,在国内就做好了所有准备,还做了详细的攻略,希望有一天能跟男朋友一起来……

这次旅行不知不觉间似乎转变成了一个机会。对她来说,"茅崎馆之夜"可能意味着很多东西,而我,又能说什么呢?法国作家阿兰·罗伯-格里耶就说过:"景色只是在我的感受中才有真实性,而相关的、当即的返回中,我的感觉的真实性,也不存在于别处,而只存在于即时即地感受到的事物中。"为了尽快消除尴尬,我赶快让自己把这段话忘掉,尽全力望向远处,却只看到大海。

一望无垠的海。有些不真实的,海。

周蓬桦｜乌乡的清晨

门廊物语

　　门廊的用途时常被忽略，人们觉得它可有可无。说起来也合乎逻辑，因为院墙和木门才是连接点，无端地多出一截两米多长的门廊纯属画蛇添足。

　　我曾经在西北沙漠地带见过一些简陋的门户，推门便是宽敞的院落，让人感觉没有过渡，好像一脚就踏进了一幕短剧，剧情刚开始其实也就结束了。院子的主人库尔班大叔说，他们这里在建造屋舍时之所以不考虑修个门廊之类，是因为风沙太大，门廊容易存土。十年前的那个春天，大风刮了三天三夜，门廊被堵得剩下一个窟窿，害得他像一只地鼠那样爬出来，东瞅瞅，西看看，一脸蒙圈。他在院外转悠半天，发现整个村子都被沙土掩埋，四周空无一人，牲口棚和拴马桩都不见踪影，树枝光秃秃的，他仿佛走在梦境之中。

　　找不到牛，找不到骆驼，空中没有一声狗叫，天上也没有一颗星辰。他摸索着来到村外，发现整条河流都被沙土吞噬了，河道里只剩下一点点水。他找到一只瓦罐，费了很大劲才盛满了一罐水。而第二天又来到河边时，他发现那一点水也早已蒸发殆尽，他就凭着昨天取到的这一罐水，渡过难关，活了下来。说着，他举起右手给我看，我当即小吃一惊：为了找水，库尔班大叔的手在沙土堆里用力扒挠，食指与中指的关节坏掉了，它们无法正常弯曲，颜色呈黑褐色——这是灾害给人留下的礼物。

　　在沙漠里游走的日子，我时常遇到一些缺胳膊少腿的人，要么瞎了一只眼睛，要么走路歪斜着身子，若凑上前与之闲聊几句，就会像扯线头那样扯出一串回忆——在长期的劳动与磨损中，他们忘记了许多往事，却会把那个受伤害的日子记得准确无误。

　　风灾以后，库尔班大叔拆除了门廊，甚至还拆除了木门，让屋舍简单到一目了然，哪怕风沙掩埋到窗台，也不至于从门廊里爬出来。他家的房子像一座中世纪的古堡，这样的房子住进去感觉踏实。如果一个人从沙漠地带远远走来，会觉得这户人家朴实牢稳，可资信赖——写到这里，我想起与库尔班大叔已有多年不见了，不知他身子骨是否健朗？让我无法忘怀的是，我在他家吃过手抓饭，吃过沙葱炒蛋，当晚还在他家的西仓房里住了一宿，听了一夜耗子咬粮囤的声音。我记住了一个细节：库尔班大叔在沙漠里拾荒时，捡到了一麻袋铁皮罐头盒子，堆放在仓房里。它们大多已经生锈，他却舍不得扔掉。起初，我以为这些废品是为收购站准备的，一打听才晓得错了——它们是库尔班大叔用来储水的，以应对突然袭来的风灾或者雪灾。由此可见，一场自然灾害，会给人带来多大的心理阴影面积。

乌乡地处白山深处，与沙漠的地理环境迥然不同，除了风俗习惯，甚至连一个小小门廊的用途都有本质区分。这让我瞬间明白了一个道理：一个地域与另一个地域存在巨大的差别，大到一个省份，小到一个村落。如果细加追究，可以推理到一个人与另一个人——这差别，有的被处境牵制，有的被认知牵制，有的则被受伤的记忆牵制。

我来乌乡时刚刚立秋，但天气依然处于一惊一乍的暑热状态，只是一到晚上温度骤降，需要套上一件长袖的秋装。我那时尚年轻，还留一头流浪青年的长发，穿一件被雨水洗得泛白的牛仔裤，肩上背一只松松垮垮的蓝帆布包，内装一个手灯、一只指南针、水果刀、风油精，还有两听牛肉罐头、一瓶小二锅头。很明显，这是一个旅者穷游的行头。为了节省十几元钱，我是打算随时睡在荒野桥洞里的。

在乌乡的头一天有些疲累，倒头在客栈里睡了一个长觉，醒来已是第二天的清晨。吃过简单的早餐，我顺着门前的河流散步，空气新鲜如露，白云悠悠。举头望见巍峨的山峰，一颗绿星似乎还未隐去，山溪在耳畔哗哗地响着。我留心观察乌乡的地理特征，凭借多年的旅行经验对眼前的一切做出一个判断。我发现，几乎所有乌乡人家的木门都是敞开的，门廊深邃幽长，像半截隧道，一眼望不到院子里的物景。有的人家门廊顶上堆放着支棱的细柴，还有的门廊上站着几只鸽子或一只红毛公鸡。

推门进入那户紧挨客栈的人家，顿时一股烟火气扑面而至，征得女主人的同意，我对这家院落进行比较细致的拍摄——这是我深入白山进行生态考察的规定动作：手持相机，怀揣一个蓝色的大本子，里面写满了人、动物与植物的生存现状，当然，还有一些旅途见闻或奇遇故事。总之，这一段生涯，对我的写作至关重要。

眼前是一座典型的东北院落：木柴堆、谷草垛、几根白桦木横卧在院子的一角，偏房里有砖砌的炉灶，一口油亮的大铁锅是主人饮食口味的佐证，被烟熏黑的墙壁上，挂着各种炊具。主人是一位面目和善的老阿姨，她把整个家收拾得井井有条，干净整洁，院子里一株开花的石榴树十分养眼。她告诉我说，一大早，男人去白山采药材去了，什么车前子、蒲公英、白灵芝、野天麻、石苇草、刺五加、桦树茸之类，这是整个家庭重要的经济来源。这些东西采回家，也不必花时间进行刻意加工，拿到集市上就能变现。

人们越来越喜欢原汁原味的东西，这是自然赐予人类的福利。

最后，我在长长的门廊里留心观察了好一阵子，觉得这家人的门廊颇有特点，简直打理得像半个会客厅——门廊里摆放了一张双人沙发和茶几，一面墙壁上的凹槽供着观音、财神爷，陈列着根雕和石雕，还有一坛人参酒。老阿姨说，她家老头子时常在门廊的沙发上睡觉，原因是有一年白山一带暴发了山洪，她家的木门被洪水冲走，房子也被冲塌，而石头砌的门廊却留了下来，门廊上写有"五福临门"的牌匾也没有损毁。男人至今心有余悸，觉得砖瓦建造的房屋也不结实，琢磨半天，还是门廊可靠方便，如果山洪再度袭来，推开门就可以逃生避难，动作快点的话更可以逃到山外。

老阿姨说，别说门廊了，家里任何一样东西都不起眼，也谈不上值钱，但过日子样样有用，少了一片树叶也不行。

当天夜里，我在本子上记下一句话：

"在乌乡，连一片树叶都没有多余的纹路。"

乌乡的行当

在乌乡，除了采集和种植外，来钱快的活路不多。从前是狩猎，现在是养蝎子、蜜蜂、林蛙和野猪——茂密的林中有一处处养殖场，步入其中，会遇到伏身忙碌的饲养工，他们头戴遮阳草帽，或者身着野外作业工装。当然，较之野生采集，培育养殖出来的东西价值要低很多。

从前，乌乡曾经活跃着一支狩猎队，他们在林海雪原中穿梭，练就了一身本领。他们从乡人嘴里获得了很多赞誉，也获得了让人拍案叫绝的绰号，什么"东北虎"

"雪里钻""草上飞"之类，但随着时光的推移，狩猎行业没落了，很快，聪明的乌乡人完成了升级转型，组建了一支采参队，结果又成功了——采参让一部分人成名成家，成为乡人口中的一个人物。数年过后，野山参被开采得差不多了，采参队员们时常在森林里寻觅数日一无所获，以至于看花眼的乌龙事件频繁发生，令人啼笑皆非。这是大自然在与人类开玩笑，被捉弄够了的人们，两手空空地归来，休整反思，寻找新的行当。

"做不下去了，收摊子回乡吧。"一个个曾经炙手可热的行当，就这样衰落与消失了。

眼巴巴地凝望天空，从黎明等到黄昏，新的行当却迟迟不肯显现，而每天的日子依然滚滚向前，具体而琐碎。无奈之下，人们只好重操旧业，拾起了丢弃多年的旧行当。咂摸半天，还是接地气的手艺牢靠。在那一个时期，乌乡的街道上，几乎是一夜间冒出许多作坊，分别是裁缝店、榨油坊、豆腐坊、包子铺、铁匠铺、棺材铺……各种传统的老行当卷土重来，叮叮当当，把乌乡从沉睡中叫醒。往往天刚蒙蒙亮，烟囱就以冒烟的方式开始了一天的劳作——炊烟里弥漫着一首首怆然的老歌。

人们发现，来乌乡旅行的人渐成规模，饭店和客栈的生意开始红火，迎来一波又一波流量。那些柴窝里的鸡鸭、木栏里的牛羊、河道里的鱼，以及山脚下的野味，都在快速减少，大批量地填充了外乡人的胃囊。在乌乡人眼里，这些外乡人的突出特征，就是口味较重，吃相也不够雅，除了经典的蘑菇炖小鸡、酱大棒骨外，连乌乡人不敢吃的东西，他们也统统可以拿下，如麻雀、豆虫、蛐蛐、蟑螂、蚂蚁等。乌乡人用夸张的语言形容："啧啧——这帮子人到了咱乌乡，眼睛瞪得像车灯，张着一张大马猴嘴，抄起筷子，把七盘八碗一齐打包，直接往嘴里胡塞，真是见啥都馋！"口气虽带讥诮，其实难掩自豪与喜悦。

乌乡的蝎子个头肥大，通体浑圆透明，尾部发出一种咝咝的声音，老远就能听到。乌乡的山蝎很快远近闻名，专家说口感和药用价值皆在高妙品质，远方的商人遂慕名而至，与乌乡人签下订购合同，拿到城里去卖一个高价，实现互惠。一个地方可以因为一只小小的生物改变这个地方的风水走向，这话不是没有道理。乌乡人正找高人策划，打算把蝎子做出名堂，全力打造"山蝎之乡"。

果不其然，食客们很快盯住了乌乡的野生蝎子，一盘油炸山蝎，成了餐桌上的招牌菜。一时间，乌乡的山野间出现了规模庞大的捉蝎队，人们手持自制的大铁钳、小镊子,拨开山中的石缝碎草,翻遍潮湿的瓦砾,进行地毯式搜索,将一只只肥大透亮的蝎子从藏匿处夹出来,放入玻璃瓶,倒手卖给乌乡河畔的一溜子餐馆。生活在处处摩拳擦掌,人们似乎看到了一个新行当在乌乡出现。尽管捉蝎的过程中,一些捕手被蜇得吱吱哇哇,有人甚至还为此丢了性命。听说上级已经针对捕蝎事宜叫停,对野生山蝎做出了保护规定,但依旧有人趁黑夜偷偷进山。

那一天,我参加了一个乌乡青年的婚礼。在喜宴上人们小声说话,似乎喜事中混杂着感伤的成分,新郎母亲的表情也郁郁寡欢。小心打听,才知道这家男主人在一周前刚刚离世,三天前办了葬礼,而婚礼早在一个月前就通知了七姑八姨,掐算好的日子也不好更改。青年的父亲正是一位捕蝎高手,据说那日黄昏,他遇到一只罕见的大蝎,够得上蝎子王级别。其父在捕捉过程中失足滑倒,四脚朝天。而那厮甚是凶猛,趁机上来就是一口,咬伤了捕手的左腿,整条腿很快黑了。入夜,人们找到捕手时,他已经倒在草丛里不知过了多久,毒液已经游遍了全身。

喜宴上,端上了一盘油炸蝎子,人们三下五除二就扫荡光了。我当即萌生一种奇怪的感觉,觉得此种速度,未尝没有一种复仇的意味。

香山二日【外一篇】| 也果

香山的鸟,早上的叫声竟然是怯怯的。啾啾唧唧,轻柔细碎。窗外成了一面镜子,那些声音纷纷落入其中,铺成柔软的一层。住在香山的第一夜,人是沉的。抬头没有看见月亮,周围不见灯火,与同行的人道别。睡了,直到清晨醒来。然后,隔着一道明亮的窗帘,与不曾谋面的鸟应答。等到天又明了一些,就有另一种鸟拖着长尾巴一样的声音划过。我判断这该是一种长尾巴的鸟。那叫声就像长尾巴。

上山的路很是逶迤。就是在绕圈子。一圈又一圈,由外而内地盘旋,收紧。盘山,是形象的。道路柔软,像卷尺。贴近了,丈量山的躯体。往上的路线素来没有直来直去的。曲线,以变通校正简单的思路。人是兴冲冲往山上奔,很容易忽略沿途风光。远处是山,近处也是。通往山顶的只有一条路。行至半山腰,已望得见山的深处。

所有的生长都在中途。被我们掠过的中途,蔷薇开得烂漫,在立夏热烈地绽放。路边被开垦出来的一块平地是干燥的,立起一行行枯败的树杈,那么整齐。与土生土长的物种相比,这片移植而来的植物面临的问题应该是水源。上山的路变得越来越窄。谁也没想到,行至山间,竟然突现一座村庄。如此奇崛之处,房舍俨然,仿佛世外桃源。登时欲下车一探究竟。据本地人介绍,这座踞于山间的村庄叫王石门,是山东境内海拔最高的村落。一百多户人家绵延生息,在祖辈的聚居地立起一道坚不可摧的王石门。暗自思忖建造房屋的砖瓦是如何运上来的,村旁的那汪水塘,该是天然的蓄水池。

山顶的景致有些孤单。辟出来的平地上立起一幢房舍,站在此处看附近的山头,顿时没了距离。敢于把房子建在这里的人家是勇敢的,叫作"天上人家"也是底气。门前的青石板是就地取材,一侧的鸡舍也是香山最高的。住在香山顶上的鸡,自是与别处不同,看起来有些骄傲,平常少有人打搅,即使见到一群陌生人也镇定自若。没有看见主人的狗。当晚叮嘱旁人晚餐后带回馒头的女子一定看见了。她心地善良。她和一个人说，也把同样的请求告诉另一个人。等待他们带回了足够的食物，那只缺乏照顾的狗暂且有了保障。提及山上的生活。有人讲自己每年都会去山里住一段时间。不会着意选择某个季节，只是想寻一处自在的地方。简单的生活与海拔的高度之间，形成了一种秘密的联系。

我终于没有在山顶住下来。下山的时候，行至还没有完全修葺好的路上，看见一行下山的背影与车行进的方向一致，顿时心生愧意。听车上的人讲，早些时候她们如何住在山上。那时候没有灯，往远处看黑乎乎的，到处是埋的深井。如果不修路，山里的人一辈子也不会走到山下。可是路太长，一生就这么被山拥着，心也变得深沉。那些从没有下过山的人，对待他们赖以生存的大山也有了强烈的归属感，人与山的命运相通，须臾不分。跟上山时的盘旋相比，下山的感觉倒没来时强烈。那时候心是悬起来的，而驾车的女司机异常沉稳。上山，下山，走成了一条绵延的路线。

在山上还会遇见什么？下山时遇见的一群山羊，身形矫健，纷纷攀上路边高高的护栏，毫不畏惧。在山间奔跑的是它们，听指挥守秩序的也是。老羊倌守护着自己的羊群，不用扬起手里的鞭子，一声召唤，这群欢腾而忠实的羊，便又重新围拢在他的身边。一阵风吹过，突然记起来时追随了一路的槐花香。到了夜晚，槐花已经被裹进了晚餐。平生第一次吃槐花馅的包子，顿时觉得香山的主人清雅得很。次日早餐桌上，有一种饼是玫瑰花瓣与糖混合。当香气变成了滋味，就可以留在心底回味很久了。

香山的得名该是因了香气，那么是槐花，还是玫瑰？单单念及"香山"二字，便有香气暗自萦绕，袅袅地往人身上偎。在高高的山顶辟一块平地种花的心思是浪漫的。香山顶有一处牡丹园。只是同样的花，山上的与平原的自是有了不一样的花期。菏泽人赞叹自家牡丹。在香山，芍药已是盛放之后，花瓣垂落。牡丹则坚持闭紧心房，不透露丝毫的心事。这些山外的来客不妨耐心些，再耐心些。她不喜欢当着众人的面绽放自己的美丽，因为所有的容颜都将不敌。香山的牡丹花在等待着这些不期而至的人散去，她想独自开放，翩然起舞。那时，只有附近的草和山坳的风知道。

去看香山的槐花谷。这里的槐一眼看去就与别处不同。树干径直、颀长。山谷的阴凉让这些香山的槐拼命地往上生长。那身姿竟宛如水杉。即使是一侧山坡上的槐，也一律伸长了脖颈。落户此处的奇异的群体，让人禁不住驻足，随着它们的身形仰望。在观景台，终于听见有人问及香山的"香"字何来。随行的山里女人解释，其实是因为山上的一种草。这草长得漫山遍野，散发奇特的香气，山就成了香山。那草可以熏蚊。问是艾草吗，回答不是。想来与槐花的花期相比，那种发出香气的草是持久的。如此，用气味命名山的也是雅士。方才，就是这个面黑、结实的女人，径直朝我走过来。给我拍一张。逆光中，观景台多了一位着红衣的影。

站在巨大的岩石下，与身后的一棵小树在一起。人很小，树很小，赭黄色的岩石是宽阔的背景。石缝里扎根的小树天生倔强，像一杆旗帜。攀上一株松树摘松果，可以做什么用场？那层叠的球形做装饰画还不错呢。直接铺在纸板上，或者接上枝干，插于瓶中。会吸引小松鼠吗？其实很多问题是不懂的。比如之前看到的那些枯败的树杈，是姜围子，要护着地底下的姜苗。路边的蔷薇抢占了春天后，颜色已是初夏，还是一簇簇的，色泽柔嫩，烂漫地沿着山路奔跑。后来才知道这不是野生的蔷薇，是外来客。与我们不同的是，它们已选择在此定居。

住在山顶的一群人，第一夜在月下的凉亭饮酒、唱歌，佐简单菜肴，已觉富足。第二日下午的雨来得突然，中午返回山上的没有下来。听说他们找到主人，杀了一只鸡，守着一场大雨畅饮。山太高，水是泉水，但用水须定时。付钱稍费周折，没有现金，主人灵活，邀客人加自己女儿的微信，再嘱女儿转他。在莱芜香山，5月11日午后的那场雨来得任性。起初落下来的雨线，清凉、透彻。接下来则是颗粒感更强的敲击。这场骤雨把一部分人阻在山上，一部分人留在山下。山顶听雨，当与在山下大王庄不同。其时，与诗友在距香山十余里的大王庄，在人间观雨，想着山上的光景，心内激流如注。

石棚村记

石棚村隐于山中，没有引领，外人难寻觅。来石棚村的向导是本村的老魏。老魏在县里就职，曾经回村挂职两年。之前每次见面，他会说：来啊，去看看。终没成行。这一回，呼呼噜噜来了那么多人，会不会把村子惊扰了？

乡音是一种奇特的标志，由一方水土管辖，任河流一个字一个字地洗濯，标注不同的音调。即使相隔千山万水，人也能被一声声乡音唤起。方言自然而然地成了领地的坐标。只不过，石棚村与附近的沙地村、石牛坡村、塔井峪村的区别已然不见,碰巧遇着了的会说:哦,咱泉庄的。

身处沂蒙腹地,石棚村的周围都是山。不过,那些山与别处的不同,通通戴着帽子的,叫崮。这些"加固"了的山,便也如方言一样,仅在本地域流通。本地人的想象力生发出去,也是惊人。站在此间看过去,像什么便是什么了,有些手到擒来的意思。板子崮、撅子崮、锥子崮、枕头崮、歪头崮,林林总总,他们有权利命名。从此,便也指着那些戴着帽子的山如此称呼。石棚村深陷崮乡。村庄的命名简单而直接,有留存的族谱文字记录,源于村侧所现一硕大石洞,可纳数十人,"石棚"之名由此而来。深山里的村子,自然地长出来,就像随处可见的树,一圈圈扩大着年轮。历史的齿痕,经由不同的渠道,增加着生动可辨的脉络。

迈进村子,路上没有人。那支外来的队伍宛如一只伸出去的触角,沿洁净的村道、高耸的树一路伸展。终于有人在路边出现。那男人掬着笑,这个面黑的高个儿对外来者示以友好。出其不意的要求得到了首肯。山里人果真好客。由着主人的引领,这队人马一股脑儿拥了进去。确切地说,应该是"攀"上了一旁远远高出路面的院落。

人家的院子四方方的,宽阔,整饬。院子里有树,有磨盘,有家禽,迎面的房舍井然。生活在此刻展开本来的滋味,人烟就是眼下可见。屋内自然暗,电视、冰箱,墙上暗沉的画。主人说孩子都去了城里买房,这老屋就自己,住惯了,哪儿也不想去。目之所及,山居生活一览无遗。曾经的一家人开枝散叶,纵使离开了,心里应该还有挂牵。一眼就寻到靠墙的橱,看上去很有些年月了。即使上面落了一些杂物,还是能辨识不一样的姿态。雕花纹理,铜扣生动。一问,是祖母的嫁妆。算起来近百年了。人去,物还在,上面爬满了痕迹,一笔一画都不一样。

在村子里总能遇见熟人。老魏塞在人群中,还是被站在路边的老妇人一眼认出。没人注意到老妇人什么时候出现的,好像她早早地站在那里,就是为了在陌生的一行人中找到自己的目标。老妇人弓着腰,手不释杖。原本安静的村子,突然闯入的人吸引了她的注意力。两人的攀谈从你就是谁开始。老妇人认出来人,该是远方侄儿,便说怎么不认得了,便说看着还是觉得熟啊。离乡多年的老魏被一句句热络的言语带回从前。两人站了很久,握着手,着实亲近。一个男子不说话,站在一旁,好奇地看着这次会面。附近是一个路口,列着下行的石阶。这一段路铺的是整块的石,很有筋骨,一级一级往前延伸。有人朝这边走来,忽地脸一晃,转身去了深处。终没有露脸,成了远处的影子。

起初没有雨,等到见了深藏的泉,头顶开始落下零星的雨滴。雨不大,没有撑伞,索性就让雨一粒粒埋进发间。想着那泉怕不是也是这样长起来的吧。石棚村的泉踞于山石旁,周遭被砌起来,留了一处,拾级而下,方便取水。低头看泉,那汪水深幽、低伏,该称老泉。诞生于山石间的泉,贴着岩层汩汩翻涌,不舍昼夜地发出生的讯息。此时尚不是泉水丰沛时,这泉叫"魏公泉"。所现碑刻系张炜所题,熠熠生辉,立于石上。亦见当地人的《魏公泉记》。守着这泉,再想想"泉庄"这名字,处处都能听闻泉水的歌。

魏公泉的前面就是魏家老宅。绕至正门,抬首可见"香菱山居"。老魏极尽主人之谊,笑容可掬地带众人踏入这静谧的院落。院子中央矗立的几株高大的树,自然地撑起了老宅的脊梁。不知道那几棵树的年纪,也不知到底是什么树。等到明了那竟然是香椿树,顿时觉得实在是有气势。第一次见到这般高大的香椿树,扫却了印象中墙下路边的矮枝,顶着零星的叶子,单单择那头顶的椿芽。时节的缘故,院子里的香椿叶已成形,长成了好看的、狭长的叶子,仿佛一只只晃动的小船。看着看着,便央攀至高处的人顺道折几束墙角的香椿,别在包里,晃来晃去,成了当然的战利品。

屋内桌椅镜几一尘不染,好像随时等待主人返回。离开厢房,就登上了一旁的后花园。但见植物葳蕤,有池、有藤架、有绽放的花朵,芍药、月季、蝴蝶兰。地上落着的枯植,踩在脚底暄软、踏实。站在此处,但见高低错落,让这魏氏老宅别有一番视野。一行人在后花园的合影,事后细睹,也是错落有致,围绕着中央的花坛或坐或立,其乐融融。相隔数月,依然能看见那天身后屹立的高大的香椿树。

香椿成了美好的食材。那种香气藏在罐里、记忆里和唇齿之间,成就了山居的命名。香椿的香就是乡情,家的味道。曾经一度卖出的祖屋被重新收了回来,香椿树还是从前的香椿树,一层层石头叠起来的石头房,是家。这里永远是老家的模样。有了老屋,人就有了根,有了底气。这时候再看老魏,徒生羡慕。临走的时候,喜欢花的人问能否带几株,老魏满口应着,转身找了锄头刨,捧起来送给了对方。是罕见的白牡丹,簇生的好几株。站在一旁的自己便嘱咐人家一定要好好养,该是因为觉得那花儿从此搬离了故土。

院子里四处生长的都是一株株的香椿,矮小而旺盛,匍匐着,似乎要把这香上上下下地传递。与老魏在门前合影,背靠"香菱山居",门楣上还飘着过年的门帘,红色的。外墙也是厚薄不均的石头垒就,披挂着正一行行地往上爬的爬山虎。

石棚村的部分民居成了民宿,整饬一新的石头房,石墙、石桌、石凳、石板。墙角有竹,还有紫藤架。四月樱花开放的院落,人来了就会往花下偎。这时候,城里的樱花差不多开尽,山里的樱花依然在。人站在飘落的花瓣里,站在神思飘动的瞬间里。靠着石墙的人,与身后的树影、不远处的山在一起了。山中多林木,石棚村匿于其中,一派葱郁,乡土,也由此得以根深蒂固。

闰月海棠 | 野莽

去年早春,我第一次上营盘山。杨家机农场书记满东托人将我运进山去。上车我就在想,下车后第一件事,要先把那个"机"字给搞清楚。我的电脑和手机都打不出这个字,每次要"机"的时候只好用"扒",写罢再对"机"道一声歉。

原来,此字本意是"幽深茂密的丛林"。被人"扒"走是不对的,也"扒"不走。

这是一个综合性农场,下设四个子场,分别培植茶、药、漆、林,总司令部建在营盘山下。

营盘山得名于公元前十一世纪的一场战事,周武王的大军扎营山上,山下是演兵习武之地,后人称习武基。这一战以商军大败告终。向南山行,一路有迷魂阵、绝龙岭、闻太师坟,应该是继续演绎姜子牙排兵布阵,闻太师领军误入、岭下绝命、埋骨山中的悲壮故事。

我在县志中查找杨家机的典故未得,打听此地姓杨的人户竟也不多,因而突然想到《封神演义》中姜子牙帐下战将杨戬,这位二郎神或许在这里设过埋伏,于是后人便将他的姓氏赐予此机。

历史已然成谜,我们猜出的,可能只是错误的谜底。

初见满东,白面薄唇,一副文弱书生模样。他邀我带一批作家来营盘山采风,时间自然是海棠花开的季节。海棠是此山的山花,群芳谱中称为花中贵妃,盛开时千娇百媚,漫山嫣红。

这个营盘,也是古庸国的地盘。关于庸国,《尚书·牧誓》有八字记载:"武王伐纣,庸首会焉。"那一天,武王一手擎金色大斧,一手持银色麈尾,在牧野召开八百诸侯的誓师大会,等待最后一支军队的到来。遥遥望见了庸首带领的庸、蜀、羌、髳、微、卢、彭、百濮这支西部八国联军迎风飘扬的旌旗,方才下令发起正式的进攻。营盘山距当年的殷都、今日的安阳路程遥远,山道崎岖,车马难行,这里断不会是主战场。但姜子牙挥军掩杀闻太师所率残部的可能,也并非没有。于是在凄美的民间传说中,此山的海棠花很容易是被两军将士的鲜血染红的,这也是基于现实的浪漫主义。

传得更生动形象些,还可以说,红的是武王义军流尽的血,白的是纣王残部倒戈的小白旗。

《史记·楚世家》也只记了八个字:"国人大悦。是岁灭庸。"当是时,春秋五霸之一的楚庄王听了伍举和苏从两位大夫死谏,从钟鼎之间站起身来,推开左右怀中的郑姬和越女,始而听政,遂灭庸国。庸地为楚、秦、巴三国所瓜分,庸都沦为楚国的县邑,改名上庸。营盘山,也便成了楚国的山。

公元前611年,营盘山下了一场血雨,石板河河水呜咽,万顷海棠垂泪。

庸为楚灭,秦楚交兵。营盘山地处秦楚之间,故而朝秦暮楚,今失明得。说客张仪以连横计劝怀王弃齐盟秦,还楚六百里土地。怀王去秦始知受骗,营盘山及六百里土地仍为秦属。

三国时代,位于西川蜀都与上庸邑城之间的营盘山,是否行走过孔明先生的木牛流马,史志均无记载。但建安二十四年(219),失了荆州的关羽被困麦城,廖化杀出重围向上庸求救,刘封、孟达拒不发兵,廖化转而直奔西川去见玄德,则确有可能便是取道营盘山的。

清晨自县城一路蜿蜒,虽是南方,因山高气寒,这座古战场去岁的冰雪尚未融尽,顺着山顶迤逦而下,沿及山腰,在它起伏婀娜的山体上斑驳点染,文身一般,画出碧树上的玉枝琼花。从蓝天随意扯下的云的衣裳,被山风撕碎了撒在地面,点点,缕缕,坨坨,片片。它们一部分成了新鲜洁白的棉絮,另一部分化作清泠泠的水,渗入满园茶树,也将游人的鞋子打湿。

满东将我拖进茶园的雪窝里,和茶树拍了几张合影。四十多年前,我在另一座茶场当着知青,春秋的采茶和冬夏的培树是我每日的劳动。下到山脚,拐向一条河边,这么一来,我才切肤地感受到,山体越低,温度越高,山脚的河边虽还黄澄澄地漂浮着去年的落叶,浅滩上却连一小片透明的冰碴也看不见了。

若在附庸风雅之地,这条石板铺成的河床很可能有一个来自唐诗宋词的昵称。王维的"明月松间照,清泉石上流",写的不就是它吗?顺嘴就可以叫"松月河",叫

"流泉河"。可惜营盘山人太老实，石板铺成的河，就叫石板河。这片河床在一场春雨过后才会有淙淙水声，潺潺溪流，而在此前只能是止水和薄冰。这时节，它的线条和色彩属于抽象派，让人想到彼埃·蒙德里安。

神在这一条长河的每一块石板上，都画下了山川、竹木、鸟兽、刀枪剑戟、战士的盔缨和将军的须发……全都是三千年前那场战事的剧照。神把它画进石中，掩在林间、隐入水下，藏之永久。这就是所谓的神来之笔，神奇，神秘，神鬼莫测。当岁月流逝，去芜存菁，它便成了昔日兴替的见证，一座平面的、露天的、全开放的历史博物馆。它仰面向天，让天看到酒池肉林、敲骨验髓的代国君和他的王朝，是怎样一步一步地走向衰败、走向覆灭的。

在河边，我捡到一只石头鞋子，黑色鞋面，白色鞋底，是左脚上的那一只，惟妙惟肖。正是母亲节的前夜，它让我想起母亲，这是母亲一针一线给我做的千层底的鞋。今天，远方的游子归来了，慈母，又在哪里呢？

我的童年在这条河的下游，一个名叫天宝的地方。有一年暑假我去钓鱼，失足落水，脚上的黑布鞋一只漂在水面，一只沉进水底。那是个锅底滩，天不灭我，我本不会游泳，竟然奇迹般游上岸来，只是损失了一双白色千层底的黑布鞋。母亲误以为我嫌她的鞋子做得不好，心疼而恼怒，用量布的尺子打了我。我却不能让她知道我钓鱼遇险，宁可被打死也不说。

多年以后，莫非是故乡的那条河逆流而上，将我早年遗失的那只鞋子送来我的手边？

一度退却的疫情卷土重来，我先后两次买好的返京车票都无奈作废，只能在老家等待通知。邀请作家们夏秋之际来此采风的计划，自然也成了空。满东把希望寄托到明年，我说好吧，等明年送走瘟君，我再还乡。

今年的同一时节我又还乡，满东再次请我上营盘山，天气比去年要暖一点，山上的积雪也比去年要少一点，远看像开着零零星星的小白花。我和满东背对春山并立茶园，谈到作家的采风基地，谈到作家的肖像墙，谈到采风的时间。

满东说，5月5日，那一天，山下的海棠花都开了，山上的海棠花也正开着，从山下往山上看是花的山，从山上往山下看是花的海。

这是我第二次上营盘山。

没人能料想到，包括我自己，第三次上营盘山，距此不过三天。北京的电影导演叶笑天出访武汉,在长江边听说我在老家,千里赶来相会。赴北京挂职的黎贵英曾经是竹溪县的宣传部部长,联系了县委宣传部和文体局,派人带路上营盘山。离乡三十九年,至此我方才知道,营盘山已成了故乡的首景,我也成了理所当然的"内应",陪同"外宾"兼做导游,直至同车返回京城。此时正值3月,距离作家们来采风只有两个月了,我草拟了采风团成员的名单,请各位预留出5月5日至12日。

然而忽又收到采风提前的消息,说是行期改在4月23日。我惊问为何,答说今年是癸卯年,闰二月。正月大,二月平,公历5月原本是阴历三月,这一闰,就成了第二个二月,若按原计划5月再来,只怕海棠是要开过了。

但我们终究还是来晚了一步,海棠花不谙世故,无拘无束,无羁无绊。它是春天里的一道盛宴,被上苍摆放在辽阔的山坡上,无须指示,按时开席。祖先遗传下来的随意和率性长进了它的根,从地下的根须到地上的枝梢,每一条叶脉和每一朵花萼,时间一到,风声即起,满山呼应。

石板河的河水,有一股细流是来自营盘山的瀑布,这也是必须要看的一道景观。它没有黄果树瀑布那么粗,也没有庐山瀑布那么长,但如果当年李白来过,过些年徐凝也来过,又过些年苏轼也来过,三人看过、吟过、赞过、谑过之后,这条瀑布难道不同样会万口相传吗?浪漫主义的吹牛大王不仅语文好,数学也好,开口就是"三千":白发三千丈、飞流直下三千尺。他不会想到,营盘山的瀑布是他的三千尺飞流的千倍还多,从我第一次来营盘山起,它就挂在了我的心上,跟随我从营盘山流到北京,怕快有三千里了吧?

说它有三千里,它还真有三千里。从石板河到柿河,到堵河,到汉水,到北京的密云水库,一路涓涓潺潺,滔滔汨汨,如练,如绸,如追随南水北调大军的一个细腰的白衣少女,它最后以最清纯的形象留在了北方。

午饭后我去溪边散步,遇一壮士,笠帽纱罩,倘若腰间再佩一柄长剑,便是金庸笔下的蒙面大侠。我上前问他何以如此打扮,壮士止步,从纱罩中发出本地的声音,说是为防蜂子蜇脸。哦,原来是放蜂人。我又问他如何放蜂,放蜂人手指身后几只参差的箱桶,说,你晚来了一刻,看见没有?那是蜂巢,刚刚老蜂王带着它的嫔妃和大臣离开王宫,浩浩荡荡飞往对面山上,开辟新地安营扎寨去了。仰脸可见空中一团黄色的蜂阵呼啸而过,我再问他,老蜂王为何要离开老巢。放蜂人说,这是蜂国的王法,一年一度,老蜂王必须自觉地让位于新蜂王,否则就会被群蜂赶走。

万物世界，冥冥中都是有一定法则的。

第四次告别营盘山，我莫名地想起南朝任昉的《述异记》。说是晋代有一樵夫姓王名质，某日去一座山上打柴，路遇两位老者对弈，于是放下斧子一旁观看。一局未了，转眼见斧锈柄烂，惊问老者，方知时过七日。下山再寻故人，已死千年。

我们上营盘山不是来砍柴的，但人人觉得七日太短，不愿离去。此时接到通知，继首站关垭子楚长城后，还要再去看楠木寨、黄花沟、肖家边和桃花岛，沿途自然还有许多好听的故事，容我按下不表。

在营盘山的最后一个夜晚，寨主满东请大家留下墨迹，我自知不会写字，也不是诗人，但不知出于从何而来的自信，我竟然夺笔写下了四句：

营盘山下梦君来，君今来时花已开。
海棠若思君心切，明春花开不许衰。

琬琦 | 山门·春分

等待

如果需要等待，我们总愿意选择一个标志物。或者一只邮筒边上，或者一盏路灯底下，或者某个银行门口。那日，我在山门外等记者，选的就是一株木棉树下。不过，那一树在半空中燃烧的红花没有得到细致的欣赏，地上零星的落花也无人弯腰俯看。赏花这件事，需要闲适的心情，等待中的我显然并不具备。我只顾着翘首看一辆辆疾驰而来的小车，仔细辨认它们的颜色、车型和车牌号码，然后一次次失望。时间缓慢流过，一头名为"焦虑"的小兽似乎正在慢慢长大。

"唉！"几乎就在我叹息的同时，一朵花从空中跌落，"嘭"的一声重重地砸在地上。我被吓了一跳，忍不住靠前两步，蹲下身去，捡起那朵落花。这硕大的木棉花从那么高的地方坠下，竟然毫发无损。这是一朵简单的花，两指宽的红色花瓣，绿色花萼。几乎所有的落花都能唤起人们心里的叹惋和怜惜，但木棉花显然不是。我不止一次看到人们捡它，放在菜篮子里，红艳艳的一片。也有人用竹签子把它串起来，串满了，弯成一圈提在手里，好像提一串活蹦乱跳的鱼。人们说，这木棉花可以炒着吃、煲着吃，能祛除身体的湿气。在南方人眼里，"湿气"是一个与生俱来的概念，人的一生，就是与体内各种"湿气"斗争的一生。

又一朵花"嘭"地落下，溅起不小的回声。现在，我有两朵木棉花了。它们刚离开枝头，就像鱼刚离开水，新鲜得仍然可以听到浪花的奔流。我端详这两朵花，它们一模一样，一朵是另一朵的镜像，像是从同一个母体里同时出生的孪生子。它们虽然掉落，但体内依然有生命的力量，不会一下子就萎谢掉。我该拿它们怎么办呢？好像每一次鲜花在手，都会有这样的问题在我心里萌发：该拿它们怎么办呢？不管如何小心妥善地呵护，还是阻止不了一朵花的衰败、枯萎。但我也不想纵容自己往这个方向继续想下去,那是林黛玉的方向,不是我的。

虚构的猴子

"禁止投喂、挑逗猴子,以防被抓伤。"

当记者把这句话一字一字地念出来时,我们都笑出了声。记者说:"这山上还有猴子吗?"领导说:"有,应该有好几只。"导游说:"可能只有一只了。"

为了一只猴子郑重其事地竖立一块警示牌,这件事显得有点好笑。当然,作为土生土长的当地人,我是见过这山里的猴群的。那应该是二十年前了,景区刚开发,引进了一群猴子。关在一个并不严密的大铁笼里,游人可以隔着笼子给它们投食。我曾经把花生放在手里,摊开手掌过去,猴子便伸出爪子取食,彼此间完成一次愉快的互动。但就有那种促狭的游人,手里攥着东西递过去,等猴子要取的时候,却又缩回来。如此三番,猴子便发怒了,瞅准时机,爪子闪电般出击,抓伤了游人。此类事件一多,猴子就成了顽劣的代名词,大家只是远远地看着,互相扮鬼脸、怪叫。后来不知是铁笼锈坏还是疏于管理,猴子走失了。偶尔会见到一只,端坐在高高的树上,警惕地辨认着树下的过客,像在寻人,又像在等待。

有好多年我没在此山中见过猴子了。这山脉据说方圆三十七平方公里,以丹霞地貌为主,赭红色的山峰有各种陡峭,亦有苍莽林木。几只猴子隐入山林,如同鱼被放归茫茫大海,要再寻找,恐怕是很困难的事情了。

如果猴子也像人一样会怀旧,也许会回到铁笼附近,缅怀从前的日子。依稀记得当年被我喂过的那只猴子,清亮的眼睛里总是闪烁着不安,抬眼看人时,额头上就浮现出几道抬头纹。那时我很年轻,未为人母,尤其爱看猴妈妈给小猴子捉虱子的样子。有时它赶着孩子在笼子里玩,有时让孩子吊在自己的脖子上,抓着笼子顶上的铁条荡来荡去。那小猴子又胆小又爱玩,常常被吓得吱吱地叫。导游提到的仅剩的那只猴子,是不是我喂过的那只?还是那只总是凶着一张脸的猴王?它有很强的攻击性,几乎把所有的男游客都视为潜在的敌人,看见谁都龇牙咧嘴的。据说也是它最先逃出笼子的。那其他的猴子都去哪儿了呢?是在山林里潇洒快活,还是被人捕捉去了?那也是一个小型的家国啊,也会有相亲相爱或者互相倾轧。如今,却消失得干干净净。

二十年前的事情,想起来令人恍惚。每次跟人说喂猴子的经历,别人都不相信,以为是我编造出来的。久而久之，我自己也对自己产生了怀疑。

从警示牌下绕行，沿着人工步道往山上的寺庙走时，我对于猴子的存在，也产生了怀疑。也许我们经历过的一切，都是虚构的。那只虚构出来的猴子，如今正在我想象的树林里荡秋千。黑夜来临，它也将栖身于我想象中的山洞。想象，如同一束微弱的光，其所到处，即使是最黑暗的地方，也会被照亮。

瓦片

瓦片的形状如同有弧度的书页，总是以一种整齐排列的方式出现。小时候，我去看过一个制作瓦片的作坊，竹子加油毡布搭盖的简易棚子，里面垒着一墙墙的泥瓦。一个人将泥坯子灌到一个圆形模具里，然后用工具使之旋转起来，多余的泥便被甩出来。脱去模具后，地上就有了一个圆筒形的瓦坯。瓦坯晾干后，那人用一柄木槌轻轻地敲击它，圆筒就裂成四块泥坯了。这泥坯还得经过高温烧制，才能成为一片真正的瓦。

去所有的古镇旅游，黛瓦粉墙几乎都是不可缺少的元素。那些瓦片一页页排列成屋顶，屋顶便也成了一本向下摊开的书。每一本书，都记载着一幢房子的历史变迁，记载着房子里的悲欢离合。这样一想，瓦片作为记忆的鳞片，是不应该被忽视的对象。

瓦片可以算是最早进入我的视野的事物之一。当我还躺在摇篮里的时候，张开眼睛就能看见屋顶上的瓦片。当我尚未认识它的时候，就已经熟悉了它。它们通过巧妙的堆叠，起到了遮风挡雨的效果。那时我还看不清瓦的全貌，如今想来，在屋子里往上看，大梁和桁条构成了骨架，而瓦片则是一环环的肌肉——我们就像是在一条鲸鱼的内部生活着，点煤油灯，讲飘忽的故事。不过，直到现在，我也并没有见过真正的鲸鱼，一切仍然只是基于想象。

瓦片作为书页的想象，似乎在山中的寺庙落到了实处。在一间耳房里，我看到了一垛黄色的瓦。那瓦片微微隆起的一面，用毛笔写着一些字。我弯下腰去读，佛光普照：某某某阖家，身体健康、学业有成、万事如意、大吉大利。再读几片，内容都差不多。字写得一般，墨水没有外溢，几乎都被瓦片妥善地吸收了。在这样的"书页"上，看不到属于毛笔书法的那种笔锋、枯笔之类的技术层面的东西。字就是字，简单、朴素，只为了表达字面意思。

我忍不住问住持:"这些瓦片是用来干吗的?"

"这是祈福瓦片,准备用来替换大殿上的旧瓦。"

"就这么直接换上吗?"

"不,外面还要封一层釉。"

我们一路走入寺庙,大殿、偏殿、回廊。这山有很多洞室,各种殿堂依洞室而建,可以节省很多砖瓦用料。抬眼看屋顶,那瓦片的排列跟我们家老屋的几乎一样。不同的是,老屋的瓦片是黑色的,这里的瓦片是金黄色的,与整个殿堂里的庄严、肃穆相适宜。

每一片瓦上,那层金黄色的釉质后面,就封着那些质朴的愿望。每日,殿堂里佛号声声,香烟缭绕。远道而来的香客在蒲团上跪下、合十,喃喃祝祷。在瓦片上写着的那些名字和愿望,就这样日日被这些虔诚和慈悲熏陶着。

写字

当住持写下"观自在"的时候,我看到他的笔在微微颤抖。他并不自在,我想。但我不知道,让他感觉不自在的到底是什么。也许是因为领导、记者,或者,我?我并不懂书法,但领导和记者都是书法爱好者,住持也是。三个人在寺庙的画室里讨论要写点什么。住持忙着把一些感觉可能碍事的东西从桌子上清理掉,从另一个房间取来两种不同质地的宣纸,在桌子上铺开,拧开墨水瓶,选择合适的毛笔。

第一个写字的人是记者。他显然对"现场挥毫"这件事了然于胸,拿起一杆笔,那笔头如同木棉花一般大小。他看了看笔,又略微打量了一下纸张,便饱蘸了浓墨,在纸上果断又从容地写了一个"禅"字。嗯,在佛门之地,写这个字甚是相宜。大家都喝一声彩。

住持是第二个写的。我这个不懂书法的人都能看出,他写的字并不算好,起码与墙壁上挂着的、据说是他临摹的《兰亭序》相去甚远。也许他只是有点紧张。一个紧张的人,恐怕此刻是无法"观自在"的。不过,出家人不是应该很淡定吗?在写字的过程中,他似乎总是心神不宁。也许是因为手机不停地振动,他写几笔,又把它摁掉。三个大字终于落到纸上,他脸上流露出一点赧然,试图用笔去做一些修补。这时,手机又振动,他拿起来说:"是谁一直在找我?"

他没有接听电话,但是看了几个信息,并且将一些语音信息外放出来。其中有一段是：你得派人来看看，这里倒了一棵树，把路拦住了。

我有点哑然失笑。看来，当了住持的出家人也不清闲呀。上面来了领导视察，他得接待；寺庙的瓦片坏了，他得安排更换；就连一棵树倒了，他也得处理。一棵在春天倒下的树，可比木棉花坠落的声势要大得多。那会是一棵什么样的树呢？也许是老朽了很久吧，也许它想着撑过去年冬天就好，却没有想到自己终究撑不过春天。昨天半夜，我曾被窗外的雷电和风雨惊醒，也许是一道闪电劈中了一棵风华正茂的树呢？

就在我走神的时候，他已经换了一支细笔，准备落款。那棵倒下的树似乎就横亘在纸上，他几经犹豫竟落不下笔。导游在旁边小声地提示："今天是春分。"他转过脸，有点茫然地问："哪个分？"

我忍不住在心里轻轻地笑了，看着他一笔一画地写下了落款：癸卯年春分。我认出了，他的字体与写在瓦片上的那些朴实的字体一模一样。我想，一个出家人是如何感悟春天的呢？当写下"春分"的时候，他的心里，会有繁花盛开吗？

西流 | 李冬凤

河口镇的一位民间收藏馆"馆主"说：信江水自东向西流。这对满脑子是大江东去的人来说，虽算不得语出惊人，却的确有小小震撼。其实熟悉地理的人都知道，局部的河流各种走向都是有可能的。在赣东北就有信江、饶河两条母亲河向西流，倾注于鄱阳湖。

我首次来到信江是2017年。考察取经棚户区改造建设方案是这次行程的理由。

鄱阳湖是江西人心中的大海，也是江西所有河流的耶路撒冷。五大主要河流集结，浩浩荡荡，经湖口入长江，一路东行。这是河流的信仰。

都昌在鄱阳湖北岸，去信江，须一路向东，绕过半个鄱阳湖。初春，阳光明媚，出城便有油菜花星星点点，在阳光下闪闪躲躲。穿过鄱阳湖冲积平原进入连绵群山，车子在隧道里进出，云朵与山峰似乎静止，眼皮不由自主地耷拉下来，脑袋也强撑着，生怕一不留神钻入他人的怀抱。

突然，一道道红光撞进眼帘，是光秃且赤红的山头。像醉酒和尚的脑门，又似从地里冒出来的血色蘑菇，大大小小，断断续续，无规则从窗外掠过。手机导航显示，我们已过横峰，进入铅山新滩乡。这里属典型的丹霞地貌。丹霞地貌，是红色沙砾岩经过长期风化剥离和流水侵蚀形成的奇峰和怪岩，地表呈红色。我贴紧车窗，惊叹不已。

没到铅山，我总读铅(qiān)山，铅笔是我们这一代人的文脉源头。到了铅(yán)山，才知这个字还有地理意义上的读法。人常说读万卷书行万里路，路上的学问常比书卷更加深邃辽阔。

吃了铅山汤粉，又去赏铅山风景。铅山人的首推，是河口镇。

江西有景德镇、吴城、樟树、河口四大古镇,水运时代天下闻名。景德镇是瓷都,樟树乃药都,吴城和河口,则是千年的商贾码头。

河口,在信江之上。溯信江而上,至玉山转陆路可达浙江常山,进入钱塘江水系。这条水道联结东西闽、浙、赣、皖、湘、鄂、苏、粤,是江南诸省的水运中心之一,所以明清时河口有"八省码头"之称。借江右之水,会天下之客。景德镇瓷器、鄱阳万年米、樟树药、吴城木、铅山纸、铅山茶……都在这里聚散,通过船只运往各地,甚至漂洋出海。民谚说:买不尽的汉口,装不完的河口。樟树和吴城分布在赣江中游和下游,由鄱阳湖溯赣江而上至大庾,越大庾岭入北江,抵广州。这是江南又一条贯穿南北的黄金水道。晋商、徽商和江右商帮在千年时光里在此上演了又一部《三国演义》。

《周易》云:"日中为市,致天下之民,聚天下之货。"河口镇因其独特的位置,成为江南千年宠儿。河口镇形状亦如信江,呈东西走向。街面宽六米,长五华里,由东端的一堡街、二堡街、棋盘街、三堡街和西端的半边街组成。

牌坊是村庄的标志,是中国特有的一种门洞式的纪念性建筑物,也能看见一种文化信仰的标榜。进河口镇,也有一个巨大的麻石牌坊,上书:"古风犹存买卖不分南北,今日再见寻思确有东西。"这样的文字与耕读古风其实格格不入,然而却要寻思出"东西",足见作此对联者心里的矛盾。

麻石铺成的巷道总是湿漉漉的,墙头砖缝里钻出来的葛麻树绿得晃眼。屋檐下,两位老人在下象棋。有几家店铺的门开着,但极少有人进出。红色小三轮贴着墙根,春节挂起的红灯笼依然成串挂着,在春风中摇摆,努力张扬曾经的热闹。巷道如入暮年,几根木椽支撑起的房檐已挡不住风雨侵蚀,铺门豁牙,阁楼坍塌,车轱辘碾出的痕迹被尘泥填埋。迎面,一女子骑电动车过来。我伸手想拦,她笑笑摆手。继而又有几个人骑着电动车与我擦肩而过,似镇上人,又像是往来客,行色皆匆匆。

从一堡到三堡有店屋五百余间。有以木板为铺门的,有能折叠的铁门,有新式的卷闸门,新旧不一,款式也不相同。有下面青砖、上层是木质的跑马楼,有一砖到顶的欧式风格,也有屋檐微翘、门楣雕花的徽派建筑,还有教堂式的、矮马墙样的……杂陈于南北西东。这里无一相同,又无一不同,然而都像落日余晖下的回忆,给人以虚幻之感。官渡、民巷、店铺、商贾,莫不几度浮沉,如一缕炊烟,开始有形,终归于无形。

巷道一头通向民宅,一头伸向码头。从街面逐级而下,过涵洞,就到了信江。通向民宅的巷道藏在圆拱门后面,与街面店铺混杂,分界线似是清晰,又不易察觉。拱门之内是幽长的民巷,连接进无数个家。民巷内都只是日常居家小屋。我从溜光麻石中寻找,从雨水浸漫的沟渠中寻找,从墙根斑驳的青苔中寻找,惊诧巷内为何没有一院官邸豪宅?随即又想明白了,河口镇只是一个码头,是无数商贾发家致富之地,却不是他们生根开花之处。民巷很窄,宽不过两米。太阳升起时,它在沉睡。太阳落山时,它还在沉睡,像一位老人,坐在阳光下低垂着头。人问他:睡着了?老人惊愕说:没有啊。都听到鼾声了!老人仍是惊愕:睡着了吗?人走了,鼾声又起来了。

　　"万里茶道第一镇""和记油行""悦和源""吉生祥""舍利合"……古街像被使了定身法,一定就是百年。青石路上华梦栖凡尘,落红穿云水,一念多少旧游。锁印记,半杯香茗绕指,几竿翠影疏离,静里乾坤,弦上天地,怎凭吊寥廊?

　　初春的风依然凛冽。我站在信江边,但见洪涛翻滚,以撼天动地之势向前奔涌。隔河对岸,有一尊高大威武的辛弃疾雕塑。辛弃疾英雄末路,隐居于铅山瓢泉,终老于此。他身在林泉,心在江山,以信江虽大只取一瓢的淡泊心态,仍发出"廉颇老矣,尚能饭否"的慨叹,最后依然不得不忍看山河破碎,抱恨终天。铅山人将他立于信江边。他没看到河口的繁华,却看到了古镇的落寞。

　　又一年暑假,我造访葛仙镇,返程又经河口。六年未见,河口镇愈加衰老,随路可见皱褶墙体上的"拆"字,犹如耄耋之年的老年斑,发出生命即将终结的叹息。我收住脚步,不忍再往下看。同伴说,既然来了,走走也无妨。于是又往深巷走。

　　整条街只有一处店铺开着。跨进门槛,右边是随意堆放的旧书刊旧连环画,左边是一个旧碗橱。老式的玻璃铺柜呈"丁"字形排开,里面摆放着些各个年代的铜币,还有特殊年代里不同时期的伟人画像。铺柜后面有四个男人在打牌,旁边桌上摆放着两个盘子,盛着几片西瓜和一些酸梅。牌桌右边是一道门,其实也不算是门,准确地说,是个门洞,横额上写着:民俗收藏馆。

　　我们想往里走。

　　馆主说:"收费,十块钱一个人。"

　　我问:"有什么可看的吗?"

　　馆主答:"怀旧的人看了不想走,不怀旧的人走了还想看。"

　　我原是打算出门,没想到被馆主一句话给绕进去了。丢下几十块钱,我们嘻嘻哈哈地进了门洞。

外面不起眼,里面却是别有洞天。展馆正中是一台脚踏缝纫机。缝纫机上面摆了熨斗。熨斗是铁质、烧炭的。对缝纫机,我还是有特殊情感的。我父亲是裁缝,记忆里,父亲上户,就会把缝纫机机头卸下来,然后和缝纫机机脚分别搁在扁担两头,挑着去东家。熨斗用得少,偶尔遇上家境好的东家做的确良之类的好布料时才会用。父亲用过的缝纫机只有一个抽屉,这个缝纫机却有六个抽屉。父亲用过的缝纫机只有一块盖板,这个缝纫机是双重盖板。当然,不同不仅在外表,更多在于它的机头不同。这台缝纫机是胜家牌的古董,外观古朴,保存完好。我根据机身编号CH107629查证,这台机器是胜家公司第一代产品,出厂日期应在1853至1855年之间,是迄今为止国内已发现的最早的一台,有一百六十多年历史。据馆主介绍,这是一台在教堂里沉睡了多年的缝纫机,教堂拆迁时被发现,推断应该是被传教士带入中国的。最早缝纫机进入中国价值高达三百多大洋,非一般人和家庭有能力购买。百年沧桑,这台缝纫机保存至今实属不易。

展馆右边是各种品牌不同年代的自行车摩托车,如社会变迁图,又似科技发展史,徐徐展开。手机这种最寻常之物,在展馆也有一块阵地。从BP机,到翻盖摩托罗拉,进而到智能触屏机。

闲居坐于床,隐于几,不垂足,夜则寝,晨兴则敛枕簟。人用于床的智慧不亚于餐桌。作为寝具,简单到一块板四个脚而已,可人却将其视为安身之所,人生百年,床居其半,于是琢磨出雕花床、高低床、龙凤床、德式床、弹簧床等各种式样,或富丽堂皇,或舒适实用。展馆里收藏的清一色是中国老式屏风床。雕刻诸如喜上梅梢、梅兰竹菊,也雕并蒂莲花、福禄寿喜,嵌饰之物更是多种多样,如青花瓷、珐琅彩、琉璃、黄铜金边……馆主说这些床有人出百万购买,被他拒绝了。这一屋子的收藏,让他花掉了祖孙三代积攒下来的财富。

我问:"你老婆不骂你是败家子吗?"

馆主说:"不骂才怪呢!都动过手啦!我说,喜欢一人与喜欢一物是一个样,今天我能放弃物,明天就能放弃人,你希望我这样啊?"

展馆里的每一种展品都是一本具体而微的百科全书,展示着社会的某一段历史。河口镇曾经也是一幅《清明上河图》。在这幅图画面里的某一居室中就放着展馆展示的某张床。床是河口镇张生家的。他祖籍樟树,贩卖药材发了财,在河口镇盘下了三间店铺。还有一张嵌了珐琅彩的床,是河口镇最东边陈忘川家的。他来自山东,在河口娶了三个老婆,这是大夫人睡过的床。谈起这些,瘦高个的馆主眉飞色舞。

　　河口镇的每一件物品仿佛都有一段故事,仿佛都留存着最深情的回忆,谁听了都难免动容。

　　我突然为馆主忧虑起来:"一人收十块钱,一百个人也才一千。看这街上行人,或许一天也难得有几人进来。你怎么生活呢?"

　　馆主显得很豁达:"玩收藏的,追赶的是渐行渐远的记忆,又有几个不是穷困潦倒的?"

　　走出收藏馆,我苦笑:这不是花钱买痛苦吗?然而,我也是一个善于逃避的人。我又看向沿街墙上偌大的"拆"字,不知这个字会不会也成为一代人的集体记忆。

学群 | 陆城粮仓记

这些年有过好几次机会,却一直不曾到一座粮仓里面去过。这一次到陆城却是不期而遇,从粮仓入口一直进到它的腹腔,像一粒稻米那样停在里面。接着又像那些看守粮食的人一样走上粮仓高处的栈道,从粮食们的天空走过。

小时候倒是去过生产队的保管室。那里头除了稻谷,还有棉花油料农具化肥和农药之类。就因为里头住着粮食,保管室的房子是全生产队最好的。人住的地方屋顶可以漏水,墙上可以有裂缝,地板可以上潮,粮食住的地方就不行。爷爷的说法是,吃过白米饭就知道,粮食比人金贵,生产队没了谁都行,谁没了粮都不行。

一个人在农村长大种过田,也就跟庄稼一起生长过,就知道种子会在泥里头翻身扎下根长出叶瓣来,知道禾本植物会分蘖,一粒稻种可以抽出几根稻穗,每一根穗条又可以排出好些稻粒来。知道因为有了这些禾本植物,才有了余粮有了粮仓,从而也就有了大型号的人类社会。

陆城地处长江中游的丘峦与平畴地带,是天然的粮仓。陆城之为陆城,据说是因为三国时候东吴的陆逊,说他当年以此为据点囤积粮草。看着是陆逊造就了陆城,掉过头一看,又似乎是这块地方的水土粮草成就了陆逊。不管怎样,陆城打一开始就与粮食有关是实。现在的陆城粮库始建于 1952 年,两栋苏式仓库外加一栋粮油供应站,建筑面积一千三百平方米。它们与之后陆续建起的几栋粮仓一起,成为湘鄂交界的一处规模较大的集中储备和中转仓库。如今,两栋苏式仓库已不再存储粮食,云溪区已将其列为文物保护单位。

偌大的房子空荡荡的,一个人填进去就感觉自己像一颗细小的谷粒,只觉得世界很大人很小。想要说点什么,声音从嘴边开始旅行有些到不了边。七十年的粮仓,不知道有多少粮食从入口进来,在这里停留,又被运了出去。就想起"沧海一粟"这个词。海里头不是水吗？为什么不说沧海里的一滴水，而要把粮食扯过来呢？大概因为无论水滴还是沙子，都不及粮食离人那么近。那个里边藏着一点点生命的细小颗粒，简直就是人自己。我们的血液中我们的骨肉里，哪一处不是粮食？把一粒粮食放进无边的空阔与漫长的时间里，人一下就有了切身的感受。

我收割过稻子。稻秆在往上长的时候是那样挺拔，足以把抽出的稻穗举起，把一生的事业撑持下去。等到上面的谷粒渐渐成熟，它们也像上了年纪的人那样弯起了腰身。那些中空的秸秆，好像从还是种子起就已经懂得，它们之所以长出来，只是要把来自泥土的水分和养料送往谷粒那里，而留给自己的，刚好够它们完成这些。谷粒熟了，它们的身子也就软了。接下来的一切就像赴约似的，那些前来收割它们的镰刀恰好弯成新月的形状，那些拿着镰刀的人同样弯下了腰身。再往后，天与地在稻子身上达成的那份果实，就带着那一年的阳光和雨水进入粮仓，进入人的血肉之中。

我想起很多年以前去半坡遗址，一眼看到泥地上储存粮食的窖穴圆溜溜地窝成一种呵护的样子，人与粮食之间的那份亲情，仿佛全都在那圆溜处。后来又在博物馆看到那时候留下来的已经炭化的粟米，还有陶罐陶盆小口尖底瓶与石器。六千多年过去，人早已化入尘土，在半坡人的身后，出来代表他们的，是粮仓和粟米，还有他们用过的那些器具。

阅读粮仓，阅读一颗稻粱的生命行程，也就是在阅读我们自己。我们这些身上装着稻粱在地面行走的人，穿着西装打着领带，顶着各式的帽子揣着各样的名片，要么叫作这个要么叫作那个，就像有的稻粱叫作糍粑有的叫过桥米线，有的或许还成了爆米花。可是最基质的部分还是那样，粮食还是粮食，一如我们也还是要吃粮的人。

刘丽丽 | 黄河岸边鸟

写下"野鸽子"这个词

  外祖母村的土地流转给了农业公司，舅舅将一些用不着的农具送给了父亲，自己应聘到工厂去当保安。两个表弟，一个考到了上海安家落户，另一个也在镇上买了房子。村庄里的年轻人、聪明人都选择了远走高飞；聪明人多了，笨，就成了一种美德。在这里扎根的草木保持了与河流同样的美德。哲人说，晚年应该止语，少说话，或者不说话。在一阵又一阵河流的涛声中，放弃野心，安然地与养育自己的土地相伴。如果要在鸟类中寻找这样一位君子的话，想了想，我推荐野鸽子。

  即便在环境治理措施得力的今天，每到春天，黄河两岸依旧能刮起漫天黄沙，让人见识到大自然的威力。然而进入初夏，风沙会奇怪地消失。这时候，田野的主角让位给庄稼和各种候鸟。布谷鸟的叫声开始回荡在村庄和树林之间，在我们这个农夫逐渐交出土地的小镇，只有它们还秉持着古老的职责，准时地给人以提醒。"咕咕，咕咕，麦子熟咯。"

  在这个阶段，麦子几乎每天都有新的变化。拔节，秀穗，籽粒一天天饱满。相对平静的，是土墙、老屋、被太阳晒热的土地，还有高大的苦楝树。我想和大家介绍一下这棵树。它的来源很神奇。附近的村子都没有这种苦楝树，也没有人专门种植它（它的果子不能吃，木材也非上等）。因此，它像天外来客一般，直到长到高过房檐，大家才不得不正视它的存在。由于是老宅，左右的邻居搬的搬，走的走，这棵树基本扎根在"三不管"的墙角，所以简单讨论之后，人们决定让它留下来。后来，它以飞快的速度超过了洋槐和老枣树，成为荒园之中的新星。老人去世之后，洋槐枯死，老枣树每年春天落一地枣花，秋天落一地熟透的枣子，年轻人忙于生计，根本无暇分心回转家园。这棵苦楝树成为见证者，当然，也不是唯一的见证者。长夏的午后，野鸽子常常栖息在屋脊上,默默朝着庭院内张望。隔着几十米的距离,它看起来并不担心遭到伤害。偶尔"空——空——"地小声说几句,不知道是在打招呼,还是发感慨。

老人说,野鸽子晴天叫,说明要下雨了;在雨天叫,说明天快晴了。不知道这种说法是否准确,但如果留心的话,你会发现在久雨初晴时和久晴欲雨时,它们的鸣叫确实频繁。

这是一种朴素的鸟,朴素得像你多年的邻居。一年四季总是那件素色衣服。和人亲近,喜欢生活在开阔地带。在稀疏的树林中,在房前屋后,常见到它们的身影。这是一种亲人的鸟。在田间劳作,你忙你的,它啄它的。走得再近一点,它就转过身躯,背朝着你,像个怕生的孩子。

查阅资料,说野鸽子是斑鸠的一种,不禁想起"鸠占鹊巢"的成语。事实上,"鸠占鹊巢"里面提到的"鸠",并不是看起来好像是鸽子的斑鸠,而是另外一种鸟类——在民间,它被人们称作"布谷鸟",也就是所谓的"杜鹃"。布谷鸟从不自己筑巢,在繁殖季,它们会将自己的卵产在其他鸟类的鸟巢中,比如常见的留鸟喜鹊。从鸟蛋的孵化期来看,布谷鸟的蛋孵化时间要比喜鹊蛋孵化时间短,所以布谷鸟的幼鸟也会最早破壳而出,这个时候,它们就会将其他还未孵化的卵推出窝外,从而独自霸占鸟巢。这件事,也成为布谷鸟的污点之一。不过,看在它准时播报换季消息,时刻心系农耕大业的分上,我们可不可以选择原谅它呢? 当然这件事,最终的决定权,也并不在我们这里。

那么,野鸽子会自己筑巢吗? 它的巢穴又建造在哪里呢? 答案是:会。它的家会选建在偏僻安静、远离人群之处。我疑心老家那棵苦楝树繁密的叶子里就藏着野鸽子的巢。那年夏天,几乎每天,在一个固定的时间段,都能听到野鸽子深沉的叫声。有一只也经常站在南面的屋脊上,长时间地远远观望。它那双圆溜溜的潮润的眼睛里反射出阳光、河流和树影。那双眼睛见证了村庄里无数老人的过世、无数年轻人的离开。那眼神,像我这样的凡人无法辨识其中的悲喜——它是见识过人间的大悲和大喜的;它的叫声,是混合了疼痛和欢乐的叫声,总结为一句话,它说:空,空——空——空——

自在的隐士

父亲修理他的锄头,母亲忙着择菜,准备午饭。芒种快到了,风中传播着麦子即将黄熟的气息,也酝酿着大战之前的焦灼。

锄头并不负责开掘整块田地,而是只给一棵庄稼松土,它照顾的是距离它最近的苗木。通过锄头,人的力量传递给了大地。力量被传递出去,土地中就存储了那么多可以提供燃料、提供生长的东西。当一棵庄稼终于向着天空举起自己的旗帜,它就不再是"黑暗大地上模糊不清的过客"(歌德语)。清晨,当一个农夫走向田野时,与他同在的是晨曦和一把辅佐他的锄头。锄头起到辅佐和监察的作用,庄稼负责茁壮成长。秋天来临之前,晨曦与锄头又构成了光的双重小岛,与贫瘠和黑暗遥遥相对。

母亲忙碌的是另外一件事。她手中的笊篱也并不负责整个厨房的工作,而是只捞取焯水的蔬菜。在过年时,还要捞取炸货、肉丸、馃子等。因此,一旦这把竹子编制成的工具有所动作,就预示着厨房将有一场小小的改变,对美食的希冀调动起人们的味蕾,空气中飘荡着节日的喜悦。当笊篱被挂在墙上时,念头就暂且被搁置,人被其他事情占据,这种忙碌持续一段时间后,念头又再次萌芽。挂在墙上的笊篱,是一盏映照美食的灯。

阳光热烈起来,父亲的敲打告一段落。我听见母亲跟父亲说:那个叫得好听的鸟又来了。果然,浓密的枝叶间传来鸟的鸣叫,在清水里洗涤过一般干净、辽远。那声音也是我所熟悉的,从记事起就多年不变的。父亲答应了一声,说:可不是今天才来的。父亲整天在田里泡着,鸟是他的邻居,哪只鸟走了、哪只鸟留下了,走了的哪天回来、从哪里回来的,他知道得比谁都清楚。他们说的是四声杜鹃,也叫子规。

鸟声划分了季节,重新定义了人们的工作。在我的童年时代,这种声音响彻原野。它们提醒,但从来不会彼此争夺话语权。其他的鸟通常音节单一,没有太多变化,但这鸟的叫声不同,每次都是持续四声。不像鸣叫,似乎是在同人说话,娓娓而谈,有着极好的修养和耐心。善意的提醒,在那段时间里几乎从早到晚不辞辛劳。声音的源头或者在树梢,或者在邻居家的房顶,或者在电线塔之上,清晨时分鸣叫的声音尤其清凉而繁复。是谁给了它如此热切的心肠?白天,它是热心的催促者。到了夜晚,忙碌一天的人们终于归家,在那一次次四声的鸣叫中,就隐隐听出了一些惆怅,甚至凄苦。又是谁给了它这种深沉?

我曾无数次沿着梯子爬上围墙,再沿着围墙攀上房顶,向着广袤的田野里眺望,找寻那鸣叫声的源头。古老的黄河两岸,绿树葱翠,麦浪起伏,那散播消息的使者却始终不见踪影。后来极偶然地,知道了它们叫子规鸟,又叫杜宇、子归、催归,等等,是杜鹃科的一种。除去在海南岛的属于留鸟之外,在其他地方均属于夏候鸟。它化身为跋涉者,每一度的归来都带着饱经风霜的沧桑。长距离的迁徙,让它见证了草木荣枯,旁观了人类的生老病死,它可是在用自己的歌唱来抚慰人心?《滨州市生物志》出版于1989年,在"本地鸟类"一栏也收录了"四声杜鹃"的词条。

  俗名:光棍多处。鸣似"麦子快熟",体长三十至三十三厘米,雄鸟浓褐色,雌鸟稍浅。麦黄时来,栖树林间,鸣声清亮,四声一度……有益农林。夏候鸟。

  短短的文字,在心中激起悠长的涟漪,记忆中的画面迅速闪回,带来简单而丰盛的快乐。

  河南人称之为"豌豆偷熟",因为豌豆比麦子熟得早,所以只要听到它的鸣叫,就知道豌豆熟了,那么接下来麦子也就快了。往河北去,人们叫它"光棍打醋""光棍好苦"。我去过的地方不多,不知道别处还有什么叫法,以上几种叫法都是谐音模拟,不知道它们对人类的这种命名法是否满意。

  农人爱它们,文人也爱它们。杜甫写"两边山木合,终日子规啼",由子规鸟的啼鸣,引出思乡的离愁。宋代诗人翁卷写乡村四月:"绿遍山原白满川,子规声里雨如烟。乡村四月闲人少,才了蚕桑又插田。"在一片山明水秀之中,人们根据子规的提示抓紧时间耕作,整幅画面超然而又生动。课堂上,我也曾无数次领着毕业班的学生们吟诵一首送别诗。清晨的校园,法桐青翠,朝晖映入阔大的玻璃窗,学生们的声音是那么响亮:

  杨花落尽子规啼,闻道龙标过五溪。
  我寄愁心与明月,随君直到夜郎西。

  王昌龄被称为"七绝圣手",和李白是同时代的著名诗人,两人交往深厚,又都有怀才不遇之遭际。公元748年,王昌龄自江宁丞被贬龙标尉,第二年暮春,李白得知消息后写成此诗。"杨花落尽子规啼",正是暮春时候,这里用杨花和子规来表明时间,同时也营造了一股萧瑟的气氛。王昌龄溯江而上,途经五道溪流,旅途遥远而艰苦。"我寄愁心与明月",体现了李白对朋友遭贬的同情,但又无法当面劝慰,只能寄望明月传达问候。

十五岁的脸庞青春逼人,清澈的眼眸中还不曾染上岁月的风霜。早读,我从六班的教室转到五班的教室,还没进门,就听见他们用响亮的声音齐齐吟诵。背到最后一句,"夜郎西"三个字的音调格外扬起。进得教室,他们看到我,脸上露出掩饰不住的得意。是啊,这群刻苦用功的少年,正在为考取一个好高中而奋斗着。他们能背得出整首诗,能写对所有的字,能讲解借物抒情的写法,然而,中年人生计的艰难、不得志的愤懑、寄托慰藉的复杂情绪,并不是一张轻飘飘的卷子所能承载的。诗中的意味,只有到了一定的年纪才能真正体会吧?有了一次次失败,经历诸多苦楚,被不止一次地击倒,才能忍痛卸去招摇的枝柯,将一颗躁动的心沉下来。知道疼痛不能宣之于口时,遂藏之于心。在一日日的锤炼中,在向内的掘进中,褪去浮华,褪去张狂。一部四声,娓娓道来,向人传递内在的简单和丰盈。

四月份,我去市里的文化馆听了一场报告,主题是普及当地鸟类知识。主讲人是滨州市森保中心主任曾现春,随着幻灯片的展开,各种鸟类的图片和声音一一呈现于观众。听完报告我越发确认,子规鸟就该是那个样子。低调的装扮,明确了它不与其他鸟类比美争先的态度。为什么要着一身褐色的羽毛呢?这问题就好比询问一个老农,在所有的农具里为什么更偏爱锄头一样。锄头从头到尾的设计中,就涵蕴着既要下苦力,同时也可以省力的哲学。每个农夫肯定都有一把称手的锄头,他们用它来和泥土打交道,和顽劣的草根搏斗,用它来平整田地,保护墒情。在民间,实用,永远是第一位的。

雨后的树丛中又传来子规的鸣叫,正是这叫声,让天地也变得更加辽阔。

灵虫 | 虽然

我在东侯乡中的时候,麦收季的一个中午,门上的玻璃被谁响亮地敲了两声,我只好醒来,趿着鞋去开门,却见门外一无所有,院里也一无所有,于是关门进屋,躺到床上继续睡。没睡一会儿,突然玻璃上又是两声,我只好又起来去开门,依然一无所有。我关上门,立在门后等着,就等玻璃一响便猛地开门向外看,看看到底是谁大中午不睡来戏弄我,还跑得那么快。终于玻璃又响,迅速开门,门外依然一无所有,只有老蝉抱着高杨声嘶力竭地鸣唱。正要关门,却听到玻璃上又响两声,嗒嗒!原来是只磕头虫。它从校外的麦地飞来,偶然落到门上,走走停停,爬到这一处透明的所在,于是敲了起来。

麦收时节,这种虫子到处都是。它们在麦秸上爬来爬去,虽有翅膀却酷爱行走,遇到障碍就不停地磕头。捉住一只,捏住它的胸部,它就不知疲倦地磕起来,磕呀磕呀,磕到你只好把它放掉。它的幼虫叫金针虫,又叫铁线虫、铁条虫,形似小蛇,一拱一拱地在土里爬。

柳宗元写过一种叫蝜蝂的虫,说此虫爱负重,见物辄取,放到背上,又爱登高,常掉下来摔死。我以为这种虫子早已绝种,后来听说是草蛉的幼虫,登时恍然而悟,因我见过草蛉,也见过它的幼虫。冀中一带的草蛉通体碧绿,纤细轻盈,极美,麦子地里、玉米地里都有。它们把卵产在叶子背面,排成一列,每一粒卵都用一根细丝固定在叶子上。灰色的幼虫从卵里出来后,以蚜虫为食,故又名蚜狮。它们骁勇善战,敢攻击大于自己数倍的虫子。为了保护自己,也为了便于袭敌,蚜狮常把碎叶、沙砾、草棍等物放到背上驮着走,此时的它丑而凶恶,竟日在田间奔走,匆匆忙忙搜觅蚜虫等可吃的虫子,等到成蛹羽化,这种古名蝜蝂的小虫焕然一新,成了草蛉,从此轻盈自在地在地里飞来舞去。

还有一种虫叫蚁狮,以吃蚂蚁为生,我们叫它"老倒",形如蜘蛛,色如沙土,头小,倒退着走路。想捉它便去沙地上,看哪里有小窝就抄上一把,沙子漏尽之后,手上就缩着一个"老倒"。它会在沙地上一面旋转一面向下钻,在沙上做一个漏斗状的陷阱,自己则躲在漏斗底下,用大颚把沙子往外弹抛,让漏斗周围平滑又陡峭。等蚂蚁或其他小虫爬入陷阱,"老倒"就不断向外抛沙,让流沙把受害者推下来,它再用大颚把猎物钳住,注入消化液,吸干之后抛出陷阱。它天生没有肛门,从不排便,化为成虫后,会将体内积存的粪便排干排净,然后飞上天空。其成虫为蚁蛉,极柔极弱,酷似蜻蜓,触角短,翅膀能折射出彩虹般的绚烂光芒。

金龟的幼虫叫蛴螬,《诗经》中夸美人"领如蝤蛴",说的就是它。此虫又名地蛆,长着六条腿,却一步也不肯走,只是弯着背在土里向后拱,秋天刨花生时常刨出它来,肥肥大大地窝在花生附近。它的前半截身子洁白,后半截身子映着腹内的灰黑色秽物,自然引不起人的好感。但得知它是金龟子的幼虫时,我的憎恶消减了,遇到它时便手下留情,拨拉到一边用土埋住,让它继续存活。它的蛹也常见,受了触碰就左右摇动尾部。它破蛹变成金龟后,披挂着一身坚硬的铠甲,飞起来,如果不是亲眼得见,我实在不能相信一条活在土里的柔弱白蛆也会变得如此威武。我们这里产一种白星花金龟,夏天尤其多,五六只七八只地聚在榆树杈上吸树汁,我们叫它"小飞机"。其力大无比,被捉住之后拼命挣扎,蹬抓蹬抓的,挠得人手心生疼。我小时候常捉它,用白线拴住一条后腿,跟着它在下面跑,似乎真能被带着飘浮片刻。

蜘蛛中比较讨喜的是"喜子",这种蛛体形细长,常从房顶拉条丝,头冲下坠下来,坠一会儿向上一翻,顺着丝又爬上去。古代妇女爱见喜子,谓其能报喜来。我在室内见过跳蛛,也能抱根细丝从高空坠下,且悬在空中,团团地转圈子,在它上方一捞,就提起了它。跳蛛有一双大眼,据说是唯一能与人眼视力媲美的昆虫眼,常与人对瞪。

惊蛰之后,蚂蚁打开家门,爬上地面,摇着触角远远近近地开始觅食。我们院子里见的多是黑蚁,古人叫它玄驹。有时看它们在地面上奔来跑去,真像一匹又一匹小马。有时两窝蚂蚁打起来,乌压压地盖住一片地面,然后丢下一片残死各自回窝。遇到蚂蚁打架,祖母就点一把麦秸烧过去,她认为蚂蚁打架是不祥之兆,也厌见家里有战争。一把火之后,没被烧死的蚂蚁匆匆回营,对这强大的干涉不敢抱怨且无能为力,只好偃旗息鼓。另有一种浅褐色蚂蚁在树上出没,并且饲养蚜虫取食蜜露,当蚜虫食物短缺时,它们还会合力抬着蚜虫换个地方,让其继续美美地饱食,好继续产出蜜露。在地里出没的黄褐色蚂蚁个子很大,行动轻捷,我曾用锄地勺子挖过它们的窝,挖出许多蚁卵,却没找到蚁后,就又把土填了回去。

蜈蚣是"五毒"之一,其色蓝紫阴郁,令人恐怖。从前我家还是旧房子的时候,后墙用坯垒成,年久坏坏,灰皮内常有蜈蚣出没,弯弯曲曲地穿行在坯与坯之间,擦落许多细土。它夏天会爬到床上,在凉席上窸窸窣窣地东走西串,碰到人体就咬上一口。我被咬过两回,对这种虫怕到了极点,入夜就支棱着耳朵听动静,每听到凉席下隐约有响动,便立刻起身,把凉席一把揭起,用筷子夹住它向下一甩,甩回墙下,它在地上扭动着身子,匆匆回到墙内去了。

千足虫又名马陆,全身黑黄相间,颜色不算艳丽,但绝对醒目,常见于垄沟内,一条一条地或蜷或走,有时两条两条地摞着。其性温顺,安全无毒,一碰它,就迅速团起来装死,觉得安全后复又展开身子,划着大几百条细腿如波似浪地走开。百足虫细弱得多,却不仅颚上有毒,一对末足也有毒,据说常钻入小儿的耳内,引起惊哭,这种虫的腿很不结实,常从腹侧脱落,捉住它还没怎么,腿就下来了,也算是求生方式之一种。

说到灶马,先想到一个成语:蛛丝马迹。这里的"马"就是指灶马,其形如蟋蟀,善蹦跳,一蹦三尺高。它依灶而活,常在灶台上留下细微的足迹。我们这里原来的大灶有后锅,不用时贮上水,防止干烧,灶马常爬入后锅,落入水中出不来,只好淹死。小时候舀后锅的水时常见到这种小虫,以为是蟋蟀,还纳闷个头竟可以如此小。

有一年夏天我家房子后的臭椿树上长了许多指头粗的大虫,全身布满突起,一片叶上至少趴一条,很快把树叶吃得精光。这是樗蚕,我们只叫它大蛆。面对这一树累累大蛆,我们首先想到的是喂鸡,就夹了放在瓶子里,倒给鸡吃,谁知鸡却不吃,歪着头看了看走开了。我们以为鸡嫌其太大,难以下嘴,就把樗蚕剁成几段,鸡依然不肯吃。那这大蛆就没用了,捉又懒得捉,只好让它待在树上,反正已把叶子祸祸光,再无可祸,还能怎么着?谁知它们竟然吐丝结茧,把自己裹了起来,于是树上又垂满了灰褐色的大茧。蛾子飞走之后,我摘下一个茧捏了捏,质地细密,内壳极光滑,如果剖开擀平,也许可以拼接着做成个什么。这种樗蚕灾只闹了一年,此后再没见过。

臭椿树上还长一种虫,我们叫它"花媳妇",捉住之后扣在手里,它就弹跳着试图逃脱。它长出翅膀后就是斑衣蜡蝉,全身灰中有红,红中带灰,很漂亮,常停落在地上,略飞一飞又落下,人走近时就蹦开。臭大姐也是在臭椿上居住,这种虫子以臭闻名,捉住它放在冷水中淹死,再以热水焯过,然后倒油炒熟,竟然奇香无比,故又得名"九香虫"。

槐蚕其实是一种淡绿的尺蠖,平时在树枝上一曲一伸地爬,受惊时吐根丝垂在空中。每当刮起大风,众多槐蚕悬在树上,有曲有伸,耍杂技一般,惊定就收起丝爬回树上去了。一条坠在丝上的槐蚕上上下下地晃,它就蜷成个环,牢牢地扒定那根丝,很难甩下去。等到要化蛹时,它沿着树干向下爬,然后钻进土里。如果摸过槐蚕,你会发现它凉沁沁的,那层表皮细腻而娇嫩,比婴儿皮肤还光滑。

夏天的雨后,村路上积了许多水,许多蜻蜓聚过来,在水上稳稳地飞。这些蜻蜓平时很少见,不知藏在哪里,雨后骤然冒出许多。我们十分兴奋,就从家里举出竹扫帚,朝蜻蜓挥过去,很容易就拍住了。被拍住的蜻蜓一蹶不振,就算让它再飞走也飞不起了,只好扔掉。其幼虫为水蝎子,专吃孑孓,待孑孓变成蚊子,水蝎子也成了蜻蜓,依然吃蚊子,彼此可算生死天敌。

有一回进山,听到山里的蝉分外能叫,"咪依咪依",顿挫有致,音奇大,后来得知是鸣蝉。而我们习见的为蚱蝉,又叫黑蝉,叫声绵长高亮。另有一种松寒蝉,身上带绿色花纹,个头较小,天一亮就用各种音调唱起来。黑胡蝉不常见,其前翅后翅皆不透明,全身均为黑色,其声如煎炒,噼噼啪啪的。另有蟪蛄和毛蟪蛄,不如前四种蝉漂亮,趴在树上很不显眼,叫声也不出色,"唧唧唧",很是微弱。

榆树上长一种黑黄相间的虫子,一长一大片,因其太过恶心,就被我们拿麦秸点着了烧。但烧得了低处烧不了高处,所以年年还是要为这些溃烂的树皮和成片的花蛆烦恼。它们逃过烧烤蛹化之后就是榆绿金花虫,黄头绿翅,无声无息地飞,也飞不远,就懒懒地落下来,垂头而立,间或缓缓走两步。不种榆树之后,这种虫子几乎绝迹,倒也令人想念。还有一种虫也令我怀念,就是蠹鱼,一种全身挂满银粉的小虫,有时在旧书里出现,有时在盛粮食的瓮底出现。挖净粮食后,会发现瓮底徘徊着这种小虫,我曾把它放进水里,也能浮游一会儿。

我家原来有个盛糠的小房,很小,大人们常让小孩跳进去撮糠底子。我就是在撮糠底子时认识了土鳖虫,俗称簸箕虫。我对它感情很深,一来因其常见,不但对人无害,还是良药一种,二来因我弟弟曾用挖簸箕虫的钱替我交过学费,虽只有十几块钱,但那是他一个少年暑假里的劳动所得,每日起早贪黑,从岗子上挖回后又在房上晒干,却全拿来送给了我。那几年收药材的大力收购簸箕虫,人们疯了似的去地里去岗子上挖,险些挖得绝迹。这股风下去之后,此虫慢慢恢复了生机,繁衍得越来越多。我在单位里常见它们从灌木丛下爬出来,有时被人不小心踩死,流出一片白汁,类似白漆,能在路面上留很久。

蝼蛄就不容易被踩到,它常在夜里出来,哪儿有灯光往哪儿跑,非常快,如疯似癫,没个停歇的时候。它打起洞来易如反掌,很快就能捣出一堆土。冬天它要在洞里越冬,夏天要在洞内消夏,离了洞万万不行。其长相不太讨人喜欢,但初夏的夜里,路灯之下看到它们活泼泼地跑来跑去,也是一乐。

有时看到蝴蝶停在水渍旁吸水,总觉得不能接受,以它之美,饮也应该喝水,怎么能喝地面上的脏水呢?可它们偏爱聚在一起喝地面上的水,无论是洒水车洒下的水,还是积存了几天的雨水,又或是浇地的管子里漏出来的水,都喝。炎热的中午,看到它们竖着双翅轻轻巧巧地吸水,简直像看见明星提着菜篮子进菜市场,很是引人注目。我家曾种过一棵花椒树,每年都产几只花椒凤蝶,其幼虫初时像坨鸟粪,长大后肥肥壮壮,一身碧袍,间以白色花纹,清雅可喜。它还生着一条Y形红舌头,受到威胁就频频外吐,一吐就冒出股甜味。当它不吃不喝呆呆的时候,就是要化蛹了。它躲到叶背或枝条的下面,固定住尾部,再吐两根丝拦住身体,变成一个不起眼的褐色的蛹,默默修炼上十天左右,出来后就成了花椒凤蝶。上小学三年级的时候,一个中午,我正在濠边看死猫,突然空中翩翩而来一只凤蝶,想是刚从蛹内出来,晴天丽日下飞得那么得意,那么张扬,仿佛天地之间只有它在飞。我心里念叨着:这里来,这里来!不想它真的过来了,更不想,我伸手一捏,便捏住了。这奇迹至今难忘。

夏天的夜晚,常有蛾子飞来院里,在院内忽上忽下地飞,扑棱扑棱地发出很大声响。贸然地伸手一抓,也能抓住一只,就是会沾满手的鳞粉。我还见过一种全身雪白的蛾子,其翅缘比白雪灯蛾多一圈红线,黄昏时候趴在杨树干上,叠着翅,头抵着树,祈祷似的。

我们很不愿意去豆子地里,都怕那叶片上趴着的豆虫。豆虫长近一掌,圆圆滚滚,膘肥体壮,因其肉多,人们捉走之后做成"豆丹",乃是连云港一带的特色美食。我在小视频上见过厨师处理豆虫,拈起一条头前尾后地放到案板上,用小擀杖从前向后一擀,把肉和内脏从皮内擀出,再拣出那条白肉,放入水中略洗,然后烹制。有的地方种豆子并不为要豆子,而是要豆虫,每亩撒种若干,待其长到肥大,欲入地越冬时,就用拖拉机拖着钉耙,把豆虫们从土里全翻出来。我们这里不吃虫菜,偶尔用油炸个金蝉,炸个蚕蛹,其余的虫子几乎都不入口,所以看到这种肥肉滚滚的虫子也从不往吃上想,倒觉得可怕。豆虫钻入地下越冬,天暖和后,再从深土挪至浅土,开始化蛹,十来天后一只豆天蛾就破蛹而出,扑扇着巴掌大的翅膀,趁着夜色东飞西飞地寻找配偶。

庄稼收割之后,平坦的大地上弹跳着无数蚂蚱,常见一只大蚂蚱驮着一只小蚂蚱,我原以为个大的是雄,个小的是雌,谁知正好颠倒,乃是雌的驮着雄的。蚂蚱被捉之后有呕吐反射,会吐出棕色口水。

自我搬到新家,几只蟋蟀不知怎么混了进来,渐渐扩大活动范围,进了厨房又进卧室,然后又到阳台。它们以垃圾桶内的叶片、果皮为食,吃饱了即放声高歌,一唱多半夜。这几只蟋蟀配对之后,子又生孙孙又生子,繁衍出一批又一批后代,我在卫生间里见过它们一生的各个阶段。奇怪的是,它们会专门去阳台上死,可能那里阳光充足,也有花草。它们拖着后腿慢慢爬,爬不动时就倒下了,肚皮朝上,两条后腿直挺挺的,但你一动它,还能活过来,又挣扎着爬几步,直到再无力气,彻底不动。家中蟋蟀四季长鸣,成了我的日常伴奏。有时夜深醒来,听不到蟋蟀的动静,我甚至会纳闷:怎么不叫了呢?如有感应似的,"噻噻噻噻!"不知哪一只,又唱起来了——

啊,蛐蛐终究是诚不我弃呀!

科学史随笔四章 | 郑 军

科技也是文化遗产

提到科学，人们总把它当成现代的事物，和历史文化遗产沾不上边。但如果我们采用广义的科学概念，把所有人类技术进步成果都称为科学，那么它显然与人类文明共始终。这样解释当然没问题，否则，"科学技术史"这门学问就不必存在了。

世界文化遗产由联合国教科文组织评定，是古迹评定的最高标准。在古代，皇室和教会最有钱，大部分世界文化遗产都是宫廷建筑，或者宗教建筑。不过，里面仍然能找到反映科技史的遗产。

按年代而论，比利时斯皮耶纳燧石矿可能是人类最早的科技文化遗产。六千年前，新石器时代的古人便在这里开采燧石，打造石刀石斧贩卖到周围地区。难以想象，在没有国家和文字的时代，人们已经开办了发达的手工业。

菲律宾科迪勒拉水稻田也至少有两千年历史。同样是没有国家和文字的史前时代，先民们一代代削山开田，并耕作到今天。

西班牙人进入新大陆后，在瓜纳托城建立一座银矿，采出银两甚至远播明王朝，改变了世界经济格局。这座银矿自然有资格入围世界遗产。

盐在古代是战略物资，开采于一千年前的波兰维利奇卡盐矿入选世界遗产。同在名录中的法国阿尔克-塞南皇家盐场建于1775年，拥有历史上第一座近代工业建筑。

工业革命开启了全新时代，像芬兰韦尔拉磨木纸板厂这样的遗址便有了纪念价值。德国曾是工业文明主力，留下了弗尔克林根铁工厂、埃森矿业同盟景观等多处科技遗址。铁路成为工业象征，世界文化遗产因此也有两条铁路，分别是印度大吉岭铁路和奥地利塞默灵铁路，它们都兴建于十九世纪。

所有文化遗产中最年轻的，是巴西首都巴西利亚，一座1956年才开建的城市。建城前这里还是荒野，没有任何古迹。教科文组织给出的入选理由是："在城市规模上代表了现代主义运动所提倡的原则和理想的鲜活表达。"它也因此成为现代建设技术的代表作。

这些遗产都是技术，目前还没有科学内容的世界遗产。近代科学都是"小科学"，近代科学家都是"个体户"，牛顿的书房或者拉瓦锡的化学实验室都很难保存。不过，既然巴西利亚都能入选，拜科努尔发射基地或者卡纳维拉尔角，未来也有机会入选这个名单。

最近，中国压倒意大利，成为拥有世界文化遗产最多的国家。然而，绝大部分都是宗教或者宫廷建筑，仅有大运河、丝绸之路和泉州世界海洋商贸中心与科技有关。

世界文化遗产要由各国主动申报，这样的申报倾向反映出了有关部门对科技史的轻视。诸如水利、冶金、造纸、天然气开采等，中国在古代都曾领先世界，相关遗址完全有资格申报。最近，景德镇御窑厂遗址已经提出申报，有可能改变这个局面。

当然，我更希望能单独设置一个"世界科技文化遗产"，更好地从科学角度重新评估历史。

活的科技史

各地都在挖掘本土名人，打造旅游资源，江西奉新县也不例外。他们修建了宋应星纪念馆。与其他名人馆稍有不同，宋应星是明末清初的科学家，以创作《天工开物》著称，奉新的这座馆，是科技史内容的纪念馆。

无独有偶，山东省滕州市也为鲁班建立了纪念馆。这位"百工圣祖"就是两千年前的爱迪生，代表着当时的科技水平。

科学技术史如今风头正劲，很多人希望打破以帝王将相为主角的传统史学，从生产劳动这些底层技术上重新解读历史。科技史爱好者除了读书之外，还希望看到科技史的遗址。或者是科学家生前活动的场景，或者是重大科技进步产生时的场景。它们不同于生产类遗址，纪念对象都是有名有姓的前辈。

这方面自然不如人文遗址那么丰富，但已经开始有所建树。科技名人故居是最容易找到的科技遗址，当然，找到归找到，还需要把它们保护起来，这就需要进行专门的工作。在国外,牛顿、达尔文、爱因斯坦、麦克斯韦、诺贝尔等人的故居已经成为旅游目标。在国内,钱学森、李四光、邓稼先、华罗庚、袁隆平等人的故居也都得到了保护。

比故居规模更大的,就是纪念馆。爱迪生和诺贝尔的纪念馆就在他们的故居旁边。居里夫人在法国取得事业成功,故乡波兰在华沙给她建起纪念馆。

科技史上一些名人同时参与了政治、经济或者军事活动,他们的纪念馆不是单一的科技纪念馆,但会突出科技内容。富兰克林纪念馆就是代表,里面既有他研究雷电的成果,也有他参与美国独立战争的事迹。

对于另外一些人,大家会忽略他的其他活动,只纪念他们为科技史做出的贡献。蔡伦生前主要精力并不是用于发明造纸术,而是作为大太监参与宫廷斗争。湖南耒阳县是蔡伦的故里,当地建设的蔡伦纪念园就过滤掉后者,只记载他对造纸术的贡献。

科技进步未必都需要显得那么"高大上"。如今,人类一年要吃掉数百亿包方便面,这项改变生活方式的重大技术,由安藤百福创造。1999年,日本大阪专门为他建立起了博物馆。

科技史上重大发现或者发明的产生地,有时也会成为纪念场所。1942年12月2日,费米在芝加哥大学建立的反应堆发生链式反应,标志着人类进入核时代。这个名叫"芝加哥一号"的反应堆,现在就是纪念场所,外面还有一座名叫"核能"的塑像,已经成为当地的地标性建筑。

1994年4月,中科院网络信息中心接入国际互联网,成为中国进入互联网时代的标志。现在,那里有一座纪念碑来纪念这一事件。

2022年,中国科协等七部委联合开启了"科学家精神教育基地"认定工作,入选的基本都是中国科学家故居,或者他们生前工作过的地方。挖掘保护科技史遗址的工作,在中国迈上了一个台阶。

探险不仅在野外

2018年,一部名叫《昆池岩》的韩国电影在恐怖片界引发热潮。电影用伪纪录片的形式,讲述了一群青年到废弃的昆池岩精神病院探险的故事。作为恐怖片,情节不免要朝灵异事件方向走,但《昆池岩》也关涉了正日渐勃兴的城市探险活动,简称

"城探"。

1793年,法国人阿斯贝钻入巴黎地下,探索人骨洞穴,这是公认的"城探"运动的开端。由于城市废弃建筑增加,到了二十世纪,"城探"在西方发达国家开始成为民间运动。还出版了专业图书,更有刊物助推,变成组织"城探"爱好者的纽带。

2005年,"城探运动"在中国兴起,迅速在中文网络世界形成群组。作为"基建狂魔",中国也留下了大量废弃建筑,为"城探"运动提供了丰富的目标。只要键入"城市探险",就能在网络上搜索到不少爱好者拍摄的视频。

城市不是郊外,每个墙角、每段地洞都是人工建筑,"城探"对象就是历史所遗留的人工建筑物,但又不是被列入文物保护范畴、有专人看管的建筑。在《昆池岩》里,"城探"目标,就是废弃的公用建筑物。

一座工厂如果停止生产,要么拆掉后改变土地用途,要么改建为工业遗址公园。但是,总还有一些残留设施变成了"城探"的对象。中国大规模"三线建设"时期形成的旧厂区,现在就是"城探"的热点。这些地方不光有生产设施,往往还有宿舍、医院、托儿所等附属生活设施。一旦搬迁就会整体废弃,颇有"末日废土"的感觉。

还有一个"城探"资源就是烂尾楼,它们是经济高速发展留下的副产品。每到夜晚,这些区域漆黑一团,颇有神秘之感。上海东海曼德利海滨别墅,就受到当地"城探"爱好者的热情追捧。

另外,由于在经营中遇到障碍,又无法转售,有些大型建筑也被废弃多年。重庆南坪工贸大厦曾经是该市首座超过百米的建筑,辉煌一时,2008年停止使用,如今既无人迹,又未拆除,也成了当地"城探"爱好者的目标。

"城探"发展至今,已经初步形成了规则,其中一条就是"除了影像,什么都不能带走"。"城探"的唯一收获就是探险者拍摄的影像资料。虽然其间会遇到很多被遗弃的物品,但是不允许带走或者转售。这样做,是为了尽力保持其历史原貌。

说是探险,其实"城探"目标周边总是普通街区,人们面对的危险远不如野外探险。更多是为满足好奇心,而不是挑战体能。而满足好奇心与科学兴趣一脉相承,这是我把它列入有潜力的科技旅游项目的原因。

"城探"的目标不是生产设施就是公用设施,并不包含历史文化名人故居之类的建筑,它们与当代普通人的生活更加接近,可以成为城市当代史的有益补充。

由于"城探运动"来自民间,参加者往往没有接受过当代史、建筑学和城市规划等方面的专业训练,他们看到了很多,却往往并不知看到的是什么。解决这个问题,是提升"城探运动"质量的关键。

嵌入地名的科学

提起"星光大道",人们可能立刻联想到那个制造明星的节目。重庆北部新区也有一条星光大道,完全是因两边有以行星命名的地标建筑如"火星产业大厦""海王星科技大厦"等而得名。当年规划这个区域,功能就是吸引和培养高科技企业。

生活中不乏用自然现象命名的地名,如"四面山""雨城区"等,但是天王星、海王星这些天体,却不是普通人凭感官就能察觉的,完全是科学认识。

地名不仅用以指称地理位置,也寄托着价值观。以科学内容和价值观命名地名,本身就是科学文化进入公众视野的重要体现。世界上已经有很多城市用科学家的名字命名。美国有爱迪生市和牛顿市,德国有爱因斯坦市,澳大利亚有达尔文市。

中国在这方面最有代表性的地名莫过于合肥科学岛。这里原来叫董铺岛,因为兴建物质科学研究院而改用现名,当地有很多大型科学装置。朝鲜平壤也有一条"未来科学家大道",两边有很多为科学工作者建造的住宅。

创新,是科学价值的重要组成部分。广州黄浦区有条"创新大道",连接当地的生物岛、科学城和知识城。广东肇庆高新区也有一条"创新大街",是当地打造大湾区科技工业新城的举措之一。成都科学城则有"创意路",最初曾有人提议命名为"霍金路",总之都没有离开科学文化的范畴。

与这些宏观概念不同,中国杭州滨江区有条"物联网街",这名称非常具体地指向了某个技术领域。街道两边云集着很多与物联网有关的企业。龙羊峡、青铜峡和三门峡都是传统地名,青岛市以它们命名的"三门峡路""龙羊峡路"和"青铜峡路",则意在纪念在这些地方兴修的大型水利工程。

用科学家的名字命名社区或者街道,也体现了对科学精神的推崇。澳大利亚有个"达尔文港",就是为纪念生物学家达尔文。地质学奠基人洪堡则在全球留下很多以他名字命名的海洋、冰川和山峰。

上海浦东张江区有牛顿路、祖冲之路、爱迪生路、伽利略路、蔡伦路、李冰路……中外科学家用了个遍,以体现此地是中国三大科学基地之一。类似的新兴工业城市深圳也有隆平路、稼先路、张衡路、贝尔路、冲之大道和居里夫人大道。

在邓稼先的老家安庆市怀宁县,当地以"稼先路"作为纪念。旁边还有条"振宁路",名称来源于杨振宁。邓稼先长期工作的四川绵阳与安徽合肥,亦分别有"稼先大道"和"邓稼先路"以示纪念。

诚然,进入地名的科学家,在数量上还远不如政治家与传统文化人物,但用科学家命名地名已经渐渐成为风潮。杭州市余杭区"钱学森路",武汉"李时珍路"都是最近这些年诞生的。

为什么没列举"硅谷"呢?因为它只是一个别称而已,其真正的地名叫圣塔克拉拉谷。我也没列举北京中关村,它虽然是国内最著名的科技社区,本身却沿用了原有旧地名。上海有个"徐汇区",地名来源于明末科学家徐光启,然而,这个地名本身并没有科学成分。因为徐家后人在此买地置业,当地便把这片地方称作"徐家汇"了。

读史三札 | 陆源

野蛮人

在《武士和女俘的故事》里,博尔赫斯讲述了伦巴底武士德罗图夫特的生平。这个本该扫荡亚平宁的野蛮人,看到罗马的宏伟城阙,禀应上苍之邀,倒戈守卫文明,他丧了命,墓碑上镌刻着他看不懂的拉丁文。博尔赫斯请读者构想一下德罗图夫特的永恒形象,他意识到这名野蛮人绝非孤案,指称那些渴望把中国变成无边牧场的蒙古人一个个手执金觞,终老于农耕世界。其实,今人已无缘窃尝德罗图夫特的神秘激情,博尔赫斯深知我们的智虑根本派不上用场,于是以各种文学譬喻再举一例——被印第安人俘获的英国女人回归野蛮——来撩拨读者迟钝的感受力。若将德罗图夫特视作纯粹的象征,将一支支南下或西进的游牧部族人格化,那么,我们会看到他在千年岁月里不断诞生与死亡,直到世界突然进化成了不同形态。

《草原帝国》将欧亚大草原与日耳曼尼亚相比,将威胁中国、波斯的突厥人与威胁罗马的哥特人相比。"正如法兰克人把自己看成是罗马传统的保卫者以反对日耳曼人新的入侵浪潮一样,拓跋氏也像前者注视莱茵河一样守卫着黄河,以对付那些来自草原故乡深处的,仍处于原始状态的蒙古游牧部落。"野蛮的塞尔柱克人同样以阿拉伯波斯文化的捍卫者自视,他们并未摧灭哈里发的帝国,而是加以补充,给它注入新的活力。有时,蛮族的行为大大超过了既得利益者的自保防御之举。拓跋氏皇帝改汉姓,学习汉文化,强制部属与汉人通婚。对那些仍生息在蛮荒境地的堂兄弟部落,他们似乎憎恶至极,所以北伐的力度总是大于南征,经常超过必要的程度。北魏太武帝拓跋焘多次诛讨柔然,几乎将其屠戮、驱除殆尽。他们拥抱文明的态度或许初始时稍显迟疑,但很快就变得灼炽难匹,犹如外表矜重而内心火烫的女人投入一场热烈的恋爱。北魏对佛教的狂热,让作者想到墨洛温王朝和加洛林王朝对基督教的狂热。龙门石窟和云冈石窟的造诣优越于南朝，北魏献文帝拓跋弘因为太短命，儿子又太有名，他雄才大略而好佛的事迹方会被梁武帝所掩。今天有人想以宗教摆脱个人虚幻，或推升社会道德水准，此议可行与否且存而不论，反正历史上宗教的作用从来也不是填补空无匮乏，而是纾解过于旺盛的精力：要么将民众导向一个伟大目标，要么逐渐消磨、耗尽他们。"这些勇猛的武士一接触到菩萨的优雅姿态，就容易受到博爱教条的感动。"无论是匈奴、突厥、鲜卑还是后来的女真人、成吉思汗的子孙，无不扑向文明的怀抱，成为半个中国人、波斯人、印度人，以致忘了自己的好战禀性。"拓跋氏、忽必烈王室和满族人完全中国化的日子总会到来。那时，他们要么被北方游牧部族打败，要么被中国人消解同化。这就是历史的基本规律。"

历史无善无恶。野蛮人的血脉融入文明，蛰伏沉睡。不管是博尔赫斯笔下的英国女俘，抑或是《现代启示录》里陷入狂悖的科茨上校，他们被唤醒的野性完成了一个千百年的循环。"我讲的两个故事也许只是一个故事，"博尔赫斯说，"对于上帝而言，这枚钱币的正反面是一模一样的。"文明和野蛮有时候互相破毁，有时候汇合且迸发出唐朝般闪耀经久的光彩。连接中国、波斯、罗马的商道如此艰辛，而从保加利亚到兴安岭的辽旷草原则任君驰骋。文明之路很窄，野蛮之路很宽。

生于北京，死于巴格达

1291年，奉元世祖忽必烈之命，马可·波罗护送阔阔真公主远嫁伊儿汗国，并顺道返回家乡。很多人怀疑他是否真来过中国，因为在其叙述里，惊人的详确和难以解释的讹谬交织并存。当时去波斯做生意的威尼斯人一定知道列班·扫马的大名，沿商路开设货栈的热那亚人对他更是熟悉。而马可·波罗在伊儿汗国的旧京蔑剌哈城或新京桃里寺城游荡期间，到处可见扫马的幻影。这位旅行家生长于元大都，史学家勒内·格鲁塞称其为"畏兀尔的奥德修斯"。他父亲是巡察使，家庭信仰景教，即基督教的聂斯脱利派。在三十岁之前，扫马没想过离开北京，前往耶路撒冷朝圣。他在另一位马可的狂热鼓动下启程西行。两人携带诸王赐予的金银财物，穿过广浩的元朝疆土，穿过因长期战争而荒敝的喀什噶尔，手持海都汗颁赐的安全特许证穿过战场，穿过呼罗珊，在蔑剌哈城附近拜见了波斯的总主教。彼时伊儿汗国的两代君王，自铁木真的孙子、忽必烈的兄弟、征服者旭烈兀，至扫马即将觐谒的国主阿八哈，皆祖护景教而压制别徒。实际上，旭烈兀及其继任者所统领的，是一支隐去旗号的十字军,曾联合亚美尼亚的基督徒和叙利亚的法兰克人攻下圣城耶路撒冷。对于马可和列班·扫马的到来,阿八哈给予褒赏。然而此时耶路撒冷正处在伊斯兰的脊柱、突厥人的马穆鲁克王朝控制之下,扫马唯有等待。

阿八哈殁后,其胞弟贴古迭儿缵继大统。阿八哈之子阿鲁浑借机发动内战,推翻叔父,践祚称王。这位伊儿汗国的第四任君主拟与欧洲的基督教国家结盟,击败突厥人的埃及王朝,瓜分叙利亚。揣着阿鲁浑写给教宗的信函,扫马出使欧洲,受到塞尔柱克苏丹和拜占庭皇帝的友好欢迎。在那不勒斯,他碰到一场海战。在罗马,他试图向红衣主教团剖明蒙古基督教世界的重要性。扫马瞻仰了圣彼得教堂,赓即前往法兰西拜见金发菲利普。抵达热那亚当天,东方使者收获了全城人的致敬。他来到巴黎,不久又赶赴波尔多拜见英王爱德华一世。然而两位君主均无意与伊儿汗国组成军事联盟。扫马折回梵蒂冈教廷之际,新教皇已经选出,他亲自为特使授圣餐,让他在各种场合坐上首席。据说,这位来自北京的教士从未梦想到如此热烈的场面,以至十分满足,然而他带回伊儿汗国的消息却令阿鲁浑王大失所望。最后的日月里,列班·扫马担任过声誉崇高的宫廷牧师,并于巴格达以波斯文撰述回忆录。在那里,有个年轻人胸中燃烧着宗教热忱,用叙利亚语为老头子写了一部传记,里面充满对《圣经》泛滥的征引,以及对上帝无休止的咏赞。欲通阅其著作,读者和上帝都必须忍耐。他就是我寤寐以求的小说主人公。列班·扫马那幽远的中国记忆,通过他的笔墨,传给了威尼斯旅行者马可·波罗。而他得救于爱情,或沉沦于永劫,他的作品在伊斯兰世界难见天日,直到六百年后,手抄本才被一名穷困潦倒的占星家重新发现。时岁流逝,列班·扫马生活过的国家历尽沧桑,因为宗教藩篱和现实政治,它们对他的故事置若罔闻。我们本可以说扫马是元朝的玄奘,伊朗人则不妨说他是波斯的伊本·白图泰。可这并没有发生,仅仅由于他生活在一个传承业已断绝的文明之中。蒙古征服者与景教徒在伊朗的统御业已倾覆,在中国亦然。在天主教世界,列班·扫马同样是消亡的异端。然而,故事和人的意志不朽,作为永恒的财富它们不会消逝。

埃丽莎的三重复仇

罗马第一作家维吉尔为何立下遗嘱,请托友人瓦留斯和图卡焚毁《埃涅阿斯纪》的手稿?很可能是因为,从整体效果来看,这部花费十几年光阴敷写的史诗巨构并没有达至维吉尔的预想,它多多少少悖逆了作家复兴宗教信仰的希求,甚至,揄扬屋大维是奉天承运的圣明统治者的这一初衷,也在很大程度上遭到销蚀。狄多女王见弃而饮刃自戕的悲剧,应当说,不仅未令幽幽神旨、缈缈命数在读者心中引发虔诚和敬畏,反倒让人们洞悉其荒颓空虚的实质。或许维吉尔本欲赓续古典,却因叙事艺术的惯性乃至强制,不自觉地反给了古典沉重一击。以此推之,称他是首位近代意义上的作家,也无可厚非。不过,若进一步剖析,我们发现,按今人之经验,凭狄多女王的言行欲使埃涅阿斯浪子回头,同样万难办到。关于爱情的相近见解,跨越两千余载,在现代读者的心灵和维吉尔的心灵间搭起了桥梁。我愿视之为观念层面的复仇,亦即迦太基女王狄多的终极复仇——正是她,也不妨说正是维吉尔南辕北辙的铺叙,导致诸神自《埃涅阿斯纪》流传那一刻开始,便逐渐从文学领域和思想领域退场。请注意,恰恰得益于这轮真实、深彻且无计扭转的退场,得益于它续续扩散的无形漪澜,今天的创作者才认出了《埃涅阿斯纪》的内榫:埃涅阿斯与狄多女王坠入爱河,是整部史诗的必然环节,至于其余篇章,要么是伪必然,要么彻底就是自由环节。

回头看。狄多女王的第一重复仇,亦即叙事层面的复仇,已在文本中迅速实现。第二重复仇,亦即历史层面的复仇,则由兵临城下的名将汉尼拔和公元五世纪南侵的日耳曼人实现。如果从历史的角度谛视,那么以下补充并不算题外话:维吉尔响应——至少在表面上响应——伟大帝王的号召,想用一部雄阔而忧伤的巨著佐证罗马称霸世界洵乃神意天命。然而,若神意天命当真存在,罗马也在这神意天命中殄灭无胤了。缘何昔之烯烯而今之凉凉也?史学家波利比乌斯载述三次布匿战争后规诫道:胜利者不可过于无情,因为终有一日,胜利者会变成失败者。罗马对迦太基过于无情,正如埃涅阿斯对狄多女王过于无情。

语调与真实

"我蓄志泄愤报怨/今日才一朝如愿/花生米被我踢在裤裆上/我与他瞠目相见……"

1944年,湘桂战事失利,史迪威将罗斯福的一封信当面转交蒋介石,随后写下一首小诗自娱。他把蒋称为"花生米",认定湖南、广西和第一次缅甸之战的败绩要归咎于这位统兵数百万的委员长。黄仁宇在《张学良、孙立人和大历史》里写道:

"1944年,我们在军中已经听说蒋委员长在桂林、柳州军事失利之后,受到美国的压力,答应将统帅权让给史迪威,但是(史)不满足,还要通过罗斯福去凌辱蒋。"史迪威身为军人,从战局上指责蒋介石固然未可厚非,但他或许并不了解当日之中国。曾担任一线部队下级军官的黄仁宇,谙尝"国军"的种种实况,认为中国能够抵挡日军一百多万优势力量整整八年,"今日想来仍有余悸"。长期以来,"组织动员能力"的渊源始终由迷雾遮罩。我们惯于使用"国民性"去忖度不同文明的层级差距,去诠析为什么仅用"一纸命令"便能轻易指挥整体缴械的日军。"他们一切循规蹈矩,唯恐不符合我们的旨意。倒是要惊动我们自己的各部门,麻烦就多了。"黄仁宇的理论或许让我们第一次看清那些真实历史中静悄悄的转捩点。美国人不理解中国,所以他们的经济史学家才会要求黄仁宇撰写《十六世纪明代中国之财政与税收》之前,"务必先根据人口统计和耕地面积的确实数字"。黄仁宇倾力向他们申说,岂止当世学者无法确知明代的耕地面积,即便是明朝皇帝和户部官员,也不会清楚实际数目。

民国,古今移变的关键阶段。恢宏的移变仍在继续,厘革物事的力量屡显峥嵘。若不洞晓这一移变的方向和意义,那么,不管哪一类文章,都将与真实及真理相去甚远。不懂得民国诸般苦困挣扎的根本症结,其语调必然虚浮不堪,必然充斥着浪漫主义的文艺腔,充斥着令读者无法忍受的慷慨激昂或各类角色智识的普遍贬低。更可怕的,是与之相应的种种情感,人的爱恋,人的奋争,也将徘徊于荏弱、浅稚、空乏的可悲境地。

夏梓言 文长之蟹

蟹象征功名，也象征兵戈。

明代以来，蟹见诸卷轴画及陶瓷、玉器纹饰，常与芦苇、莲花搭配。蟹螯持着芦苇，寓意殿试唱名的"传胪"仪式。徐渭的《蟹鱼图》《杂花册（八开）》第七开画的都是螃蟹持芦。蟹与莲搭配则寓意"连升一甲"；芦苇根、叶、花连棵，谐音"连科"，又与莲一同称"一路连科"，皆寓意科场得意。徐渭的《黄甲图》画的正是一蟹卧于几茎莲叶下，右侧点缀几笔芦草。

蟹又与戈兵同为《易》中离卦之卦象，"取其刚在于外，以刚自捍也"。《蟹谱》提及吴人取其披坚执锐而以蟹为兵证，领兵出征时见到蟹辄称"横行介士"以安军心，皆言蟹与兵事、谋略相关联。在一首题画诗中，徐渭写道：

> 杏林赐宴正青春，谁是传胪第一人？
> 寄语燕京贾湖道，赵家袖里有秦城。

他向往的不仅是登科传胪的才子，还有以一己之力完璧归赵的智将。徐渭研究王氏心学，又与胡宗宪、俞大猷、李如松等将领多有往来，并不将文武视作对立的两极，更撰有《治气治心》一文，论述"儒与将一也"。

徐渭始终寄希望于科举进身，又因入胡宗宪幕府的经历称得上知兵善谋，如果为他量身定制一套"原型"，其中想必有一个叫作"蟹"。然而徐渭没能凭着"蟹"这一精神图腾实现文章横行一世、谋略所向披靡的野心。这只蟹为它的尖锐张扬付出了代价，就缚盆中，惶惶待烹——

> 某生来蠢躁,动辄颠迷。当其在外而纵也,辟如虾蟹跳掷于苇萧,瞋瞋然不知远害而全身。及今戴盆而锢也,辟如雉兔触罥于笼牢,盼盼焉不知伏处而待命……某敢不驯伏躁迷,勉体德意。忍死以待,傥承照于收榆,即复就烹,亦安心于结草。

那年,徐渭杀妻下狱,此段即他狱中书予诸大绶的求援信。从前他横冲直撞,不管不顾,或许还为做个横行介士、无肠公子而沾沾自喜,此时身陷囹圄,幡然醒悟,螃蟹生死是全不由己的。

入狱第三年的冬天,徐渭完成《注〈参同契〉》后做了一个梦:

> 注《参同契》成,家釜炊饭尽黄,梦小溪蟹如斗大,脱壳出婴儿,已而复入壳,时尚系。

"家釜炊饭尽黄"仿佛一道帷幕,前面是"注《参同契》成"这一现实中发生的重要事件,帷幕拉开是黄粱一梦。徐渭并没有梦见"炊饭",而是以清醒的意识引用这个情节,布好舞台,提示接下来发生的事是梦。梦的精髓并不在于显性内容或隐性内容,而在于将这些内容转化为梦境形式的机制,即弗洛伊德所谓"梦的工作"。在这个梦中,"梦的工作"之一是凝缩,清醒时占据意识的内容(注《参同契》成,当有征兆)以及睡眠的环境与身体状况(枷械束缚)被重叠后转化为梦境中貌似合理的画面;之二是置换,对摆脱束缚的渴望和对前景的惶恐被从自身剥离,转置于看似不相关的第三方(蟹壳中的婴儿)。故而解释此梦的关窍在于,徐渭梦见一个不同寻常但又与己相关、能轻易辨认出的征兆(熟悉亲切的小溪蟹变得巨大如斗),并且将自己置换到蟹壳外,看着"婴儿"脱壳又入壳——刻意旁观的视角使他不必承担"出去了——没能真正出去"的失落挫败。

如果梦中的徐渭还不确定自己在壳内还是壳外,那么清醒的徐渭已经在画中承认自己在壳内了——《山水花卉人物图(十八开)》的第八开是一只被芦草束缚着的蟹。

徐渭存世画作中署有年款的不多,纪年可考的仅十五件,且有值得商榷之处,因此难以作为参考依据。

如《山水花卉人物(十八开)》题署"万历戊子(1588,六十八岁)夏仲",我以为,画真而题款待考。第十五开画牡丹,有题诗:"四十九年贫贱身,何尝妄忆洛阳春。不然岂少胭脂在,富贵花将墨写神。"这是徐渭反复套用的题画诗。台北故宫博物院的《牡丹竹石图》无纪年,题"五十八年贫贱身,何曾妄念洛阳春。不然岂少胭脂在,富贵花将墨写神"。荣宝斋的《杂花图(八段卷)》卷末署"万历壬辰(1592,七十二岁)秋",牡丹一段题诗第三句作"胭脂色",其余与上同。日本泉屋博古馆的《墨花四段卷》卷末署"万历辛卯重九日(1591,七十一岁)",牡丹一段题诗亦为"五十九年"。另外,《徐文长三集》卷十一收录《牡丹二首(其一)》:"五十八年贫贱身,何曾妄念洛阳春?不然岂少胭脂在,富贵花将墨写神。"

可见,这首题画诗至少有"四十九年""五十八年""五十九年"三个时间,且经多次题写,因此不排除这三个时间与徐渭真实年龄有关。尤其最早的"四十九年"一说,应具有时间上的纪实性,否则后续版本不需要修改。徐渭四十九岁时是隆庆三年(1569),他尚在狱中,仍戴枷械,而与这幅"四十九年"牡丹图同属一册的蟹图上螃蟹赫然被缚,不似巧合。而他处题"仿皎然绿肥红瘦笔意"(第四开)、"摹文与可九畹孤芳之一"(第五开)、"是亦摹倪迂笔也"(第六开)、"得赵公麟渔舟破芦荻图述"(第十开),与徐渭狱中研习书画的经历相符。因此,如果抛开有问题的款识页,那么这套《山水花卉人物图(十八开)》册页很可能作于徐渭系狱期间。而缚着芦草的蟹,正是他身披枷械的自家写照。

这幅"四十九年"牡丹图上有徐渭自题"传芦"二字。"传芦"谐音"传胪",也与画中螃蟹芦苇的"黄甲传胪"寓意相符。然而,将"胪"写作"芦",并非简单的同音替换,更非笔误。将这件传芦图(为行文方便,姑且称之为"传芦图")与《黄甲图》略作对比:《黄甲图》题诗末句"时来黄甲独传胪"用"胪"字本字,而传芦图用"芦"字;《黄甲图》芦苇以极简率之笔点在画面边角,而传芦图中芦苇占据画面中央且清晰描绘。显然,传芦图有意凸显芦苇,不仅与《黄甲图》截然不同,甚至在徐渭一众蟹画中独树一帜——在徐渭的芦蟹图、稻蟹图中,蟹通常是绝对的画面主导,芦苇与稻穗只是点缀。芦苇之寓意,以往是汲汲以求的功名,如今是挣脱不得的枷械。徐渭执着几十年,八次乡试不中,屡败屡战,终未博得金殿传胪之机,功名利禄全不由己;一朝失控,倒是下狱传芦——传芦的当然是徐渭自己,但下了狱还是身不由己。其中讽刺愤懑可想而知。

芦苇是功名，也是枷械。

带着这一层理解，《墨花图（八段卷）》《杂画（十一段卷）》这两幅芦蟹图就显得意味深长。这两幅图构图类似，几乎是镜像反转，更题了同样两句诗，"钳芦何处去，输与海中神"。前文提及"输芒""朝魁"背后是螃蟹的洄游习性，它们输与海中蟹王的是稻，徐渭自知之，而这两幅图中蟹螯里持着的却是芦苇。茎叶芦花分明，就像传芦图中那一枝。"钳芦何处去"，像是在问画中的蟹：芦苇原不与你相关，你却强持着它做什么？也像是在问画外的自己：功名利禄原不与你相关，你却执着于它做什么呢？

徐渭作画题字之心思是否婉转曲折至此，如此解读徐渭诗画是否是向壁虚造？一次，某人以十只蟹为酬向徐渭索画，徐渭画墨蟹一只，题诗云：

十脐缚芦大如箕。
送与酒人可百卮。
答一墨脐苦无诗。
欲拈俗话恐伤时。
西施秋水眄南威。
樊哙十万匈奴师。
陆羽茶锹三五枝。

南威是晋文公的姬妾，与西施并称的美人，"樊哙十万匈奴师"指樊哙"臣愿得十万众，横行匈奴中"的豪言，但知道这些尚不足以理解"欲拈俗话恐伤时"藏起来的是什么话。钱锺书在《管锥编》中提到这首自题画蟹诗，说隐的是"看汝横行到几时"——"西施"句寓"看"，"樊哙"句寓"横行"，"陆羽"句则"非申说不解：'茶锹'即茶匙，匙者，掏取之具；'茶锹三五枝'即'掏几匙'，谐音为'到几时'也"。

因这句隐藏的"看汝横行到几时"，这首诗被指认是嘲讽严嵩。而《墨花图（八段卷）》第五段蟹图题诗"稻熟江村蟹正肥，双螯如戟挺青泥。若教纸上翻身看，应见团团董卓脐"，则因"董卓脐"一说而成为徐渭以蟹讽严嵩的"铁证"。

事实上，"看汝横行到几时"一诗，既然题在应付索画之请的应酬之作上，就没有针砭时弊的必要。更何况，徐渭是个在防备政治牵连上谨小慎微到偏执多疑的人。在应酬之作上留下可能招致杀身之祸的文字不符合他的性格行事。提一句"欲拈俗话恐伤时",反倒像是怕无心之语被人曲解为暗喻时事,于是特意撇清;这种高敏感、低安全感的神经质做法,与《自为墓志铭》那段别扭的剖白逻辑一致。

另外,"董卓脐"一诗也不似讽严。"若教纸上翻身看,应见团团董卓脐"是典型的徐渭式风趣,"团团董卓脐"亲昵又诙谐,且正呼应首句"蟹正肥"。同样的表达也见于《陈伯子守经致巨蟹三十继以浆鲈》诗:

> 喜有贤人敬长心,老饕长得饫烹饪。
> 陈遵瓮减封泥液,董卓脐高塞坞金。
> 灯火每占花黯黯,人琴俱涩雨沉沉。
> 细鳞紫甲宜觞物,酒乏诗穷更漏深。

从诗题到诗句,都没有任何讽刺或愤懑的意思,"董卓脐高塞坞金"只是描写一只肥美的膏蟹。与此一致,《墨花图(八段卷)》上的题诗也只是一首简单直白赞秋蟹肥美的咏蟹诗。

相比其他动植物,徐渭在蟹身上找到的认同感最多,时常以己代人、以蟹喻己。很难想象有谁会用与自我认知密切相关的物象去讽刺一个反感排斥的人。

空濛之渊【太宰治的三鹰行迹】| 洁尘

一、去三鹰那天

2017年7月24日,大晴,气温陡升。从JR中央线的三鹰站出来,空气中有一层厚厚的热蒸汽,直接捂住了口鼻。

JR中央线从新宿开出半个小时,就可到达三鹰。三鹰市是东京的一部分,但到了这里,已经完全不像东京了。高楼大厦全部消失了,房屋低矮,其中包括很多木造民房。三鹰驿站口的那座跨铁路天桥,据说从太宰治在这里的时候就是这样了。

从三鹰开始,再往外走,就是广阔的武藏野了。日本作家新井一二三可以用中文写作,在中国出了不少书,我看过好几本。她说,橙色中央线上,但凡时髦男女一般都会在三鹰驿之前下车,剩下的都是生活在郊区的经营小家庭的白领和他们的家人。

1939年起,太宰治和妻子美知子还有陆续出生的三个孩子定居三鹰,至1948年太宰治在三鹰的玉川上水与情人山崎富荣用红绳绑在一起投水自尽,太宰治的最后十年都在三鹰,最后葬在了三鹰的禅林寺。

出了车站的左手边就是太宰治投水而亡的玉川上水,那里有文学碑、太宰治投水处等各种文学标志地址。我看过关于玉川上水的一些照片,1948年太宰治出事时的现场照片和后来几十年不断变迁的面貌,前者是乱草丛生的荒芜的水渠,现在水岸两边都是住宅区,但就水域规模来说,都只能算是一条水沟,不像是能淹死人的样子。估计还是当年那两个人都事先服了药的缘故。

1948年6月19日,两个人的尸体被发现,那天恰好是太宰治三十九岁的生日。他被葬在了禅林寺。从第二年开始,每逢6月19日,太宰治的朋友和书迷们都聚集在禅林寺祭奠。太宰治特别喜欢吃樱桃,还写过一篇短篇小说《樱桃》,所以他的忌辰被称作"樱桃忌"。据说,每年的樱桃忌,书迷们用丝线串樱桃为项链,挂在他的墓碑上。太宰治说,樱桃像大颗的珊瑚。

在太宰治墓前还闹出了一桩大事。小说家田中英光,太宰治弟子,在太宰治死后第二年在其墓前割腕自杀,轰动一时。

禅林寺墓地里有两位近代大文豪——太宰治和森鸥外。太宰治和夫人安于此地,森鸥外的四周则簇拥着一大家子人。我在找寻这一大片墓地的过程中,看到了两处"森之家"的墓地。森鸥外的女儿、女作家森茉莉也葬在这里。森茉莉是我觉得很有趣的一个女作家,她评论其父亲作品的缺陷是"没有恶魔",言下之意是批评父亲作品的无聊和无趣。想必对于与"恶魔缠身"的太宰治为邻这件事,森茉莉会很有共鸣。

早年太宰治一家五口定居三鹰,屋漏滴雨,贫困不堪,那个时候,他时不时转到禅林寺来参拜森鸥外,还在《花吹雪》一文中称赞森家墓地的清幽环境。他死后,夫人买下了森鸥外斜对面的那块墓地,让令人头疼的丈夫与德高望重的森鸥外为邻,也许是希望他在黄泉之下能够安分一点吧。

中午的禅林寺墓地,燥热非常,乌鸦的叫声里,太宰治墓碑前其亲友敬献的康乃馨显得更为红艳。

墓地里,除了我们一行五个人,还有一个中年妇人。她在一处墓前虔诚地洒扫,合掌拜祭。墓里一定葬着她深爱的人。在其洒扫过程中,我从她身边走过,她抬头与我对视,微微一笑。

我喜欢太宰治的作品,但不太喜欢太宰治这个人。喜爱和厌恶,两极的情感,好像也在太宰治这里获得了某种共存和融合。

我是一个在人生的正面以自律、严谨和秩序要求自己的人,但我知道,这些构建的某些地方,有一些松动的碎片,一旦被抽离,整个构建就会垮塌;而一旦垮塌,所有那些所谓的正面的向上的东西都会迅即掉头,坠入空濛之渊。坠落的过程,我就会与太宰治撞个正着。

二、我这一生,尽是可耻之事

太宰治一生共自杀五次。

太宰治原名津岛修治,1909 年出生于青森县北津轻郡名门世家,为家中的第十子。

第一次自杀未遂是因其文学启蒙偶像芥川龙之介自杀造成情绪震荡所致,那年他在读高中,服用安眠药后被抢救过来,被认为是想逃避期末考试,因此被视为软弱无能之人遭鄙夷。

第二次是在镰仓。这一次自杀未遂非常有名,因为上了报纸,还因为太宰治把这件事改头换面写进了他著名的小说《人间失格》里。太宰治从高中时期开始流连风月场所,在弘前高中就学时认识了艺妓小山初代。两人纠缠了很多年。入读东京帝国大学法文系后,太宰治因欲与小山结婚和参加左翼运动,被津岛家除籍,此时又与银座咖啡馆女招待田部阿滋弥(十七岁,一说十九岁)相遇,两人厮缠三天后,太宰治为迎娶小山初代缴纳了聘礼,翌日与情人田部阿滋弥在镰仓海岸服药后跳海殉情。两件事间的逻辑之奇特,非常人可以理解。这次殉情导致田部阿滋弥死亡,太宰治因协助自杀罪被起诉,后经很有权势的大哥津岛文治斡旋而免罪。一个多月后,身体康复后的太宰治与小山初代举行婚礼。这一年,太宰治二十一岁。在电影《人间失格》中,这一段落给人印象深刻。以太宰治为原型的主人公大庭叶藏由生田斗真扮演,酒吧女的角色名为常子,被改编为一位成年女子,由寺岛忍扮演。

第三次自杀时太宰治二十六岁,因诸如无法毕业、应聘失败、被家族除籍、经济来源断绝等原因,太宰治再赴镰仓,在山林中上吊,因绳子断裂而未遂。

第四次自杀是在二十八岁。小山初代与人有染,太宰治难以原谅。州官可以放火,百姓点灯则不行。两人无法处理这个局面,相约赴死,在谷川温泉一起服药自杀,双双被救回后,从此各奔东西。小山初代之后离开日本,最终在中国青岛去世。

第五次自杀在1948年6月终于成功。1947年春,太宰治与美发师山崎富荣开始交往,搬至山崎家工作,还一同前往热海旅行。太宰治在热海完成《人间失格》的前面部分,回东京写完余下的内容。据著名尼姑作家濑户内寂听考证说,山崎富荣凭手艺挣了不少钱,本来想开个美容院,不料遇到太宰治,全部积蓄都花在浪子身上,遂与之一死了之。

世人都说太宰治爱好情死,其实,他对于死亡的向往并非因情困所致,所谓爱情这东西,不过是一个借口罢了。共同赴死的原因,按他自己的话说,就是只需失格者彼此的一点点共鸣,就可成为双双赴死的动机。太宰治在遗书中对妻子美知子说:"我心中最爱是你。"山崎富荣则在遗书中说:"我一个人幸福地死去,对不起。"

一条红绳绑住两人共赴黄泉,但也不过是各怀心思的同路人而已。

这之前,太宰治的生活状态已经渐入佳境,迎娶了在生活和写作上都对其有极大帮助的名门闺秀美知子,生育了三个孩子,在文坛上名闻遐迩,而且与大哥文治关系修复,重返津岛家族——

> (结婚前)读了他的两本著作,虽然还未见面,但却深为其天分所倾倒。我的话,从最初开始便已经有了觉悟。我并没有和作为普通人的太宰治结婚,而是同一名艺术家结婚了。如果要为他的文学付出什么的话,无论做出任何牺牲都在所不惜。

津岛美知子在谈论丈夫时如是说。

这段婚姻曾经给过太宰治很多的宁静安详,他的很多重要作品都写于与美知子的婚姻之中,其中《富岳百景》被评论界认为有一种无法掩饰的和缓的幸福气息。

在三鹰禅林寺墓地,在太宰治墓的旁边,有"津岛家之墓",津岛美知子葬于此。她深挚的爱情和所有的付出也未能阻止太宰治把自己投入玉川上水。

太宰治是"无赖派"代表作家,对公序良俗采取拒绝和逃逸的态度,但也并非一概否定,从某些程度上还是赞同的。他认知清晰,但行为能力与认知态度严重不对等。所谓人间失格者,因本性极端,难以拥有人性之共性,或者说难以约束自己遵从共性的那一部分,只是一味地忠于那个本能的自我,下坠,下坠。不用提醒他,他比谁都清楚这一点。太宰治的文字之高妙杰出与人性之不堪龌龊,形成强烈的对比,同时也构成"太宰治"这个符号的致命的吸引力。他是深潭,是空濛之渊,印出了所有人内心深处不敢示人的隐秘的景象。

"我这一生,尽是可耻之事。"在《人间失格》开首的第一句,就是这么写的。"空濛之渊"这个词,也出自《人间失格》。

三、一流的奇妙的不安

关于太宰治和川端康成以及三岛由纪夫的交恶,是日本文坛的著名逸闻,几十年来一直被各方人士细加分析。

太宰治与川端康成的纠葛起于早年的第一届芥川奖,当时太宰治以小说《逆行》入围,志在必得,最后据说因为作为评委之一的川端的一句话而落选。川端认为,这个作者目前的生活乌烟瘴气,使得其才能不能很好地发挥,很遗憾。太宰治大怒,公开发表《致川端康成》回应道:

> 你以为我和你一样,过着养小鸟、参加舞会的悠哉生活吗?我在你的文章里感觉到你对社会的冷酷,闻到了你身上的铜臭味,我感到十二万分的苦恼。你必须认真地有意识地去体验所谓的作家是在夹缝中生存的道理。

据说太宰治还致信川端,其中甚至有"我甚至想杀了你"的过激之语。

第二届芥川奖,太宰治再度失利,受此打击,重新开始服用麻醉剂,举止言谈且怒且癫。芥川奖评委之一的佐藤春夫,本来相当赞赏太宰治,但面对太宰治如此情形,也只好给予其"奔放但内心软弱""自我意识过剩"的评价。

到了第三届芥川奖入围名单发表之前,太宰治写信央求川端康成,说:"请给我希望!""虽然我死皮赖脸活下来了,也请夸奖一下!""请快点!快点!不要对我见死不救!"此信成为文学史上惹人哂笑的"泣诉状"。不料芥川奖评委会此时有了新规,入围两次的作家不得再参加评选。太宰治愤怒不已,转又猛烈抨击芥川奖和评委们,还写了一部所谓曝光黑幕的小说。

据说,当时社会上对芥川奖并不在意,很多作家也没把这个初生的奖项放在眼里,但得益于太宰治古怪且猛烈的"推广"行为,芥川奖以特别的方式进入大众视野,也逐渐被日本作家所重视,最终成为日本文学第一奖。

尼姑作家濑户内寂听也住在三鹰,有段时间曾经和太宰治在同一个区域出入。濑户内喜欢跟各种小店的店主聊天,听到了不少太宰治的逸闻,后来文学史上关于太宰治在三鹰期间私生活的内容,出处大多都是濑户内。太宰治死后,濑户内继续关注着他,还给三岛由纪夫写信说,有很多人前来祭拜太宰治呢。三岛回信请濑户内帮他给斜对面令人尊敬的森鸥外先生献束花,至于太宰治嘛,就把屁股对着他的墓就行了。三岛说:我听到他的名字就想吐。

三岛由纪夫对太宰治十分厌恶。三岛尚武耽美,人生态度积极且强硬,对于太宰治与生俱来的颓废气息十分不屑。

1946年12月14日,在一个由青年文学爱好者组成的团体聚会上,二十一岁的三岛由纪夫与太宰治见面。这是他们第一次也是唯一的一次见面。

　　……但惭愧的是,我竟用不得要领的、拖泥带水的语调说了。也就是说,我当着太宰治的面这样说道:"我不喜欢太宰先生的文学作品。"
　　这瞬间,太宰忽地凝视着我,微微地动了动身子,那种表情仿佛被人捅了一下子似的,但又立即稍稍倾斜向龟井那边,自言自语般地说:"尽管这样说,可你还是来了,所以还是喜欢的呀。对不对,还是喜欢的呀!"这样,我的有关太宰的记忆突然中断了。这与我很不好意思地就此匆匆告辞也有关吧。不过,太宰的脸从那战后的黑暗深处突然呈现在我的眼前,而后又完全消失了。
　　　　　　　　　　　　　　(三岛由纪夫《我所经历的时代》)

之后,盛名中的三岛对于太宰治的评价就更为猛烈和尖锐了。他说:

　　第一,我讨厌此人的那张脸。第二,我讨厌此人那乡巴佬的洋趣味。第三,我讨厌此人扮演不适合自己的角色。跟女人玩情死的小说家,风貌必须长得更为严肃一点。

他说太宰治的作品是"残疾人般的柔弱文体",认为"太宰身上的性格缺陷,至少其中一半,用冷水擦身、器械体操与有规律的生活肯定就可以治好"。

三岛跟太宰的人生取向实在是太不一样了。相比于三岛的逞强斗勇,"踮着脚尖生活"(日本诗人原子朗语)的太宰一向同情弱者,并自任弱者代言人,对外宣布其文学主张,"稍许纤弱些。既是文学家,那就纤弱些,柔软些"。

太宰治是否就是三岛由纪夫自己不愿面对的另一面呢? 如果细读两人的作品,其实可以找到相通的东西。要说文体,三岛和太宰都非常精彩,前者的缠绕华美,后者的"疾走感"、迅捷、口语、轻盈,都具有上等的文学品质。三岛最后的自我毁灭令人十分惊骇,与投身于玉川上水的太宰,从根本上讲还是同一个方向的人生态度。

川端康成和三岛由纪夫的文学判断和文学造诣都值得称道,同时,私交甚好、情趣一致的两人,也共同地厌恶着太宰治。川端一方面痛斥太宰治生活"乌烟瘴气",一方面又盛赞其作品,认为能够读到这样的作品是时人的幸运。三岛由纪夫虽公开批评太宰治其人其文,却又曾在给川端康成的信中私下夸赞说:"太宰治氏的《斜阳》第三章也让我深为感动,读起来近似于灭亡抒情诗,出色的艺术性完成全在预见之中。不过,这种完成仍然停留在预见阶段。就在将要完成的那个瞬间,却牢牢地沾上了似乎就要崩溃的太宰氏的这种一流的、奇妙的不安。太宰氏的文学绝不会成为完美无缺的文学,可他的抒情诗却绝对是完美无缺的。"

四、一言难尽

太宰治的文学基因十分了得。他与正式入籍的妻子津岛美知子所生的二女儿津岛佑子和与情人太田静子所生的私生女太田治子,后来都成了小说家。津岛佑子成就颇高,作品获得过读卖文学奖、谷崎润一郎文学奖、川端康成文学奖等各种奖项,太田治子的作品也曾入围直木奖。

2016年在东京去世的津岛佑子,是日本一位重要的"女性"作家。所谓"女性"作家,是指其作品中多描述女性为主体的家庭结构。她笔下的很多女性角色的生活中都没有男人,或者没有父亲,或者没有丈夫,即便有,对于家人而言也是无足轻重的多余人。在津岛佑子的作品中,女性与其同性的亲人和友人,构建出一个完整且强硬的生活状态和精神世界。津岛说:"对我来说,只有母亲是我的亲人,为什么总说我是太宰治的女儿?"

另外一个作家女儿,人生就更为不易了。同样出生于1947年的私生女太田治子,其母太田静子的家世和教育背景都相当好,与太宰治之前许多情人的底层生活身份完全不同。太田静子与太宰治的相遇,不仅孕育了女儿太田治子,还诞生出了以太田静子以及家族故事为原型的太宰代表作之一的《斜阳》。与太宰治交往并生女,使太田静子在被家族除籍的同时也遭到津岛家族冷遇,没有经济来源,母女两人的生活之艰辛可以想见。在太宰治诞辰一百周年时,太田治子出版了《向着光明——父亲太宰治与母亲太田静子》一书,在这本书里,太田治子说《斜阳》百分之九十的内容来自母亲写下的日记,只有十分之一是太宰治的创作。她认为,只说母亲是《斜阳》的原型人物是不对的,是太田静子与太宰治共同创作了《斜阳》。另外,太田治子还说,《人间失格》里的那句名言"生而为人,我很抱歉",也是抄袭诗人寺内寿太郎的诗句。

我目前没有在资料中看到这对同龄异母姐妹有什么交集。两位女作家都是幼年丧父，背负着父亲的盛名和"恶名"，跟随寡母艰难地成长，其内心的种种郁结，可能不易排解也不便对外言说吧。

从禅林寺出来后，我们就近找了一家咖啡馆，吹冷气，喝咖啡，吃东西。太宰治至今仍很有市场，有很多的书迷，其中包括很多的年轻人。每年"樱桃忌"，书迷们拥至三鹰是媒体喜欢报道的文学事件。禅林寺附近就有书迷专门开设的太宰治主题的咖啡馆和小书店，据说附近还有"太宰巷"，但我已经没兴趣去寻逛了。

现在所谓的"丧"，在年轻人中间有些共鸣。太宰治不经意间，在半个多世纪前领了"丧"的风气之先，太宰治在日本乃至中国的一些年轻人中间颇受欢迎，究其原因，一是因其文学品质高超，另一个原因乃在于其所书写的生存的灰色地带，其实能够联动所有人在生存过程中的共感。太宰治出生优渥，不长的一生也可以说是平顺甚至幸运，但他天然地对"生而为人"这件事有着不可化解的厌倦情绪，相对于人生建设正面理论的浓重严厉，他的作品语言似乎能将人生的苦涩化解得稍微清淡一点。

其实，太宰治可谓相当勤奋，其不长的一生中创作小说共计多达一百六十七部（篇）。这个过于复杂的人，其人生的滋味，在下坠和上升、退缩和精进、怯弱和勇敢的反复切换与横跳之中，显得光怪陆离，令人一言难尽。